U0450461

国家社科基金
后期资助项目

李渔编剧艺术研究

Research on the Art of Li Yu's Dramatic Writing

蔡东民 著

九州出版社
JIUZHOUPRESS 全国百佳图书出版单位

图书在版编目（CIP）数据

李渔编剧艺术研究 / 蔡东民著. -- 北京 ：九州出版社，2022.4
　ISBN 978-7-5225-0875-7

Ⅰ. ①李… Ⅱ. ①蔡… Ⅲ. ①李渔（1611-约1679）－古代戏曲－编剧－研究 Ⅳ. ①I207.37

中国版本图书馆CIP数据核字(2022)第051002号

李渔编剧艺术研究

作　　者	蔡东民　著
责任编辑	郑闯琦
出版发行	九州出版社
地　　址	北京市西城区阜外大街甲35号（100037）
发行电话	(010)68992190/3/5/6
网　　址	www.jiuzhoupress.com
印　　刷	三河市国新印装有限公司
开　　本	710毫米×1000毫米　16开
印　　张	17
字　　数	270千字
版　　次	2022年4月第1版
印　　次	2022年4月第1次印刷
书　　号	ISBN 978-7-5225-0875-7
定　　价	78.00元

★版权所有　侵权必究★

国家社科基金后期资助项目
出版说明

后期资助项目是国家社科基金设立的一类重要项目,旨在鼓励广大社科研究者潜心治学,支持基础研究多出优秀成果。它是经过严格评审,从接近完成的科研成果中遴选立项的。为扩大后期资助项目的影响,更好地推动学术发展,促进成果转化,全国哲学社会科学工作办公室按照"统一设计、统一标识、统一版式、形成系列"的总体要求,组织出版国家社科基金后期资助项目成果。

全国哲学社会科学工作办公室

目 录

引 言 …………………………………………………………… 1

内 编 古典的晨钟：李渔戏曲剧作舞台艺术研究

第一章 李渔戏曲剧作之戏剧文学特征 ………………………… 11
  第一节 因缘：李渔是如何做起戏曲来的 ……………………… 11
  第二节 《笠翁十种曲》及其他戏曲写作 ……………………… 20
  第三节 李渔之问：戏曲剧作之结构艺术 ……………………… 45
  第四节 李渔之忧：戏曲剧作之语言艺术 ……………………… 65

第二章 李渔剧作之表演艺术设计 ……………………………… 91
  第一节 李渔剧作脚色塑造艺术的符号学分析 ………………… 91
  第二节 李渔剧作中卓有特色的变形科介 …………………… 103
  第三节 李渔剧作之诸般伎艺的穿插 ………………………… 110

第三章 李渔剧作之剧场综合性的建立 ……………………… 120
  第一节 李渔戏曲剧作之时空创造 …………………………… 121
  第二节 李渔剧作之人物景物造型艺术 ……………………… 132

第四章 李渔戏曲剧作卓越的舞台艺术价值 ………………… 142
  第一节 "剧本剧本，一剧之本"平议 ……………………… 143
  第二节 李渔对"一剧之本"的刻意追求 …………………… 152

余 绪 李渔的超常规写作方略 ……………………………… 158

外 编 深远的回响：李渔剧论百年研究检讨（1901—2000）

第五章 百年李渔剧论研究概述 ·················· 173
- 小 引 李渔剧论内容扼要 ·················· 173
- 第一节 酝酿与奠基：1901—1949 ·················· 176
- 第二节 初成与动荡：1950—1979 ·················· 179
- 第三节 高涨与回落：1980—2000 ·················· 181

第六章 李渔剧论之创作与搬演研究 ·················· 186
- 第一节 李渔创作理论研究 ·················· 186
- 第二节 李渔搬演理论研究 ·················· 190
- 第三节 李渔戏曲美学研究 ·················· 194

第七章 李渔剧论之体系与影响研究 ·················· 203
- 第一节 李渔剧论体系研究 ·················· 203
- 第二节 李渔剧论比较研究 ·················· 206
- 第三节 李渔剧论研究方法与角度 ·················· 214
- 第四节 李渔剧论的国际影响 ·················· 220

第八章 李渔编剧艺术与其戏曲理论的关系 ·················· 224
- 第一节 编剧理论的系统总结：《李笠翁曲话》之贡献 ·················· 224
- 第二节 李渔剧作与其戏曲理论的关系 ·················· 228

余 绪 ·················· 237

附 录 ·················· 239
- 附录一 李渔传奇剧作宾白科诨修辞手法举例简表 ·················· 239
- 附录二 李渔传奇剧作部分舞台指示举例简表 ·················· 242
- 附录三 二十世纪李渔剧论整理、注释专著（单行本）一览表 ·················· 247
- 附录四 二十世纪《闲情偶寄》重要版本一览表 ·················· 248

参考文献 ·················· 249

引　言

在中国戏剧的千年时光轨道上，牢牢地伫立着一个坚定的身影。

世界上，至今还在回荡着他为中国古典戏剧叩响的清澈、隽永的晨钟。

公元2012年初秋，当时的文化部在古城苏州举办第五届中国昆剧节。当舞台上，一台由上海昆剧院全新打造的新编昆剧历史剧《景阳钟变》的大幕徐徐拉开之时，电子屏幕上原著作者中竟赫然出现了李渔的名字，热烈的剧场立刻荡漾起一片沸腾的涟漪。

这部昆剧《景阳钟变》改编自中国古代传统名剧《铁冠图》，它的传奇剧本已佚，曾一度署清代无名氏所作。据说清代以降，戏曲舞台上所演的《铁冠图》大多系在民间戏班的片段记忆的基础上，又将曹寅撰写的《表忠记》、署名为遗民外史的《虎口余生》等涉及重大历史题材"甲申之变"的剧作熔为一炉，混杂上演的。但也有人坚称，《铁冠图》的作者就是清代戏剧家李渔。

如刘致中先生便在刊于《文学遗产》1989年第2期的《〈铁冠图〉为李渔所作考》一文中认为，诸多选本不加区别，将剧名统称为《铁冠图》，实际上它们都是有别于顺治年间传奇《铁冠图》的。顺治年间出现的这个《铁冠图》，现存的大概只有《询图》《撞钟》《分宫》等出。他检阅了《明史》，野史《明季遗闻》《清朝艺苑》，康熙年间严敦易的《铁冠图考》，近代《曲海总目提要》以及幺书仪、吕薇芬的《曲海探珠》等著述，并结合《铁冠图》最初在杭州演出的部分记载，综合推断认为，《铁冠图》的作者必是大名鼎鼎的李渔。

该剧表现的是明末甲申年初的一场朝代更迭的历史故事，被认为是清代的戏曲剧作中描写甲申之变的开山鼻祖。李自成所率之兵所向披靡，直逼明王朝的首都燕京。剧中有三次景阳钟之鸣响：景阳钟首次鸣响，崇祯帝急召大臣议事，臣子慌慌，一片哀鸣；崇祯惶惶，却仍坚信可力挽衰败之势。国库空虚，内外交困，连富甲百僚的国丈周奎都袖手于旁。督师的李国贞将军处处陷于掣肘，整军溃败，战死沙场。景阳钟再次鸣响，李自成已兵临城下，百官应者寥寥。崇祯帝见大势已去，悲恨交集，痛下罪己诏，合家哭祭宗庙。景阳钟三次鸣响，破城亡国之际，大势已去的崇祯帝命皇后公主自尽，自己独上景山，唯有太监王承恩携酒相随，这情景何其孤苦伶仃！此时国也易君，钟也易主，崇祯帝最终命断三尺白绫。

该剧令人深受震撼的便是钟声的意象。

钟声，在佛门一向有表法和警示的含义。据《百丈清规·法器》所言："大钟丛林号令资始也。晓击即破长夜，警睡眠；暮击则觉昏衢，疏冥昧。"① 所谓晨钟暮鼓的含义，即早晨敲响的钟声意为"开静"，有击破长夜的昏沉之谓，可以唤醒熟睡的僧人，及时行早课；更深层次的象征是可以超拔幽冥的苦难。

这部昆剧《景阳钟变》，后来被更名为《景阳钟》，它不但在舞台演出上屡屡斩获大奖，后来拍摄的3D昆剧电影也在加拿大和日本分别荣获最佳影片奖和导演奖。但直到现在，还有部分观众对剧名的删节略有微词。

虽然我们知道，刘致中先生之文的核心内容便是揭示了《铁冠图》有"千金贿李渔笠翁"所作的隐情，《铁冠图》最后也并未能够入选《李渔全集》，但是我们依然愿意相信李渔一定就是它的作者，相信舞台上的景阳钟声一定是出自李渔的手笔。

这不仅仅是由于李渔之才，完全可以驾驭这个意蕴丰富的重大题材，还因为李渔为中国古典戏剧数次叩响的警示晨钟给我们留下了太深的印象。李渔在其才华横溢、放荡不羁而又命途多舛的一生中，以一个真正的戏剧艺术家的拳拳赤子之心，以他的敏锐、警醒和果决，深切地关注着舞台艺术的命运，并用他的优秀剧作和系统的戏剧理论和评论等多种形式，实现了他对于中国古典戏剧的症结和前途大胆和理性的思考。他将戏剧艺术视为生命，将对戏剧艺术之花的浇灌视为自己的使命。

我们怎么能够忘记他？

身处于明末清初的著名文学家、剧作家、戏剧理论家李渔，不但是中国古典戏曲理论的集大成者，其丰富的戏曲创作亦是明清传奇当中非常有

---

① 谢重光编《敕修百丈清规》，东方出版社，2018，第10页。

特色的宝贵文化遗产。李渔的戏剧理论组织周密、条理清楚，形成了比较完整的一套戏曲创作体系，他的戏曲剧作，是其戏曲理论的艺术实践，也是他人生思想和部分编剧理论在创作上的体现。他剧作内容的刻意创新，曲文和宾白的通俗性，情节的戏剧性，适合搬演的舞台性，以及对中国传统戏曲综合、总体艺术特征的刻意追求和超前的艺术自觉性，等等，无不值得我们欣赏品味和深入探究。他每一个坚实的脚步，都不啻为中国古典戏剧的危机和发展叩响一记警醒之钟。

"剧本剧本，一剧之本"，一个剧本真正完整的艺术生命是诞生在舞台上的。李渔戏曲编剧艺术，特别是其展现的舞台艺术价值及李渔对中国文人传奇剧本的诸多突破，可以体现出中国传统戏剧在方法、技巧上的变化和独特的审美角度。李渔的戏曲剧作，展现出中国传统戏剧发展到清初时期的形态风貌以及开始出现与西方戏剧遥相呼应的重要迹象，是我们对那个时期的戏剧现象进行深入研究可供依赖的经典范本。

恰似莎士比亚身上有无数灿烂的剧作家光环，偏偏令人忘记他是一位诗人一样，说起李渔，许多人在对他的理论赞叹有加的同时，却好像同样忘记了李渔也是一名优秀的剧作家，以及同样是一个诗人。综观历年来对李渔的研究，可以发现大多数研究者的研究兴趣往往更多集中于对李渔的剧论研究，这固然是正常的。在这些研究中，对李渔的创作理论研究、搬演理论研究、戏曲美学研究，以及在体系研究、中外比较等方面，专著和论文蔚为大观，其数量和研究深度均远远大于对李渔戏曲剧本创作本身的研究。然而，与之严重失衡的是，每每谈及他的剧作，人们耳熟能详的，却往往是基于道德、伦理层面的指斥——义正词严，唯恐不足，俨然出自道德家而非文艺评论家之口。他们对李渔这样一个戏曲作家、理论家的品头论足，恰如剥去了他的戏曲外壳，津津乐道的总是他的个人品质，即我们现在常说的私德，实在令人匪夷所思。

对李渔戏曲剧作的研究，开始于李渔同时代的戏曲点评。与李渔同时代的孙治在《李氏五种总序》中曾盛赞李渔的传奇云："余往观优，见有《怜香伴》者，雅为击节。已又得《风筝误》本，读而善之……其壮者如天马之鸣霹雳，其幽者如纤林之响落叶，其诙谐如东方舍人射覆于万乘之前，其庄雅如魏邴丞相谋谟于议堂之上，而总以寄其牢愁之感，写其抑郁之思。挂玉钗与东墙，赠荆珠于洛浦。离合变化，出鬼入神。"① 袁于令也曾言李渔"喜作词曲小说，极淫亵"②。其后，董含、杨恩寿、蒋瑞藻等，均多基于道德、伦理等原因而对李渔剧作做出较低的评价。

李渔政治地位上的劣势，想必亦是他被人诟病的原因之一。中国古代知名作家当中，除了关汉卿等之外，显然以科举的胜利者和居官者为多，所谓文人墨客，亦是官宦作家，如王安石、欧阳修、汤显祖。另一个比较特殊的徐渭，虽然仅仅是一席幕僚，但他凭据雄健的文笔与战事谋略等实力，以及与封疆大吏胡宗宪的亲密关系，无论是在朝堂还是万马军营，都有着受人尊敬的身份。即使像李白这样的，虽然并未居官，但经常以贵客的身份往还于达官贵人、皇亲国戚甚至皇帝本人的身边，和李渔的如同乞丐般的卖艺"打秋风"简直不可同日而语。一些恃才傲物、放荡不羁，甚至荒诞不经的行止，放在别人那里便是风流倜傥，但出现在同样满身的才华，最终放弃科考、不官不仕的李渔的身上，冷嘲热讽甚至鄙夷谩骂恰如万箭齐发，势同围攻，所欠李渔的已经不仅是一个公允而已了。

古代对李渔的正面评价也有可圈可点之作，如清代文坛泰斗钱谦益在其《绛云楼题跋·李笠翁传奇》便云："笠翁传奇前后数十种，横见侧出，征材于《水浒》，按节于雍熙；《金瓶》无所斗其淫哇，而《玉茗》不能穷其缪巧。宋耶元耶？词耶曲耶？吾无得而论之矣。"③

所幸的是，时至晚近以来，理论界有识之士时有涌现，评价中肯、言之有物、有理有据、条分缕析之作如点点灿然星光，屡屡闪烁其间，这是十分可喜的。似这种对李渔的创作价值给予客观认可，特别是坚定驻足于戏剧学立场的论作，我们得之幸然，阅之欣然，不厌其多，不厌其详。

近人鲁迅在《中国小说史略》中曾提道，李渔曾作《蜃中楼》以折中《柳毅传书》与《张生煮海》。著名戏曲理论家吴梅对李渔剧作做了肯定的评价（"李笠翁十种曲传播词场久矣。其科白排场之工，为当世此人所共认"④），但也指出了他所认为的不足之处（"惟词曲则间有市井谑浪之习而已"⑤）。这份中肯，十分难能可贵。

---

① 孙治：《李氏五种总序》，见《孙宇台集》卷七，康熙二十二年刻本。据《李渔全集》第十九卷，浙江古籍出版社，2010，第308页。
② 《李渔全集》第十九卷，浙江古籍出版社，2010，第310页。
③ 钱谦益：《绛云楼题跋》，上海古籍出版社，2019，第214页。
④ 《李渔全集》第十九卷，浙江古籍出版社，2010，第334页。
⑤ 《李渔全集》第十九卷，浙江古籍出版社，2010，第334页。

客观地讲，近代至二十世纪五十年代，大陆对李渔戏曲剧作本身的研究总量并不甚多，大多仅止于在各种专著、论文当中的片断论述与序跋书简当中的一些点评。而台湾地区相关论著，则以黄丽贞、张敬之作为佳。

二十世纪八十年代以来，具有代表性的李渔戏曲剧作研究开始大量增加，主要包括：陈多、杜书瀛关于李渔思想和剧作、湛伟恩关于李渔喜剧的系列论文，蒋星煜、萧欣桥、俞为民、江巨荣、沈新林、黄强、黄天骥、张晓军、徐保卫、郭英德、胡天成、肖荣、骆兵、高小康等诸多李渔研究方家亦有涉及李渔剧作的论著。

近年来出现的重点涉及李渔戏曲剧作可圈可点的学位论文有：黑龙江大学胡元翎的博士论文《李渔小说戏曲研究》、南京师范大学姚安的硕士论文《论李渔的〈十种曲〉》、华东师范大学王燕燕的硕士论文《从〈十种曲〉看李渔的女性观》、四川师范大学任心慧的硕士论文《试论李渔商业化"治生"方式对其曲论和剧作的影响》、上海戏剧学院刘庆的硕士论文《论李渔家班的演剧之路》、山东大学高源的博士论文《李渔的整体戏剧观及其理论研究》、首都师范大学邓丹的硕士论文《〈笠翁十种曲〉研究》、台湾"中大"中国文学研究所陈佳彬的博士论文《李渔戏曲作品及理论研究》等，不一而足。

在国外的李渔戏曲创作研究中，青木正儿、马汉茂、冈晴夫、伊藤漱平、韩南、埃里克·亨利、茅国权、柳存仁等的研究成果十分突出。他们的研究，比较注重李渔剧作的幽默、自然主义描写、奇异的想象、精巧的叙事等。

其中，青木正儿曾在《中国近世戏曲史》中，言及"苟言及中国戏曲，无有不立举湖上笠翁者"，并对李渔剧作在日本的流传做出了简介。冈晴夫在其论文《明清戏曲界中的李渔之特异性》中，认为李渔剧作与其同时期世界各国戏剧的共同性在于，同属于非古典主义的"巴洛克"戏剧体系，并从文化传统、社会背景和地域特点等方面阐述了他对中国戏曲发展的独特见解。

韩国亦有宋澈奎的博士论文《李渔"十种曲"研究》、朴泓俊的博士论文《李渔通俗戏曲研究》等。

德国的马汉茂曾著《李笠翁戏剧：中国十七世纪戏剧》，并编辑出版了世界第一部中文版《李渔全集》。美国的埃里克·亨利曾著《李渔的戏剧》。茅国权和柳存仁曾合著《李渔》一书。韩南曾著《创造李渔》一书，从"享乐第一""'密针线'师"等角度，阐述其对李渔戏曲创作的研究。

在国内目前已有的李渔戏曲剧作研究当中，从思想和文学角度出发来谈剧作的依然居绝大多数。然而，即使是那些基本从戏剧学角度出发的研究，也在相当程度上沿袭了过去"知人论世"的方法，过多地从道德、伦理的思想分析出发，或宏观概述，或仅侧重于某一两个方面。而真正从戏剧本体的角度，特别是立足于剧本、从编剧的角度，立足于舞台艺术价值，辐射李渔戏剧理论和思想的研究和著述，还十分少见。国外的李渔戏曲剧作研究，在注重文本翻译、校释的基础上，常常注意到十分独特的角度，可以为我们的研究提供新的思路与视角，而且资料征引翔实，力图摆脱一切窠臼，可以提供有益借鉴。其学术传统、方法、技巧和文风等，给予本书的研究和写作以很大的启发。

本书分为内外两编，内编为"古典的晨钟：李渔戏曲剧作舞台艺术研究"，外编为"深远的回响：李渔剧论百年研究检讨（1901—2000）"。

由于时代科学技术的限制，以及文化传承方式方法的局限，我们目前对中国古典戏曲的研究，还是要深深依赖文字等文本资料。这其中，剧本当然成为重中之重。我们知道，戏曲与诗词文章最大的不同，就在于其最终的呈现形式必定是要通过舞台演出的。本书将以编剧的立场和眼光，从戏剧学本体出发，重点研究剧本文本，梳理及撅论李渔戏曲剧本的戏剧文学特征、表演艺术特征以及剧场艺术特征等主要方面。

我们充分认识到，论及李渔的编剧艺术，当然少不了他独树一帜的戏曲理论。李渔为中国古典戏曲敲响的警示之钟声，至今犹在回响，很多真知也披沙沥金，愈辩愈明。对于研究的研究和检讨，即从认识李渔戏曲编剧艺术与其戏曲理论关系的角度，对二十世纪百年内对李渔剧论的研究做一番梳理和评辨，有着特殊的意义。这可能会让我们更全面地统览其他学者的研究成果，并通过对他们各个时期精辟洞见的切实比较，更好地探真知，悟灼见，更好地领会李渔戏曲理论的精髓。

本书在研究中着力避免落入以往他人过于强调或单纯依赖道德、伦理、社会乃至文学等切入角度和评价标准的窠臼，转而重视对剧本文本的研究，并以剧本文本为最初和最重要的审视和分析研究依据，辅以加强对李渔所作理论著作和诗文、序跋书简等的对照、比较，力图具备李渔剧作研究、李渔曲论研究的双重价值。

本书在立足于中国传统的文化、文献和文体交错融汇研究方法的同时，适当借鉴文本细读（close reading）、符号学（semiology）等方法和理念，力图以多角度的视野和多维度的思考，拓宽和加深对李渔戏曲剧作的认识。对于发现的每一问题和得出的结论，均须既要"瞻前"——回顾剧本作者时代之前的创作经验、演变，考证涉及的理论源流，又要"顾后"——述及对后世的具体影响，以期达到对李渔戏曲剧作和戏曲理论价值作出兼顾古今各个时间段的线性考量和评价。

做研究与批评，倘若在烦冗地征引前人论述的基础上意图楼上生楼，即或不成气候，也往往易收稳健、周到之誉；而有大胆裁断，有果敢去取，甚至做单刀直入的"直取心肝刽子手"①，何其难也！本书将遵循一切从分析文本出发的原则，不去也无意于面面俱到，但求以点带面，行文朴素率直地就李渔创作的一些戏剧艺术本体的关键特点提出作者的创见。所谓"人所易言，我寡言之；人所难言，我易言之"②，故此，对已有之研究成果，采取在正文中点到即止，或在注释中适当具体补充征引、评介的方式。同时，力求正文中加入征引内容后版面清晰明了，着力避免部分已出版之研究论著常见的引文错杂，淹没论主观点等憾事。

也许我们都曾无数次地问过自己：艺术学的研究，到底有什么用？我们从艺术学的研究中，到底能得到什么？

每一位写作者都希望从对李渔编剧艺术的研究中获得一份启迪，思考他的得失成败：他的经验，哪些可以扬弃，哪些又值得我们在实践中亦步亦趋，或者至少可以借来时不时磨砺一番自己的手笔？那么，我们不妨在传统研究的同时，先以批评家的立场提问，再从戏剧理论家和作家的角度分析；先提出理论层面的问题，再兼顾操作层面的解答。如此，以期读者，特别是编剧同道能够从中得到借鉴和启迪。

---

① 严羽：《答出继叔临安吴景仙书》，录自郭绍虞《沧浪诗话校释》，人民文学出版社，1983。
② 姜夔：《白石道人诗说》，录自《白石道人诗集》，上海书店，1987。

内　编　古典的晨钟：李渔戏曲剧作
　　　　　　　　舞台艺术研究

第一章　李渔戏曲剧作之戏剧文学特征

第一节　因缘：李渔是如何做起戏曲来的

举凡世界上有成就者，归其因缘，总不过天时、地利、人和而已。

知人论世，语出《孟子·万章下》："一乡之善士斯友一乡之善士，一国之善士斯友一国之善士，天下之善士斯友天下之善士。以友天下之善士为未足，又尚论古之人。颂其诗，读其书，不知其人，可乎？是以论其世也。是尚友也。"① 这些论述本来谈的是读书人的交友之道，后世人们历来把它与孟子在另一处说的"以意逆志"连在一起，视为阅读、理解和批评文学作品的重要方法之一。这种认识和批评方法，源于孟子时代，历史悠久，系中国传统文学批评的主要方式之一。虽然在作者人生经历、思想倾向等角度上，亦有许多李渔剧论研究太过执着于知人论世的方法，但是，诚如勒内·韦勒克和奥斯汀·沃伦所言，虽然作家的生活并不是一种"简单的因果关系"②，但当这种研究有助于揭示作品的实际创作过程时，它确是有意义的。所以，知人论世作为一种方法，只要不是太过拘泥，那么，它不仅万万不可偏废，亦在很多时候颇值倚重。

问题是，我们要去"知"什么和"论"些什么。

那么，李渔是如何做起戏曲来的呢？

一、国破山河在，穷途当欲哭

李渔生活的年代，跨明清两代。他的主要剧本创作和理论著述完成在清朝初年。这个时代的政治、经济等种种社会背景，对他从事剧本创作，

---

① 《孟子》，中华书局，2006，第236页。
② [美] 勒内·韦勒克、奥斯汀·沃伦：《文学理论》，江苏教育出版社，2005，第77页。

自然有着极其重要的影响。

李渔出生的 1611 年，系明神宗万历三十九年。彼时，传统的封建社会经济、文化的活力风头正劲。虽然有宪宗、武宗、世宗、穆宗和神宗等皇帝荒唐怠政，但文官制度的完备使得太祖朱元璋为强化皇权的血腥杀伐和为铲除异端的文化专制精心建构出的封建国家机器依然运行。明代中期开始，封建经济逐步恢复，到明末持续发展。城市手工业的发展，使得商品经济空前繁荣，社会秩序也保持着持续的稳定。所以，在李渔的早年生活中，曾经有相当长的一段时期过着高堂健在、安逸素饶、"园亭罗绮甲邑内"①的生活。

明代印刷业和造纸业的兴旺，使图书出版业勃兴，客观上促进了俗文学和通俗艺术的传播。社会上，特别是城市居民对戏剧的娱乐性有了更多的要求。这一切，都为李渔的戏剧剧本创作和通俗性风格提供了优良的土壤。

李渔在崇祯八年（1635）赴婺州（现在的金华）参加了童子试，顺利得中生员。主考官许豸的赏识也让李渔感到春风得意、意气风发。在《春及堂诗·跋》中，他追忆道："予出赴童子试，人有专经，且间有止作书艺而不及经题者，予独以五经见拔。"②李渔应试高中归来之后，在家乡宗祠所在的伊山置地建宅，名之"伊山别业"。但后来，在崇祯九年（1636）的乡试中落榜，他失望至极。他又在崇祯十五年（1642）赴省城杭州参加科举考试，却在兰溪东北因军事警戒阻隔而未能最终成行。与此同时，李渔的生活也渐见贫困，母亲过世，家中人丁零落，自己身旁只有妻子徐氏和女儿淑昭。他曾在一首作于除夕的诗中这样描述当时的境况："酒债征除夜，难赊此夕酣。五穷不缺一，八口尚余三。少贱诸艰试，常愁万态谙。逆知明岁好，苦尽自来甘。"③

及至崇祯十七年，也即清顺治元年（1644），时局大变，李自成在西安称帝，继而攻陷北京。崇祯帝于煤山自缢，清军入关。李渔在题为《甲申纪乱》的五言古诗中记叙道："兵去贼复来，贼来兵不至。兵括贼所遗，

---

① 黄鹤山农为李渔《玉搔头》所作之序中言："当途贵游与四方名硕，咸以得交笠翁为快。家素饶，其园亭罗绮甲邑内。"见《李渔全集》第五卷，浙江古籍出版社，2010，第 215 页。
② 《李渔全集》第一卷，浙江古籍出版社，2010，第 134 页。
③ 李渔五言律《壬午除夕》，见《李渔全集》第二卷，浙江古籍出版社，2010，第 91 页。

贼享兵之利。如其吝不与，肝脑悉涂地。纷纷弃家逃，只期少所累。"① 山河虽在，却是国破家危，战乱频发。清顺治二年（1645）五月，清兵攻陷南京，长江三角地区大面积陷于战火之中。

而此时，祸不单行，李渔的故乡兰溪和金华，自然灾害频仍。据方志记载：兰溪分别在 1622 年和 1642 年两次发大水，在 1636 年、1646 年和 1647 年发生三次严重的干旱，人们不得不吃草和树皮，甚至吃观音土。② 李渔在金华为避战乱而临时租赁的居所毁于战火，藏书手稿被付之一炬。此时他人到中年，复有妻妾稚子，"穷途欲哭"③ 的境地已经不允许他再隐居一隅，坐吃山空。所以，他经过慎重考虑之后，决定卖掉"伊山别业"，举家迁往杭州，"卖赋以糊其口"④。他的第一部传奇《怜香伴》便作于清顺治八年（1651）迁居杭州之后。

二、戏文之乡曲风炽，笑傲剧坛有笠翁

李渔虽出生于江苏如皋，但祖籍浙江婺州（今金华）西南兰溪下李村，按照明朝的典章制度，其参加科考也必须在浙江原籍。

历史上，浙江向来以文化昌盛，人才辈出而闻名，自宋以降更被誉为文化之邦。吴越一带本来就是戏曲兴盛之地，温州杂剧即诞生于此。即使在元代，大量的杂剧剧本也是杭州刊印居多。举凡赫赫知名的曲家，多为浙籍，如高则诚、张可久、徐文长、屠隆、叶宪祖、卓人月、沈谦、洪昇……不一而足。

李渔自幼年便对丰富的戏曲搬演耳濡目染，在心底里打下深深的烙印。"幼时观场"时，对秀才赴考谒见官员的服饰留有深刻印象，并在《闲情偶寄·脱套第五》之"衣冠恶习"中，凭借记忆，将几十年来戏曲服饰的变化做一梳理比较，如：

> 记予幼时观场，凡遇秀才赴考及谒见当涂贵人，所衣之服，皆青

---

① 李渔五言古诗《甲申纪乱》，见《李渔全集》第二卷，浙江古籍出版社，2010，第 8—9 页。
② 转引自 [美] 张春树、骆雪伦：《明清时代之社会经济巨变与新文化：李渔时代的社会与文化及其"现代性"》，上海古籍出版社，2008，第 92 页。
③ 署"勾吴社弟虞巍玄洲氏题"的《怜香伴·序》中有言："笠翁携家避地，穷途欲哭……"见《李渔全集》第四卷，浙江古籍出版社，2010，第 3 页。
④ 黄鹤山农为李渔《玉搔头》所作之序中言："久之中落，始挟策走吴越间，卖赋以糊其口，吮毫挥洒怡如也。"见《李渔全集》第五卷，浙江古籍出版社，2010，第 215 页。

素圆领，未有着蓝衫者，三十年来始见此服。近则蓝衫与青衫并用，即以之别君子小人。凡以正生、小生及外、末脚色而为君子者，照旧衣青圆领，惟以净、丑脚色而为小人者，则着蓝衫。此例始于何人？殊不可解。夫青衿，朝廷之名器也。以贤愚而论，则为圣人之徒者始得衣之；以贵贱而论，则备缙绅之选者始得衣之。名宦大贤尽于此出，何所见而为小人之服，必使净、丑衣之？此戏场恶习所当首革者也。或仍照旧例，止用青衫而不设蓝衫；若照新例，则君子小人互用，万勿独归花面，而令士子蒙羞也。①

而在《闲情偶寄·音律第三》中他又言："总诸体百家而论之，觉文字之难，未有过于填词者，予童而习之，于今老矣，尚未窥见一斑。"② 可见，李渔开始接触戏剧剧本写作练习的时间颇早。

三、"五经童子"赞仙侣，以曲立言是李郎

李渔是一个早慧的人，他在很小的时候便显露出文学艺术的天赋。

他识字甚早。他在《闲情偶寄·音律第三》中亦曾言："予襁褓识字，总角成篇，于诗书六艺之文虽未精穷其义，然皆浅涉一过。"③ 在《笠翁诗韵序》中，他又言："予初辨四声时，发尚未燥，取古今不易，天下共由之诗韵，逐字相衡，而辨其同异，觉有未尽脔然于口者。"④

在明崇祯八年（1635），李渔赴童子试的时候，因为成绩突出，被主考官、浙江提学副使许豸赞为"五经童子"。李渔在《春及堂诗·跋》中回忆：考官许豸"辄以示人曰：'吾于婺州得一五经童子，讵非仅事！'予之得播虚名……"⑤ 他的试卷被印制成专帙，在当地的文化圈广为流传。李渔时年24岁，崭露头角、盛名远播可谓早矣。

李渔出生在江苏如皋，其父李如松与伯父李如椿为经营药品的外乡人士。李家几代行医，有深厚的家学渊源，伯父李如椿被称为"冠带医生"。清代黄元御所言之"生不为名相济世，亦当为名医济人"是中国传统知识分子至为推崇的名言，古今医者皆为饱学之士，似徐大椿这般既为名医又

---

① 《李渔全集》第三卷，浙江古籍出版社，2010，第103页。
② 《李渔全集》第三卷，浙江古籍出版社，2010，第26页。
③ 《李渔全集》第三卷，浙江古籍出版社，2010，第26页。
④ 《李渔全集》第十八卷，浙江古籍出版社，2010，第207页。
⑤ 《李渔全集》第一卷，浙江古籍出版社，2010，第134页。

系名曲家者便是一例。

及李渔生活的时代，王阳明心学思想影响深远，李渔心领神会，极为推崇。他曾在《闲情偶寄·词采第二》的"重机趣"中重点提到王阳明的思想在编剧中的应用：

> 所谓无道学气者，非但风流跌宕之曲、花前月下之情当以板腐为戒，即谈忠孝节义与说悲苦哀怨之情，亦当抑圣为狂，寓哭于笑，如王阳明之讲道学，则得词中三昧矣。阳明登坛讲学，反复辨说良知二字，一愚人讯之曰："请问'良知'这件东西，还是白的？还是黑的？"阳明曰："也不白，也不黑。只是一点带赤的，便是良知了。"照此法填词，则离合悲欢，嘻笑怒骂，无一语一字不带机趣而止矣。①

与所有封建时代诗书传家的子弟一样，李渔对科举及第、迈入统治阶级的行列是充满希冀的。在作与妻子的《凤凰台上忆吹箫·元旦》一词中有"封侯事，且休提起，共醉斜曛"②之句，感喟年逾三十而未能取得功名。然而，清朝在顺治元年（1644）便已经开始清朝的科举，即"文武制科仍于辰戌丑未年举行会试，子午卯酉举行乡试"③。可是李渔并没有似侯方域那般参加清廷科举，而是像冒辟疆一样，虽穷途欲哭，但绝不仕清。他在诗中云："姜生命我歌奇穷，我亦穷人歌自工。……天欲成君学与才，不使君家略温饱。……我侪穷骨天生成，身不奇穷不著名。"④他像大多数传统文人一样，即便不能立德、立功，也渴望以立言来实现自己的人生价值。他在《慎狱刍言》中写道："渔故不辞笔舌之劳，为当世纳言君子淋漓慷慨而道之，不敢求为太上立德之功臣，求无愧于立言之本事而已矣。"⑤

四、血雨腥风忙避祸，才情倾注红氍毹

然而，在李渔的戏剧创作过程中，还有一个至为关键的事件，亦起到

---

① 《李渔全集》第三卷，浙江古籍出版社，2010，第 20 页。
② 《李渔全集》第二卷，浙江古籍出版社，2010，第 478 页。
③ 赵尔巽等：《清史稿·世祖本纪》，中华书局，1976，第 90 页。
④ 节选自《奇穷歌为中表姜次生作》，见《李渔全集》第二卷，浙江古籍出版社，2010，第 41 页。
⑤ 《慎狱刍言》，见《李渔全集》第十六卷，浙江古籍出版社，2010，第 15 页。

了不容忽视的推动作用。

　　李渔创作的小说集《无声戏二集》在刊印时，曾经得到浙江左布政使张缙彦之资助。但是，因为其中有作品写的是当时任明朝兵部尚书的张缙彦在李自成攻陷北京之时，吊死朝房并被隔壁人救活，因而称他是"不死英雄"等情节，所以，在顺治十七年（1660）六月，张缙彦遭到弹劾，于十一月初十被判宽免死刑、流放宁古塔。此案系清初小说被朝廷查处论罪仅有的两大案件之一①。虽然此案最后处理结果，实际并未涉及《无声戏》本身，朝廷也未对李渔进行追究，但是李渔还是如惊弓之鸟，在其后采取了一系列补救措施。他立即把涉及张缙彦的作品和其他五篇全部删除，对《无声戏》一集、二集均重编次第，连书名亦改为《连城璧》，将原先由张缙彦写的序改为《睡乡祭酒序》。李渔在其《曲部誓词》中也曾连连自辩、声明：

　　　　余生平所著传奇，皆属寓言，其事绝无所指。恐观者不谅，谬谓讥刺其中，故作此词以自誓……窃闻诸子皆属寓言，稗官好为曲喻。……不过借三寸枯管，为圣天子粉饰太平……②

　　无独有偶，祸不单行，李渔身边不久便再一次出现类似的政治事件：他的另一个朋友丁澎亦受"科考案"之牵涉，被无情地革职查办并遭到流徙。清顺治九年（1652），世祖正式下诏严禁"琐语淫词"，"违者从重究治"③，禁淫词为其次，严查严办琐语妄议倒是天网恢恢疏而不漏，且雷霆手段无不残酷至极。于是，在诸多刺激和压力下，虽富有才华却不得不避祸的李渔，科考得仕之梦已经难以为继，诗文抒怀又险境丛生，不得不转而在戏曲创作和组班演出上下起功夫来。

　　并且，在他后来把《丑郎君怕娇偏得艳》改编成传奇剧本《奈何天》的时候，特地增加了一个义仆阙忠的形象，是他替主人阙里侯焚券、捐资犒军、购米劳军、献计平贼等，竭尽效忠之能事，才终助得阙里侯受封，进而变形，阖家喜乐。

---

　　① 另一案件为《续金瓶梅》案。
　　② 《李渔全集》第一卷，浙江古籍出版社，2010，第130页。
　　③ ［清］素尔讷等撰修，霍有明、郭海文校注《钦定学政全书校注》卷七，武汉大学出版社，2009。

血雨腥风给李渔带来的，不仅仅是令他远离科场官场和宣扬任何政治立场的诗文写作，就连后来在赖以谋生的戏曲创作中也是战战兢兢，如履薄冰。在他的传奇剧本中，视历史剧领域为雷池，绝不逾越半步。就连反映时弊或者时局大政的，也是退避三舍，极少涉及。所谓"宏大历史叙事"也好，"重大社会意义"也罢，在他的传奇剧本里面，基本都是寻不到的。但是，作为一个前明遗民，曾经的"扬州七日"和"嘉定三屠"的惨烈记忆犹在，他还是守住了可以点缀太平却绝不粉饰太平的底线的。出于商演的考虑，他的传奇作品都是直接面向观众，最终是要演给普通大众在戏场观看的。即便是以结交名门望族甚或以"打秋风"的名义进行的堂会、献演，那些达官贵人、文坛名士，在这一刻也被他以普通观众对待，并没有一味歌功颂德、投其政治所好或朋党利益趣味。如此一来，以一场通俗卖艺，赢得其乐融融，以一泉清流换来观演者俱得一身轻松，也是一个相当纯粹和聪明的艺术选择。殊不知，社会生活何等丰富多彩，儿女情长、奇闻逸事，莫不是趣味横生、蕴含丰富，大多数人对此还是颇能欣然接受、饶有兴趣、动情其中的。按照现在的说法，李渔选择做的几乎就是纯艺术，而此中纯粹的艺术较量，接受上至高官显贵、文坛精英，下至贩夫走卒、平头百姓单纯休闲、娱乐需求的考验，所需的编剧才华、组织才能乃至整体艺术效果的营造，绝非尽人皆可承担得起的。李渔的家班传奇演出，创造了一个又一个演出佳绩。

五、偕虎归乡埋火种，挚友点醒《怜香伴》

三十岁之前，李渔的人生确乎是循规蹈矩的：读书，应试，归乡，概是谨遵父母之命；娶妻，继而生女，依的是媒妁之言。如果没有什么重大契机，得到什么激励的话，毕生大概或渔樵耕读，或习岐黄之术、采药贩药，或行商贾之业，概莫能外。对他来说，于戏曲传奇上勠力创新，未见有什么明确的志向和动力。

然而，一段偕幼虎归乡的传奇经历，意想不到地成为李渔人生中创作热情得以激发的一个转折点。这一年是明崇祯十四年（1641），李渔三十一岁。

李渔是一个善交之人，这一点颇得常年经商的家族真传。他所交之人，除了商界世交伙伴以及文坛同声相应、同气相求的文友等之外，对在任官员也摆出主动结交的姿态。官绅阶层大多皆是科举出身，既可谈文论道，又可最大限度靠近人脉和权力资源，何乐而不为？

　　这年，汤溪（今金华）县令瞿萱儒与之相聚甚欢，临别赠送他的礼物竟然是一只彩背圆睛的幼虎。于是，从县令任上的汤溪到李渔的故里下李村，本来不过五十里左右的路途，寻常不过半天的行程，李渔偕着幼虎，竟然用了三天才抵达目的地。沿途每过一村一寨，闻讯者无不奔走相告，竞相对这个新奇之物一睹为快。更有甚者，还要将猪羊等投放入笼，对幼虎的扑食、咆哮兴趣盎然，虽又惊又惧，却陶醉其中，对李渔也是极力逢迎，礼遇有加。

　　看到此情此景，李渔的内心受到相当大的震动，他不禁感叹道：

　　　　噫！一虎之微，只以但见其死，未见其生，遂致倾动一国，宝若凤麟。使人而虎者，炳蔚其文，震作其声，而又不为人所习见之事，则一鸣惊人，使天下贵贱老幼，以及妇人女子，咸以得见为幸，其得志称快又当何如？借物志感，作《活虎行》以自励。①

其五言古诗《活虎行》中有云：

　　　　男儿纷纷向予乞，案头书牍日盈尺。家住深山来远亲，不是知交亦相识。人以为荣我独羞，身不能奇假奇物。纵使凤凰栖我庭，麒麟驺虞产我宅，彼自瑞兮何与吾，丈夫成名当自立。人中有虎忌生翼，炳在文章威在德。扬声四海同其喧，扪舌能令天下寂。②

　　可见，李渔由此番偕虎归乡的奇遇中的确是悟出了一点体会，心灵中产生了震撼。那就是：为物为人者，凡新奇者必获人观，乃至由此可一鸣惊人。"一艺即可成名"，在这个世界上，若要出人头地，真正名动天下，唯有创新才是捷径。舜亦人尔，他能我何不能？

　　正是从这个转折点开始，李渔努力积淀并寻找能够以自己的专长"倾动一国"的机会，最后将目光聚焦到传奇的创作上来。

　　后来，真正触动并激发起李渔创作欲望并创作出第一部传奇剧本，实际是在他举家迁居杭州之际。

---

① 《李渔全集》第二卷，浙江古籍出版社，2010，第44—45页。
② 《李渔全集》第二卷，浙江古籍出版社，2010，第45—46页。

清顺治七年（1650），四十岁的李渔卖掉伊山别业，居家迁往杭州。虞哉君府是他初踏上杭州地界之时的暂住之地，虞府上下对李渔全家照拂有加，二人也是谈诗论曲，相见甚欢。对于李渔家中妻妾和谐，美满幸福的状况，虞哉君亦深有感触。在《怜香伴》传奇的序言里，他写道：

> 笠翁携家避地，穷途欲哭，余勉主馆璨，因得从伯通庑下，窃窥伯鸾，见其妻妾和嗜，皆幸得御，夫子虽长贫贱，无怨。不作《白头吟》，另具红拂眼，是两贤不但相怜，而直相与怜李朗者也。嗟乎！天下之解怜李郎者，可多得乎哉！①

有专家认为李渔是在借居虞府，与虞哉君促膝交谈时，话题言及家庭的和睦关系，受到了虞哉君的鼓动才真正兴起了创作一部传奇的强烈欲望，这个际遇催生了他的首部传奇剧本《怜香伴》的诞生。虽然关于此掌故的个中细节，未得见详细史料，但是李渔七言绝句《贤内吟》中的描述，恰与虞哉君《怜香伴·序》所言的情态遥相呼应。

《贤内吟》诗云：

> （其一）
> 文君不作白头吟，一任相如聘茂陵。妾不专房妻不妒，同心共矢佛前灯。
>
> （其二）
> 尔见犹怜我亦怜，怜香天性有同然。一珠何幸擎双掌，覆去翻来自在圆。②

人生总是需要动力的。有散文家言道："有些人比较坚强。他们自己很容易把自己燃烧起来，发出光和热。而另一些人却不然，他们自己是燃料，有发出光和热的可能性，但是，他们自己不是火种。他们只是木柴或煤块，需要有火柴或打火机把他们点燃，然后，他们才可以生热发光而燃烧，而产生力量。于是，这'火种'就成为一些人成功的必需条件。找得

---

① 《李渔全集》第四卷，浙江古籍出版社，2010，第3页。
② 《李渔全集》第二卷，浙江古籍出版社，2010，第320页。

到火种,他才可以燃烧。"① 李渔的戏曲创作火种适时出现,并且终于点燃了他内心的戏曲创作的熊熊火焰。

作为一名编剧,李渔在家学深厚、聪颖早慧、熟悉搬演、文笔超人、思想深邃以及有气节和理想等方面,都具备了坚实的基础,并且,时势和际遇也促成他将更多的精力,投入到戏曲的创作之中去。

第二节 《笠翁十种曲》及其他戏曲写作

李渔一生至少写过十六种以上的传奇,据他在《闲情偶寄·词曲部》中记述:"虽不敢望追踪前哲,并辔时贤,但能保与自手所填诸曲(如已经行世之前后八种及已填未刻之内外八种)合而较之,必有浅深疏密之分矣。"② 亦有学者持十八种的看法③。目前学术界公认,李渔亲撰的剧本有十部,习称《笠翁十种曲》,在《李渔全集》中辑为《笠翁传奇十种》。

一、凸显原创精神的"十种曲"

据《李渔全集》第十九卷之《李渔年谱》记载,这十种传奇剧本及其写作时间分别为:《怜香伴》顺治八年(1651)、《风筝误》顺治九年(1652)、《意中缘》顺治十年(1653)、《玉搔头》顺治十二年(1655)、《奈何天》顺治十四年(1657)、《蜃中楼》顺治十六年(1659)、《比目鱼》顺治十八年(1661)、《凰求凤》康熙四年(1665)、《慎鸾交》康熙六年(1667)、《巧团圆》康熙七年(1668)。

这其中,一无所本、全部都是李渔自己重新创作的,共有五部,分别是:《怜香伴》《风筝误》《意中缘》《玉搔头》《慎鸾交》。

《怜香伴》以"美人香"绾合剧情。扬州秀才范介夫和妻子崔笺云与山阴老孝廉曹个臣的女儿曹语花在庵庵堂得机巧相逢。两个女子虽是初见,但颇有一见如故之感,二人以诗相和,相见恨晚,并引为知己,其后拜作金兰之好。二人决定今后共侍范介夫一人,且一夫二妻和谐相处。

《风筝误》以一个断线的风筝为故事线索,也是对男女情爱关系的一

---

① 罗兰:《罗兰经典散文》,当代世界出版社,2013,第 130 页。
② 《李渔全集》第三卷,浙江古籍出版社,2010,第 30 页。
③ 中国科学院文学研究所中国文学史编写组编《中国文学史》,人民文学出版社,1963,第 1035 页。

个生动比喻。主要人物既包括俊男靓女，也有丑男丑女，矛盾在他们之间错综展开，最终以德才兼备的俊男韩世勋配貌美端庄的靓女詹淑娟、酒色之徒的丑男戚有先配丑女詹爱娟结局。

《意中缘》之两女主人公分别为画师和妓女，经周折，最终得以如愿，分别嫁给明代著名书画家董其昌和文人陈继儒。

《玉搔头》系写明代正德皇帝一段风流韵事，以男女定情信物"玉搔头"为线索，亦以此得名。正德属意于太原名妓刘倩倩，二人最终团聚于宫中。

《慎鸾交》写吴中两妓女王又嫱、邓惠娟在苏州虎丘"花朝"中赛美，分获冠亚之名。二人择婿之际遇判若霄壤。华秀坚守当初与王又嫱的婚誓，侯隽却喜新厌旧，娶了内监二女，并写信与邓惠娟恩断情绝。华秀设巧计，对侯隽讽喻加批评，终于挽救了他们的婚姻。

李渔戏曲剧本当中，全部都是从自己的小说改编得来的，计有四种，它们分别是：从《轻富贵女旦全贞》改编而来的《比目鱼》、从《丑郎君怕娇偏得艳》改编而来的《奈何天》、从《寡妇设计赘新郎 众美齐心夺才子》改编而来的《凰求凤》、从《十二楼·生我楼》改编而来的《巧团圆》。

《比目鱼》写书生谭楚玉对玉笋班女伶人刘藐姑十分钟情，因而投身于戏班。有情男女借"戏中戏"而假戏真做，被迫双双相抱投江自尽。而后在江中化身比目鱼，最终得以复活，终成眷属。

《奈何天》写未能在婚姻中实现理想的邹姓、何姓、周姓三女，嫌丈夫丑陋多疾，竟都不愿与他同居，曾在书房题额"奈何天"。男主人公阙里侯虽貌丑异常，但功德了得，最终得以脱胎换骨，变为美男子。一班妻妾此时态度大变，纷纷走出静室，千方百计讨好阙氏，为封诰争得不亦乐乎。

《凰求凤》之题名由三女许仙俦、曹婉淑、乔梦兰合资购置一宅，堂名题作"求凤"而来。结局为三女共侍俊朗高才的金陵名士吕哉生。

《巧团圆》写尹厚夫妻二人为寻当年失踪的儿子楼生，化装出行。妻于战乱中流离失所。秀才姚克承路上得遇尹厚，怜尹厚老弱孤贫，买作养父。战乱中，又买了两名妇女。可巧，其一白发苍苍之老妇，正是尹厚之妻，姚将其认作养母；其二是美丽的青春少女，袖中尚藏一根玉尺，原来竟是姚的未婚妻。团圆甚巧，皆大欢喜。

此外，《蜃中楼》是李渔传奇剧作当中唯一化用前人题材而撰成的一部，其内容亦比原来大大丰富。该剧本系在元杂剧《柳毅传书》《张生煮海》之基础上的融合与再创作。洞庭龙王之女舜华与东海龙王之女琼莲，某日同游蜃楼，海边得遇柳毅。舜华与柳毅订下盟约。琼莲也与柳毅的朋友张羽订下百年之好。后来，舜华之父强迫她嫁给泾河小龙，舜华誓死不从，被罚在泾河岸牧羊。已中进士的柳毅巡视泾河时与舜华相认，并托张羽传书给洞庭龙王。张羽冒险代柳毅传书，又用毛女所赠法宝煮海，使得龙王不得安生。最终，龙王允婚，各人皆如所愿。

"十种曲"当中原创的比例是十分之九。这在中国古代戏曲作家当中确是绝无仅有的。

《笠翁十种曲》出目列表如下：

表 1-1 《笠翁十种曲》出目简表

	怜香伴	风筝误	意中缘	玉搔头	奈何天	蜃中楼	比目鱼	凰求凤	慎鸾交	巧团圆
一	破题	颠末	大意	拈要	崖路	幻因	发端	先声	造端	词源
二	婚始	贺岁	名逋	呼嵩	虑婚	耳卜	耳热	避色	送远	梦讯
三	僦居	闺哄	毒饵	分任	忧嫁	训女	联班	伙媒	论心	议赘
四	斋访	郊饯	寄扇	讯玉	惊丑	献寿	别赏	情饵	品花	试艰
五	神引	习战	画遇	奸图	隐妒	结蜃	办贼	筹婚	贿箴	争继
六	香咏	糊鹞	奸囮	微行	逃禅	双订	决计	倒嫖	订游	书帕
七	闺和	题鹞	自媒	篆哄	媒欺	婚诺	入班	先醋	拒托	闯氛
八	贿荐	和鹞	先订	缔盟	倩优	述异	寇发	遇贤	目许	默订
九	毡集	嘱鹞	移寨	弄兵	误相	姻阻	草札	媒问	心归	悬标
十	盟谑	请兵	嘱婢	讲武	助边	离愁	改生	冥册	待旦	解纷
十一	请封	鹞误	嫌婚	赠玉	醉卺	惑主	狐威	心离	魔氛	买父
十二	狂喜	冒美	错怪	拾愁	焚券	怒谴	肥遁	入场	私引	掠姬
十三	谄笑	惊丑	送行	情试	软诓	望洋	挥金	报警	痴盼	防辱
十四	倩媒	谮试	露丑	抗节	狡脱	抗姻	利逼	拐婿	情访	言归
十五	逢怒	坚垒	入幕	逆氛	分扰	授诀	偕亡	姻诧	厌贫	全节
十六	鞅望	梦骇	悟诈	飞舸	妒遣	点差	神护	酸报	赠妓	途分
十七	遣发	媒争	毒诬	仇玉	攒羊	阃闹	征利	贴招	久要	剖私

续表

	怜香伴	风筝误	意中缘	玉搔头	奈何天	蜃中楼	比目鱼	凰求凤	慎鸾交	巧团圆
十八	惊飓	艰配	沉奸	得像	改图	传书	回生	囚鸾	耳醋	变饷
十九	冤褫	议婚	求援	侦误	逼嫁	义举	村瞽	揭招	狠图	惊燹
二十	议迁	蛮征	借兵	收奸	调美	寄书	窃发	阻兵	席卷	追踪
廿一	出缄	婚闹	卷帘	闻警	巧怖	龙战	赠行	翻卷	债饵	闻诏
廿二	书空	运筹	救美	极谏	筹饷	寄恨	谲计	画策	却媒	诧老
廿三	书空	运筹	返掉	避兵	技左	回宫	伪隐	传捷	攘婚	伤离
廿四	拷婢	导淫	赴任	错获	出掳	辞婚	荣发	假病	首奸	认母
廿五	闻试	凯宴	遣媒	误投	密筹	出试	假神	妒悔	归愤	争购
廿六	女校	拒奸	拒妁	谬献	师捷	起炉	贻册	堕计	弃旧	得妻
廿七	惊遇	闻捷	设计	得实	锡祺	惊焰	定忧	作难	庵遇	闻耗
廿八	帘阻	逼婚	诳婚	止兵	形变	煮海	巧会	悟奸	出追	途穷
廿九	搜挟	诧美	见父	擒王	伙醋	运宝	攀辕	闻捷	就缚	叠骇
三十	强媒	释疑	会真	媲美	闹封	乘龙	奏捷	让封	受降	拉引
卅一	赐婚					误擒			悲控	巧聚
卅二	觑美					骇聚			谲讽	原梦
卅三	出使								绝见	哗嗣
卅四	矢贞								修好	
卅五	并封								技辣	
卅六	欢聚								全终	

二、特殊的"改本""阅定"和"评鉴"本

除《笠翁十种曲》之外，尚有署李渔"改本""阅定"和"评鉴"的一些剧本，这些也都收入新版的《李渔全集》当中。虽然并未有充分的证据确认这些剧本必为李渔原创，但李渔在其上改动、评点和根据搬演需要予以规范之处颇多，亦当属于李渔戏曲写作特殊的一部分。

1. 李渔改本

包括：《琵琶记·剪发》、《明珠记·煎茶》、《南西厢·游殿·问斋·窬墙·惊梦》（失传）、《玉簪记·偷词》、《幽闺记·旅婚》。

2.《笠翁阅定传奇八种》

（1）《万全记》

一名《富贵仙》。范希哲（一作无名氏）作，二卷，共三十出。属：

"湖上笠翁阅定、四愿居士编次"。

该传奇描写南京翰林学士卜丰修史，尊蜀先主为昭烈皇帝。他深感秦桧误国，请追赠岳飞为鄂王。其子卜帙进士及第，得中探花，并尚主。其时岳飞旧部张保欲为岳飞伸冤，自号"灭宋天王"，与南鄙半天大王孟天宠相约起兵。卜丰奉旨出兵征剿。张保悔悟投诚，孟天宠被擒之后降服。班师还朝之日，皇帝赐宴。

该传奇因情节中有卜丰妻贤子孝，公主一举三男，故谓之"万全"。另一剧名《富贵仙》系从三男的名字得贵、得富、得仙都是皇帝赐名而来。

（2）《十醋记》

一名《满床笏》。范希哲（一作无名氏）作，二卷，共三十六出。属："湖上笠翁阅定、素泯主人编次"。

该传奇描写唐代龚敬、郭子仪事。郭子仪应试武举，往郊原较量射技，与李白相遇，二人订交。李白官居翰林学士，遂向朔方节度使龚敬力荐郭子仪。龚敬是个惧内的人，曾经为纳妾之事跪门请罪。其后，龚敬妻妾各生一子一女。安禄山攻城，龚敬听从其妻师氏建议，重用郭子仪，终成功破贼。安史之乱平定之后，郭子仪官拜中书令，有唐帝为之卸甲之荣。及后，又晋爵汾阳王。其七子皆封列侯，第三子郭暧尚主。又经李白为媒，龚郭联姻。至郭子仪六旬寿诞之时，其孙又中状元。满门子孙奉觞上寿，堆笏满床，极富贵之盛。

该传奇中《郊射》《龚寿》《七夕》《纳妾》《跪门》《卸甲》《封王》《笏圆》等出在近世昆班中仍有演出。

（3）《偷甲记》

一名《雁翎甲》。范希哲（一作无名氏）作，二卷，共三十六出。属："湖上笠翁阅定、秋堂和尚编次"。前有秋堂和尚自序。

传奇描写宋将呼延灼进剿梁山，以连环马取胜。唯有金枪班教师徐宁之钩镰枪能破连环马阵。宋江定计由时迁偷取徐宁之世传雁翎宝甲，引徐宁上山，动之以情，终使徐宁同意传授枪法，最后大破呼延灼之大军。呼延灼败走之后，被诬投敌，被逼无奈，上山入伙。朝廷招安宋江，汤隆、戴宗、时迁三人不愿入朝为官，便随公孙龙一同出家。

该传奇中，第十五出《偷甲》即为现昆剧中所演之《盗甲》。

（4）《双锤记》

一名《合欢锤》。范希哲（一作无名氏）作，二卷，共三十六出。属：

"湖上笠翁阅定、看松主人编次"。

该传奇描写春秋时代陈国后裔陈大力有家传钢锤一对。陈大力与韩相之后张良相遇，志同道合，相约一同前往博浪沙击杀秦始皇。陈大力刺击秦始皇不中，听从赤松子之言，将双锤抛入海中，竟被琉球国女王姐妹各得其一。而后，陈大力助女王平定内乱，张良亦得到黄石公所授奇书，辅佐汉高祖立业，陈大力得封琉球国王，二人得以重逢。陈大力奉旨与女王姐妹合卺。

(5)《鱼篮记》

一名《双错卺》。范希哲（一作无名氏）作，二卷，共三十六出。属："湖上笠翁阅定、鱼篮道人编次"。前有鱼篮道人自题。

该传奇描写唐时武后临朝，命宫人尹若兰扮作内官，借访贤为名，暗中为其选择面首。秦婉娘错配七旬老翁，故与邻生闻人杰情好，事发被捉。尹若兰得知此事，捐俸银使婉娘得以被断归闻人杰。尹若兰来至建康，在鱼篮庵邂逅于姓书生，许为佳偶，因武后邀之入幕，竟私下里约为夫妇，逃亡临安。过太湖时，为一义盗所获。此时，闻人杰已经担任吴县知县，他招降了太湖之义盗，故而与尹若兰相认，并将详情知与狄仁杰。后来，中宗复位，奸邪尽伏诛，于、尹夫妇退隐入深山。因此剧中于、尹、闻、秦之婚配皆非正娶，所以又得名《双错卺》。

(6)《四元记》

一名《小莱子》。范希哲（一作无名氏）作，二卷，共三十六出。属："湖上笠翁阅定、燕客退拙子编次"。前有燕客退拙子自题。

该传奇描写宋之仁不贪图名利，虽然其子再玉十三岁即中解元，却不以为祥，离家隐居。再玉会试又中会元，受王安石青睐，欲招为婿。再玉不允，于是男扮女装，避之于皇姑寺。皇帝因览《流民图》感悟，罢免王安石。再玉得以再次出试，仍中会元，继而殿试中了状元。可巧，王安石之二女亦女扮男装，竟分别中了榜眼、探花。王安石自行检举，官复原职，二女均嫁给再玉。结尾再玉身穿斑衣，簪花娱亲。

(7)《双瑞记》

一名《中庸解》。范希哲（一作无名氏）作，二卷，共三十六出。属："湖上笠翁阅定、不解道人编次"。有不解道人自序。

该传奇描写阳羡周处，专打不平，以杀人为乐。乡里近邻为之避迁一空。长桥下有巨蛟为灾，南山有虎伤人为患，与横行乡里的周处一同，被称为三害。后来周处遵母训,力除二害,并改邪归正。西村腐儒时吉,有二貌美如花的女儿。因时吉常向外人谦辞曰其女极丑,故年过三十,亦无人问津。后二女一同嫁给周处,时吉也娶妾生子。两家一同而居。朝廷颁赐匾额,上题"双瑞府"。

(8)《补天记》

一名《小江东》。范希哲(一作无名氏)作,二卷,共三十六出。属:"湖上笠翁阅定、小斋主人编次"。前有小斋主人戏言。

该传奇描写刘备攻打洛城失败,发书请孔明入川,荆州由关羽镇守。其时曹操擅政,挟天子以令诸侯。汉献帝发密诏,命伏后之父伏完者,设计除去曹操。事情败露,伏后被曹操乱棍打死。伏后之魂魄向女娲氏诉冤,女娲允其借周仓向关羽诉说幽恨,嘱关羽奋勇勤王。鲁肃在临江会上,为关羽言词打动,撤去伏兵,受到孙权严责,呕血而亡。女娲氏令伏后往意中天观,看身后世种种报应,伏后观后大快。关羽威震华夏,筑百尺高台,拜奠伏后,盟誓云:"生不能扫尽孙、曹,完吾大义,亦当以精灵浩气,洗涤妖氛。"

其题目,《补天记》系取女娲石之言"天敝还堪补,人心补不全"之发挥。另一名《小江东》,系反《单刀会》中所言之"大江东"之词,鄙之为"小江东"。

关于《笠翁阅定传奇八种》,其虽收入《李渔全集》,但对其是否确为李渔所作,历来颇有争议。

郑振铎在其著作《插图本中国文学史》中曾有言:"误被坊贾冒刻笠翁名以传世的戏曲,尚有八种,实皆范希哲作","这八种曲的作风和笠翁的所作大不相同"①。

今人吴晓铃先生曾撰文《考李笠翁的新传奇八种》②。此篇系吴先生学位论文的节选,作者从修辞炼句、结构体制、排场穿插、刊本板式、剧作名目等方面详细分析,认为"传奇八种"是一个人所撰著的。又引小说《载花船》、黄文旸《曲海总目》、焦循《曲考》和《剧说》、《国立北平图书馆戏曲音乐展览会目录》、北京大学图书馆藏《曲海总目提要未刊稿》抄本等,认为"传奇八种"的作者必是明末清初时候的人。进而又从各剧

---

① 郑振铎:《插图本中国文学史》,人民文学出版社,1961,第1022—1023页。
② 吴晓铃:《考李笠翁的新传奇八种》,《中华戏曲》一九八八年第一辑,总第五辑,山西人民出版社,1988。

曲文之修辞炼句特点、适于排演特点、折数以及其他李渔相关著作和材料，得出结论——"传奇八种"即是笠翁所作的"内外八种"。

吴晓铃先生的学位导师胡适先生曾经在论文的评语中说："此篇结论完可成立，但全稿太繁。"① 这篇专文，旁征博引，不厌其烦，层层推理，节节坚实，令人感觉言之凿凿，确可信据。

今人姜于风先生在其《李渔曲目析疑》②一文中，参照比较黄文旸《曲海总目提要》、王国维《曲录》、中国科学院文学研究所编写的《中国文学史》、孙楷第《十二楼序》、郑振铎《西谛题跋》等，认同"金陵书贾为了推广销路，冒李渔之名，把《补天记》《双瑞记》《四元记》合刊，称为《笠翁新传奇三种》，又合余五种，称为《笠翁新传奇品五种》"的说法。姜先生又言：

> 笔者未见过这几种曲，但听曹百川先生讲过，抗战前他游南京时，听说吴梅藏有这几种，曾向吴梅借阅。当时梅回答说，那些是另一种笔墨，和《十种曲》相差甚远，书藏在苏州，不必看了。姚燮和吴梅都是著名的戏曲理论家，治学严谨。他二人如此说，应该是可信的。③

相较前述三种关于《笠翁阅定传奇八种》作者的考证说法，笔者较为倾向于吴晓铃先生的观点。但《李渔全集》中关非蒙先生的《点校说明》所言显然更加中肯，因为确如他所说，明清以来，评改小说、戏曲蔚然成风，其原著与冠以批点者的本子同时流行，李渔是一名剧作家和戏剧理论家，也是个内行的导演，讲究演出效果，他亲自排场，对这八种传奇确实是付出了一番艺术劳动的。所以，在尚无直接的证据证明原创作者是哪一个的情形下，我们姑且以"阅定"一词限定观之，作为研究李渔戏曲剧本形态的一个参考。

《笠翁阅定传奇八种》出目列表如下：

---

① 吴晓铃：《考李笠翁的新传奇八种》编者按，《中华戏曲》一九八八年第一辑，总第五辑，山西人民出版社，1988。
② 姜于风：《李渔曲目析疑》，《中山大学学报哲学社会科学论丛·古代戏曲论丛》第二辑，1985年10月。
③ 姜于风：《李渔曲目析疑》，《中山大学学报哲学社会科学论丛·古代戏曲论丛》第二辑，1985年10月。

表 1-2 《笠翁阅定传奇八种》出目简表

	万全记	十醋记	偷甲记	双锤记	鱼篮记	四元记	双瑞记	补天记
一	开场	开场	开场	开场	开场	开场	开场	开场
二	回馆	野遘	试甲	侠遘	御朝	乡荐	母训	励节
三	织读	醋表	勤王	锦阵	郊游	庆春	蛟游	请救
四	玩梗	洗儿	类合	仙期	操演	别试	侠契	密诏
五	遗恨	醉荐	巡山	东游	代救	监门	寄书	虎峙
六	训主	武捷	巧探	临俱	美憎	奸叙	腐慨	机败
七	正史	醉骂	战捷	扰境	忠谋	闺絮	母感	天泣
八	别试	醋义	寻亲	觅配	双恋	间亲	接书	交印
九	蠢动	醋成	露布	奋击	宫差	寺遘	闺课	告天
十	明义	奸洽	定计	丹侮	改妆	湖隐	负隅	定计
十一	报录	途啸	庙算	进履	打围	报讯	酗殴	补天
十二	尚主	宫别	侠愤	借探	春啸	捷苦	腐哄	诚许
十三	幽啸	投函	伙伏	奸合	怜断	重订	犬归	义激
十四	守石	醋感	差叙	送锤	奸论	谒相	闺戒	赴宴
十五	蛮横	参谒	偷甲	得锤	潜访	即真	侠感	纳后
十六	小圆	起兵	假信	溃奔	回天	改装	征输	返棹
十七	勤政	醋授	义慰	误约	夜课	投寺	闺感	究溺
十八	军实	赐子	追甲	猴毙	銮归	绘图	逆横	进位
十九	目饯	醋功	疑执	庵居	神想	追逃	表害	肖概
二十	逸劳	闻警	心肯	授略	之任	再遁	闺啸	显灵
廿一	冥报	密结	秋砧	醉露	错叁	闺愤	释害	心疚
廿二	宫叙	从驾	教枪	逆报	群策	请祷	腐化	侦释
廿三	顽悔	勤王	证甲	赐剑	弃奔	探囊	辞母	赧服
廿四	产异	靖难	逼战	惊锤	投械	上旛	许婚	啼笑
廿五	诚款	醋锦	惊枪	劝渡	议降	虚捷	见师	忠殒
廿六	弄孙	宫召	败奔	围急	忠愤	假支	起宫	冥杳
廿七	启石	陛见	胎阱	计赚	出师	发奸	力学	召梦
廿八	蛮悟	穷遇	吊甲	劫营	报野	闹卜	别师	勤封
廿九	班师	赐婚	义释	宫叙	赦别	求试	忧喜	回天
三十	大圆	伏鸩	追伙	议婚	拟封	出寺	孝养	荒乐
卅一		醋阻	卜缳	赍捧	望尘	诳露	泣嫁	扬义
卅二		诚感	义聚	合锤	设陷	检举	惊艳	果报

续表

	万全记	十醋记	偷甲记	双锤记	鱼篮记	四元记	双瑞记	补天记
卅三		醋致	会策	奠庙	驰劫	谨礼	咤婿	戒嗔
卅四		醋慨	诏隐	荣饯	入阱	敕锦	庆瑞	天梦
卅五		三喜	犴锦	诏强	摘伏	泣别	拜墓	论治
卅六		圆筊	甲圆	梦圆	圆饯	彩圆	奖圆	泪圆

3.《李渔评鉴传奇二种》

（1）《秦楼月》

清初戏曲家朱素臣作，共二十八出。题"吴门朱素臣编次、湖上笠翁评阅"。后溪菊人、吴下悔庵、伊人、其年氏、蜀眉山人、笠翁等题咏。

该传奇描写书生吕贯和与妓女陈素素坚贞的爱情。书生吕贯于虎丘见妓女陈素素题真娘墓《秦楼月》词，心爱其才，刘岳玉成两人好事。后陈为贼寇所劫，坚贞不辱。几经周折，吕状元及第，夫妇团圆。

李渔剧末评云："远则可方《拜月》，近亦不让《西楼》，几案、氍毹，并堪赏心，此必传之作也。"[①]

（2）《香草吟》

清初戏曲家徐沁作，分为二卷，共三十二出。系徐沁《曲波园传奇二种》之一。题"若耶野老填词、湖上笠翁鉴定"。李渔为之作序。

该传奇叙常山桑寄生与刘寄奴结为兄弟。内史周盈欲注《本草》，请桑氏商定。其时，西川贝母有女名红娘子，寄寓在周家。桑偶然见到红娘子，心生爱慕，将其在香草亭的题诗揭去。后遭乱，桑氏入刘寄奴为幕，红娘子则母女流落他乡，为镇东将军杜仲收留。桑氏率师助刘寄奴破敌之后，遍寻红娘子不遇，只好将诗粘贴于壁上，恰为红娘子的侍女看到偷偷带回。两人由此终成眷属。

作者在《香草吟题词》中说自己"偶取《本草》一编，暇辄披阅，久而有慨于心……得虞山萧观澜《桑寄生传》更而演之，词成奏阕"[②]，故作此传奇。其意在"使览者知余意之所存，庶几于悦生之道不无小补云"[③]。

全剧以药名贯穿，曲白诗词无不随处嵌入，妙趣横生，颇具匠心。《中国曲学大辞典》中"香草吟"一条中说："李渔曾建议改剧名为《香

[①] 《李渔全集》第十八卷，浙江古籍出版社，2010，第 119 页。
[②] 《李渔全集》第十八卷，浙江古籍出版社，2010，第 125 页。
[③] 《李渔全集》第十八卷，浙江古籍出版社，2010，第 126 页。

草亭》。"①

李渔《笠翁一家言文集》中《与徐冶公二札·其二》也有云："再读《香草吟》妙剧，钧天之音，又复随风而下，愉快之极，不免大费亘罗……但此剧命名之第三字，犹未尽善。盖'吟''草''集'三字，皆迩来诗刻之通称。他日悬之国门，人皆谬认为诗草。今人喜读闲书，购新剧者十人而九；名人诗集，问者寥寥。此段姻缘始于香草亭上，不若竟易'亭'字，与《拜月》《牡丹》鼎足而峙，谁曰不宜？"②

《李渔评鉴传奇二种》出目简表如下：

表1-3 《李渔评鉴传奇二种》出目简表

（出数）	秦楼月	香草吟
一	情概	纲目
二	论心	制酒
三	泪吊	郁滞
四	痴访	望闻
五	品花	问切
六	讶遗	贯众
七	惩恶	降香
八	邂逅	车前
九	匿影	合剂
十	心许	蛇蜕
十一	忠谏	粉草
十二	密誓	诃子
十三	计劫	贝齿
十四	啸聚	菊饮
十五	贞拒	含笑
十六	赚试	草寇
十七	围城	天雄
十八	得信	续随

---

① 见《李渔全集》第一卷，浙江古籍出版社，2010，第231—232页。
② 《李渔全集》第一卷，浙江古籍出版社，2010，第231—232页。

续表

（出数）	秦楼月	香草吟
十九	乞援	将离
二十	遗环	将军
廿一	误觅	香附
廿二	全节	蜡丸
廿三	议剿	急救
廿四	拯芳	烟诚
廿五	病捷	火麻
廿六	闺晤	白信
廿七	疑姻	苦梗
廿八	诰圆	外伤
廿九		内感
三十		决明
卅一		合欢
卅二		丸散

三、一虚到底:"反模件化"的高度觉醒

纵观李渔的戏曲写作，可以发现他的一个十分鲜明的特点，即一虚到底的虚构艺术。

对于中国艺术，西方人经常有这样一个刻板印象，那就是认为中国人首先规定基本要素，而后通过摆弄、拼合这些小部件，从而创造艺术作品。

他们认为，"中国人在历史上很早就开始借助模件体系从事工作，且将其发展到了令人惊叹的先进水准。他们在语言、文学、哲学，还有社会组织以及他们的艺术之中，都应用了模件体系。确实，模件体系的发明看来完全合乎中国人的思维模式"①。模件一词，来自英文 moudle 的音译，意为序列中可以组合和变换的标准单元。

那么，为什么他们会认为这种"模件化"的倾向在中国艺术中如此屡见不鲜呢？

德国的雷德侯认为:"汉字可以说是人类在前现代发明的完善典范。汉字的五万个单字全部通过选择和组合少数模件构成，而这些模件则出

---

① ［德］雷德侯:《万物：中国艺术中的模件化和规模化生产》，生活·读书·新知三联书店，2020，第 6 页。

自相对而言并不算庞杂的两百多个偏旁部首。汉字深深地影响了中国的思维模式……通过他们的文字，中国人世世代代与无所不在的模件体系相熟悉。"①

显然，单从戏曲方面来看，是中国戏曲浩如烟海的剧作中的"母题"特征和"本事化"倾向太过集中和鲜明的缘故，给外界造成了深刻印象。

当然，他们对于这种模件化倾向的态度，也并非全部尽是贬低，恰恰相反，更多的则是一种客观分析和一定程度的赏识有加。他们认为："对中国的艺术家来说，模仿并不具有至高无上的价值，只有在为死者作肖像时他们才力求逼真。与其制作貌似自然造物的作品，他们更想尝试依照自然的法则进行创造。这些法则包括了大量有机体的不可思议之创造。变异、突变、变化，随时随处不断增加，终于形成全新的形态。"②

然而，此种模件化倾向，若是作为一种技术特色，出现在诸如青铜器、丝绸、陶瓷、绘画、印刷以及建筑工艺上，或许还颇值得称许，但是若出现在戏剧领域，则变成了灾难性的"痛点"。

什么是戏曲母题呢？王政先生认为："戏曲母题指的是戏曲作品（包括案头文本及舞台搬演两种）中那些稳定承传、具有共同属性的最小的'情节单元'或单一的'叙事单位'，有时也表现为一种类型化的形象、象征化的喻象或'原型'……母题一般出现在多个作品中，表象、枝节或有变化增强，但结构、内核、意蕴、模态、神理则相对延续。"③

本事，多指原事、旧事。本事化，指戏曲剧作当中的人物、故事，大多曾见于史书、典籍，或者其他文艺形式，大体的故事脉络都有据可依，有案可查。谈及中国戏曲，人们都会注意到一个几乎共同和有趣的现象，即中国古典戏曲的故事剧情，大多萌生于某些本事母题。用今人周维培先生的话讲，可见到"剧作之间是裔派承传的血缘关系"④，即严重的本事化倾向。

于是，我们不难看到，中国绝大多数古典戏曲作家们的作品的确不约

---

① [德]雷德侯：《万物：中国艺术中的模件化和规模化生产》，生活·读书·新知三联书店，2020，第5页。
② [德]雷德侯：《万物：中国艺术中的模件化和规模化生产》，生活·读书·新知三联书店，2020，第11页。
③ 王政：《中国古典戏曲母题史》，中国社会科学出版社，2015，第1—2页。
④ 周维培：《历史化·本事化·因袭性——古代戏曲题材综论之一》，《艺术百家》1990年第2期。

而同，并且兴致勃勃地共同秉承了"模件化"的创作倾向。这一点，从洪昇《长生殿》之于白居易《长恨歌》、陈鸿《长恨歌传》，以及汤显祖《邯郸记》之于沈既济《枕中记》、汤显祖《紫钗记》《紫箫记》之于李公佐《南柯太守传》便可得见。贯穿有明一代、有清一朝的明清传奇，不但原封不动地沿袭了唐宋传奇的体裁名字，对唐宋传奇的大多数精彩、美丽的故事也几乎照单全收，不过是或激发戏剧冲突，或丰满人物形象，或点染诗化境界和意蕴，等等。

故此，明代戏曲理论家王骥德有谓：

> 元人杂剧，其体变幻者固多，一涉丽情，便关节大略相同，亦是一短。又古新奇事迹，皆为人做过。今日欲做一传奇，毋论好手难过，即求一典故新采可动人者，正亦不易得耳。①

然而，在明末清初，杰出的戏剧家李渔，却坚决地生出了高度的"反模件化"觉悟。李渔的传奇剧本，是以绝不重本事而长于虚构名扬天下的。这是他的剧本之戏剧文学特征当中，相当值得重视的一个方面。

李渔的传奇剧本，尤擅对历史古事的消化再融合，且有更多是不落窠臼，取材现实，推陈出新之作。他曾言：

> 传奇所用之事，或古或今，有虚有实，随人拈取。古者，书籍所载，古人现成之事也；今者，耳目传闻，当时仅见之事也；实者，就事敷陈，不假造作，有根有据之谓也；虚者，空中楼阁，随意构成，无影无形之谓也。人谓古事多实，近事多虚。予曰：不然。传奇无实，大半皆寓言耳。②

即便是《蜃中楼》，这部李渔传奇剧作当中唯一化用前人题材而撰成的一部，其"反模件化"的努力也是十分明显的。该剧系化用了元人尚仲贤根据唐李朝威著名的小说《柳毅传》创作的杂剧《柳毅传书》，以及元人李好古撰作的杂剧《张生煮海》之情节。《蜃中楼》巧妙地运用"蜃楼"

---

① 王骥德：《曲律·杂论第三十九上》，载《中国古典戏曲论著集成》第四册，中国戏曲出版社，1982，第148页。
② 《李渔全集》第三卷，浙江古籍出版社，2010，第15页。

这一特异的自然现象，为全剧的贯穿线索，将所利用和借鉴的两部作品，缝缀得脉络缜密，浑然无痕，且人物、情节丝毫不显牵强割离之感。其对"蜃楼"布景的独特、精密设计，更使得该剧颇具观赏性，舞台效果极其光怪陆离和震撼。

胡适先生谈及李渔的传奇剧本《蜃中楼》时，也为他超群脱颖的编剧技巧所折服。在《文学进化观念与戏剧改良》一文中，胡适写道：

> 李渔的《蜃中楼》乃是合并元曲选里的《柳毅传书》同《张生煮海》两本戏做成的，但《蜃中楼》不但情节更有趣味，并且把戏中人物一一都写得有点生气，个个都有点个性的区别。如元剧中的《钱塘君》虽于布局有关，但没有着意描写；李渔于《蜃中楼》的戏寿一折中，写钱塘君何等痛快，何等有意味！这便是一进步……杂剧之变为南戏传奇，在体裁一方面虽然不如元代的谨严，但因为体裁更自由，故于写生表情一方面实在大有进步，可以算得是戏剧史的一种进化。①

李渔传奇剧本当中，由自己的小说改编而来的，有四种，分别是：《比目鱼》（改编自《谭楚玉戏里传情　刘藐姑曲终死节》）、《奈何天》（改编自《丑郎君怕娇偏得艳》）、《凰求凤》（改编自《寡妇设计赘新郎　众美齐心夺才子》）、《巧团圆》（改编自《十二楼·生我楼》）。换言之，李渔是自产自销，自己的小说就是自己剧本的本事。

李渔经由小说改编而成的传奇品，同它的原著相比，首先是篇幅增加较多。原因是剧情的敷演需要大量的唱词和宾白，这些来言去语，不可能像小说那样简约和精当。倘若交代局中人的人生经历或者故事原委，也不可能直言相告，必须经过铺垫和来回确认等戏剧动作，若非如此，舞台上的人物形象必定干瘪、苍白。再者，在戏剧里面，故事情节需要有冲突，需要设置转折和反转的、适合演员表演效果的"戏眼"，整体效果要比小说激烈和强化得多。比如，《奈何天》中主人公阙里侯在剧情的最后，可以从丑恶之体摇身一变成为俊男，三位美妇态度大变，从起初的嫌弃蓦地转变成激烈争宠。这个情节的发生，在剧中被设置成是有神明相助，然

---

① 胡适：《文学进化观念与戏剧改良》，《新青年》五卷四号，1918。

而，在原小说《丑郎君怕娇偏得艳》当中，只不过是因为三妇自己悟出来人生因缘天注定，相安到老才是宿命。经此已改，效果已是大不一样。

李渔传奇剧作在从自著小说改编的过程当中，一些主要的增加和删减情况，特列简表如下：

表1-4　李渔传奇剧作改编自著小说增加和删减情况简表

序号	体裁	名　称	增　加	删　减
1	传奇	奈何天	▲角色：阙忠、宜春角、外扮院子 ▲"闹封"的结尾 ▲武戏：第十五出《分扰》	△入话中的故事情节 △结尾情节
	原本	无声戏：丑郎君怕娇偏得艳		
2	传奇	比目鱼	▲慕容介与谭楚玉关系细节：第十二出《肥遁》、二十五出《假神》、二十六出《贻册》、二十九出《攀辕》、三十出《奏捷》、三十一出《误擒》、三十二出《骇聚》 ▲武戏：第八出《寇发》 ▲神引情节：第十六出《神护》	△在晏公面前双双发誓情节 △谭楚玉宽谅富翁情节
	原本	《连城璧》第一回：谭楚玉戏里传情刘藐姑曲终死节		
3	传奇	凰求凤	▲闹热戏：第三出《伙谋》、第六出《倒嫖》 ▲神道设教，介绍科场条律：第十出《冥册》、十二出《人场》、第二十一出《翻卷》 ▲边乱情节：第十三出《报警》 ▲结尾媒婆的冲突：第二十八出《悟奸》	△吕哉生的成长经历情节 △吕哉生曾娶豪门丑妇，鳏居后不敢轻易续娶情节 △脚色：吕哉生曾经占有的两个妓妇
	原本	《连城璧》第九回：寡妇设计赘新郎众美齐心夺才子		
4	传奇	巧团圆	▲闹热戏：第五出《争继》 ▲情感戏：第六出《书帕》、第八出《默订》 ▲武戏：第七出《闯氛》 ▲姚克承参加科考情节：第二十八出《途穷》 ▲曹尹两家争嗣情节：第三十三出《哗嗣》	△大段的议论言词
	原本	十二楼·生我楼		

李渔传奇剧本中，一无所本、全然创新之作，所占比例最大，有五部之多，分别是：《怜香伴》《风筝误》《意中缘》《玉搔头》《慎鸾交》。

其中，尤以《怜香伴》最为特别。李渔在剧中评述自己的这部戏时说"独有此传奇人未传"。该剧描写了崔笺云、曹语花为了长相厮守，竟决定同嫁一人的故事。事实证明，此等剧情，果然十分罕见，在其后几百年内，戏曲剧本效仿者甚寡。

对其他的全然创新之作，李渔曾多次在剧本中沾沾自喜地予以重申。如在《风筝误》中，有"放风筝，放出一本簇新的奇传"；在《意中缘》中，有"作者明言虚幻，看官可免拘牵"，"追取月中簿改，重将足上丝牵"；在《慎鸾交》中，有"传奇跌改葫芦样，洗脱从前郑卫腔"；等等。

在《中国戏剧史》之附录《中国戏剧本事取材之沿袭》一文中，周贻白先生针对此等问题，曾恳切地说：

> 中国戏剧的取材，始终跳不出历史故事的范围，很少专为戏剧而凭空结撰，独运机构者。甚至同一故事，作而又作，不惜重翻旧案，蹈袭前人……至于其他同一题材而作两三种形式写出者，更数见不鲜。虽未必皆出有心，自亦未脱窠臼……在戏剧史的演进上，即凭这些剧本，也可以觇知其缺乏时代意义……本事与体制的解放，应当是改革中国戏剧的先决问题。①

在此篇《中国戏剧本事取材之沿袭》当中，周贻白先生从宋元南戏、元明杂剧、明清杂剧传奇，直到皮黄剧，从《摘星楼比干剖腹》一直到《打面缸》，用了洋洋41页的篇幅，制表列举了凡308类320种"在历史故事上兜圈子"②的沿袭状况。

由此可见，中国戏曲创作当中的本事取材，因袭之风由来已久，是极难摒弃掉的。这种因袭之风，不但使得中国戏曲的戏剧故事乏新可陈，而且限制了对现实生活的关注，进而也禁锢了思想深度的开掘。

与诗歌母题、小说母题，甚或散文母题不同，千百年来如此高频率地母题重复，使得中国戏曲几乎成为一个封闭或者半封闭的题材系统，这对于本质特征就是一切元素都必须与观众的欣赏相适应，以及多角度、全方

---

① 周贻白：《中国戏剧史·中国剧场史》，湖南教育出版社，2007，第622—623页。
② 周贻白：《中国戏剧史·中国剧场史》，湖南教育出版社，2007，第623页。

位地展示生活和表现思想的戏剧而言，显然不是一个值得夸耀的事情。这成为中国古典戏剧模式的固化，渐次失去活力的症结所在。

李渔曾经把编剧比喻为建造房屋，他言道：

> 工师之建宅亦然：基址初平，间架未立，先筹何处建厅，何方开户，栋需何木，梁用何材，必俟成局了然，始可挥斤运斧；倘造成一架而后再筹一架，则便于前者不便于后，势必改而就之，未成先毁，犹之筑舍道旁，兼数宅之匠资，不足供一厅一堂之用矣。①

意谓，工匠在建造房屋时也是一样，地基初步平整过后，总体的间架体尚未正式确立的时候，对于下一步的工作，如筹谋在哪里建厅堂，朝什么方向开窗户，房栋需要用什么木材，房梁需要采用什么材料，必须要等到自己胸有成竹，才可以开始挥斤运斧，开始全面工作。倘若建成一栋房子之后再开始筹谋另一栋，就方便于前却不方便于后面的工作了。后面的工作势必就要进行修改，要做一些迁就工作。房屋在未能建成之前就毁掉一部分，则好比把房屋建在道路旁，花掉本可以建造几座房屋宅院的匠人和资财，最后实际上却不足以供只是建造一厅一堂的用度。

如果我们沿着李渔的这个思维方向，继续就戏曲创作取材作一番比喻的话，那么，戏曲创作的模件化倾向便恰好与当代建筑中常采用预制板的工作方法做一番类比。

预制板这种东西，主要的用处就是做楼板。事先用钢筋水泥根据设计的大小制成，房屋建筑时，运到工地铺设在预先按照尺寸留好的墙与梁上方，作为每一层的隔板，也就是每一层的原始地板材料，从下一层来看就是它的天棚。这种东西，在 20 世纪曾经很普遍地得到采用。预制板曾经很受欢迎，被认为是十分先进和牢固的建筑方法。

预制板与戏曲的模件化相仿的还有很被人看好的一个优点，就是使用上的方便快捷：只要对前期辛苦聚砂石、水泥与汗水铸就的工序或曰前人付出一些资财代价甚至只需要致以敬意便可以信手拈来了。它的优点当然是取用方便，可以任其自由发挥组装和再加工、装饰，短时间之内，或曰普通工艺标准的要求之下，是完全可以在相对安全的前提下处理得随心所

---

① 《李渔全集》第三卷，浙江古籍出版社，2010，第 4 页。

欲，甚至美轮美奂的。长此以往，用户／观众／读者也乐于心安理得地接受下来。

然而，美则美矣，便则便矣，这种预制板模件有一个问题便是，预制件的本体过于牢固和僵化，极大地限制了选用者对于新的建筑风格的创新求异，难以随心所欲发挥更高层次的创造性。这对于有着较高追求的建筑大师而言，实在是一个鸡肋之选。

再者，有一个潜伏其中的更大问题就是，预制模件本身当然绝对是并不完美的。采用预制模件的建筑，对于各个预制件之间的组合方式与黏合材料，并没有找到万无一失的完美解决之策。用预制件搭建起来的建筑，其实远远比不上整体制作的那般有一体化的天生牢固性与一体性，倘若加上一旦诸多组装、黏合环节有了疏漏，其安全性便大打折扣。这种隐患是与生俱来的，往往难以承受太长时间的考验。正因为这个缘故，现如今房屋建筑已经淘汰这种方式，改为框架结构、钢筋混凝土结构，安全质量进一步提高。

世间万物，其理趋同。虽时代不同，但理蕴其间。对有过以建筑对编剧作喻的经验，也深知"填词之陋，亦莫陋于盗袭窠臼"[①]的李渔来讲，机敏如斯，岂能不察？

其实，关于如何克服模件化倾向，如何提炼和使用故事原型的讨论和实践，一直是贯穿在古今中外文学艺术创作的漫漫长河之中，从未停歇的。但是，发展到现如今，最为文学艺术家信服的，往往都不是对既有的模件的直接或简单搬用，而是将思考的触角反向探入人类更久远的神话和历史思想积淀，并经过更深层次和维度的思维提炼，形成的类型原则。

比如，关于故事类型的最新代表人物是美国当代编剧大师克里斯托弗·沃格勒，他在其著作《作家之旅：源自神话的写作要义》[②]里总结的"八种人物原型和故事的十二个阶段"理论，便是冲破简单模件化，逼向更深层次的编剧艺术基本规律的、广受业内人士称道的理论成果。

克里斯托弗·沃格勒认为，所有的故事都是由几个常见的结构组成的，它们出现在各国的神话、童话、戏剧和电影里。主人公是英雄，而整个故事就是英雄的旅程。他首先对故事中的人物原型进行分析，告诉读者

[①] 《李渔全集》第三卷，浙江古籍出版社，2010，第10页。
[②] ［美］克里斯托弗·沃格勒：《作家之旅：源自神话的写作要义》，王翀译，电子工业出版社，2011。

原型在故事中的作用和功能，并对每个原型又是怎样推动故事发展的一一进行阐述。随后，他又把故事发展分为三幕，三幕里包含着 12 个阶段。沃格勒把英雄的故事当作是一段旅程，把这 12 个阶段当作英雄之旅的路线图。

沃格勒提出的八种人物原型为：英雄、导师（智慧的长者）、边界守卫、信使、变形者、阴影、伙伴、骗徒。

英雄一词源自古希腊语，原意是保护和服务，是愿意为他人而牺牲自我利益的人。导师则代表着所有保护英雄、赠予英雄礼物的戏剧角色，他一般以神的名义发表言论，或者接受过神的启示。导师的职责是向旅途中的英雄提供激励、启示、指导、培训和礼物，是英雄的指引者。

边界守卫是英雄在冒险的道路上遭遇到的险阻者，少数情况下，边界护卫也可以是检验英雄决心和技能的秘密帮助者。信使的一个重要故事功能就是宣告改变是必要的，借以激励英雄，向英雄提出将要面对的挑战，从而推动戏剧故事的发展，可以是正面人物、反派，或者中立人物。

变形者承担的戏剧功能是把怀疑和悬念带到故事里，他（她）本身的性质就是变形和不确定，或许是英雄的恋爱关注对象或者另一半，是最具灵活性的原型之一。阴影原型，象征着事物的阴暗面，或者未曾出现、未实现或者被抛弃的一面，或许就是我们内心世界里被压抑的怪兽。

伙伴的功能在于陪伴、争论的对手、良知或者喜剧性的调剂，他（她／它）当然也可以不是人类，通常亦可以象征在精神危机时给予英雄强大帮助的内心力量。骗徒是求变欲望的原型，可能是为英雄或阴影工作的仆人或伙伴，有自己的歪门邪道，通常为催化剂式的角色，影响别人的生活，但自己却不会改变。

而故事发展的十二个阶段则为：正常世界，冒险呼唤，拒斥召唤，见导师，越过第一道边界，考验伙伴、敌人，接近最深的洞穴，磨难，报酬，返回的路，复活，携万能药回归。

真正对艺术创作有理论和实践指导意义的，不是招数，是原则。

虽然这只是为克服模件化倾向而提出的诸多原型构成和路线图中的一种，但沃格勒这种从钻研和领会故事路线图得出的方法，并非现成的固定人物和故事模板，也非具体招数，而是归纳出来的构成原则，或许，这才最有可能是最抵达成功之作的一条康庄大路。

虽然李渔并没有就如何去模件化单独成文成书做专门的理论标举，但他做编剧的剧目中的故事设计，是完全符合他自己在《闲情偶寄》当中所倡导的"脱窠臼""戒荒唐""意取尖新"等理念的。英雄所见略同，从这个意义上说，能做到"虚则虚到底"[①]，所秉持的提炼和构建故事的原则与沃格勒的有异曲同工之妙。

四、"旧瓶装新酒"，中国戏曲改革之咒的来源

中国的戏曲改革，包括理论探讨和实践活动，是一直在进行中的，从它的萌发一直延续到今天。但是，我们会发现，在选题、结构和搬演等诸多方面，依然存在一个如何对待旧模板，如何看待旧形式的问题。我们在到底如何去融会贯通与革新创造，如何去除模件化倾向这些问题上，尚难取得一致的共识。数百年之前，李笠翁提出的"脱窠臼""戒荒唐""意取尖新"等求新、求奇的主张，要在戏曲舞台上真正做到，何其难也。

戏曲的改革，时断时续，延续千百年。时光到了近百年，出现了一个新词汇——"旧瓶装新酒"。这个语词像影子和咒语一样紧紧伴随在这场戏曲改革运动中。改革派总是避免不了被它的强势反对派指斥为"旧瓶装新酒"，另有一些改革派则在被异己指斥的同时，又总是喜欢拿"旧瓶装新酒"这个"罪名"去回敬那些比它改革愿望更强、步伐迈得更大的演艺界人士以及理论上的论敌。

百多年来，热切地投身到戏曲改革的学派、团体和艺术上成名立万的大师，各路人士如过江之鲫，数量还是相当庞大的。其中，可以产生实质性影响的，大致包括以下三个派别：梅兰芳戏曲改革派，田汉、欧阳予倩戏曲改革派及延安戏曲改革派。

二十世纪之初，清政府已经迈入政治、经济全面解体的深渊边际，西方许多工业强国觊觎中国丰富的市场和消费资源，通过签订不平等条约意图使用外交手段和军事压力迫使清朝加入由他们主导的世界体系。而中国社会各界对此的普遍反应是极大的情绪和认识反弹，社会各界人士以图存救亡为主题的运动此起彼伏，民众启蒙成为当务之急。在诸种启蒙方式当中，艺术化的宣传被认为最为有效，于是，戏剧活动便成为各界人士普遍关注和积极参与的一项活动。尤其是西方戏剧这个舶来品在十九世纪六十年代开始被留学生引入中国，在观众中的影响日益增强。于是，中国传统戏曲人深切地感觉到了危机，改良的呼声日益强烈了起来。

---

① 《李渔全集》第三卷，浙江古籍出版社，2010，第16页。

以梁启超为主的知识分子先后提出了"诗界革命""文界革命""小说界革命"和"戏剧改良"等主张,认为文学应该是最能符合反映和改良社会现实之需的。及至"五四"的大幕拉开,它的白话文学观念,促使知识界对歌谣、曲艺等民间文艺的热情之火重新燃起,一时间,辑集古歌谣谚、研究民间艺术蔚然成风。歌颂辛亥革命的丰功伟绩、反帝国主义的悍然侵略,成为民间艺术最擅表现的主题,"改良""文明"等也成为民间艺术家口中的时兴语汇。革命的浪潮催生了艺术的变革,传统艺术形式要如何来表现新内容?它有这个必要和可能吗?

我们对内容与形式的辩证关系应该如何认识?"五四"新文学运动兴起以后,白话文学风起云涌,其推崇者坚决不相信似文言这种旧形式可以表现新时代的新内容,他们把这种状况形象地称为"旧瓶装新酒"。

1933年,鲁迅首先对这个比喻阐明了自己的看法:

> 然而现在是别一种现象了。有些新青年,境遇正和"老新党"相反,八股毒是丝毫没有染过的,出身又是学校,也并非国学的专家,但是,学起篆字来了,填起词来了,劝人看《庄子》《文选》了,信封也有自刻的印板了,新诗也写成方块了,除掉做新诗的嗜好之外,简直就如光绪初年的雅人一样,所不同者,缺少辫子和有时穿穿洋服而已。
>
> 近来有一句常谈,是"旧瓶不能装新酒"。这其实是不确的。旧瓶可以装新酒,新瓶也可以装旧酒,倘若不信,将一瓶五加皮和一瓶白兰地互换起来试试看,五加皮装在白兰地瓶子里,也还是五加皮。这一种简单的试验,不但明示着"五更调""攒十字"的格调,也可以放进新的内容去,且又证实了新式青年的躯壳里,大可以埋伏下"桐城谬种"或"选学妖孽"的喽罗。①

第二年,鲁迅在对"第三种人"的口诛笔伐中,更加明确地说:"旧形式的采用",往往"正是新形式的发端"。"旧形式的采取,必有所删除,既有删除,必有所增益,这结果是新形式的出现,也就是变革。"② 他认为

---

① 鲁迅:《重三感旧——一九三三年忆光绪朝末丰之余》,载《准风月谈》,《鲁迅全集(第5卷)》,人民文学出版社,1981。
② 《鲁迅全集(第6卷)》,人民文学出版社,1981。

利用旧形式是必须要融会贯通、革新创造的。鲁迅的看法，对后世影响至深，时常在不同的论战中被援引。

那么，"旧瓶装新酒"一词的来历是什么呢？《鲁迅全集（第 5 卷）》的一个注解给出了考据。这个说法，出自欧洲谚语，原意思为"旧瓶不能装新酒"。在《新约全书·马太福音》①第九章可以检到，该章的第 17 句中文表述是："也没人把新酒装在旧皮袋里。若是这样，皮袋就裂开，酒漏出来，连皮袋也坏了。惟独把新酒装在新皮袋里，两样就都保全了。"原文为："Neither do men put new wine into old bottles: else the bottles break, and the wine runneth out, and the bottles perish: but they put new wine into new bottles, and both are preserved."我们所说的"旧瓶"，在《圣经》元典中的表述是"旧皮袋"。其实，bottle 一词在国内的英语教科书中的释义几乎都解释为瓶子，或类似瓶子的东西。

经笔者对辞书的考查，《朗文当代高级英语辞典（英英·英汉双解）》②的第 155 页左栏，bottle 词条中名词的中文释义为：1. 瓶；2. 一瓶之量；3. 酒；4.（喂婴儿用的）装在奶瓶中的牛奶；5. 勇气，胆量。由于该辞典是英汉双解版，所以很容易便可以看到英文的原版释义，其释义之一为："a container for liquids, usu. made of glass or plastic, with a rather narrow neck or mouth, and usu. no handle."（汉译：一种盛放液体的容器，通常以玻璃或塑料制成，窄颈或窄口，无柄）所谓"通常以玻璃或塑料制成"当指的是这种东西较接近我们近时代的形制，其实"窄颈或窄口，无柄"才是它的决定性特征。在该辞书该词条正上方一幅关于"bottle 瓶"的插图中，我们赫然看到的是生活中比较常见的热水袋。在这里，它的标注是"hot water bottle 热水袋"。看来，《圣经》成书的时代，盛装酒水的"旧皮袋"本就是命名为 bottle 的。

出自《圣经》的"旧瓶装新酒"，似乎颇受中国文学艺术界人士青睐，"五四"之后，这个词汇频频出现。

如鲁迅的"铁杆"论敌苏雪林，在某次评价鲁迅时，便机智地用"旧瓶装新酒"来以子之矛攻子之盾——

---

① 《圣经》（版本：King James Version）。
② 《朗文当代高级英语辞典（英英·英汉双解）》，商务印书馆、艾迪生·维斯里·朗文出版社中国有限公司联合出版，1998 年 8 月第一版，1999 年 12 月第 3 次印刷。

他们文字都很漂亮流丽，但也都不能说是"本色的"。鲁迅好用中国旧小说笔法，上文已介绍过了。他不惟在事项进行紧张时，完全利用旧小说笔法，寻常叙事时，旧小说笔法也占十分之七八，但他在安排组织方面，运用一点神通，便能给读者以"新"的感觉了。化腐臭为神奇，用旧瓶装新酒，果然是这老头子的独到之点。①

郑振铎看来是对俗文学情有独钟的。在《大众文学与为大众的文学》中，他对所谓"旧瓶装新酒"模式作了断然否定。他认为鼓词、弹词等之类旧形式根本没有装载新内容的能力，所以他极力主张既然要创造所谓的"启蒙运动"的"为大众的文学"，那么便没有折中的变通之法，既革命就要彻底，未来最高的目标是要建立"大众文学"。在郑振铎的口中，"真正的大众文学，便是大众自己所创作的文学；出于大众之手笔，而且也专为大众自己而写作，而且是属于大众自己的"②。

抗日战争的爆发，战火熊熊，更激发了知识分子们对中国新文艺应该是什么样子的讨论。向林冰便认为我们要"将新内容尽可能地装进或增入旧形式中"③，因为，"如果不于旧形式运用中而于旧形式之外，企图孤立的创造一种新形式，这当然是空想主义的表现"④。他认为要想让文艺做到大众化，那么唯有把旧形式用好这个途径，这样才有可能全盘地继承民族遗产。

茅盾在《问题的两面观》中的观点，将一段时期以来对于"旧瓶装新酒"热烈讨论的意义做了一个类似总结性的概括。显然，他认为戏曲是最好的例子：

让我们进一步讨论到文艺大众化运动中酝酿得很久的"旧瓶装新酒"的问题。

有些人反对这个主张，他们说："如果说新酒必须装在旧瓶里，这无异承认新文艺运动已遭了失败，不能生存于大众中间，因此非依仰旧形式不可了。实际二十年来新文艺运动已有了很大的收获。二十年

---

① 苏雪林：《〈阿Q正传〉及鲁迅创作的艺术》，载《苏雪林文集》第三卷，安徽文艺出版社，1996，第321页。
② 郑振铎：《大众文学与为大众的文学》，《文学季刊》创刊号，1934。
③ 向林冰：《再答"旧瓶装新酒"怀疑论者》，载《通俗读物论文集》，第56页。
④ 向林冰：《"旧瓶装新酒"释文》，载《通俗读物论文集》，第35页。

前的群众，对于文艺的理解力和写作力哪里有现在这样广，这样高？如今我们却要舍新而仍旧，简直是自寻覆灭了！"……

　　五四运动以来，我们丢弃了固有文化去接受西洋文化。在随着人家俯仰的情形下，发生着种种变动。其实一个文明国家的文艺应有它自己的作风。我们中国的真正文艺作风既不是腐旧不堪的，也不是全盘西化的，而是一种独创特有的风格。这种风格即存在于民间的通俗文学中。如果我们从小地方去着手观察，就可发现这种独特的风格。绍兴戏中有一出叫《目莲救母》的，拿来说明这句话颇为恰当。初看起来这似乎只是一出宗教性的戏剧，但实际它里面融合着无数中国民间的思想和情感。就近来讲，陕北的"新酒"的歌词装入旧瓶，就是把这种特有的风格发扬起来，加强迫来。他们把陕北民间的文学精华吸收和搜集拢来，再加以改造。这似乎不象文艺，可就是中华民族的真文艺。①

在此之后，关于"旧瓶装新酒"，有以下几种认同：

其一，梅兰芳戏曲改革派的"移步而不换形"总被认为是典型的"旧瓶装新酒"。其二，至为推崇新歌剧运动的田汉和戏曲改革派欧阳予倩都认为"旧瓶装新酒"是根本说不通的。其三，延安戏曲改革派则是采取功用主义的认识，即新瓶新酒、旧瓶新酒都可以，只要对抗战有利。

"旧瓶装新酒"像一道符咒一样，成为贯穿中国近代乃至当代戏曲改革进程的一条时隐时现的线索。但是中国戏曲的改革，为什么却始终没有跳脱本事和旧套的牢笼呢？显然，这些都透露出中国戏曲界对旧形式、旧模件难以割舍的感情依恋和变革勇气的阙如，这一点，在戏曲的故事取材方面尤甚。

回过头来，能够将如此之多的原创作品集于一人之身，可见李渔的确是一个开风气之先的戏剧家。所以，我们不得不敬佩李渔在反"模件化"这个问题上具有的洞察秋毫的慧眼和践行的决绝之心。这是李渔为中国古典戏剧叩响的第一记响亮的钟声。

---

①　茅盾：《问题的两面观》，刊于《文艺旬刊》第三卷第一期。

第三节　李渔之问：戏曲剧作之结构艺术

李渔在其《闲情偶寄》中有云：

> 而元曲之最佳者，不单在《西厢》《琵琶》二剧，而在《元人百种》之中。《百种》亦不能尽佳，十有一二可列高、王之上，其不致家弦户诵，出与二剧争雄者，以其是杂剧而非全本，多北曲而少南音，又止可被诸管弦，不便奏之场上。今时所重，皆在彼而不在此，即欲不为纨扇之捐，其可得乎？①

李渔提道，元曲之中最佳的作品，不仅仅在于《西厢记》和《琵琶记》这两个剧作，更多的还在《元人百种》之中。即便是《元人百种》，当然也不能说都好，只不过可以列在高则诚、王实甫之上的仅能够达到十分之一二的样子。为什么另外那些十分之八九都不能做到家家响起它们的旋律、户户都能主动吟诵，而与《西厢记》《琵琶记》一争高下呢？那是因为它们都是杂剧而非全本，它们多是北曲而少南音，又只可以配上管弦来清唱，却不便于在舞台上进行演出。今天我们所重视的，都在于文字优雅，却不看重场上的实际演出，即使不想像秋天的纨扇那样被抛却一旁，有这个可能吗？

李渔之问，言之谆谆，意之殷殷。这一问，本质是什么？窃以为，其本质在于：中国戏曲剧本的核心目的，到底应该是场上搬演，还是仅仅文人自相唱和、当机立禅或者高堂教化？

李渔之问，不啻是针对中国古典戏剧敲响的一记惊世警钟！那么，李渔之问为何易解不易决？到底应该如何破题？

李渔的划时代意义，很大一部分在于他对中国戏曲的文学性和搬演都高度重视，即是一种于"道"与"技"同等的重视，于"技"当中，又较前人更加重视舞台呈现。李渔曾言："然传奇，一事也。其中义理，分为三项：曲也，白也，穿插联络之关目也。元人所长止居其一，曲是

---

① 《李渔全集》第三卷，浙江古籍出版社，2010，第19页。

也……"① 以及"填词之设，专为登场"②。

且看李渔是如何在自己的剧本中用自己的编剧实践来回答这个宏大而又尖锐的问题的。

一、赋制全形、一人一事

虽然明人吕天成在《曲品》中发挥孙矿的意见，将"搬出来好"③作为传奇的前身南戏"十要"之一，但只是将其列于第三条的位置。李渔则旗帜鲜明地将"专为登场"立在卷首，视之为传奇剧本创作的最直接目的。在"词曲部上"开端即列出"结构第一"的主张，因为，"以音律有书可考，其理彰明较著。自《中原音韵》一出，则阴阳平仄画有膝区，如舟行水中，车推岸上，稍知率由者，虽欲故犯而不能矣。《啸余》《九宫》二谱一出，则葫芦有样，粉本昭然"④。所以，他认为，"尝读时髦所撰，惜其惨淡经营，用心良苦，而不得被管弦、副优孟者，非审音协律之难，而结构全部规模之未善也"⑤。在对结构的要求当中，他又把"立主脑"列为其中之第二款。他解释道："此一人一事，即传奇之主脑也。"⑥

考察《笠翁十种曲》各个传奇剧本，每部剧故事虽波折颇多，但是人物集中、情节紧致，主线和中心都十分突出、有力：

《怜香伴》：衍崔笺云、曹语花因诗生怜，诞生情愫，终嫁给同一才郎。

《风筝误》：衍韩世勋、詹淑娟姻缘故事。缘起一只风筝断线落入詹淑娟家院，同时又有风筝落入詹淑娟姐姐爱娟家宅院，生出诸多误会。

《意中缘》：衍杭州才女杨云友、林天素二女分别与董其昌、陈继儒二生的姻缘故事。四人各遂心愿。

《玉搔头》：衍明武宗皇帝微服私访，私幸妓女刘倩倩，后娶总兵范钦之女范淑芳为贵妃的故事。

《奈何天》：衍丑陋男子阙里侯，始为三个才貌双全的妻子嫌弃，终因积善积德，经天神变形洗髓，摇身一变，夫妻重又和睦的故事。

---

① 《李渔全集》第三卷，浙江古籍出版社，2010，第12页。
② 《李渔全集》第三卷，浙江古籍出版社，2010，第66页。
③ 吕天成：《曲品·卷下》，载《中国古典戏曲论著集成》第六卷，中国戏剧出版社，1959。
④ 《李渔全集》第三卷，浙江古籍出版社，2010，第4页。
⑤ 《李渔全集》第三卷，浙江古籍出版社，2010，第4页。
⑥ 《李渔全集》第三卷，浙江古籍出版社，2010，第8页。

《蜃中楼》：衍书生柳毅、张羽分别和洞庭龙女舜华、东海龙女琼莲一波三折的姻缘故事。

《比目鱼》：衍书生谭楚玉，爱上女演员刘藐姑，投身戏班，但刘母欲将女嫁为富人妇，二人投水殉情，被平阳侯化作一对比目鱼，得救复生，终成眷属的故事。

《凰求凤》：衍许仙俦、乔梦兰、曹婉淑三姝，为嫁美貌男子吕哉生，终遂心愿的故事。

《慎鸾交》：衍吴中名妓王又嫱和文士华秀十年的婚约历经波澜，终于经受住考验的故事。

《巧团圆》：衍自幼被拐的姚克承，一家父子、夫妻离散，梦中常梦的小楼竟然是事实，在极为巧合的情形下，终于团聚的故事。

比较之后我们发现，此处"一人一事"绝不可片面理解为一定是"某一个人"或"某一件事"，因为李渔曾云：

> 古人作文一篇，定有一篇之主脑，主脑非他，即作者立言之本意也。传奇亦然。一本戏中有无数人名，究竟俱属陪宾，原其初心，止为一人而设；即此一人之身，自始至终，离合悲欢，中具无限情由，无穷关目，究竟俱属衍文，原其初心，又止为一事而设；此一人一事，即作传奇之主脑也。然必此一人一事果然奇特，实在可传而后传之，则不愧传奇之目，而其人其事与作者姓名皆千古矣。①

所以，我们应该将"一人一事"理解为戏剧故事中的中心人物和关键事件。只有确立并集中于中心人物来发展情节，才能集中表现中心事件和中心思想，即"作者立言之本意"。

二、以尖新脱套来明晰和丰富隐性结构

对于中国古典戏曲的结构，古往今来，论述者颇多。如王骥德认为：

> 作曲，犹造宫室者然。工师之作室也，必先定规式，自前门而厅，而堂，而楼，或三进，或五进，或七进，又自两厢而及轩寮，以至廪庾、庖湢、藩垣、苑榭之类，前后、左右、高低、远近、尺寸

---

① 《李渔全集》第三卷，浙江古籍出版社，2010，第8页。

无不了然胸中，而后可施斤斫。作曲者，亦必先分段数，以何意起，何意接，何意作中段敷衍，何意作后段收煞，整整在目，而后可施结撰。①

今人李晓先生认为：

我们可以在王骥德结构理论的基础上，归纳出古典戏曲整体结构的构成段数：开端—发展（应有小收煞）—转折—收煞……我叫它做古典戏剧结构的"四段论式"。戏剧矛盾基本上遵循"因果律"在"四段论式"中不断发展，直到"终点"。②

今人洛地先生则又认为：

我对传奇剧本的看法，可以概括为一句话，是：双线并行的"主、离、合"结构……凡戏文——传奇剧本必为一首尾完整的故事。这个故事必以其中一人为"主"，必有一人与他相"合"，在戏剧过程中必发生"离"，最后以"合"结束。③

前者为中国古典戏曲创作"赋制全形"之先声，惜仅仅是点到为止，未作进一步深化，更未就论者自己的剧作践行对照。后两者为广览戏曲剧作精华之顾曲周郎的归纳总结，分别从自己的角度，找出了一定的艺术规律，提出了精辟的见解。

作为既是理论家又是剧作家的李渔，在当时又是怎样实践和认识"赋制全形"这个戏曲剧本创作的格局规范的呢？

李渔的观点是："填词首重音律，而予独先结构者。"④考察李渔的传奇剧本，我们不难发现，以"十种曲"为代表，剧本的结构都是非常完整周密的。李渔的剧本，尤擅长设置两男两女的两条主副情节线，双线并行发展。其中，尤以《风筝误》《意中缘》《蜃中楼》和《慎鸾交》为代表，它

---

① 《王骥德曲律》，陈多、叶长海注释，湖南人民出版社，1983，第121—122页。
② 李晓：《比较研究：古剧结构原理》，中国戏剧出版社，1989，第25页。
③ 洛地：《戏曲与浙江》，浙江人民出版社，1991，第283页。
④ 《李渔全集》第三卷，浙江古籍出版社，2010，第4页。

们都是主副两条情节交叉线交互进行，互为支撑的。

传奇剧本中的"主"，系剧中之男性人物，与之"合"者系剧中之女性人物。主合的结果，或结为夫妇，或欲结为夫妇。"离"则系因各种原因造成的离别、离乱、离间等过程。最后，必以"合"为剧之终结。李渔的传奇剧本，经过细读和总结，基本都符合"双线并行的'主、离、合'结构"特征。由于需要经过特地的细读分析和概括方能明晰起来，其当属隐性结构。且这种隐性结构在动辄四五十出的传奇当中，淹没在头绪纷繁的线索之中，令人或一时不易拎得出来，或对其陈陈相因、了无生趣而渐生困意。

那么，李渔的传奇剧本，是如何将"双线并行的'主、离、合'结构"明晰和丰富起来的呢？

李渔在《闲情偶寄·演习部·脱套第五》中曾言：

> 戏场恶套，情事多端，不能枚纪。以极鄙极欲之关目，一人作之，千万人效之，以致一定不移，守为成格，殊可怪也。西子捧心，尚不可效，况效东施之颦乎？且戏场关目，全在出奇变相，令人不能悬拟。若人人如是，事事皆然，则彼未演出而我先知之，忧者不觉其可忧，苦者不觉其为苦，即能令人发笑，亦笑其雷同他剧，不出范围，非有新奇莫测之可喜也。扫除恶习，拔去眼钉，亦高人造福之一事耳。①

而他在《闲情偶寄·词曲部·意取尖新》中又补充道：

> 词人忌在老实，老实二字，即纤巧之仇家敌国也。然纤巧二字，为文人鄙贱已久，言之似不中听，易以尖新二字，则似变瑕成瑜。②

显然，这并不单指宾白。在李渔传奇剧本的结构艺术安排设计中，丰富的艺术手段同样得到了淋漓尽致的应用。具体说来，李渔传奇剧本的尖新脱套，在计与错、正与倒、视与听等方面的处理上尤值称道。

---

① 《李渔全集》第三卷，浙江古籍出版社，2010，第102页。
② 《李渔全集》第三卷，浙江古籍出版社，2010，第52页。

1. 计与错

没有冲突就没有戏剧，所谓戏剧冲突，实质上就是性格冲突。在谈到戏剧冲突的时候，谭霈生先生认为：

> 人们的个性是丰富多采的，由不同的个性形成的人物关系，更是千差万别。能使戏剧冲突避免雷同化的，正是丰富多采的个性。某种矛盾冲突，正是由于参与冲突的人物个性的差异，而显出不同的内容和独特的展开形式。有人说："有多少性格，就有多少冲突。"这是因为，具有不同个性的人们，面对同样的问题，处理同类的矛盾，可能有迥然不同的行动，使冲突具有鲜明的特色。①

然而，坐在观众席当中的观众是聪明的，他们带着观赏传奇的目的，有备而来，集体智商更是增加了几十个百分点。那么，加入按一般戏剧布设情节的老套路来写戏，故事的发展难保不被台下人频频猜中，戏剧性不免会大打折扣。

李渔在传奇剧本的写作中，则翻奇弄巧，更进层次，把设置产生冲突机会的权柄交给剧中人，令一般只对剧作家的构思绞尽脑汁猜想的观众们不自觉地入戏，迅速地进入下一个层次的探究过程之中。反映在具体情节中，就是频繁地让剧中人设计谋，而在设计谋者以及被设计者的行动中，频频出现错误，使人物关系、故事情节变得错综复杂，冲突不断激化，戏剧性大大得到加强，戏也变得饶有趣味。这种手法，在"十种曲"里面，有各式各样的应用。

例如，在《怜香伴》中，雨花庵庵主静观为了成全崔笺云与曹语花，设计二人于十月初一在雨花庵谋面。曹语花之父曹个臣坚拒范介夫求婚，要为女儿招收女门生之时，崔笺云又生一计，伪称"父母双亡，一身无靠"前往应试，结果以才学成功进入曹家相聚。

在以"误"为剧名的《风筝误》中，则更是错误频出。韩世勋题诗的风筝误落在詹淑娟家院中。待讨回，发现标致女子夸赞自己诗佳之后，韩世勋又误以为对方喜欢自己，"有意掷情梭"。谁知回放的风筝再一次误落在了詹爱娟的院中。

---

① 谭霈生：《论戏剧性》，北京大学出版社，1981，第66页。

在《蜃中楼》中，玉帝将舜华错嫁泾河，大大推动剧情。后来又有东华上仙设计让张羽煮海，并授予三件法宝。舜华之父洞庭龙王在矛盾激化之后，也想出了上中下三个计谋，即"上告玉帝，遣天兵下剿，此上策也；背城一战，以决雌雄，此中策也；和亲解难，免害生灵，此下策也"①。

《意中缘》则以计谋多取胜。混入出家人行列之中的歹人是空和尚，垂涎杨云友的美貌，生出恶计：让别人假作新郎，坏人名节。又设计冒充董其昌，欲使仰慕董其昌画名的杨云友相信董对其有意，上船进京。及至后来，还有江怀一设计让林天素冒充男子，代替董其昌相亲等怪招。

在《比目鱼》一剧中，更是将设计用到了极致。首先，谭楚玉为了接近仰慕的刘藐姑，看到戏班招人的广告，大喜过望，投身戏班，此即是以身为代价的倾情之计。与刘藐姑互相有了默契，又起意向班主提出要求，欲改净为生。在全剧最为悲壮的戏中戏之中，二人假戏真做，演《荆钗记》时，真个投江之举，不啻是一个对现实失望至极，舍身换取永世相拥的"死计"。

而《凰求凤》中，乔梦兰因妒使用反间计，叫媒婆伺机半路拦截吕哉生，诡称许仙俦让媒婆只寻丑妇给吕哉生做正妻。许仙俦也生出二计："第一计，假冒吕郎的名字，写下一封休书，等他轿子一到，寄转去离绝他……第二计，假冒那妒妇的名字，写下几十张招子，说他自不小心，失却新郎一个，往各处粘贴起来，把他无耻的名头，扬于通国。用了此二计，不怕这个妒妇不活活的气死"②！双方屡屡设计相斗，结果仅仅是媒婆从中得利。此种设计，为剧情的摇曳起伏，增色不少。

而《奈何天》中，阙里侯用的都是比较下作的诡计。他在与邹氏成亲之夜，想出了预先吹灭了蜡烛的计策；与何氏相亲之时，又想出找戏班正生做自己的替身的馊主意。只有他的管家阙忠想出的"愚计"——"捐银"与"焚券"，倒真是救了他，使得他积了德行，得了好报，终于变形洗髓，脱胎换骨，尽享团圆之趣。

2. 正与倒

编创一部戏剧，实际上就是剧作家与聪明且熟悉一般剧作套路的观众斗智斗勇的过程，恰是李渔所谓"戏法无真假，戏文无工拙，只是使人想

---

① 《李渔全集》第四卷，浙江古籍出版社，2010，第303页。
② 《李渔全集》第四卷，浙江古籍出版社，2010，第465页。

不到、猜不着,便是好戏法、好戏文"①。李渔的传奇剧本,常常剑走偏锋,不循正路,往往反其道而行之。

比如,古往今来,戏剧作品对悍女妒妇津津乐道,李渔则写了和谐相处的《怜香伴》。

生旦配,本为传奇套路,令人习以为常,编剧家也大多在具体相识、误会、离合等环节小心布设,以逞才情,但是李渔却写出了丑旦联姻的《奈何天》。

大多数人往往同情弱者,关乎妓女悲惨命运,如遭遇始乱终弃等的剧作,《赵盼儿风月救风尘》《杜蕊娘智赏金线池》等,大赚观众眼泪。但是,在李渔的剧中,妓女却变了模样。在《慎鸾交》中,名妓王又嫱与华秀却是慎始全终,和和美美。

世间"凤求凰"本为天经地义,但李渔偏又生出美人倒追才子的《凰求凤》传奇。

3. 视与听

中国戏曲是一门综合艺术,不但要词好腔好,还要"搬出来好",即指要运用丰富的舞台手段,营造活灵活现的、具有观赏性的演出效果。惜李渔之前的剧作家往往在编剧过程中,至少是流传至今的剧本上,对视觉与听觉的设计,或语焉不详,或干脆交给班社艺人去自由发挥。

但是,李渔的传奇剧本当中,却对争吵、战斗等矛盾激烈的场面予以特别青睐,布设描绘唯恐不详尽、周到。对举凡服饰、舞蹈等也都作出十分具体、丰富的安排和交代。

例如,在《蜃中楼》第二十一出《龙战》中,演员扮演的非人类有:电母、蛟龙、火将、鱼、虾、蟹、鳖等。

在各具特色的设计方面,有服饰设计,如:

> 生、小生紫巾红袍……净戎装……②

有舞蹈动作设计,如:

---

① 《李渔全集》第三卷,浙江古籍出版社,2010,第 63 页。
② 《李渔全集》第四卷,浙江古籍出版社,2010,第 280 页。

丑扮雷神舞上……小旦扮电母，两手持镜舞上……①

在武打等动作方面，则有：

小旦扮电母，两手持镜舞上……登云头望介……二将登云介……生放箭，鱼着箭欲走，外拿住砍首，献介……小生放箭，蟹着箭欲走，末拿杀，取壳，献介……生放箭，鳖着箭欲走，老旦拿杀，取甲，献介……小生张弓，虾看见欲走，杂扯住虾须，虾跳脱介……众将丑、老旦对面捆上……众推下，欲斩介……②

在声音方面，还有：

内作霹雳声……哭介……众齐应介……众应介，重唱"想来非别"二句下，内作雷声介……内作羊叫介……③

此外，在《风筝误》第二十三出《习战》中，李渔还写出了令人叹为观止的狮象大战的壮观场面：

……我闻得官兵用的器械，件件犀利，俺这里刀枪虽快，弓弩虽多，只可为应敌之资，不可为制胜之具。我想中国所少的，只有一个象战。孤家已曾蓄有猛象数百，铁骑三千。象阵前驱，骑兵继进，以此制敌，何愁不坐取中原。已曾着人训练多时，只不曾亲自检阅。今日天气晴明，不免登坛演习一番。（登坛介）传谕人、象两营，各自披坚执锐，听候操演！（众）禀问大王：还是先演象战，先演人战？（净）先人，后象。（众应，传令介）（众持军器，各舞一回下）

【石榴花】（净）一件件绕身随手现锋芒，俺只见电色闪毫光。可喜的是弓弯夜月，剑倚秋霜；枪能贯甲，箭拟穿杨。又只见那猛骙骙，又只见那猛骙骙，马蹄儿踏破了桃花浪，一道红尘，人间天上。气昂昂的猛貔貅，气昂昂的猛貔貅，好似天神样。舞罢了，各返彩云乡。

---

① 《李渔全集》第四卷，浙江古籍出版社，2010，第279页。
② 《李渔全集》第四卷，浙江古籍出版社，2010，第279—283页。
③ 《李渔全集》第四卷，浙江古籍出版社，2010，第279—284页。

（扮象上，舞一回下）

【扑灯蛾犯】（净）蠢生生如犀增跳踉；威凛凛如虎增肥样。脊巍巍如山复如堵；鼻层层如风卷浪。雄赳赳千夫失勇；木茔茔万弩不能伤。泼凶凶长驱直拥；伏贴贴，敌骑百万一齐僵。

分付人象，合战一回。（众应，传令介）（人、象同上，合战毕，摆齐，听令介）（净）人有人威，象有象勇。好战法，好战法！①

如此的剧本做法，并不是简单地用丰富、生动等赞词可以准确评价的。它的重大意义在于，传奇不是文章，唯有如此，呈现出来的才是出色、饶有生趣、可以用之于场上的戏剧文学。

三、凸显家门、冲场、出脚色、小收煞、大收煞的显性结构

值得特别关注的是，我们在李渔的传奇剧本当中，最先也是最明显看到的是，他是从家门、冲场、出脚色、小收煞和大收煞这五个角度来规范和实现自己的剧作格局的。一个剧本著作丰富、注重可操作性的原创者和鉴赏家们看待剧本结构所注重的角度是如此的不同。李渔在其戏曲理论对剧本的方方面面做了详尽论述的同时，特别强调：

家门"虽云为字不多，然非结构已完、胸有成竹者，不能措手……此是词家讨便宜法，开手即以告人，使后来作者未经捉笔，先省一番无益之劳"②。

冲场"以寥寥数言，道尽本人一腔心事，又且蕴酿全部精神，犹家门之括尽无遗"③。

出脚色则"虽不定在一出二出，然不得出四五折之后"，因为"善观场者，止于前数出所记，记其人姓名；十出以后，皆是枝外生枝，节中长节，如遇行路之人，非止不问姓字，并形体面目皆可不必认矣"④。

小收煞是"上半部之末出，暂摄情形，略收锣鼓"，它应该"宜紧忌宽，宜热忌热，宜作郑五歇后，令人揣摩下文，不知此事如何结果"，因为"戏法无真假，戏文无工拙，只是使人想不到、猜不着，便是好戏法、

---

① 《李渔全集》第四卷，浙江古籍出版社，2010，第127—128页。
② 《李渔全集》第三卷，浙江古籍出版社，2010，第60页。
③ 《李渔全集》第三卷，浙江古籍出版社，2010，第61页。
④ 《李渔全集》第三卷，浙江古籍出版社，2010，第62页。

好戏文"①。

至于大收煞，则是全本收场，它应该"水穷山尽之处，偏宜突起波澜，或先惊而后喜，或始疑而终信，或喜极信极而反致惊疑，务使一折之中，七情俱备，始为到底不懈之笔，愈远愈大之才，所谓有团圆之趣者也"，最好是有"临去秋波那一转"②。

在"十种曲"中，他倡导的这五个方面是这样体现出来的：

表 1-5 《笠翁十种曲》"格局"概况比较简表

	家 门	冲 场	出脚色	小收煞	大收煞
怜香伴	【西江月】（末上）真色何曾忌色，真才始解怜才。物非同类自相猜，理本如斯奚怪。　奇妒虽输女子，痴情也让裙钗。转将妒痞作情胎，不是寻常痴派。	【汉宫春】才女笺云。闻语花香气，诗种情根。愿缔来生夫妇，弄假成真。约为侧室，情媒言、阿父生嗔。遇岁考，嘱开行劣，范生褪却衣巾。　二女相思莫解，更两家迁播，音耗无闻。泣附公车北访，势隔难亲。为遴闺秀，讳前名、赚入朱门。遇廉试、新收桃李，双双依旧联姻。　结鸳盟的趣大娘乔妆夫婿。嫁雌郎的痴小姐甘抱衾裯。落圈套的呆阿丈冤家空做。得便宜的莽儿郎美色全收。	第一出破题　第二出婚始　第三出僦居	第十八出惊飓	第卅六出欢聚
风筝误	【蝶恋花】（末上）好事从来由错误，刘、阮非差，怎入天台路？若要认真才下步，反因稳极成颠仆。　更是婚姻拿不住。欲得娇娃，偏娶强颜妇。横竖总来由定数，迷人何用求全悟。	【汉宫春】才士韩生，偶向风筝题句，线断飘零。巧被佳人拾着，彤管相赓。重题再放，落墙东、别惹风情。私会处，忽逢奇丑，抽身跳出淫坑。　赴试高登榜首，统王师靖蜀，一战功成。闻说前姻缔就，悔恨难胜。良宵独宿，弃新人、坐守长更。相劝处：银灯高照，方才得娉婷。　放风筝，放出一本簇新的奇传。相佳人，相着一付绝精的花面。赘快婿，赘着一个使性的冤家。照丑妻，照出一位倾城的娇艳。	第一出颠末　第二出贺岁　第三出闺哄	第十五出坚垒	第三十出释疑

---

① 《李渔全集》第三卷，浙江古籍出版社，2010，第 63 页。
② 《李渔全集》第三卷，浙江古籍出版社，2010，第 64 页。

续表

	家门	冲场	出脚色	小收煞	大收煞
意中缘	【西江月】（末上）才子缘悭凤世，佳人饮恨重泉。黄衫豪客代称冤。笔侠吟髭奋拈。 追取月中簿改，重将足上丝牵。戏场配合不由天，别有风流掌院。【前词】试考《会真》本记，崔张未偶当年。《西厢》也属意中缘，死后别开生面！ 作者明言虚幻，看官可免拘牵。从来无谎不瞒天，只要古人情愿。	【庆清朝慢】董子、陈生，齐名当世，文词翰墨兼长。有女双耽画癖，各仿才郎。瞥见情留尺幅，分头拟效鸳鸯。风波起，一投陷阱，一遇强梁。 从奸党，随豪客，周旋处，大节保无伤。赖有江生仗义，彻底劻勷。救出男妆女士，便充佳婿代求凰。逢良友，齐归赵璧，各自成双。 名士逃名，偶拉同心友。才女怜才，误落奸人手。两番嫁婿，都是假姻缘。一旦逢亲，才完真配偶。	第一出 大意 第二出 名逋 第三出 毒饵 第四出 寄扇	第十五出 入幕	第三十出 会真
玉搔头	【西江月】（末上）借大焉能好色，乌纱未必怜香。风流须是做皇王，才有温柔福享。 只虑欢娱太过，能令家国倾亡。特传妙诀护金汤，多设风流保障。	【凤凰台上忆吹箫】毅帝武宗，冲龄御极，风流雅好微行。狎章台少女，簪订姻盟。为骍骓骊失却，无信物、车马空迎。大索处，拾簪有女，貌类娉婷。 痴情！旁求不已，遇强藩伺衅，家国几倾。赖忠臣效力，俘斩狰狞。停戎马，收来窈窕奏肤功，献出螟蛉。回銮也，明良重见、好事方成。 看上皇帝要从良，刘妓女的眼睛识货。误收窈窕入椒房，万小姐的姻缘不错。力保金瓯无缺陷，许灵宝的担荷非轻。削平藩乱定家邦，王新建的功劳最大。	第一出 拈要 第二出 呼嵩 第三出 分任 第四出 讯玉 第五出 奸图	第十五出 逆氛	第三十出 媲美

续表

	家　门	冲　场	出脚色	小收煞	大收煞
奈何天	【蝶恋玉楼春】【蝶恋花头】（末上）造物从来不好色，磨灭佳人，使尽罡风力。万泪朝宗江海溢，天公只当潮和汐。【玉楼春尾】红颜薄命有成律，不怕闺人生四翼。饶伊百计奈何天，究竟奈何天不得。【前词】多少词人能改革，夺旦还生，演作风流剧。美妇而仇所适，纷纷邪行从斯出。此番破尽传奇格，丑、旦联姻真叵测。须知此理极平常，不是奇冤休叫屈。	【烛影贺新郎】【烛影摇红头】听说家门：阚郎貌丑多残疾。一生所遇尽佳人，反被风流厄。初娶邹、何二美，嫌夫陋，别居静室；吴姬更巧，不事张惶，但凭恐吓。【贺新郎尾】思量赚出秦庭璧，奈朱门、不收覆水，强偕鸳匹。义仆筹边因代主，忽建非常功绩。膺天眷、奇休毕集。福至心随躯貌改，憎夫人，反启争夫隙。三强项，一时并屈。众佳人爱洁翻遭玷。丑郎君怕娇偏得艳。好僮仆争气把功成，巧神明救苦将形变。	第一出 崖路 第二出 虑婚 第三出 忧嫁 第五出 隐妒 第七出 媒欺	第十五出 分扰	第三十出 闹封
蜃中楼	【临江仙】（末上）蜃气人人知是幻，独言身世为真。不知也是蜃乾坤。终朝营海市，一旦付波臣。只有戏场消不去，古人面目常存，请闲片刻幻中身。莫谈尘世事，且看蜃楼姻。	【凤凰台上忆吹箫】柳子无妻，张生寡侣，两人义合同居。有龙宫二女，蜃阁凭虚。忽遇仙人接引，心肯处、四偶相俱。遭狠叔，势凌犹女，别许陈朱。悲呼，不偕俗侣，甘牧羊堤上，贬作佣奴。幸多情泣遇，泄恨传书。露衷曲，良缘终阻，遇神仙、别授奇谟。三兄弟，计穷煮海，献出双姝。守节操的贵娇娃，贬身甘作贱。有义气的好朋友，不肯独居奇。会帮衬的巧神仙，始终成好事。少圆通的呆叔岳，到底折便宜。	第一出 幻因 第二出 耳卜 第三出 训女	第十五出 授诀	第三十出 乘龙

续表

	家 门	冲 场	出脚色	小收煞	大收煞
比目鱼	【恋秦娥】【蝶恋花】（末上）无事年来操不律，考古商今，到处搜奇迹。戏在戏中寻不出，教人枉费探求力。【忆秦娥】梨园故事梨园习，本来面目何曾失。何曾失，一生一旦，天然佳匹。【秦楼梦】【忆秦娥】檀板轻敲，霓裳缓舞，此剧不同他剧。生为情种，且作贞妻，代我辈梨园生色。【如梦令】感激，感激，各把音容报德。	【双鱼比目游春水】【渔家傲】刘旦生来饶艳质，谭生一见钟情极。默订鸾凰人不识。遭母逼，婪金别许偕鸳匹。【摸鱼儿】演《荆钗》，双双沉溺，神威灵显难测。护持投入高人网，不但完全家室。【鱼游春水】身荣儿使恩成怨，国法伸时私情抑。经危历险，才终斯剧。谭楚玉钟情钟入髓。刘藐姑从良从下水。平浪侯救难救成双。莫渔翁扶人扶到底。	第一出 发端 第二出 耳熟 第三出 聊班 第五出 辨贼	第十六出 神护	第卅二出 骇聚
凰求凤	【天仙子】蠢煞男儿乖煞妇，酸是蜜来甜是醋。只愁两妇不同乖，智一路，愚一路，非类如何牵得附？若使两才俱足妒，貌可并驱争独步。能保参商不到头，始则怨，终相慕，醋味变来甘似露。	【意难忘】吕子才容，虑风流太过，敛锐藏锋。青楼人不舍，绣户意偏钟。谋反间，设牢笼，无计不纵横；乔输许，高才捷足，好事成空。 曹姬坐享乘龙，悔无端漏泄，暗里兴戎。一番乔做作，头脑忽冬烘。消妒癖，酿和风，三美并中宫。效关雎，不淫而乐，事在伦中。绝风流的少年，偏持淫戒。最公道的神明，忽钟私爱。极矛盾的女子，顿结痴盟。至乖巧的媒人，反遭愚害。	第一出 先声 第二出 避色 第四出 情饵 第五出 筹婚 第七出 先醋	第十五出 姻诧	第三十出 让封

			第一出造端		
慎鸾交	【蝶恋花】（末上）年少填词填到老，好看词多，耐看词偏少。只为笔端尘未扫，于今始梦江花绕。 这种情文差觉好，可惜元人，个个都亡了。若使至今还寿考，过予定不题凡鸟。	【庆清朝慢】华子中郎，遨游吴地，亲贤匪觅良姻。百计辞娇避艳，怕起情氛。怪杀多情窈窕，愈疏愈惹相亲。情难已，十年订约，结义交敦。 真和假，疏和密，相形处，妙在有同群。一旦怜新弃旧，逼使重婚。幸遇聪明乔梓，连庄带谑拯红裙。收场处，义贞慈孝，各尽人伦。 避浓交的王又嫱甘为淡宠。怕冷面的邓蕙娟终遭热哄。最多情的侯永士变作路人。极忍心的华中郎翻成情种。	第二出送远 第三出论心 第四出品花	第十八出耳醋	第卅六出全终
巧团圆	【西江月】浪播传奇八种，赚来一派虚名。闲时自阅自批评，愧杀无盐对镜。 既辱知音谬赏，敢因丑尽藏形。再为悦己效娉婷，似觉后来差胜。	【凤凰台上忆吹箫】（末上）姚子无亲，兴嗟风木，梦中时现层楼。遇邻居窈窕，许订鸳俦。硬买途人作父，强认母，似没来由。谁料取，因痴得福，旧美兼收。 凝眸，寻家问室，见梦中楼阁，诧是魂游。验诸般信物，件件相投。亲父子依然完聚，旧翁婿好事重修。争荣嗣，又兼报捷，三贵临头。 恤老妇的偏得娇妻，姚克承善能致福。 放失节的果得全贞，曹小姐才堪免辱。 避乱兵的反失爱女，姚东山智也实愚。 求假嗣的却遇真儿，尹小楼断而忽续。	第一出词源 第二出梦讯 第三出议赘 第五出争继	第十七出剖私	第卅三出哗嗣

检视"十种曲"中对这五个格局要素的处理，可以发现：家门、冲场和出脚色，是对故事背景和情节提要的概括介绍以及关键人物的出场亮相的完成，务必概括无遗漏；小收煞是情节高潮的第一个大的峰值点，因为传奇剧本一般都是分上下卷的，所以它总在上卷的结束端；大收煞是全剧的总结和收场，总要期待不可草草团圆了事，要竭力营造"水穷山尽之处，偏宜突起波澜"的效果。

李渔称："传奇格局，有一定而不可移者，有可仍可改，听人自为政者。"① 至于出脚色，"虽不定在一出二出，然不得出四五折之后"。但是，他自己的"十种曲"也未能尽数符合这个要求。这其中，必有理由：

《奈何天》一剧，直到第七出《媒欺》引出何氏女才完成出脚色的任务。笔者忖之，这皆因此剧关涉阙里侯的妻子数量有三个之多，实不宜一溜烟地尽数匆匆亮相：一来容易让观众眼花缭乱，记不清脸面和姓甚名谁，二来第四出《惊丑》的气氛已经十分闹热，如果何氏女出场过早，除了不合先后的逻辑顺序之外，也容易让观众在关涉何氏女的第十一出《醉卺》开始时，对她失去新鲜感。

另一剧《凰求凤》亦是直到第七出《先醋》引出乔梦兰才完成出脚色。《凰求凤》与《奈何天》相类似的地方在于，它们都是写三女和一男之间的关系。同样地，关涉乔梦兰的情节，如果出现过早，极易引起混乱，最起码也会让后面的情节缺少波折再起的紧张和刺激。

对上述显性结构的标举和凸显，成为李渔传奇剧本的重要特色之一。因为，李渔对格局五要素的规范，是他在构思中抓住重点，以实现其"赋制全形"的艺术主张的必然要求。否则，极易在创作的最初阶段，因照拂面过宽，过早地陷入追求完美细节的误区，结果只能是或首尾难顾，或畸轻畸重，反为不美。

李渔把这种"赋制全形"的手法，比喻成"工师之建宅"，谓"基址初平，间架未立，先筹何处建厅，何方开户，栋需何木，梁用何材，必俟成局了然，始可挥斤运斧。倘造成一架而后再筹一架，则便于前者，不便于后，势必改而就之，未成先毁"②，可称贴切之至。所以，对家门、冲场、出脚色、小收煞、大收煞的显性结构的标举和凸显，也是作为戏剧家、具有一以贯之的戏剧思维的李渔，在处理为演出提供的脚本时，与其他撰写剧本的普通文人相比，极为鲜明的不同表现。

四、出数：几无冗长浩繁之篇

与北杂剧四折一楔子的剧本结构、四大套音乐结构的模式不同，传奇没有固定的长度，而一般又有四十至五十出的长篇结构。据考，宋元南戏及其早期的所谓传奇，既不分出，也不分折。洛地先生认为："'双线结

---

① 《李渔全集》第三卷，浙江古籍出版社，2010，第59页。
② 《李渔全集》第三卷，浙江古籍出版社，2010，第4页。

构'结构决定了传奇剧本必用多'出'连接。"①

而实际上，在明末清初，传奇剧本大多浩繁冗长，四五十出的篇幅，比比皆是，几成定格。但是，我们检视李渔的"十种曲"，发现情况是这样的：

《怜香伴》卅六出；

《风筝误》三十出；

《意中缘》三十出；

《玉搔头》三十出；

《奈何天》三十出；

《蜃中楼》三十出；

《比目鱼》卅二出；

《凰求凤》三十出；

《慎鸾交》卅六出；

《巧团圆》卅三出。

其中，最短的三十出，有六部；最长的卅六出，只有两部；其他卅二出、卅三出的各一部。

连李渔阅定和评鉴的传奇作品，也皆在卅六出之内。

虽然说，传奇这种"双线并行"下的，以"空场"——场上没有一个人物出现——为界而划分出的方式，与西方戏剧中的"三一律"迥异，是中国戏曲所独具的、时空自由的艺术特征，但是，传奇发展到明末清初，过于冗长的篇幅，实际上给观演关系带来了相当负面的影响。

许多传奇作品卷帙浩大，头绪纷繁，搬演颇为耗时，且离合、错综的情节使人一时难以厘清。很多起初精心设计的段落难以流传至久，而仅有若干折子传世。难怪李渔要感叹：

> 作者不讲根源，单筹枝节，谓多一人可增一人之事。事多则关目亦多，令观场者如入山阴道中，人人应接不暇。殊不知戏场脚色止此数人，便换千百个姓名，也只此数人装扮，止在上场之勤不勤，不在姓名之换不换。与其忽张忽李，令人莫识从来，何如只扮数人，使之频上频下，易其事而不易其人，使观者各畅怀来，如逢故物之为

---

① 洛地：《戏曲与浙江》，浙江人民出版社，1991，第290页。

愈乎？①

在自己的改本经验当中，李渔也感悟道：

> 予谓全本太长，零出太短，酌乎二者之间，当仿《元人百种》之意，而稍稍扩充之，另编十折一本，或十二折一本之新剧，以备应付忙人之用。或即将古书旧戏，用长房妙手，缩而成之。但能沙汰得宜，一可当百，则寸金丈铁，贵贱攸分，识者重其简贵，未必不弃长取短，另一种风气，亦未可知也。②

推人及己，李渔一定是充分认识到冗长浩繁之剧本有诸多弊端。与其将来任人为了演出效果而信手篡改，莫不如自己在一开始写剧时便先减头绪，再密针线，尽可能达到至臻完美的境地。于是，他深刻地体味道："作传奇者，能以'头绪忌繁'四字，刻刻关心，则思路不分，文情专一，其为词也，如孤桐劲竹，直上无枝，虽难保其必传，然已有《荆》《刘》《拜》《杀》之势矣。"③

我们看到，李渔在中国古典戏剧的大家中，或许是唯一的一个敢于标举情节结构的艺术规律应该置于语言的音律、风格和功能之前的，这是一个全局性的问题。李渔未必没有意识到自己这种几乎是冒天下之大不韪的观点与方法的反传统气质，因此驰骋商场，洞悉人情世故的李渔，先下手为强，自辩道：

> 填词首重音律，而予独先结构者，以音律有书可考，其理彰明较著。……结构二字，则在引商刻羽之先，拈韵抽毫之始。如造物之赋形，当其精血初凝，胞胎未就，先为制定全形，使点血而具五官百骸之势。④

此处所言的"结构"，当然并不会完全指的是情节结构，但情节显然

---

① 《李渔全集》第三卷，浙江古籍出版社，2010，第13页。
② 《李渔全集》第三卷，浙江古籍出版社，2010，第71页。
③ 《李渔全集》第三卷，浙江古籍出版社，2010，第13页。
④ 《李渔全集》第三卷，浙江古籍出版社，2010，第4页。

是其中相当重要的一个内容。

李渔之问，答易行难。他在传奇剧本出数上的设置安排，虽然确是针对冗长的风气采取的一个折中的处理，但同时，也是一个戏剧家在呕心沥血地钻研戏剧创作技巧、洞悉舞台演出规律之后，做出的明智选择，并且在自己的戏曲理论当中，发出了诚恳的呼吁。惜没有引起大多数后世曲家足够的重视——也许是看到《长生殿》《桃花扇》等巨作的隆隆声誉，便常怀他人既有如此杰作可以传世，我何不能的心态，于是冗长浩繁之传奇剧本层出不穷。可叹！

五、李渔之问的遥远响应

李渔对中国戏曲场上搬演的高度重视，最低的要求是，文学剧本起码要可以达到能够精彩地立体敷演的程度。李渔的理想，其实就是要把戏曲从文学中解放出来，并且以最纯洁的形式显示出戏曲应有的戏剧本性。他的这个戏剧观念在中国古典戏剧当时的传统曲学背景之下是显得突兀与寂寞的。在中国，这个要求无论是他生活的时代之前，生活的当时还是之后相当一段时间，都是和者寥寥，其道也孤。

李渔一定没有想到的是，最能够与他惺惺相惜的，竟然是后世一位来自一衣带水的岛国同道。

日本戏剧史家青木正儿在自己的《中国近世戏曲史·自序》中提道："先生（指王国维——本书作者注）冷然曰：'明以后无足取，元曲为活文学，明清之曲，死文学也。'余默然无以对。"[①] 看到明清戏曲明明还在我们生活的时代上演着，而元杂剧则基本销声匿迹，青木正儿便与王国维先生持有完全相反的观点，他认为"元曲为死剧，而明清之曲为活剧也"[②]。

王国维的《宋元戏曲史》是他戏曲研究的关门之作，有一定的总结意义。它的重要意义是区分了戏曲和戏剧这两个概念，进而确立了戏剧指的是表演艺术，而戏曲只是一个文学概念，特指剧本，也即文学性和音乐性结合起来的古代曲本。所以，王国维论戏曲，都限定在古代戏剧的文本上面。

在《宋元戏曲史》的自序中，第一句话便是："凡一代有一代之文

---

① [日] 青木正儿：《中国近世戏曲史》，王古鲁译著，蔡毅校订，中华书局，2010，第1页。
② [日] 青木正儿：《中国近世戏曲史》，王古鲁译著，蔡毅校订，中华书局，2010，第1页。

学"①，紧随其后便声明："……宋之词，元之曲，皆所谓一代之文学。"②王国维极为推崇清代戏剧理论家焦循的观点："如焦里堂《易余籥录》之说，可谓具眼矣。焦氏谓一代有一代之所胜……唐则专录其律诗，宋专录其词，若元之文学，则固未有尚于其曲者也。"③

对此，青木正儿的观点完全相反，他认为王国维是"仅爱读曲，不爱观剧，于音律更无所顾"④。的确，王国维虽然颇重历史资料，对戏曲的所谓田野考察却涉足甚少。他对案头的条分缕析功夫可谓令人难以望其项背，但是对于戏剧的一个本质性的属性——舞台的演出，却重视不够。

青木正儿的研究和《中国近世戏曲史》的出版，可以说都是受到了王国维的直接影响。在与王国维的对谈中，他坦言："欲观戏剧，宋元之戏曲史，虽有先生名著足陈具备，而明以后尚无人着手，晚生愿致微力于此。"⑤

《中国近世戏曲史》共分为五篇，之下再分为十六章。在序言中，他最初表示要以明清戏曲研究为主，最初的命题也是《明清戏曲史》，但实际上全书中在真正论及明代戏剧之前，篇幅已经占了约全书的四分之一。这本专著在对中国戏曲早期形态的描绘上面，历史阶段划分明晰，言简意赅，长短有度，尤其是对每一段的特征概括，用词精准，直击要害。这与中国其他曲论或者史著中的陈陈相因之气，是大相径庭的。

青木正儿与王国维关于元曲的向左观点，实际上正是牵涉到了一个戏曲到底是姓"文"还是姓"戏"的根本问题。针对王国维对于"活文学""死文学"的论断，他能够认为"今歌场中元曲既灭，明清之曲尚行，则元曲为死剧，而明清为活剧也"⑥，是坚定地站在戏曲的本质性特征应该是戏剧性这个立场上来的。这个观点，虽然在当时是被迫落入了王国维"谈死论活"的偏激艺术思维模式，但他立论的基础是，评论真正的戏剧，一定要看其是否还有场上搬演。从这个角度来看，《中国近世戏曲史》显然是比王国维类似文学史一般的《宋元戏曲史》有了相当程度的进步。

所以说，从某种意义上，青木正儿实际上在此方面是响应了李渔之

---

① 王国维：《宋元戏曲史》，台湾商务印书馆（台北），1994，第1页。
② 王国维：《宋元戏曲史》，台湾商务印书馆（台北），1994，第1页。
③ 王国维：《宋元戏曲史》，台湾商务印书馆（台北），1994，第119页。
④ [日]青木正儿：《中国近世戏曲史》，王古鲁译著，蔡毅校订，中华书局，2010，第1页。
⑤ [日]青木正儿：《中国近世戏曲史》，王古鲁译著，蔡毅校订，中华书局，2010，第1页。
⑥ [日]青木正儿：《中国近世戏曲史》，王古鲁译著，蔡毅校订，中华书局，2010，第1页。

问，客观上是继承了李渔部分戏剧思想的衣钵。

第四节　李渔之忧：戏曲剧作之语言艺术

在李渔的《风筝误》传奇结尾，有一段著名的【尾声】，至今仍令人思来动容。其内容为：

【尾声】无心演出风筝戏，怕世上儿童学会，也须要嘱语东风向好处吹。
传奇原为消愁设，飞进杖头歌一阕；
何事将钱买哭声？反令变喜成悲咽。
惟我填词不卖愁，一夫不笑是吾忧；
举世尽成弥勒佛，度人秃笔始堪投。①

此一慨叹，发自喜剧《风筝误》，实际上，它的意义绝不仅止于喜剧语言的范围。这段【尾声】，道出一个深切的忧虑，那就是：戏曲到底应该娱人还是娱己？戏曲语言到底应该走一条通俗晓畅之路还是一条脱不了诗文的曲高和寡之路呢？

倘若欲从李渔蔚为大观的"十种曲"当中选取一些优秀曲词，以证明他传奇剧作的语言本色当行、以形传神云云，绝非什么难事。这也是他作为数百年来业已被证明的、以重视舞台搬演著称的一代戏剧宗师所必须具有的基本语言素质。然而，笔者以为，李渔剧作语言艺术的诸多特色当中，最别具一格的特色即在于随处可见的显浅机趣，以及丰富巧妙的科诨，还有对具备强大叙事功能的宾白的调处运用。

一、显浅机趣

在《窥词管见》中，李渔谈到对写作各种文词的要求时说道：

"一气如话"四字，前辈以之赞诗，予谓各种文词，无一不当如是。如是即为好文词，不则好到绝顶处，亦是散金碎玉，此为"一

---

① 《李渔全集》第四卷，浙江古籍出版社，2010，第202—203页。

气"而言也。"如话"之说，即谓使人易解，是以白香山之妙论，约为二字而出之者。千古好文章总是说话，只多"者、也、之、乎"数字耳。作词之家，当以"一气如话"一语，认为四字金丹。……"如话"则勿作文字做，并勿作填词做，竟作与人面谈，又勿作与文人面谈，而与妻孥臧获辈面谈，有一字难解者即为易去，恐因此一字模糊，使说话之本意全失。此求"如话"之方也。前著《闲情偶寄》一书，曾以生平底里和盘托出，颇于此道有功，但恐海内词人，有未尽寓目者。如谓斯言有当，请自坊间索而读之。①

可见，在各种文词的创作上，李渔追求的是显浅通俗，即写得"一气如话"，以"使人易解"为目的。尤其是在舞台上向大众搬演的戏剧作品，更应该着意思量，因为，"传奇不比文章，文章做与读书人看，故不怪其深，戏文做与读书人与不读书人同看，又与不读书之妇人小儿同看，故贵浅不贵深"②。

虽然显浅可以极大地逼近质朴、本色的境界，进而可以在此基础上收雅俗并蓄、雅俗共赏之效，但李渔并没有满足于此。单单的质朴显浅，如果没有精神和风趣，难免会寡味和少了情趣，使演出效果大打折扣。关于机趣，李渔认为：

机趣二字，填词家必不可少。机者传奇之精神，趣者传奇之风致。少此二物，则如泥人土马，有生形而无生气。……

予又谓填词种子，要在性中带来，性中无此，做杀不佳。人问性之有无，何处辨识？予曰：不难，观其说话行文，即知之矣。说话不迂腐，十句之中定有一二句超脱，行文不板实，一篇之内但有一二段空灵，此即可以填词之人也。③

在李渔的传奇剧作中，这样照顾广泛观众欣赏理解水平，文词就低不就高且充满机趣的例子可谓俯拾皆是。例如，在《风筝误》第十二出《冒美》中，净扮的奶娘欲给詹爱娟出如何去冒美的主意，但是又需要人后密

---

① 《李渔全集》第二卷，浙江古籍出版社，2010，第512—513页。
② 《李渔全集》第三卷，浙江古籍出版社，2010，第24页。
③ 《李渔全集》第三卷，浙江古籍出版社，2010，第20—21页。

谋，所以要将门上的管家支走，所以要"摇他醒来"，然后假借大小姐要差他出门购物之名，将其远远支开。这里有一段长长的按一到十的顺序历数的须购物品名称的台词：

（末）差我做什么？（净）叫你去买一袋京香、两柄官扇、三朵珠花、四支翠燕、五两棉绳、六钱丝线、七寸花绫、八寸光绢、九幅裙拖、十只鞋面，样样要拣十全，不可少了一件。去到管账手里支银，都在买办簿上销算。（末）这许多东西，一日也买不完，这门上叫那个看守？（净）你自去买，我替你看门就是。①

待到第十三出《惊丑》开端，上一出那门上的管家将东西买回来之后，也是一番朴实的交代，而同是净扮的奶娘故伎重演，又是一番紧密的贯口：

（末持香扇等物上）满手持来满袖装，清晨买到日昏黄；手中只少播鼗鼓，竟是街头卖货郎。……（净转身唤介）门公在那里？小姐说，这香味不清，扇骨不密，珠不圆，翠不碧，纱又粗，线又啬；绫上起毛，绢上有迹，裙拖不时兴，鞋面无足尺。空费细丝银，一件用不得。快去换将来，省得讨棒吃！②

人物口中历数的，样样都是生活必需的物什，字字都是观众人听而皆晓，立刻就能在脑中浮现的。且念来铿锵有致，贯口清脆，既显浅，又颇具表演的潜力，舞台效果极佳。

再如，《意中缘》第二十六出《拒妁》当中，老旦扮的妙香与丑扮的动辄念着佛号的媒人论起给杨云友说一个什么样的郎君时，有这样一段台词：

（老旦）我家小姐么……要选个四样俱全的男子，才肯嫁他。（丑）那四样？（老旦）第一要看人物，第二要考文才，第三要会写，第四要会画。有了四件，只管来说亲；若少一件，他不要痴想！

---

① 《李渔全集》第四卷，浙江古籍出版社，2010，第145—146页。
② 《李渔全集》第四卷，浙江古籍出版社，2010，第147页。

【前腔】说明好去择良婿，休向那玉镜台边去觅温。只要才堪作对貌为邻，笔尖儿同扫千人阵。这便是会亲的符印！（丑）会写会画的才郎，街坊上尽有，只是才貌两全却看不出。待我多领几个上门，任凭你选择就是了。少甚么门悬画板的传真匠，伞挂招牌的卖字人。只怕你憎愚蠢，怎得个翩翩才貌，雅称他头上方巾。

　　这等，权且告别，改日寻了才郎，再来说亲。小姐，小姐！我笑你：多才多貌更多疑，（老旦）只为三多不受欺。（旦）何事赚人皆佛子，想因前世谤僧尼。①

　　曲词通俗晓畅，不拗口，不故作艰深。但这一段例子的意义并非仅止于此。这其中，尤为凸显李渔标举的显浅之深意的是，此曲并非满篇皆是平白的口语，原本像"玉镜台边""觅温""符印"等比较儒雅、文气之词，经前后大量质朴、显浅的词语的衬托、诠解，变得不再是那样拗口、生涩和费解，这实际上是李渔独具匠心的、有意将雅与俗融通的结果。难怪在《李渔全集》的此页上方，才女黄媛介对此段落的评点为："此等曲白，自董解元之后，仅见汤若士，后见李笠翁。鼎足词坛，可称三杰，此外不可复见矣。"②

二、科诨状元

　　李渔的传奇剧作当中，堪称喜剧的，可谓十之八九。所以有方家称，李渔是中国戏曲史上专门从事喜剧创作的第一人。检视他的传奇作品，可以发现：《风筝误》《玉搔头》《奈何天》等，以讽刺见长；《蜃中楼》《意中缘》以赞颂、歌咏见长；《怜香伴》《凰求凤》以轻喜剧见长；而《慎鸾交》《巧团圆》等，喜剧风味亦是随处可见。除此之外，唯有《比目鱼》是一个严正、充满着悲剧成分的剧作。

　　而他的喜剧，在采用误会、巧合、夸张、对比、荒诞等情节手法的同时，其戏剧语言中丰富科诨的运用，更是值得称道。

　　科诨，即插科打诨。其中，科指的是滑稽动作，诨所指的则是滑稽、诙谐的语言。明代中期开始，戏曲理论家和评论家较多关注科诨的作用，如王骥德在《曲律·论科诨》中提出：

---

① 《李渔全集》第四卷，浙江古籍出版社，2010，第402页。
② 《李渔全集》第四卷，浙江古籍出版社，2010，第402页。

> 插科打诨，须作得极巧，又下得恰好。如善说笑话者，不动声色，而令人绝倒，方妙。大略曲冷不闹场处，得净、丑间插一科，可博人轰堂，亦是戏剧眼目。若略涉安排勉强，使人肌上生粟，不如安静过去。①

可见，科诨并不易作，既要作得极巧，又要下得恰到好处才是。在李渔的眼中，科诨是可以视作"看戏之人参汤"的，它可以"驱睡魔""养精益神，使人不倦"②。在《闲情偶寄·词曲部·论科诨》中他详细阐述道：

> 科诨虽不可少，然非有意为之。如必欲于某折之中，插入某科诨一段，或预设某科诨一段，插入某折之中，则是觅妓追欢，寻人卖笑，其为笑也不真，其为乐也亦甚苦矣。妙在水到渠成，天机自露，"我本无心说笑话，谁知笑话逼人来"，斯为科诨之妙境耳。③

而且，从性格化的要求来看，他进一步认为：科诨不应仅局限于净丑两行，"生、旦有生、旦之科诨，外、末有外、末之科诨"④。

我们从李渔传奇剧作当中，将他成功运用的科诨，择要按九大类别划分，并举例分析、摭评之：

1. 倒反

倒反，又称反语、反说、反辞，即所谓正话反说。或字面表达的是褒义，实际上是表达贬义，或因避嫌忌说。

如《奈何天》第五出《隐妒》当中，袁夫人在自报家门时，有如下一段科诨：

> 自家袁夫人是也。身才七尺，腰仅两围，窄窄金莲，横量尚无三寸；纤纤玉指，秤来不上半斤。貌遇花而辄羞，真个有羞花之貌；容见月而思闭，果然是闭月之容。我这副嘴脸，生得怎般丑陋，就该偎

---

① 王骥德：《曲律》，载《中国古典戏曲论著集成》第四卷，中国戏剧出版社，1982，第141页。
② 《李渔全集》第三卷，浙江古籍出版社，2010，第55页。
③ 《李渔全集》第三卷，浙江古籍出版社，2010，第58页。
④ 《李渔全集》第三卷，浙江古籍出版社，2010，第57页。

塞一生了。谁想嫁着袁郎，竟是当今的才子。他得中之后，我又做了夫人。这叫做前生不作红颜孽，今世应无薄命嗟。①

一个丑妇，在自我描绘的时候，故作反语，实则难掩其东施之态。再者，通过她巧言令色的一番丑态毕现的表演，看似诙谐幽默，实际上在后面的情节当中，让人看到了她实际上却是个动辄醋性大发的可怕的妒妇。

2. 错病

错病者，病句频频出现，往往反映人物或酸文假醋，或目不识丁，以咬文嚼字来故作儒雅，实际上令人贻笑大方。

如《意中缘》第六出《奸囮》中，是空和尚在绞尽脑汁，筹划了骗杨云友回京的肮脏计谋之后，想象污计得逞时的一段科诨：

那时节，我头发蓄长了，他那里还认得出？教那个人交付还我，我借他做个招牌，结织起士大夫来，不但洞其房而花其烛，还要金其榜而挂其名。你道我这个主意巧也不巧？妙也不妙？（笑介）②

此番拙劣的附庸风雅，更令其卑劣、低俗、恶毒的性格昭然场上，令人在忍俊不禁的同时，更添愤恨。

3. 错题

即文不对题，驴唇不对马嘴的应对。

如《怜香伴》第廿六出《女校》当中，参加曹家为招女弟子而特设的考试，咏诗题本为"苏娘织锦"，这段科诨为：

（老旦对小丑介）《苏娘织锦》一定是你的了。（小丑）不是我，谁人做得出？（老旦念介）六国夫人不下机，做来生活世间稀。闲时织待忙时用，夫婿还乡制锦衣。老爷说：诗倒是有些作意，只是题目认差了。这是窦滔之妻苏蕙娘织锦回文的故事，怎么做到苏秦家里去？题旨错了，纵有好诗也不中。（小丑）近科做差题目，中了的尽多，只要文字好，何须这等死煞。③

---

① 《李渔全集》第五卷，浙江古籍出版社，2010，第20页。
② 《李渔全集》第四卷，浙江古籍出版社，2010，第337页。
③ 《李渔全集》第四卷，浙江古籍出版社，2010，第82—83页。

小丑明明文不对题，满口胡言，却浑然不觉，还狂乱吹嘘，强词夺理，百般胡辩。令人喷饭。

4. 改篡

如《怜香伴》第十四出《倩媒》中的一句："（下场诗）周郎妙计高天下，**得了夫人不折兵**。"令人观听之后，不禁莞尔。

另如《巧团圆》第五出《争继》，看到尹小楼晚年无子嗣，邻居伊大哥动了心思，一日他带来自己的孩子，欲让其继承尹小楼的家业。他诡称同宗立嗣，乃古之常理。此段科诨为：

（净）同宗立嗣，古之常理。我与他是同宗，所以说"应该"二字。（末）又来奇了，你姓伊，他姓尹，怎么叫做同宗？（净）尹字比伊字，只少得一个立人。如今把我家的人，移到他家去，他就可以姓伊，我就可以姓尹了。怎么不是同姓。（末）好胡说。①

5. 谐音

谐音之趣，最能显现科诨的幽默、讽刺的特点。

如《意中缘》第廿八出《诳姻》当中，杨云友仰慕董其昌（思白），但是屡屡不得良缘，待到又一次聘婚时，失望地发现，眼前又是一个冒名董思白的人，于是：

（旦大惊介）呀！当初说是董思白，如今又说是董思白！我杨云友生前欠了董家甚么冤债？如今董来董去，只是董个不了。（顿足哭介）（小旦）小姐，如今这一董被你董着了。不要着慌，请坐下来，待我与你细讲。②

6. 双关

双关者，利用的是词汇的多义、同音的主要特征，有意在语句中造成双重意义，也即言在此而意在彼。

如《怜香伴》第廿九出《搜挟》中，周公梦向来不思学业，在参加科

---

① 《李渔全集》第五卷，浙江古籍出版社，2010，第333页。
② 《李渔全集》第四卷，浙江古籍出版社，2010，第411页。

考时,备下小抄,以油纸包裹的百篇制义塞入自己的肛门,大胆作弊。不想,在入场时即被搜出来:

> (众)禀老爷,这卷文字是粪门里搜出来的。……(末)你毕竟一字不通,方才挟带文字。我且问你,你那举人是那里来的?(净)举人是文字中来的。(末)文字是那里来的?(净)文字是肚里做出来的。①

原形毕露、处境尴尬之时,还要酸文假醋、狗屁不通地胡搅蛮缠,实在令人笑破肚皮。

7. 冒用

《风筝误》第十三出《惊丑》当中,詹爱娟假冒淑娟之名,相邀戚有先夜间前来幽会,韩世勋以戚有先的名义赴约。科诨由此展开:

> (生又惊介)自己做的诗,只隔得半日,怎么就忘了?还求记一记。(丑)一心想着你,把诗都忘了,待我想来。(想介)记着了!(生)请教。(丑)"云淡风轻近午天,傍花随柳过前川;时人不识予心乐,将谓偷闲学少年。"(生大惊介)这是一首千家诗,怎么说是小姐做的?(丑慌介)这,这,这果然是千家诗,我故意念来试你学问的,你毕竟记得。这等,是个真才子了!②

爱娟胸无点墨,现在冒充才女淑娟,不仅人是冒充,而且言谈间冒用古人名句,令场上笑点频出。

8. 拆分

如《凰求凤》第廿八出《悟奸》的一段科诨,也是饶有风趣:

> 何二妈做了一世媒婆,不曾见过这般诧事。起先遇着个拐骗的,把一位现成新郎,被他马扁了去,这也罢了。谁想等到如今,又遇着个剪绺的,把一注现成的媒钱,又被他前刀了去,这桩诧事一发诧得

---

① 《李渔全集》第四卷,浙江古籍出版社,2010,第90页。
② 《李渔全集》第四卷,浙江古籍出版社,2010,第148—149页。

伤心。①

9. 反复

反复有两种情况。其一，连续反复，指文中连续出现同一个词语或句子，中间没有明显的间隔；其二，间隔反复，指文中虽有其他词语或句子间隔在其中，表面上同一个词语或句子不连续出现，但是依然让人感觉到明显的呼应。如《巧团圆》第廿九出《叠骇》之中：

（旦）何如？那位督师的老爷是我的父亲么？（末）也是也不是！（生）他见了家信喜不喜？（末）也喜也不喜！（旦）这等，有回书没有回书？（末）也有也没有！（生、旦各惊介）呀！这话来得蹊跷，甚么原故，明白讲来。（末）若说不是父亲，就不该收女儿的家信；若说是父亲，又不该不认女儿的丈夫，这叫做也是也不是。若说他不喜，见我走到的时节，不该兴匆匆来讨家书；若说他喜，打发我回头的时节，又不该说上许多歹话，这叫做也喜也不喜。若说没有回书，其实又有两个字；若说有回书，又不是他的亲笔，倒是你的原来头，这叫做也有也没有。回书在此，请看！（付小纸一条）（生、旦看毕，大惊介）呀，有这等奇事！竟把"愚婿"二字复了回来。②

这些重复和迭踏，都是刻意而为，意欲在舞台表演中，制造快速、繁复的语流和语速，增加紧张和节奏感，再加上与内容结合，制造出了一种十分幽默诙谐的剧场效果。

三、宾白叙事

长期以来，中国戏曲剧作大多重曲轻白，而明代女性出版家周之标较早提出了戏曲的叙事性特征，在其著作《吴歈萃雅》当中，曾提及：

时曲者，无是事有是情，而词人曲摩之者也。戏曲者，有是情且有是事，而词人曲肖之者也。有是情，则不论生、旦、丑、净，须各按情，情到而一折便尽情矣。有是事，则不论悲欢离合，须各按事，

---

① 《李渔全集》第四卷，浙江古籍出版社，2010，第 509 页。
② 《李渔全集》第五卷，浙江古籍出版社，2010，第 399—400 页。

事合而一折便了其事矣。①

明代戏曲理论家王骥德提到宾白时,也曾论曰:"句子长短平仄,须调停得好,令情意宛转,音调铿锵,虽不是曲,却要美听。诸戏曲之工者,白未必佳,其难不下于曲。"②

到了李渔时代,他对宾白的重视,可谓超乎前人。他尝言:

> 尝谓曲之有白,就文字论之,则犹经文之于传注;就物理论之,则如栋梁之于榱桷;就人身论之,则如肢体之于血脉。非但不可相无,且觉稍有不称,即因此贱彼,竟作无用观者。故知宾白一道,当与曲文等视……③

对于宾白,他也做出了声务铿锵、语求肖似、词别繁简、字分南北、文贵洁净、意取尖新、少用方言、时防漏乱等详细的具体要求。其实,他对词采、音律、科诨等的要求,同时也几乎无不是对宾白的要求。

宾白的叙事功能,在李渔剧作当中,可谓发挥了重要作用,但是,窃以为,李渔对宾白与众不同的最大贡献,还在于在加强叙事功能的诉求下,对宾白质量的更高要求和对其数量的调处。

李渔对宾白数量的调处,首先体现在他几个改本上。如,《琵琶记·寻夫》系该剧第廿九出当中的,原曲文宾白是这样子的:

> 路途中奴怎走。望公婆相保佑。我出外州。天那。他兀自没人看守。如何来相保佑。这坟呵。只怕奴去后。冷清清有谁来祭扫。纵使遇春秋。一陌纸烧怎有。休休。你生是受冻馁的公婆。死做个绝祭祀的姑舅。④

在李渔《闲情偶寄》当中记载的,由他亲手执笔进行修改的改本则做

---

① 周之标:《吴歈萃雅·题辞》,载《善本戏曲丛刊》第二辑,王秋桂主编,台湾学生书局(台北),1984,第9—11页。
② 王骥德:《曲律·论宾白第三十四》,载《中国古典戏曲论著集成》第四卷,中国戏剧出版社,1982,第141页。
③ 《李渔全集》第三卷,浙江古籍出版社,2010,第44—45页。
④ 高明:《琵琶记》,载《六十种曲(一)》(绣刻影印本),中华书局,1958,第113页。

了大幅度的删节和增添，曲文宾白变成了这样的风貌（加粗字体部分为李渔增加，中画线部分为李渔所做的删节）：

路途中奴怎走？望公婆相保佑！拜完了，如今收拾起身。论起理来，该先别坟茔，然后去别张大公才是；只为要托他照管坟茔，须是先别了他，然后同至坟前，把公婆的骸骨，交付与他便了。（锁门行介）我出外州。天那。他无自没人看守。如何来相保佑。这坟呵。只怕奴去后，冷清清有谁来祭扫？纵使遇春秋，一陌纸烧怎有？休休，你生是受冻馁的公婆，死做个绝祭祀的姑舅！①

我们检视记入《闲情偶寄》当中的这段改本，发现与原本相比，李渔为这一出所增加的宾白，几乎有三倍之多。而同在《闲情偶寄》中列出的，作为李渔"变旧成新"之范例的《明珠记·煎茶》，增删程度也基本如此。

其实，李渔对宾白容量的扩充，并非简单地为了丰富演出形式而进行的简单的唱加白话，他的宾白，已经成为其剧情故事的重要载体。他的传奇剧本，几无冗长浩繁之篇，在总不过三十几出的剧本中，唯有加重宾白，才可使得长于叙事的宾白能够扩充故事的背景、人物关系容量，对传奇过于重抒情和高雅，做到一种有意的中和。

再者，因为李渔家班曾经巡演全国各地，北至北京，西至西安，白话的宾白也可以在一定程度上克服传奇这种体裁在艺术适应性方面的局限。昆曲的衰微，考察其原因，不仅仅在于所谓曲高和寡，更与其同诞生地域之语音和音乐关系过于密切，有相当大的关系。吴侬软语美则美矣，但一旦离开长三角地带，便给欣赏者带来一定的语音和地方色彩过于浓重的隔阂。宾白的巧妙施用，则可弥补这方面的不足，可以使成套的曲词适当间隔，达错落有致之效。

李渔剧本使用宾白的数量，仅举一例，便可说明他的特立独行。

如《风筝误》共有曲 198 支，约 12000 字。共有白约 800 行，倘若按每行 40 字计算，则宾白约 32000 字，加上每出各有四句下场诗，则可见白的字数接近曲文的三倍之多。

---

① 《李渔全集》第三卷，浙江古籍出版社，2010，第 77 页。

李渔当然知道自己重视宾白到了数量超人的程度，他坦言："传奇中宾白之繁，实自予始。海内知我者与罪我者半。"① 对于宾白在写作当中的具体操作，他也有深切的体会和经验之谈，如：

> 知我者曰：从来宾白作说话观，随口出之即是，笠翁宾白当文章做，字字俱费推敲。从来宾白只要纸上分明，不顾口中顺逆，常有观刻本极其透彻，奏之场上便觉糊涂者，岂一人之耳目，有聪明聋聩之分乎？因作者只顾挥毫，并未设身处地，既以口代优人，复以耳当听者，心口相维，询其好说不好说，中听不中听，此其所以判然之故也。笠翁手则握笔，口却登场，全以身代梨园，复以神魂四绕，考其关目，试其声音，好则直书，否则搁笔，此其所以观听咸宜也。②

李渔对宾白数量的调处，最明显的，体现在《比目鱼》第十出《改生》中的这一段宾白：

> （各坐原位介）（小生）你们把念过的脚本都拿上来，待我信口提一句，就要背到底。背得出就罢，背不出的都要重打。（生）学生念熟了十本，昨日都背过了，没有一句生的。（旦）学生也念熟了十本，昨日都是背过的。（小生）你们两个又记得多，又念得熟，不消再背了，只考他们就是。（外送脚本介）学生只念得两本，虽不叫做熟，也还勉强背得来。（小生看介）"风尘暗四郊"，这是那一本上的？叫做甚么曲牌名？（外）这是《红拂记》上的，牌名叫做【节节高】。（小生）背来。（外照旧曲唱介）（小生）去罢。（末）学生也只得两本。（送脚本小生看介）"国破山河在"。（末）这是《浣纱记》上的，牌名叫做【江儿水】。（小生）背来。（末照旧曲唱介）（小生）去罢。（对净介）你的拿来。（净）学生只念得一本。（小生）他们极不济的也有两本，你只得一本，这等且拿来。（净）是极熟的，不消背得。（小生）胡说！快拿来。（净慌介）这怎么处？（扯生背介）我若背不出，烦你提一提。（生）师父要听见，如何使得？（净）我有酬谢你的去处。（指丑介）他方才说，都是你卖弄聪明，显得他不

---

① 《李渔全集》第三卷，浙江古籍出版社，2010，第48页。
② 《李渔全集》第三卷，浙江古籍出版社，2010，第48页。

济,要拿你出气哩。你若肯提我,我就帮你打他;若还不肯,我就帮他打你。(生)这等,放心去背,我提你就是。(净送脚本,小生看介)"寄命托孤经史载"。(净对生做眼色介)(生低声说介)这是《金丸记》上的,牌名叫做【三学士】。(净照前话,高声应介)(小生)这等背来。(生照旧曲低唱,净依生高唱介)(小生)去罢。(丑背介)他央人提得,我难道央人提不得?藐姑与我坐在一处,不免央他。(对旦介)好姐姐,央你提一提,我明日买汗巾送你。(旦笑点头介)使得。(丑送脚本,小生看介)"叹双亲把儿指望"。(丑对旦做眼色介)(旦背笑介)我恨不得打死这个蠢才,好把谭郎来顶替。为甚么背提他?(端坐不理介)(小生)怎么全不则声?(丑)曲子是烂熟的,只有牌名记不得。(小生)这等免说牌名,只背曲子罢。(丑高唱,"叹双亲"句,唱完住介)(小生)怎么?我提一句,你也只背一句。难道有七个字的曲子么?(丑)原是烂熟的,只因说了几句话,就打断了。(小生)这等,再提你一句:"教儿读古圣文章。"(丑高唱前句,又住介)(小生怒介)有这样蠢才!做正生的人,一句曲子也记不得?(指生介)他是个花面,这等聪明,只怕连你的曲子,他也记得哩!(对生介)这只曲子你记得么?(生)记得。(小生)这等,你好生唱来,待我羞他的脸。(对丑介)你跪了,听他唱。(丑跪介)(生照旧曲高声唱介)(小生)好!记又记得清,唱又唱得好。(对丑介)你听了羞也不羞?如今起来领打。(丑哭讨饶,小生不理打介)且饶你几板,以后再背不出,活活的打死。快去坐了念。(丑上位,做鬼脸,暗骂旦,复骂生介)(生、旦各笑介)(小生)我出门去会个朋友,你们各人用心,不可交头接耳,说甚么闲话。(众)晓得。(小生)奉劝汝曹休碌碌,举头便有二郎神。(下)(丑出位,见净附耳私语介)(净)待我商量回话。(背介)他要打小谭,叫我做个帮手。我想小谭提我的曲子,怎么好打他?也罢,口便帮他骂几句,待他交手的时节,我把拳头帮着小谭,着实捶他一顿,岂不是个两全之法?有理有理!(转对丑私语,丑大喜对生介)小谭,请出位来,同你讲话。(生出位介)有甚么话讲?(丑)你学你的戏,我学我的戏,为甚么在师父面前,弄这样的聪明?带累我吃打。(生)师父要我唱,与我何干!(净)就是师父要你唱,你回他不记得罢了,为甚么当真唱起来?原是你不是。(对生做手势,生会意介)(丑)你既然学戏,自然该象我们,也戴一顶帽子,为甚么顶了这个龟壳?(用扇打生头上介)难道你识得几个字,就比我们异样些?(伸手扯巾,生回避介)(丑对众介)我是动的公愤,列位兄长快起义兵!(净)正是。大家捶这狗头。(丑扭住生,外、末劝不住介)(生揪丑,按倒在地介)(净口骂生手打丑介)(旦背介)我假意去扯劝,一来捏住谭郎的手,与他粘一粘皮肉也是好的;二来帮着谭郎,也捶他几下,替谭郎出口气儿。(一面捏住生手,彼此调情;一面叫净重打介)(外)劝他们不住。待我走将出去,假装师父的声口,吆喝几声,他们自然惊散了。(暗立场后咳嗽介)是那几个畜生,在里面胡吵,快些开门,待我进来。(末)师父来了,还不快些放手。(生、旦、净、丑惊散,各坐原位念脚本介)(外假装师父摇摆上)方才罗唣的是那几个?都跪上来。(生、旦、净、丑,见外笑介)(末)师父当真要来了,大家念几句罢。(各念脚本,旦背介)方才扯劝的时节,谭郎递一件东西与我,不知甚么物件,待我看来。(看介)原来是个纸团子,毕竟有字在上面。(展看,点头介)原来如此。我如今要写个回字,又没处递与他,却怎么处?(想介)我有道理,这一班蠢才都是没窍的,待我把回他的话编做一只曲子,高声唱与他听。众人只说念脚本,他那里知道。有理有理!(转坐看脚本介)这两只曲子,倒有些意味,待我唱他一遍。①

壮乎哉!此段宾白,洋洋洒洒竟然有近两千字之多。这里的长宾白,是完全有其舞台上的合理性的,难道这不更像一个真正的剧本吗?

对于自己传奇剧本中宾白之长,李渔也是这样自我认识的,他尝言:"予之宾白,虽有微长,然初作之时,竿头未进,常有当俭不俭,因留余幅以俟剪裁,遂不觉流为散漫者。"②

但是,他又强调道:"谓千古文章总无定格,有创始之人,即有守成不变之人,有守成不变之人,即有大仍其意,小变其形,自成一家而不顾天下非笑之人。"③

前文所举《比目鱼》的这段长宾白,已经很接近话剧的表演风貌,但

---

① 《李渔全集》第五卷,浙江古籍出版社,2010,第133—135页。
② 《李渔全集》第三卷,浙江古籍出版社,2010,第50页。
③ 《李渔全集》第三卷,浙江古籍出版社,2010,第49页。

在传奇当中的这种比重处理，也是很符合这部传奇自身的演出需求的。

《比目鱼》一剧，是李渔传奇剧本当中颇以"戏中戏"结构为人称道的，戏中人物谭楚玉、刘藐姑借表演《荆钗记》的机会，双双投水殉情。然而，《荆钗记》是传奇，《比目鱼》亦是传奇，上得场来，两部传奇穿插叠复，极易令人对其源源不断扑面而来的曲牌由喜生厌，表演易陷入单调、堆砌的境地。而长宾白的加入，不但可以理清复杂的人物关系，还可以造出合理的节奏，使得曲白错落有致。而此段中对曲牌、脚色等妙趣横生的讨论、争辩，客观上，也向观众做了一番传奇体制的普及和解说。

所以，秦淮醉侯有眉批评语云：

人见此折宾白太多，填词甚少，谓有枝繁干弱之病。不知此折背脚本处，皆以旧曲填入新词，唱者方苦其多，若使再增新曲，则又有干繁枝弱之病矣。观者不能不知。①

诚哉斯言！到了把宾白作为剧情载体，改变旧有的曲白配比格局的时候了。"有最得意之曲文，即当有最得意之宾白"②，戏剧家李渔首先旗帜鲜明地做到了这一点。

毋庸讳言，有观众、一切为了观众，是戏剧艺术的铁律！

有方家认为："戏剧必须要有文学性，但其作为戏剧的本质特性才是戏剧文学区别于其他文学的分水岭，这些就是剧场性。"③再针对汤显祖提出的"不妨拗折天下人嗓子"的高调声明，天下的戏剧人不妨扪心自问：戏剧艺术到底是应该娱人还是娱自己？到底是要娱观众，还是仅仅娱同道？临川之曲，它是真的好，但不是最好。临川之曲得以流传纯属是一个异数，从舞台艺术的角度上看，其实是开了一个不太好的头。它的好，之所以得以见诸广大观众并流传后世，端赖主流文学系统的赏识与力推，以及戏剧界同好高手的合力倾心打造。倘若放在平庸的制曲者、演员或者更差的表演班底手里，或许会被孤芳自赏地演绎成一个诗词音乐会兼服装秀也为未可知。而后的一大批文人清丽俊雅之作，则远没有那么幸运，在舞台艺术的无情铁律之下，纷纷撞得头破血流，不得不将之束之高阁，成为

---

① 《李渔全集》第五卷，浙江古籍出版社，2010，第134页。
② 《李渔全集》第三卷，浙江古籍出版社，2010，第45页。
③ 刘家思：《剧场性：戏剧文学的本质特性》，《四川文学》2011年1月。

难以在剧场见天日的"案头剧"。几乎就是从李渔的时代开始，剧本开始逃离了文学狂奔而去，如今它有了一个新的名字，叫"戏剧文学"。

李渔对宾白的刻意设计，是遵循着对传奇的戏剧性、剧场性进行最大化发掘的原则而进行的。然而，仅此种种，并未完全了却李渔之忧，反而让我们继续生发出一系列新的疑问。

李渔对戏剧性的热情探索，他对通俗性的固执追求，意图叩响中国古典戏剧家内心共同的、疑问的钟声：我们到底要创造出一个什么样式的戏剧？这里面蕴藏着没有被人打开天窗直言提出的一个天大的问题——中国古典戏剧到底是应该姓"戏"，还是应该姓"文"？这问题或许也在不断激起中国大地上历朝历代乃至今时今日的普通观众内心的慨叹：我们在花了交子、银子、袁大头、纸币甚至电子货币之后，到底在舞台上能看到什么？

中国近代著名戏剧教育家熊佛西先生曾经提出这样一个现象，那就是，"有许多人不愿意看舞台剧，可是没有一个人不愿意看电影"。为什么本来从戏剧生发和总结出来的戏剧性，后来却在兄弟艺术电影中得到了更好的发挥？为什么电影艺术能够把喜闻乐见这个艺术特性做到超越了戏剧艺术？难道面对面的表演不是可以更加感人至深吗？无论是在红氍毹，还是戏台、茶楼、剧场上，这种面对面的直接交流难道不是戏剧艺术最大的优势吗？可见，李渔之忧还远远没有得到真正彻底解决，尚需要后人继续努力进行理论研究和舞台上的不断探索。

四、李渔戏曲剧本当代演出本的语言风貌——以《风筝误·惊丑》为例

李渔对戏曲语言通俗性之忧虑的结果，其实已经在不断出现。

李渔戏曲剧本的语言，显浅机趣，科诨丰富且生动、诙谐，宾白的叙事功能得到极大的加强，堪称剧坛一绝。那么，在当代的演出当中，这些特征有了哪些变化，呈现出怎样的一番面貌呢？我们不妨做一番认真的对比。

在李渔的时代，文人执笔撰写的传奇剧本当中，对宾白的写法，依然流弊甚多，几成通病：要么奉行"曲为主，白为宾"的成见，极为重曲轻白；要么就是将宾白写得过于骈四俪六，曲雅工整，是诗赋，是文章，就是不似场上扮演的戏曲宾白，恰如李渔所描述的那样——"宾白当文章做，字字俱费推敲。"比将起来，李渔的《风筝误》却别开生面，不但对

这些弊病都做了规避，还写出了自己独具的特色。

李渔的戏曲剧本当中，最脍炙人口、流传最为广泛的，也便当属本色当行、曲白相生的《风筝误》传奇。直到今天，《风筝误》当中的《惊丑》、《婚闹》（今本名为《前亲》）、《诧美》（今本名为《后亲》）以及《逼婚》等出，仍然在昆剧、京剧及一些地方戏的场上时常搬演。

拿来作为比较的本子，原本为2010年由浙江古籍出版社出版的《李渔全集》第四卷所载的《风筝误传奇》第十三出《惊丑》，今本为2010年由上海文艺出版（集团）有限公司和上海世界书局联合出版的《昆曲精编剧目典藏》第十二卷所载的《风筝误·惊丑》。此今本，据该书前言介绍，剧本系"以上海市戏曲学校20世纪50年代的教材、上海昆剧团演出本、《六也曲谱》、《振飞曲谱》、《兆琪曲谱》等传统宫谱为蓝本，参照兄弟院团的舞台演出本，互相比较，进行编撰"①的，系"历代艺人不断加工提高的艺术结晶"②。

《惊丑》一出，写书生韩世勋（字琦仲），自幼父母双亡，寄居在年伯戚辅臣家中，与戚之子有先一同长大。韩琦仲读书用功，才华过人，但戚有先却是个不学无术，整日寻花问柳的绣花枕头。同里有詹姓人家，大小姐詹爱娟貌丑粗鄙，二小姐詹淑娟则才貌双全，美丽可人。清明时分，韩琦仲应戚有先之请，为他在风筝上题诗。谁料风筝断线落入詹家花园之内，却被淑娟拾到，并和诗一首于风筝上。韩琦仲看到被讨回的风筝上和诗不俗，深为打动，于是另做一风筝，仍冒戚有先之名又题诗一首，有意使其再落入詹家之内。不料，此次拾到风筝的却是爱娟。韩琦仲着人来讨时，乳母设局向韩琦仲发出私会之请。当晚，应约前来赴会的韩琦仲在烛光之下，亲见小姐不但形容丑陋，而且行为举止粗俗不堪，乃大惊失色，择机逃之夭夭。

在此出的开端，原本是这样的：

（末持香扇等物上）满手持来满袖装，清晨买到日昏黄；手中只少播鼗鼓，竟是街头卖货郎！自家奉小姐之命，去买办东西，整整走了一日。且喜得件件俱全，样样都好，不免叫奶娘交付进去。（向内唤介）老阿妈！（净上）阿妈、阿妈，计较堪夸。簸弄老子，只当

---

① 《昆曲精编剧目典藏》第十二卷·前言，上海世界书局，2010，第2页。
② 《昆曲精编剧目典藏》第十二卷·序，上海世界书局，2010，第2页。

娃娃。东西买来了，待我交进去。（持各物，向鬼门立介）（末）小姐看见这些东西买得好，或者赏我一壶酒吃，也不可知？且在此间候一候。（净转身唤介）门公在那里？小姐说，这香味不清，扇骨不密，珠不圆，翠不碧，纱又粗，线又啬；绫上起毛，绢上有迹，裙拖不时兴，鞋面无足尺。空费细丝银，一件用不得。快去换将来，省得讨棒吃！（丢还介）（末）怎么？这样东西还嫌不好！就是要换，也吃得明日了。今晚要守宿，烦你回复一声。（净内云）小姐说，心上似油煎，下身熬出汁；若等到明朝，爬床搔破席。门上不须愁，奶娘代承值，只是换得好，来迟些也不妨得。（末）有这样淘气的事！没奈何，只得连夜去换。（叹介）养成娇小姐，磨杀老苍头！（下）（内发擂介）

【渔家傲】（生潜步上）俯首潜得鹤步移，心上蹊跷，常愁路低。小生蒙詹家二小姐多情眷恋，约我一更之后，潜入香闺，面订百年之约。如今谯楼上已发过擂了，只得悄步行来，躲在他门首伺候。我藏形不惜身如鬼，端的是邪人多畏。为甚的保母还不出来？万一巡更的走过，把我当做犯夜的拿住，怎么了得！他若问黄夜何为？把甚么言词答对！我若认做贼盗，还只累得自己；若还认做奸情，可不玷了小姐的名节。小姐，小姐！我宁可认做穿窬，也不累伊。

（净上）月当七夕偏迟上，牛女多从暗里逢。如今已是一更之后，戚公子必定来了，不免到门外引他进来。（做出门望介）偏是今夜又没有月色，黑魆魆的不知他立在那里。不免待我咳嗽一声。（嗽介）（生惊，倒退介）不好了，有人来了……①

而与此对照，今本却省简了相当多的内容：

[韩琦仲上。

韩琦仲　（唱）【渔家傲】
　　　　俯首潜将鹤步移，
　　　　心上蹊跷，
　　　　常愁路低。
小生韩琦仲，蒙詹家小姐，多情眷恋，约我今夜在闺房相

---

① 《李渔全集》第四卷，浙江古籍出版社，2010，第147—148页。

会，面定百年之好。啊呀呀，韩琦仲啊韩琦仲，想不到你也有这样的艳福哟！

（唱）我艳福不浅惊又喜，

几曾惯私相会。

小姐她貌美才又奇，

我只为难求知己，

莫怕人议论是非，

［乳母上。

乳　母　（夹白）月当七夕偏迟上，牛女多从暗里逢。

韩琦仲　（唱）这美姻缘怎可轻弃。

韩琦仲　那边好像有人来了。①

此二本最先让人注意到的明显区别就是：原本的人物出场，均报以脚色名称，只体现脚色的区别，曲白都在内容中具体体现；而今本当中，换成似今天话剧剧本那样，以人物名字出现。

比较起来，所引的此段在原本中足有700余字，而今本则只有190余字，情节更加紧致，动作更加集中。

今本首先删节的是乳母将原先以买东西为由支走的门人再次支开的一大段长长的贯口。这段贯口，历数了对上一出吩咐给门人购买的东西的种种不满，既显浅，又有舞台效果。但是今本对此直接尽数弃之。其理由：一来可能是因为单独敷演一出，此段贯口缺乏照应，难免显得突兀，而再作交代又要费番功夫；二来，可能是从单出表演的独立性考虑，应该及早揭示人物身份。所以，今本在韩琦仲上场唱了【渔家傲】三句之后，立刻简短地自报家门。而连带着，出画外音的门人角色也一并省去了。

另外删节的，还有韩琦仲深夜来见小姐的复杂的心理活动。原本夹在【渔家傲】当中，显得有些冗长的心理活动宾白，现在不但做了很大幅度的缩减，甚至连【渔家傲】的后半段，也改填了更加通俗的词句。改本作者显浅的用意，比之李渔，真可谓有过之而无不及。

当然，今本中也有较原本增加和丰富的地方。

原本当中，詹爱娟在闺房等待约会的情节，只有区区几句：

---

① 《昆曲精编剧目典藏》第十二卷，上海世界书局，2010，第3页。

【剔银灯】（丑上）慌慌的，梳头画眉；早早的，铺床叠被。只有天公不体人心意，系红轮，不教西坠。恼既恼那斜曦，当疾不疾；怕不怕这忙更漏，当迟不迟。奴家约定戚公子，在此时相会。奶娘到门首接他去了，又没人点个灯来，独自一个坐在房中，好不怕鬼。①

而今本则将此一段落，做了大量的扩展、铺陈：

［詹爱娟上。

詹爱娟　喔哟，那说格歇辰光还不见来格介？
（唱）【剔银灯】
　　　　慌慌的梳头画眉，
　　　　早早的铺床叠被。
　　　　只有天公不体人心意，
　　　　系红轮不教西坠。
　　　　只待我百般妩媚，
　　　　管教他沉醉温柔不思归。
我，姓詹，名字叫爱娟，芳年十九。最最欢喜搓麻将啦，踢球。伲爹爹说我生得来聪明伶俐，伲姆妈说我生得来讨人欢喜。伲屋里末样式物事才有格，不过有一样物事唔拨，啥物事呢，就是镜子唔拨。我问姆妈，姆妈，伲屋里为啥镜子唔拨介？伲姆妈说哉，你末生得能格标致，买仔镜子拨倷一照啊，生怕倷啊骄傲格。伲格小姊妹淘里呀，结婚格结婚，成家格成家，就是我等在格个房间里呀，叫啥唔拨人来寻我。格末事体也巧勿过，前日子啊，有一位戚家公子，叫啥放一只风筝，且了我屋里格花园里，我叫乳娘拨俚带进来，在该搭大家碰碰头，倘然格个小官生得标致格话，格末我也好以身相许。倘然生得惹气的话，叫俚毫燥出去。喔哟，现在天末夜哉，也唔拨人替我点盏灯来，叫我一个人黑铁袜搭在房间里，我好怕啊！（哭）②

---
① 《李渔全集》第四卷，浙江古籍出版社，2010，第148页。
② 《昆曲精编剧目典藏》第十二卷，上海世界书局，2010，第4页。

这一段，首先仍然注意对全剧前几出发生的故事做了一个回顾，以期交代前情，完善整个故事结构。

其次，此段文本呈现的是方言的宾白，极风趣、极能显示出爱娟娇惯、任性，甚至显得粗鄙的性格，虽与李渔原本的诙谐、笑闹风格颇为相符，但文本风貌却已是大为不同了。

我们知道，李渔的戏曲剧本当年都是用昆腔来演出的，那为什么在《李渔全集》中的宾白，很少以苏白这样的方言形式出现呢？

针对这个问题，李渔曾论述道：

> 凡作传奇，不宜频用方言，令人不解。近日填词家，见花面登场，悉作姑苏口吻，遂以此为成律，每作净丑之白，即用方言，不知此等声音，止能通于吴越，过此以往，则听者茫然。传奇天下之书，岂仅为吴越而设？至于他处方言，虽云入曲者少，亦视填词者所生之地。如汤若士生于江右，即当规避江右之方言，粲花主人吴石渠生于阳羡，即当规避阳羡之方言。盖生此一方，未免为一方所囿。有明是方言，而我不知其为方言，及入他境，对人言之而人不解，始知其为方言者，诸如此类，易地皆然。欲作传奇，不可不存桑弧蓬矢之志。①

诚然，由于音像资料的阙如，我们实在想象不到当年李渔的剧本演出的具体风貌，但以李渔这个深谙舞台表演堂奥的戏剧家来讲，想必一定会遵循昆曲演出的艺术规律，舞台上搬演时，宾白一定也是和现在的今本呈现方式大体相仿的。而今天诸如京剧或者其他地方戏，再来搬演李渔的剧本，宾白直接遵从《李渔全集》的原本，一定比从苏白"翻译"过来，方便和原汁原味得多。所以，这种在文本上不按方言记载的撰写剧本的工作方式，客观上，对李渔戏曲剧本的广泛和长久传播确是起到了积极的作用。

除了增加和删减之外，《惊丑》的今本当中，对原本改变之处亦不在少数。例如，此出中，詹爱娟在韩琦仲百般要求下，尴尬地临场赋诗。原

---

① 《李渔全集》第三卷，浙江古籍出版社，2010，第54页。

本写的是，爱娟腹中无诗书，推脱不过，只得现场胡诌一番：

（丑）一心想着你，把诗都忘了。待我想来。（想介）记着了！（生）请教。（丑）"云淡风轻近午天，傍花随柳过前川；时人不识予心乐，将谓偷闲学少年。"（生大惊介）这是一首千家诗，怎么说是小姐做的？（丑慌介）这，这，这果然是千家诗，我故意念来试你学问的，你毕竟记得。这等，是个真才子了！（生）小姐的真本，毕竟要领教。（丑）这是一刻千金的时节，那有工夫念诗？我和你且把正经事做完了，再念也未迟。（扯生上床，生立住不走介）①

而今本中，则改为：

詹爱娟　俫勿要急（嘘）！我要想一想。吖，有哉！
詹爱娟　前世有缘一线牵，何必啰嗦题诗篇。今夜月黑机会好，我与你赶快拜堂做夫妻。
韩琦仲　啊呀，这那里是什么诗啊！
詹爱娟　不管俚输也罢赢也罢，来来来，来（嘘）来（嘘）。
韩琦仲　使不得，使不得……②

同时也把韩琦仲在第九出《嘱鹞》中，题在风筝上的诗句"飞去残诗不值钱，索来锦句太垂怜；若非彩线风前落，那得红丝月下牵"在此出当场给詹爱娟吟诵了一遍。

原本中，詹爱娟吟出《千家诗》中世人几乎人人耳熟能详的诗句来，企图蒙混过关，还是十分合情合理的。詹爱娟即便再胸无点墨，也总还不是普通人家女孩，虽然不能临场作诗寄情遣兴、咏物抒怀，但是随口回忆起一点儿幼儿启蒙教材，总还是可能的。今本对此处的改动，显浅则显浅矣，风趣则风趣矣，但是和昆剧骨子里一贯的雅丽、精致的风格来比，总是未免过于轻浅和"张打油"了一些，于人物的出身等，也不尽相符。

在其后的段落里，今本的台词动作性更强，也更加简短，似原本中"千金一刻春将半，九转三回乐未央"等对仗的宾白都不复出现，结尾的

---

① 《李渔全集》第四卷，浙江古籍出版社，2010，第148—149页。
② 《昆曲精编剧目典藏》第十二卷，上海世界书局，2010，第5页。

【麻婆子】也被删节出去。剧本形态也更像现今流行的话剧剧本。

总之，李渔当年基于剧场经验着力经营的笑闹、显浅、宾白叙事等剧作风格，有的已经被当今时代所摒弃，有的则得到了更进一步的发挥。经过今本与原本的一番比较，我们得到这样的几个印象：

首先，今本的篇幅大为缩减，笑闹更加集中于詹爱娟一人，各人的动作也更加集中、人物交锋更加尖锐，节奏大为加快。

其次，今本的方言念白普遍采用，更加符合今人学者关于"地方性也是中国戏曲的基本特征之一"①的概括和描述。

此外，今本在保证戏剧文学"专为登场"的基本特征之外，曲词、情节过于减省，大部分篇幅几乎与话剧等无异，但大量篇幅的科诨调笑又是地方小戏，甚至是曲艺风格的，其结果便是文学品质的阙如。对于昆剧来讲，这不啻是一件比较令人遗憾的事情。

笔者在本书中，有选择地借鉴了细读（close reading）这种文本批评方法。此方法，系由西方新批评派开拓者、文艺理论家瑞恰兹（I.A.Richards）在其著作《实用批评》（*Practical Criticism*）中首先提出的。瑞恰兹极力反对文学外部研究（external standards），认为文学批评根本就不需要文本之外的任何东西作为参照，而应该就文学语言的四种不同的意义功能（字面意义、情感意义、语气、目的），结合具体的语境，反复、多次地阅读，才能准确地把握作者的用意。然而，笔者深知"传奇不比文章"②，传奇不但"做与读书人与不读书人同看，又与不读书之妇人小儿同看"③，而且，考察戏剧剧本必须要结合它特殊的规定性，也即演出性、剧场性等来评论分析。所以，笔者在借鉴细读方法时，努力遵循着 close 一词的全面意义④，以求反复、谨慎、彻底地，更全面地接近李渔剧作的本体，来考察分析之。

今人洛地先生在其《中国传统戏剧研究的缺憾》一文中，举缺憾之二为："详于作品作家，察于表演现象；疏于戏剧构成、结构、体制的研

---

① 今人俞为民先生在《中国戏曲艺术通论》（南京大学出版社，2009，第15页）一书中曾认为："地方性也是中国戏曲的基本特征之一……这种地方性及由此产生的丰富性也是西方戏剧所不能企及的。"

② 《李渔全集》第三卷，浙江古籍出版社，2010，第24页。

③ 《李渔全集》第三卷，浙江古籍出版社，2010，第24页。

④ 英文 close，亦有严格的、封闭的、谨慎的、彻底的等诸多含义。

究。"他详言道：

> 戏剧文学之有异于其他文学，即在于它是"戏剧文学"——"戏剧性"的文学。研究戏剧文学，首先当研究它如何成为"戏剧文学"即其"戏剧文学结构"。在中国，戏剧文学结构又不只关系中国戏剧文学，而且是中国（各类各种）戏剧结构的集中反映。这，应当是对中国戏剧、对中国戏剧文学的理解即研究的第一课题。但是，学界对这第一课题的无视、漠视到了惊人的地步：根本不把它作为一个课题——没有一本居权威地位的典籍文章有此一章、一节、一条或一个字。[①]

自李渔出，世间关于李渔研究的论文、专著，何其多也。笔者在对李渔传奇剧作的戏剧文学特征的考察当中，没有也无意于面面俱到，只欲就其戏剧文学特征当中，比较当行并且十分突出的几个特点来切入，并摭论之。一来，为重点突出其有别于他人的独特和影响深远的贡献；二来，也因照拂全局，以免在论述李渔对"一剧之本"的贡献时，与后文关于李渔剧作的表演性特征、剧场综合性特征等的论述相比，产生畸轻畸重的效果。

李渔对戏剧文学的另一大贡献在于，他在重视戏剧结构、戏剧语言和虚构等的同时，极大地保持了其戏曲剧本语言的文学品质。

从对现实生活的密切关注，故事原创性强方面来看，他的剧本具有时代的心灵契约，即记录和保留了丰富的时代语汇和时代人物形象，并且，含有其时代对世界的重新评价。

同时，他的剧本极大地保留了传统的文本元素和标准，此系中国文化传统在戏剧艺术当中赖以流传和丰富发展的基本环境和条件。

今人孙崇涛先生在其《中国戏曲本质论——兼及东方戏剧共同特征》一文中，曾提道：

> 叙事与表演是任何戏剧都不可缺少而且彼此依存的要素。很难设想会存在被观众认可的如下戏剧：只有出色的表演而不作任何故事叙

[①] 洛地：《中国传统戏剧研究的缺憾》，《社会科学研究》2000年第3期。

说的戏剧，或只有动人的故事叙说而表演极其低级拙劣的戏剧。中国戏曲与西方戏剧的本质不同是在于：西方话剧是为叙事而表演，中国戏曲是为表演而叙事。中国近代学者王国维，曾给中国戏曲下过一个大家长期认同的简单定义："戏曲者，谓以歌舞演故事也。"王氏的定义，主要是从中国戏剧文学发展的角度着眼，不曾留意作为高度综合艺术的戏曲的整体本质。如果从后者的角度理解，倒不如称中国戏曲是"以故事演歌舞"，反倒更接近事物的真理。①

既然承认和西方话剧一样同为戏剧艺术的中国戏曲是一门高度综合的艺术，那么，所谓"西方话剧是为叙事而表演，中国戏曲是为表演而叙事"之言就根本无从谈起。因为，对综合艺术而言，叙事和表演，是毫无缝隙地水乳交融在一起的。我们知道，戏剧艺术的本质是角色扮演，而叙事功能，又是使中国戏曲这门综合艺术区别于其他诸如舞蹈、歌唱、曲艺等的重要特征。那么，用格式塔心理学的理论来看，如果戏剧艺术是一幅艺术图形的话，那么，叙事和表演是互为基底，互为底与图的关系，是不可割裂开来徒争高下的。所以，无论说真正的、理想的中国戏曲是"以歌舞演故事"，还是"以故事演歌舞"，都是一种片面的论断。

然而，有一个不争的事实是，孙先生所描述的"以故事演歌舞"，恰好将中国戏曲在昆曲式微、古典地方戏成为主流之后，中国戏曲的部分现状不幸言中。针对古典地方戏，曲学大家吴梅曾慨叹其"无与文学之事矣"。用今人吕效平先生的话讲，就是："舞台艺术语言在与文学艺术语言的竞争中，压倒了文学的艺术语言，成为'第一性'的艺术语言，而把文学语言降为服务于自己的一个子系统。"②我们不得不承认，当下的中国戏曲，有那么一部分，确实就是有曲无文、有舞没戏，以故事或者是没故事来演歌舞的！

在综合艺术的诸多艺术手段当中，这种"压倒"的情形，是一种反艺术、反文化的极不合理现象。这样的戏曲剧种，这样的戏曲作品，仿佛一夜之间又回到了当初历史演变过程中的角抵戏或者曲艺等状态，倘若作为一种艺术多元性、多态性，它尚可一观，但显然，它们是不能作为中国综合的戏曲艺术应有的面貌和发展方向的。如果仅允许举一个例子的话，那

---

① 孙崇涛：《中国戏曲本质论——兼及东方戏剧共同特征》，《戏曲艺术》2000 年第 3 期。
② 吕效平：《戏曲本质论》，南京大学出版社，2003，第 213 页。

么试问：就拿当代流行甚广的京剧来看，倘若有那样为数众多的虽能讴之，却"读之不成句"的曲词在其中，其思想性和艺术表现性势必要大打折扣，那么，它如何担得起代表中国文化的"国剧"这个名位呢？

一切艺术，乃至一个文明谋求突破和发展的可能性，一方面是反省，另一方面便是开创，中国古典戏剧亦然。唯有积极开创，方能够变危机为转机。而开创尤其需要想象力和创造力。也许，这就是我们需要认真研究李渔传奇作品戏剧文学特征的意义，以及这份"李渔之忧"之于中国古典戏剧的深远意义所在吧？

第二章　李渔剧作之表演艺术设计

正因为李渔曾经有"填词之设，专为登场"[①]的标举，所以我们自然要对他的戏曲剧本当中的表演性特征尤其关注。在谈论编剧时的创作习惯和原则的时候，李渔曾说："笠翁手则握笔，口却登场，全以身代梨园，复以神魂四绕，考其关目，试其声音，好则直书，否则搁笔，此其所以观听咸宜也。"[②] 这样写出的剧本，不仅能让观众"观听咸宜"，也可以在最大程度上，为表演提供一个当行的脚本。

第一节　李渔剧作脚色塑造艺术的符号学分析

一、脚色制是中国戏曲别具特色的体制特征

脚色者，也作角色，戏曲中用以指扮演人物的类别者也。明代戏曲理论家徐渭在《南词叙录》中记录南戏有生、旦、外、贴、丑、净、末七种脚色。而古典戏曲剧本中，并不是以人物的名字来标记上、下场的，多标记的是"生扮某某上""旦扮某某上"，甚至有干脆就是"生上"，或者"旦上"，等等。

脚色的设置、培养、选定、登场配合等，沿袭下来，与中国戏曲的剧本结构和曲词创作、场上表演设计、服装化妆设计乃至戏曲班社组织结构等，都有着密切的关联，对其影响十分巨大。甚至，由于中国戏曲把场上人物按脚色来分别归入不同的脚色类型，以至于中国戏曲的音乐结构都是按照脚色声部来组织和变化的。对此，李渔也曾论述道：

[①]　《李渔全集》第三卷，浙江古籍出版社，2010，第66页。
[②]　《李渔全集》第三卷，浙江古籍出版社，2010，第48页。

> 取材维何？优人所谓"配脚色"是已。喉音清越而气长者，正生、小生之料也；喉音娇婉而气促者，正旦、贴旦之料也，稍次则充老旦；喉音清亮而稍带质朴者，外末之料也；喉音悲壮而略近噍杀者，大净之料也。至于丑与副净，则不论喉音，只取性情之活泼，口齿之便捷而已。①

中国戏曲的脚色都是类型化的，这些脚色并非对生活中各种人物进行完全写实的描摹，而是按照善、恶、庄、谐等性格气质类型来进行分类概括，在舞台上以不变应万变，以期用几个典型的性格特征来达到包罗万象的目的。脚色的种类，历来说法不一，据今人张敬先生论述：

> 自元明以下，剧中角色名称的演变很多，统言之，不过生、旦、净、丑四角。到了明万历年间，浣纱记腔创昆山，角备众选。分角渐趋细密，由九种增加到十二种，其后又添到十五种，甚而繁衍到二十五种。这是乾隆花部兴起、直到中叶以后的情形，几乎成为梨园的恶习。但无论如何，舞台上的人物尽管增多翻新，地位上有尊卑贵贱，形貌上有美雅丑俗，品德上有忠良奸佞，性情上有阴阳刚柔，才学上有文德武功，禀赋上有上智下愚，年龄上有老壮少弱，万般归一，不过是男女两类、生旦两大纲目而已。②

元杂剧由于一般都是末本或者旦本，所以除了正末、正旦以外，其他脚色是陪衬，一般也都是只有宾白和科介，没有唱。但是，到了明清传奇的时代，南曲里面脚色丰富，情节复杂，于是生、旦、净、丑开始皆有唱有白，表演活泼自由，蔚为大观。但是，依照传奇体制，尽管开放了诸脚色在舞台上的表演机会，可重要的脚色依然是由生和旦来担当。

二、李渔戏曲剧本脚色设计的翻新

李渔的戏曲剧本之中，对脚色的设计，翻新之处不少，且往往别出心裁、大胆突破。择要论之，包括以下几个方面：

---

① 《李渔全集》第三卷，浙江古籍出版社，2010，第151页。
② 张敬：《论净丑角色在我国古典戏曲中的重要》，载《中国古典戏剧论集》，张敬、曾永义等著，幼狮文化事业公司（台北），幼狮期刊丛书（121），1985，第85—86页。

1. 对一生一旦模式的着意突破

一生一旦为主,本为古典戏曲采用得较多的故事结构方式。此举的目的,在于尽量使故事集中,线索清晰,主旨突出。尽管历来对此模式屡有突破,但大都在遵循严整周正的原则下,小试身手,浅尝辄止。然而,李渔却尤擅设计多组人物结构的戏曲剧本。为避冗长繁复,李渔果断地将自己的剧作规模,采用了比较折中的安排,至多不超过卅六出。但同时,他也更加注意,要在确保"一人一事"线索发展的同时,尽量对生旦组合配对模式给予丰富。

在他的剧作当中,除了一生一旦之外,还有一生二旦、一生三旦,以及双生双旦等别致的设计。

(1) 一生一旦者,包括:

《比目鱼》:生——谭楚玉,旦——刘藐姑;

《巧团圆》:生——姚克承,旦——曹小姐。

(2) 除此之外,一生二旦者,则包括:

《怜香伴》:生——范介夫,旦——崔笺云、曹语花;

《玉搔头》:生——明武宗,旦——刘倩倩、范淑芳。

(3) 一生三旦者,包括:

《凰求凤》:生——吕哉生,旦——曹婉淑、乔梦兰、许仙俦;

《奈何天》:丑(占据生的地位)——阙里侯,旦——吴氏、何小姐、邹小姐。

(4) 双生双旦者,包括:

《风筝误》:

生——韩世勋,旦——詹淑娟;

生——戚有先,丑(占据旦的地位)——詹爱娟。

《慎鸾交》:

生——华秀,旦——王又嫱;

生——侯隽,旦——邓蕙娟。

《蜃中楼》:

生——柳毅,旦——舜华;

生——张羽,旦——琼莲。

《意中缘》:

生——董其昌,旦——杨云友;

生——陈继儒,旦——林天素。

这种对生旦模式的丰富和突破,在舞台上,制造了强大的对比,其作用一方面可以使得美丑、善恶等迥然不同的性格特征和行事风格互相映衬,这也是符合中国戏曲脚色体制反映世情的普遍艺术规律,二来,通过正生、正旦之外的生、旦鲜活的性格所引起的诸多事端,可以不断挑起冲突,使得剧情高潮迭起、层层推进。

即使是在一生一旦的《比目鱼》当中,李渔也是巧运心思,设计了一个"戏中戏"的结构,让主人公谭楚玉和刘藐姑在舞台上,忽而是现实,忽而又幻化成戏班搬演的戏中人物,二人虚虚实实、生生死死,其强烈的戏剧性,并不亚于前面列举的其他诸种生旦组合设计。

2. 唯重净丑

净丑脚色,即使作者对其或愚笨,或奸佞,或卑鄙,或丑恶,或荒唐等性格描摹得再活灵活现、细致入微,在传奇剧本里面,从来都是位居附庸和衬托的地位的,目的无外乎就是去衬托生旦等脚色的俊朗和多才、贤惠和贞淑。据张敬先生考论,直到吴炳的《西园记》和《绿牡丹》开始,才有了些许改观,所谓"净丑二角在剧中所占之附庸或辅配甚而补缀之地位,至粲花而大改观,进而与生旦同属重要之角色……极收戏剧之大功"①。今人沈静先生也认为:"在宋朝(960—1279)和元朝(1271—1368),净和丑都是滑稽的角色。在李渔的时代,他们才发展成不同的角色类型,可以扮演性格各异的角色。"②

然而,戏剧家李渔在此方面却向前连续迈出了几个大步。

首先,李渔的戏曲剧本中,净脚发挥重要作用的例子屡见不鲜。例如:

《凰求凤》中,那个丑扮的、足智多谋、巧言令色的女按摩篦头老妪殷四娘,绰号女苏张,在为吕曜(字哉生)按摩的时候,发现了一男三女之间错综复杂的关系,意欲赚两边的钱财,便揭了揭帖,来回往复于各家,将四人玩弄于股掌之间,险些真正误了佳期。

---

① 张敬:《吴炳粲花五种传奇研究》,转引自《论净丑角色在我国古典戏曲中的重要》,载《中国古典戏剧论集》,幼狮文化事业公司(台北),幼狮期刊丛书(121),1985,第87页。
② Jing Shen([美] 沈静), "Role Types in The Paired Fish, a Chuanqi Play(《传奇戏曲〈比目鱼〉的角色类型》)," *Asian Theatre Journal*(檀香山《亚洲戏剧季刊》)20, no. 2 (Fall 2003), P226-236. 此段原文为:"In the Song (960–1279) and Yuan (1271–1368) dynasties, the jing and chou were both comic characters. By Li Yu's time they had developed into different role types that could portray distinctive characters"。

《怜香伴》中，净扮的周公梦是一个令人生厌的恶棍，他不但无知行劣，而且心理阴暗，行为举止令人作呕。他见到曹语花，心中惊艳，从此之后，便屡屡搬弄是非，百般阻挠好事，最后以自杀结束了自己的生命。

这些，都以净丑的愚昧丑态，从另一个方面，衬托了生旦的形象，而且场面之上，滑稽调笑、哄然热闹，净丑戏份之足，为李渔戏曲剧作的闹剧特征，增色不少。

但是，李渔的创造还远远不止于此。在《奈何天》中，他竟倾力翻新出奇，一改传奇剧作的男性主要人物均用正生来扮演儒雅风流的书生的作风，转而采用了一个奇招——将男主角阙里侯用丑脚来扮，冲场而出，此史无前例的创造，果然天下大哗，一招制胜。

阙里侯是个疤面、糟鼻、驼背、跷足，又丑又臭，几乎集丑态于一身的人，他饱受美貌妻子的嫌弃，最后因心地善良，又捐十万军济饷，助军剿贼，立了大功，被朝廷封为"尚义君"。上天的宣化神旌表他焚券输饷的阴德，于是判官命变形使除掉他的畸形厄运。阙里侯最后洗除三臭，改变了形骸。

阙里侯这个形象，虽则表面丑陋不堪，但是其善良爱国、敦厚善解人意的个性，绝非如普通净丑脚色那般囿于刻板的脸谱化的类型之中，很快地，在剧情的不断发展过程中，观众便会从起初的满堂哄笑，同声厌弃，逐渐转为同情，并对他经神仙相助的脱胎换骨感到欣慰。

丑扮的阙里侯形象，实是因为李渔的戏曲剧作大都是凭空杜撰的，所谓"平地起楼台"，所以，非有惊人之设计不能震撼人心。但是，他的剧作绝不同于世间普通文人仅为吟哦性情的闭门造车之作，他在翻奇弄巧的同时，对人物深层性格的入微刻画，对中国戏曲脚色囿于类型化的突破还是颇有成效的。再加上，李渔才情之高，人所不及，如果不是用神来之笔将诸个用心设计的净丑人物，从形容，到口吻，到复杂的心态，及至思想境界都描摹得栩栩如生、鞭辟入里而又超越观众的观演经验，那么，便极易沦入弄巧成拙的境地。

只有一个真正的戏剧家才会如此深切地关注舞台演出的命运，才会相信，文人亦有办法让剧本处处翻新，得以在红氍毹上激动人心，挑起观众的好奇和错愕，继而在最恰当处，毫无障碍地掀起他们心底的波澜。

3. 显著的文化符号标出性特征

如果我们变换一个角度，更换一副眼光，以符号学理论再来重新审视李渔剧作的脚色塑造艺术，也许会别有洞天，更加清晰和深刻地认识到李渔戏曲剧本的艺术魅力和价值。

今人曾永义先生认为：

> 中国古典戏剧的"脚色"只是一种"符号"，必须通过演员对于剧中人物的扮饰才能显现出来。它对于剧中人物来说，是象征其所具备的类型和性质；对于演员来说，是说明其所应具备的艺术造诣和在剧团中的地位。①

今人施旭升先生也所见略同，他认为：

> 戏曲也无疑有着自身的丰富的符号表现的手段与技巧，而成为戏曲艺术形式表现的具体的"语汇"，甚至可以说形成了一种独特的符号表现系统……很明显，戏曲艺术形式的创造也必然体现为符号技巧及其审美与文化的意味这样两方面。②

法国新托马斯派哲学家马里坦在1957年时曾撰文说："没有什么问题像与记号有关的问题那样对人与文明的关系如此复杂和如此基本的了……它是人类世界的一个普遍工具，正像物理自然世界中的运动概念一样。"③诚然，在人类历史发展的长河之中，每当人类的思想有了困扰和深深地怀疑的时候，往往就会对记号进行深思。作为一门显学的跨学科的方法论，符号学（Semiology）成为当代社会科学研究中相当重要的、一个至为关键的手段和组成部分，这已经是不争的事实。

通过对李渔戏曲剧本的研究，我们发现，李渔剧作当中的脚色塑造，

---

① 曾永义：《中国古典戏剧的认识与欣赏》，正中书局（台北），1991，第230页。
② 施旭升：《中国戏曲审美文化论》，北京广播学院出版社，2002，第141—142页。
③ 李幼蒸：《理论符号学导论》，中国人民大学出版社，2007，第11页。

具有显著的文化符号标出性①特征。

所谓文化符号学（Semiotics of Culture），基于"人类周围出现的文化产物，结构上也好功能上也好，基本上都是以语言为模式形式的这一富有魅力的假说"②。文化符号学理论认为，从标出性这个角度来看，美的感觉有两种，即正项美感和异项美感；同样地，艺术也有两种，即正项艺术和异项艺术。

所谓正项美感，指的是"人类在文化正常状态中感到的愉悦：大多数文化场景中，美感与真善等概念相联系"③。这种正项美感，为艺术提供了美的标准，从这个角度来看，正项艺术之美，便和社会所公认的美的概念和标准有一致的取向。然而，"有意把异项标出，是每个文化的主流必有的结构性排他要求"④。所以，所谓的异项艺术，便建立在文化中的标出性之上。

文化符号学理论认为："艺术冲动就是对凡俗符号优势的反抗，这种反抗有时候是无意识的，到现代越来越经常是有意为之地'颠覆'常规。"⑤而后现代文化中，异项艺术却占了大多数的比重，我们可以理解为，在后现代的艺术领域里，艺术越来越倾向于异项，也就是标出性。

符号学理论不是艺术创作理论，产生的时间也比较晚近，但它却可以是一个反观历史上诸种文化现象（自然也包括艺术创作现象），并分析、

---

① "标出性"这个译名，系学者赵毅衡先生所首倡，这个术语在现代语言学中曾被译为"标记性"。赵毅衡认为，这个译名很不方便，"标记"这个汉语词意义过于宽泛，容易出现误解误用（例如：风格标记，文体标记，城市的标记性建筑，等等）。这种情况在西语中也存在：雅克布森等人的用的词是 marking 或 marked，这些词不是专门术语，语义容易混淆，实际上也经常出现混淆。乔姆斯基 1968 年建议用一个特殊术语 Markedness，故此词应当译为"被标记性"。其汉译过于累赘，所以为了避免误解，他建议这一批术语都改用"标出"与"标出性"："标出"包含着被动义，简洁又不会过多引起误解。标出性这个概念，是在二十世纪三十年代，由布拉格学派的俄国学者特鲁别茨柯伊（Nikolai Trubetzkoy）在给他的朋友雅克布森（Roman Jakobson）的一封信中提出的。特鲁别茨柯伊是音位学的创始人，而雅克布森是现代符号语言学发展史上的关键人物，他们的讨论受到语言学界高度重视。关于标出性的研究已经有大半个世纪，成果已经相当丰富，但是以往大都局限于语言学，在语用学上有越出语言学边界的趋势。目前，学术界有一些将标出性理论推向整个文化研究的努力，意图对标出性做文化符号学的研究，使之能适用于整个社会文化领域。见赵毅衡：《文化符号学中的"标出性"》，《文艺理论研究》2008 年第 3 期。

② ［日］池上嘉彦：《诗学与文化符号学》，林璋译，译林出版社，1998，第 2 页。

③ 赵毅衡：《文化符号学中的"标出性"》，《文艺理论研究》2008 年第 3 期。

④ 赵毅衡：《文化符号学中的"标出性"》，《文艺理论研究》2008 年第 3 期。

⑤ 赵毅衡：《文化符号学中的"标出性"》，《文艺理论研究》2008 年第 3 期。

研究的有用的工具。笔者认为，中国古典戏曲领域，所谓正项艺术的理论要求，当以汤显祖的"意趣神色"为代表，即戏曲创作要有意味、有情，还要有生趣、有风神，要通灵、传神，色彩上还要有文采词华等艺术风貌。而李渔的戏曲剧本中显现的唯重净丑的脚色塑造原则，便是异项艺术创造的一个代表。他极力标举的是：

> 如填生旦之词，贵于庄雅，制净丑之曲，务带诙谐，此理之常也，乃忽遇风流放佚之生旦，反觉庄雅为非，作迂腐不情之净丑，转以诙谐为忌。诸如此类者，悉难胶柱。恐以一定之陈言，误泥古拘方之作者，是以宁为阙疑，不生蛇足。若是则此种变幻之理，不独词曲为然，帖括诗文皆若是也，岂有执死法为文，而能见赏于人，相传于后者乎？①

因为李渔的诸种戏曲剧本，几乎皆为一无所本、无中生有的独创之作，剧情阴差阳错，市井气息浓郁，恣意笑闹，遍地风情，所以，他的脚色设计，净丑便再不似以往那般的悉为衬托生旦，甘当绿叶。净丑不但可以跟正生、正旦分庭抗礼、旗鼓相当地双线并行，交错演进，如《风筝误》中的詹爱娟，更可以冲场即出，直接升作主角，如《奈何天》中的阙里侯。

时至今日，现代艺术发展的结果显示，任何符号，只要具有文化标出性，仿佛就会立刻具有了艺术价值。当然，这种标出性，还是受到文化正统的防范和制约。回首四百年前，李渔的戏曲剧本在脚色设计和塑造上，还是相当超前的。

正项艺术以平和为美，然而，美则美矣，但倘若这种非标出性常常被作为几乎放之四海而皆准的创作原则的话，便产生了一个令人无奈甚至不安的结果，那就是：这种周正的循规蹈矩，极易产生出凡俗平庸的艺术作品。然而，我们又看到，"艺术反对一般化，反对规范化，而提倡那种虽然十分普遍却肯定会受到理论压制的个性化的形式。生命感是常新的、无限复杂的，因此，在其可能采取的表达方式上也有着无限多样的变化"②。戏剧家李渔，恰是走出了一条大胆而有成效的创新道路。

---

① 《李渔全集》第三卷，浙江古籍出版社，2010，第3页。
② [美] 苏珊·朗格：《情感与形式》，中国社会科学出版社，1986，第380页。

以上分析和认识，均来自戏曲符号学的视角和认识方法。由此，我们自然会引出一个关于戏曲符号学研究意义的话题。

三、从戏剧符号学到戏曲符号学

我们期待一个从戏剧符号学到戏曲符号学的理论延展和开拓。

记号与人类知识和生活的整个领域相关，它是人类世界的一个普遍工具，正像物理自然世界中的运动一样。研究记号问题的符号学或记号学是二十一世纪最重要的科学领域之一。有方家认为："符号学被认为是上个世纪最有影响的一门跨学科的元科学，它融合了语言学、逻辑学、哲学、社会学、心理学等众多学科，其源头可分别追溯到十九世纪末二十世纪初的瑞士语言学家费尔南·索绪尔（Fernand Saussure, 1857—1913）和美国实用主义哲学家查尔斯·皮尔斯（Charles Sanders Peirce, 1839—1914），也因此有英语 Semiotics 和法语 la sémiologie 两个不同的学名。早在二十世纪三十年代，捷克布拉格学者穆卡罗夫斯基（Jan Mikarovsky, 1891—1975）便发表了《演员现象的结构分析》一文，被后世学界视为戏剧符号学的初啼。二十世纪中叶以来，在法国学者艾坚·苏里欧、克洛德·列维-斯特劳斯、罗兰·巴尔特、A.J.格雷马斯等的影响下，法国巴黎第三大学著名戏剧学教授安娜·于贝斯费尔德、米歇尔·科尔万、乔治·巴努和帕特里斯·巴维斯等人共同努力，于七十年代末和八十年代将戏剧符号学从无到有地创建成一门颇成体系的学科。"①

其实，戏剧符号学的发展并没有太多的间断。在四十年代，布拉格语言学派的金里希·宏泽尔就将符号学原理运用到戏剧研究中，明确提出，"舞台上所有创造剧情的东西，从剧作家的剧本、演员的表演到舞台灯光，所有这些因素都是符号指意性的。换句话说，戏剧演出就是一个符号系统"②。后来，1983年，厄利卡·费舍尔-里希特出版了皇皇三大卷的《戏剧符号学》，强调对戏剧艺术的意义生产结构进行符号学的研究，分析作为系统、规范与言语的戏剧符号。著名的结构主义符号学大师罗兰·巴尔特，就是从戏剧研究起家的。巴尔特认为："戏剧如同一架'控制论意义上的机器'，平时这部机器躲在大幕后面，一旦幕启机器开动，它就开始释放出各种不同的信息，这些信息同时出现但又节奏各异，在演出的任

---

① 宫宝荣：《戏剧符号学概述》，《中国戏剧》2008年第7期。
② 周宁：《西方当代社会科学理论对戏剧学的影响》，《戏剧艺术》2004年第4期。

何一点上，你都可以接收到六、七种信息，有场景的，有服装的，有灯光的，有演员的体位、身姿、言辞的，各不相同，构成一个符号的系统。"①

其中，与著名的安娜·于贝斯费尔德的《戏剧符号学》齐名的，还有曼弗莱德·费斯特的《戏剧理论与分析》一书。从这本用微黄的纸张印刷的中译本中，我们看到："作者运用符号学范式，对戏剧与戏剧性、戏剧与剧场、信息传递与语词交流、剧中人物与形象、故事与情节、时空结构等问题进行了全面的分析。其中作为前提性分析框架提出的戏剧交流范型，将戏剧符码分为内外两个交流系统，对戏剧研究具有普遍的意义。"②

戏剧符号学虽然是一门年轻的学科，但它综合了当今世界人文学科前沿的最新理论成果，以一套崭新的理念与方法，让我们以崭新的视角，重新认识戏剧现象、分析戏剧的本质，掌握一整套独特、颇具颠覆性的分析戏剧文本与演出的手段。瑞典学者威尔玛·梭特认为："符号学对戏剧研究的贡献有三点值得一书：第一，符号学引起了戏剧研究中对理论的注意。实证主义传统的理论框架很少被公开地讨论过——甚至马克思主义者也以自己的一套术语接受了这一传统的局限。符号学者们把在学科内的争辩从方法论和研究策略的层次提高到了纯粹的理论思维水平之上。有时符号学显得不仅仅是戏剧理论研究之路的一条，而甚至是唯一的一条。第二个成就曾被简略地提到，符号学打破了戏剧学者对历史文献的迷恋崇拜。他们埋头于对资料的发掘、描述和评价，这些原始资料往往以图片和文字的面目出现，从而削弱了关于对象本质的讨论，而这一客体对象的重建总是那么令人绝望。第三点我将着重强调的是符号学把戏剧演出放回到了辩论的中心，戏剧学者们不再描述可能的结构和参考书目，通过这些，那（失去又被重建的）过去的演出才得以复原。代之兴起的是对这些过去或现在演出究竟该用何种术语来讨论的理论描述。整个戏剧演出分析领域，也就是在戏剧的所有部门中，都能感到符号学的脉搏，尽管学者们走的不是一条路。"③

上海戏剧学院教授胡妙胜发表于八十年代初的《戏剧演出符号学引论》系中国第一部戏剧符号学著作，甫一面世便引起学界高度重视。但遗

---

① 周宁：《西方当代社会科学理论对戏剧学的影响》，《戏剧艺术》2004年第4期。
② 周宁：《西方当代社会科学理论对戏剧学的影响》，《戏剧艺术》2004年第4期。
③ ［瑞典］威尔玛·梭特：《迈向戏剧事件——符号学、解释学在欧洲戏剧研究中的影响》，沈亮译，《戏剧艺术》1998年第2期。

憾的是，他的其他著作，如《充满符号的戏剧空间》《戏剧与符号》等仅仅对其早期理论进行了有限的发展。

那么，符号学方法在戏曲研究中，会有一些什么发展呢？在戏曲符号学方面，论著较名之为"戏剧符号学"的数量则显得少了许多。其中，郑传寅发表于《北京大学学报（哲学社会科学版）》的《戏曲程式的文化蕴涵与历史命运——兼论现代戏曲符号体系的建构》一文认为：程式化是东方古典戏剧的共同特征。

他阐述说："戏曲程式是一套特殊的符号体系，其特殊性主要表现在广泛而持久的因袭性和不容逾越的规范性上。作为古人对世界的一种审美掌握手段，程式保留了一代又一代戏曲艺术家的经验和智慧，促使传统戏曲走向辉煌，但它不可避免地带有'历史的暂时性质'。它以屈己从人、率由旧章、循礼守制的社会文化环境为依托，折射出东方民族重视文化传统、顺应束缚的文化精神。随着这一时代的逝去，程式迅速表现出严重的不适——难以适应反映现代生活的时代要求和青年观众的欣赏趣味。现代戏曲符号体系的建构以飞速发展、追新逐异、张扬个性的时代为依托，不大可能再重复以故常为法度的程式化道路。"①

而王潞伟在《谈符号与戏曲创作的关系》一文中提道："戏曲剧本创作的第一符号便是语言文字。作家在创作剧本时，通过语言文字符号交代戏曲人物、故事、环境等要素，使导演、演员等在进行舞台的二度创作时有所依凭。所以，从戏曲第一度创作的文学剧本到第二度戏曲创作的舞台演出看，语言文字符号的运用和破译是戏曲作家和导演、演员、读者共通的符号，起到了关键的媒介作用。假如，戏曲作家运用的语言文字符号不能被导演、演员正确破译，就必定导致戏曲的第二度创作受阻，使整个戏曲三度创作的完美形态无法实现，成为真正无法完成的'未完成艺术'。"②

他认为，戏曲的第二度创作自然是需要运用多种符号系统，来完成戏曲艺术创作。他在研究中，将舞台演出所用符号重新划分，共分为声、色、形三大符号系统。戏曲音响符号的运用与表演，武打等符号的运用具有统一性，如《碰碑》中，杨令公上场时，饥寒交迫，身体瑟缩，无力地拖着大刀，这时锣鼓也是松散无力的，动作和锣鼓伴奏的节奏密切配合，

---

① 郑传寅：《戏曲程式的文化蕴涵与历史命运——兼论现代戏曲符号体系的建构》，《北京大学学报（哲学社会科学版）》2001年第1期。
② 王潞伟：《谈符号与戏曲创作的关系》，《安徽文学月刊》2009年第6期。

营造了兵败荒野、穷途末路的悲凉气氛。在戏曲演出脸谱色彩中，色彩作为符号被赋予了象征人物性格的特定含义。从戏曲服装看，舞台演出有一套固定的衣箱制度，戏衣按类型、色彩划分，以满足演出需要，以不变应万变，是服饰符号的程式化、惯例化……戏曲表演一般把这些简单的程式单元称为身段，运用身段符号来创作戏曲艺术，是第二度创作必不可少的环节。

至于"笑、哭、叫好"等，他认为这都是观众对演员表演整体符号做出的反馈、回应，是观众在完成戏曲第三度创作后作出的外在表现。

而张生筠在《中国戏曲与符号学》一文中则声称要从传统戏的表现手段来观察符号学原理的灵活运用。他将中国戏曲的符号学特征表现概括为："（一）符号为象征，便于载体的表现……有些生活中的事件要进行戏剧表现，却有很多困难。像发水、刮风、黑夜等，就很难搬上舞台。这类棘手的问题，戏曲艺术采取了以符号象征的方法予以解决。（二）以符号做简化处理，使繁杂的生活适于表演。生活中有些场面大而杂乱，如若搬上舞台，是很难表现的。戏曲艺术在演出中通过符号的作用，删削了那些没有必要表现的繁文缛节，可以将繁杂的生活场面简单化。比如大将出征时带领的千军万马，在戏曲舞台上就仅以四龙套做一说明性的符号表示。（三）以符号做表示，将抽象的事物具象化……戏曲艺术可以通过符号的作用，使人虚幻的感情外化，将抽象的事物以具象的形式展示给观众。如表现人愤怒、惊恐、急切的感情时，戏曲演员即可以运用甩发、屁股坐子、跪步等程式去表现。（四）以符号做说明，将生活美化。生活中的自然形态并不都是美的。如果按照真实生活去表演，有的地方不仅繁琐，而且还可能有损人物形象。戏曲艺术运用符号表示生活中的某些特征，却可以突出人物的形象美。拿演员化妆来说，老旦多是表现年迈的女人，然而佘太君的脸上仅是画上两三道纹线，表示其年老。这种假定性的符号，有时线条还画得很漂亮，并不追求真实生活中老年人面部的全部特征。其目的就在于突出人物的形象美和生活美。（五）以符号做标志，帮助载体说明剧情。这是我们前辈艺人在演出实践中为帮助观众理解剧情，运用符号学的知识而创造的一种表现手段。它能将舞台上所表现的生活多角度、多侧面地展现给观众，就仿佛是艺术表现手段中的重复。像《将相和》中表示廉颇请罪时，身背一'荆杖'；《西厢记》中表示张生生病时，头上系一白绸带；《十五贯》中表示熊友兰行路时，将袍襟掖起，并身背一包袱等，均为帮助说明剧情的标志符号。"①

张生筠从自己的归纳中总结道：西方学者对于符号学的理解和认识，只是近代或近些年之事，而中国古老的戏曲艺术对于符号学原理的运用，却有源远流长的历史。

但他在文章的结尾比较谨慎地提及："上述观点和例证，可能会使人认为：照此说法，戏曲艺术中处处皆为符号，这未免过于牵强附会。但是，如果我们真的能从符号学的理论出发，去做些认真的考察，那么这种怀疑是完全可以排除的。"②

诚如符号学家李幼蒸所言：如果采用过宽的符号学观点则会发生一种偏向，就是把符号学当成了无所不包的"知识大全"。这种把人世间万物及其文化标记均当成符号学现象的做法，往往是空泛无谓的，因为这样就等于是为人类现有的学术和文化活动作一番名称更换工作，并无益于人类知识的扩增。而中国多数戏剧符号学著作目前的情况大抵如此，而这其中，以关涉戏曲符号方面的研究尤甚。关于戏曲符号的研究，还多是简单地从戏曲程式、服饰的象征等的含义上进行阐述，无异于简单化的学术词语"换名工作"，虽洋洋洒洒者有之，但其实质不过是用相似的西方符号学词语来重述过去几代人概括出的民族戏剧特征而已。

中国戏曲，作为一种文化符号、哲学符号，甚至地理符号，与中国传统审美及其道德层面的情趣、理想和价值体现，都有密切的关系。传统文化中的儒、释、道三家，对戏曲形态的浸润和渗透，也使得中国戏曲符号学成为研究中国文化艺术的一座待采的富矿。相信戏曲符号学在不久的将来，必将根深叶茂，繁花似锦，果满枝头。

第二节　李渔剧作中卓有特色的变形科介

关于科介，徐渭《南词叙录》有云："科者，相见、作揖、进拜、舞蹈、坐跪之类，身之所行，皆谓之'科'……今戏文于科处皆作'介'，盖书坊省文，以科字作介字，非科、介有异也。"③当然，它也可以指舞台

---

① 张生筠：《中国戏曲与符号学》，《文艺研究》1991年第5期。
② 张生筠：《中国戏曲与符号学》，《文艺研究》1991年第5期。
③ 徐渭：《南词叙录》，载《中国古典戏曲论著集成（三）》，中国戏剧出版社，1982，第246页。

上其他多种动作表现。因为对这种动作的称谓，元杂剧多用作"科"，而南戏、传奇则多用作"介"，故现在多用"科介"这个术语来谈古典戏曲舞台上的动作。

科介，在戏曲剧本里，是和演员的动作表演直接关联的舞台指示。曲词宾白也唯有借着科介，才可以实现准确的搬演，化为观众能够直接看得见、直接感受得到的人物形象。李渔的戏曲剧本，为了可演可传，对科介的重视不亚于曲词。他的科介，不但具体、准确，而且十分丰富，如影随形地不离曲词宾白左右，真正使剧本成为演员上手便可照章排演的。

除了寻常科介之外，李渔剧作的变形科介极具特色，不仅匠心独运、大胆新奇，而且为表演开拓了极为广大的空间。这些变形科介，主要可以分为：男女易貌、死后变化以及脱胎换骨等几类。

一、男女易貌

在《意中缘》第十三出《送行》当中，林天素要赴闽中安葬双亲，需要乔装为书生，剧本中的科介是这样写的：

> （小旦）奴家往常出门，都做男子打扮，再不曾有人认得出来。前日来的时节也是这等，如今照旧装扮了回去就是。（小生）不信妇人妆做男子就认不出？这等，你且妆扮起来，待我认一认看。（小旦）少不得就要换了。叫平头，取我出门的衣服过来。（副净取巾服、皂靴上）（小旦换介）……（小旦作大步行介）……（小生大笑介）①

舞台上，当场取来巾服、皂靴，三下五除二，一番精心打扮，一个娉婷的女子就摇身一变，竟然连对面的江怀一也认不出来。

二、死后变化

在《比目鱼》当中，角色的变形又得到了升级，死后的两番变形，成为这部剧给人留下深刻印象的细节。

在第十五出《偕亡》里面，刘藐姑借演唱《荆钗记》的当儿，假戏真做，为了不屈从于见钱眼开的母亲将她许与富人，真个抱石投水，以死殉情：

---

① 《李渔全集》第四卷，浙江古籍出版社，2010，第356—357页。

【胡捣练】(旦)伤风化,乱纲常,萱亲逼嫁富家郎。若把身名辱污了,不如一命丧长江!

(急跳下台介,潜下)(净惊喊"捞人",众哗噪介)……【前腔】维风化,救纲常,(指净介)害人都是这富家郎。他守节捐躯都为我,也拼一命丧长江!

(急跳下台介)(潜下,众惊呼介)……①

这一番惊心动魄的行动,到了下一出《神护》,才显现了另一个惊人的结果,这便是:谭楚玉悲愤之中一同殉情,相拥相抱的两具尸体被发现后,转瞬间便化作比目鱼。

(生、旦暗上,搂抱卧地,下介)

……(众见生、旦)禀千岁:有两口尸骸抱在一处的,想必就是了。(外)分付判官,快与我追魂取魄,救他醒来……(副净用旗帜招魂,向内传介)……(生旦暗下,一人扮作比目鱼上,入队同行介)

……(副净)禀千岁:这一对男女已经变做鱼形了。(外指鱼介)比目鱼,比目鱼!你夫妻有幸得逢予,不向生前遭坎坷,焉能死后得欢娱。欲将分树成连理,先把双形并一躯。若使有情皆似汝,阿谁不愿丧沟渠。②

再间隔了一出之后的第十八出《回生》,剧情又有了更加令人称奇的发展,原本变作比目鱼的这对苦命恋人,竟然又变回男女尸身:

(末)不要多讲,快来帮我起罾。(同起罾,见鱼喜介)(末)妙!妙!妙!罾着这个大鱼,竟有担把多重。和你抬他上岸,看是个甚么鱼?(抬上岸,看介)原来是一对比目鱼。……

(同下,内鸣金、擂鼓,虾、螺、蟹、鳖复执旗帜,引生、旦上,换去前鱼,仍用蓑衣盖好,旋舞一回即下)(小生、老旦、末、丑同上)(小生、老旦)在那里?(末、丑)在这里。(取去蓑衣见生、

---

① 《李渔全集》第五卷,浙江古籍出版社,2010,第157页。
② 《李渔全集》第五卷,浙江古籍出版社,2010,第160—161页。

旦，大惊退介）呀！明明一对比目鱼，怎么变做两个尸首？又是一男一女搂在一处的，竟要吓死我也。①

如此三番陡转变化，剧本的科介设计得准确、具体，在节奏上一环紧扣一环。包括配角如何在侧辅助配合，还有现场的声音、道具的出现节点，都照拂得十分周到，主要演员在何时、如何上下场，也拿捏得恰到好处。

三、脱胎换骨

如果说李渔的剧作科介在男女易貌、死后变化方面，做到了匠心独运的话，那么，在《奈何天》第廿八出《形变》中出现的当场脱胎换骨的设计，则更是令人叹为观止。

阙里侯虽相貌奇丑、遍身残疾、臭不可闻，遭到三位妻子的嫌弃，但是他人品不坏，又能做出诸多义举，及后在神仙的干预下，终于脱胎换骨，成为理想的美男子。将这样一个几乎是丑恶到了极点的人变为俊男，本就是一件令人震撼的事情，李渔偏偏还要让他在舞台上，将这个脱胎换骨的过程表演出来，实在是难上加难。

李渔在剧本中至少用了九组动作才完成了这个惊心动魄的巨变：

> 脱衣介……副净持沐盆、携汤桶、水杓上……丑坐盆内，副净略洗一二把即起，背介……向鬼门变作女子介……净舀汤浇发，又取物洒眼内介……净用湿手巾，擦去面上疤痕及粉介……净用推鞭，向浑身鞭介……净用一手着胸，一个着背，用力按介……丑穿衣完，看壁上介……副净取镜，丑照大惊介②

四、内心视像与编剧写作

几乎所有李渔的戏曲剧本，都充满生动惊艳，富有奇绝的想象。这一定与他在戏曲剧本写作中，可以自觉并成功自如地运用"内心视像"是分不开的，这是颇值我们编剧同道领悟和学习的一点。

在《闲情偶寄》中，谈到自己的创作体验，李渔这样记叙下了当时的

---

① 《李渔全集》第五卷，浙江古籍出版社，2010，第169页。
② 《李渔全集》第五卷，浙江古籍出版社，2010，第91—93页。

内心活动。

在《词曲部上·结构第一》，他的体验是：

> 想入云霄之际，作者神魂飞越，如在梦中，不至终篇，不能返魂收魄。①

在《词曲部下·宾白第四》中，他又做了比较详细的记载：

> 且尝僭作两间最乐之人，觉富贵荣华，其受用不过如此，未有真境之为所欲为，能出幻境纵横之上者：我欲做官，则顷刻之间便臻荣贵；我欲致仕，则转盼之际又入山林；我欲作人间才子，即为杜甫、李白之后身；我欲娶绝代佳人，即作王嫱、西施之元配；我欲成仙作佛，则西天蓬岛即在砚池笔架之前；我欲尽孝输忠，则君治亲年，可跻尧、舜、彭篯之上……欲代此一人立言，先宜代此一人立心，若非梦往神游，何谓设身处地？无论立心端正者，我当设身处地，代生端正之想；即遇立心邪辟者，我亦当舍经从权，暂为邪辟之思。务使心曲隐微，随口唾出，说一人，肖一人……②

同是《词曲部下·宾白第四》，他总结道：

> 笠翁手则握笔，口却登场，全以身代梨园，复以神魂四绕，考其关目，试其声音，好则直书，否则搁笔，此其所以观听咸宜也。③

我们现在所称的"内心视像"其实出自苏联著名导演、戏剧理论家斯坦尼斯拉夫斯基的理论体系。在他的举世闻名的表演理论著作《演员自我修养》中，他对内心视像的界定是："只要我一指定出幻想的题目，你们便开始用所谓内心视线看到相应的视觉形象了。这种形象在我们演员的行话里叫作内心视像。"④ 对于演员来讲，这是一个有魔力的艺术创作手段，

---

① 《李渔全集》第三卷，浙江古籍出版社，2010，第 2 页。
② 《李渔全集》第三卷，浙江古籍出版社，2010，第 47 页。
③ 《李渔全集》第三卷，浙江古籍出版社，2010，第 48 页。
④ ［苏］斯坦尼斯拉夫斯基：《斯坦尼斯拉夫斯基全集》第二卷，中国电影出版社，1985，第 98—99 页。

但对于艺术创作行业里的其他而言，都是有相同的意义的。这种所谓内心视像，被斯坦尼斯拉夫斯基形容为在演员的内心搭建了一个电影银幕，在创作之前乃至创作的同时，电影画面是首先在演员的内心银幕上放映由自己的想象构成的活动的电影。

相对于戏剧的其他所有工作人员而言，编剧是一度创作者，属于从无到有地建设起来一栋戏剧大厦的首创者。所以说，编剧内心一定是用全知视角来审视整个戏剧大厦的一砖一瓦、一人一物的，无论是台词、动作，还是环境、装置，还有戏剧情节的每一分钟、每一秒钟的走向和转折变化。如果编剧具备了随时可以激发和控制起内心情绪体验和浮现生动的全部细节的能力，必定会使创作如虎添翼，极大地丰富剧本的表现力和提高编剧工作效率。

现在，几乎没有人会怀疑内心视像对于创作的意义。但是对于内心视像是属于灵机一动的灵感迸发，还是可以在精心研究之后主动唤起和控制的，并未取得一致的意见。斯坦尼斯拉夫斯基是相信戏剧训练的强大力量的，他认为："把我们对事物的一切形象的和感性的概念都成为视像……想象的感觉，除了视觉形象之外，还有听觉、嗅觉、味觉、触觉等其他的想象的感觉。"①

所以，作家的内心视像，是完全可以培养和控制的。但是在具体工作之前或者工作中，还可以探索一些原则和操作方法。

关于培养内心视像的原则，可以从以下几个方面考虑：

其一，爱好广泛。作家要是一个杂家，要对世间万物都抱有浓厚的兴趣，有欲洞悉世间万物之志。

其二，多多亲身体验。内心视像的建立，不是纸上谈兵即可得来的。作家虽然大多已经饱览诗书，有了一定的语言功底，但是内心视像要依靠多动手、动脑、事必躬亲，如此才能切实地积累感官体验。

其三，动情。艺术并非科学实验，艺术家不是冷静的旁观者。作家可以经常保持赤子之心，凡事须动真情，对人、对事、对物的情感投入，要达到心房颤动、忘乎所以之境界，方可收到在建立内心视像上的丰赡反馈。

其四，随手囊录。动情之物、创作灵感、可以激发想象的元素等，往

---

① ［苏］斯坦尼斯拉夫斯基：《斯坦尼斯拉夫斯基全集》第二卷，中国电影出版社，1985，第501页。

往来之也快，去之也速，通常都是稍纵即逝的。绝大多数的时候，是非要提笔录下不可的。从《闲情偶寄》关于"百眼橱"的记录，我们可以想象，李渔当年一定是对搜集和管理素材，下了一番功夫的。在我们当今的电子时代，虽然工具众多，手段丰富，但是于记录灵感和体验上面，其实选择之多反倒令人眼花缭乱。打字机、电脑键盘可以让我们的文字录入速度大大提高，但也不是方便到随手可得的程度。那么，不妨尝试用录音笔、手机等工具，随时将感受和灵感录存下来，过后再行整理。但是，由衷地讲，由于我们大多数人幼年的知识启蒙仍是用纸笔学习和记录文字开始的，所以，纸笔和卡片对大多数人来说还是一个值得首选的方法。

关于每次创作进入内心视像的实际操作，也有如下具体方法可以考虑：

其一，松弛。在当今五光十色迷人眼的时代，人们的心是极难安定下来的。而艺术创作极需要沉郁和安定的心境。所以，写作前可以凝神屏息，让全身肌肉和精神都得到充分放松，为即将开始的写作培养一个良好的心境。

其二，冥想入静。在初步达到松弛状态之后，需要进入虚空的境界，这个靠冥想训练是极有帮助的。冥想还可以借助辅助器物，通常可以是某些与题材有关的纪念品、象征物等。也有编剧同道奇思妙想，从舞台美术人员那里搜罗来按比例缩小制成的舞台设计模型，然后在凝视中把想象倾注到缩微的小舞台上面，进而让它投射到自己的脑中，让戏剧人物在自己脑中的小舞台上展开剧情的敷演，也是可以收到奇效的。

其三，时常跳出。内心视像绝非艺术创作的万能药，如果作家过于沉溺其中，乃至忽视了整个剧作的全局，也容易走火入魔，影响编剧工作效率。所以，可以考虑适当有节奏地从内心视像中时常跳出，对思绪进行及时的调整、修订。

其四，编剧与其他作家的工作最大的不同便是，剧本最终是要在分工很精细的众多工作人员的配合下才能搬演的。所以，编剧必须考虑在成品剧本中，尽量适当地为其他工作人员，如导表演、乐队、服化道等的艺术创作留下可帮助建立他们的内心视像的文本线索。

戏剧家李渔的剧本文本，为演员的表演提供了一个在当代几乎要集编剧、总导演、执行导演，甚至是动作设计师数人合作才能合并给出的一套具体可行的指示。所以，基于前述，我们说李渔的剧本是一部包容了唱词、宾白、科介、舞台美术、思想内涵、人物分析、音乐舞蹈设计等丰富的舞台艺术和技术手段等之真正的"一剧之本"——一剧创作过程遵循之根本，当不为过。

第三节　李渔剧作之诸般伎艺的穿插

李渔的戏曲剧本容纳了丰富的表演元素，呈现了千姿百态的表演风貌，其中，诸般伎艺的穿插，便是一个重要的体现。

我们知道，中国戏曲的产生自具来源，独具风格。它来自民间，与群众社会生活有密切关系，本就以歌舞为基本，和民间音乐有密切关系。萌芽状态的戏曲表演以古俳优为起点，掺和了杂技、武术等诸般伎艺。即使发展到了南戏，表演成分依然兼容并包，比如，《五伦全备记》之第廿七出中，有"备掌朝纲说平话"，《香囊记》之第廿三出中，有"问卜净卜卦作诨"，《金钗记》第廿出中，有"太行山寨丑净舞棒演习武艺"，等等。

李渔剧作当中穿插的诸般伎艺表演，主要包括：歌舞；民俗、宗教仪式；其他戏剧形式；俚乐小曲等。

一、歌舞

歌舞和中国戏曲的关系，可谓既深且久，以致现今表演戏剧的场所大多称为舞台。古歌、舞不相合，所谓歌者不舞、舞者不歌。从元代开始，则歌者舞者合作一人，至明清则更加水乳交融，并曲与白而歌舞登场。

李渔戏曲剧本中的歌舞，不但样式丰富，而且指示标明得细致入微，并与唱词歌咏紧密结合。

例如，《怜香伴》第卅三出《出使》，便有多轮歌舞的演出。

第一轮：

【北朝天子】（净、众上）摆犟旄羽幢，控珠鞍彩缰，踏沙堤歌舞迎天仗，倾都士女，慕中华景光。喜孜孜争凝望，锦帆儿远张，绣旗儿高扬。渺茫渺茫渺渺茫！汉仙槎，钧天奏响，钧天奏响。小番家都欢畅，小番家都欢畅！①

第二轮：

　　今封尔为琉球国中山王，仍赐冠袍玉带等物。凡国中官僚耆旧，俱许照式改易冠裳。永绥海国，共享升平。谢恩。（净、众谢恩毕，更衣冠，拜舞介）②

第三轮：

　　（净）鄙国有一二蛮女，敢出侑觞。未知堪娱耳目否？（生）天南春色，风景自殊，既有佳优，愿新观听。（旦、小旦扮夷女，歌舞奉酒介）③

再如《风筝误》第五出《习战》中的歌舞，系军中操演，不但有披坚执锐的人战，更有威风凛凛的象战，场面蔚为大观：

　　今日天气晴明，不免登坛演习一番。（登坛介）传谕人、象两营，各自披坚执锐，听候操演！（众）禀问大王：还是先演象战，先演人战？（净）先人，后象。（众应，传令介）（众持军器，各舞一回下）
　　【石榴花】（净）一件件绕身随手现锋芒，俺只见电色闪毫光。可喜的是弓弯夜月，剑倚秋霜；枪能贯甲，箭拟穿杨。又只见那猛骎骎，又只见那猛骎骎，马蹄儿踏破了桃花浪。一道红尘，人间天上。气昂昂的猛貔貅，气昂昂的猛貔貅，好似天神样。舞罢了各返彩云乡。
　　（扮象上，舞一回下）④

此外，李渔的戏曲剧本里面，还有一些由装扮多种动物来表演的歌

---

① 《李渔全集》第四卷，浙江古籍出版社，2010，第101页。
② 《李渔全集》第四卷，浙江古籍出版社，2010，第102页。
③ 《李渔全集》第四卷，浙江古籍出版社，2010，第102页。
④ 《李渔全集》第四卷，浙江古籍出版社，2010，第127页。

舞,如《比目鱼》第八出《寇发》中:

> (副净扮山大王,虎面奇形,引丑类上)
> ……从来兵法贵奇。若只靠几个兵丁,那里成得大事?喜得孤家原是兽类,平日蓄有几队奇兵,都是山间的猛兽,把他做了先锋,杀上前去,还怕谁来拦挡?叫将校,吹起号筒来,好待那虎、熊、犀、象四队兽兵,前来开路。(众应,吹号筒介)(副净登台,执令旗指挥介)(扮虎、熊、犀、象次第上,舞介)(每舞一回,副净用令旗一挥即下)(副净)摆齐队伍,就此起兵。(众应介)(副净下台,率众行介)①

在《蜃中楼》第廿一出《龙战》中,对歌舞的设计和描述,更是对雷公、电母的声光效果均有细致的设计,可谓有声有色:

> (旦上)神随书去已多时,眼望人来到转迟……(下,内作霹雳声,丑扮雷神舞上)出地升天气势骄,一声谁个不魂消。击除魑魅归幽壤,护送蛟龙上碧霄。自家雷神是也。奉钱塘龙王法令,到泾河岸上取齐。来此已是,伫立伺候。(小旦扮电母,两手持镜舞上)霹雳声中舞袖长,手持神镜闪毫光。暗中莫作亏心事,神目随吾照十方。自家电母是也。奉钱塘龙王法令,到泾河岸上取齐。来此已是,伫立伺候。②

二、民俗、宗教仪式

在古代中国人的生活当中,诸如占梦等民俗活动以及神佛等宗教活动,其分量和意义,要比在当代重要得多。在关于中国戏曲起源的学说当中,关于祭祀、娱神等的论断,近年也有越来越得到重视的趋势。在李渔的戏曲剧本中,这方面的伎艺表演,数量实在不在少数。

例如,《巧团圆》便是一部从头至尾与占梦相关的剧作。主人公姚克承起初夜夜都能够梦见一座小楼。在第二出《梦讯》中,李渔这样写道:

---

① 《李渔全集》第五卷,浙江古籍出版社,2010,第128—129页。
② 《李渔全集》第四卷,浙江古籍出版社,2010,第279—280页。

此时夜色将阑，正好到梦中楼上去走一走。只是一件，恐怕有心要做梦，那梦倒未必肯来。不要管他，只把方才的说话牢牢记在心，不梦就罢，万一做梦就讨个下落便了。正是梦啼梦笑无非梦，真富真荣未必真。（放下帐幕，睡介）（内放定更炮，发擂一通，随打更介）（生起，作梦魂上）柳媚花明止笔耕，倏然随步出柴荆。脚跟颇与轻车似，偏向从前熟路行。前面一座小楼，是我熟游之地，不知不觉又来到这边，不免再去登眺一番，有何不可。（上楼介）……①

梦中的情景栩栩如生。这些梦境，在剧情发展过程中，始终困扰着姚克承。在第卅二出《原梦》中，这一切都得到了解释：

（生作四面观望一回，惊背介）呀！这座楼上，却象来过几次的一般，连下面的路径也熟不过。待我想来！

【前腔】何年甚月来此邦？记绕过回廊。我想这郧阳地方从来未到，怎么这所房子又象是住惯的？终不然是御风过此从天降，只游这厢，不过别方，蔡经门外就非仙仗。哦，是了，是了！我时常梦见一座小楼，就是这般景象。难道今日进来又是做梦不成？只怕梦到梦中楼上宿，醒来依旧失匡床！②

原来，如今所见，俱是梦中情景，连玩具箱都分毫不差。在梦境的指引下，夫妻、父子终得重逢。梦境这一设计，让观众一直饶有兴味地观看和期待谜底的揭开。这一有着深厚民间风俗基础的线索，让这个剧本富有极大魅力。

而李渔还惯用神佛出场，来充当青年男女感情生活的命运主宰。这里，神佛虽则并非主角，但是他们的出现，对剧中人物关系的肯定，对未来情节推进提供了强大的动力。在此天遂人愿的前提下，故事的发展有了预设的保障，演员可以尽情地铺陈故事、抒发情怀，戏曲也就在顺乎民俗情理的环境当中，尽逞扑朔迷离和恣意笑闹的戏剧才情了。

例如，在《怜香伴》第五出《神引》中，剧中写道：

---

① 《李渔全集》第五卷，浙江古籍出版社，2010，第323页。
② 《李渔全集》第五卷，浙江古籍出版社，2010，第407页。

【北仙吕·点绛唇】（生扮释迦佛，坐金莲台、五色云车，外扮文殊，骑狮，末扮普贤，骑象，同上）（生唱，众合）些子豪光，似电痕一放，弥天壤。法力难量，还有发不尽的光明藏……①

（外）方才那女子欲说不说的私情，俺知道了。不过是顾影自怜，惟恐失身非偶，要嫁个才貌兼全的丈夫，不枉为人一世的意思。（末）这也是妇人家本愿，俺们须索护佑他。②

如此，释迦佛、文殊菩萨、普贤菩萨等，尽数登场，对顾影自怜的痴情女子给予深切的同情，并倾情护佑，从此展开该剧崔笺云与曹语花两个美貌女子相生怜爱、同嫁才郎的一段爱情故事。

在《比目鱼》当中，李渔对民俗和宗教生活的描写，没有仅限于神佛同心、穿针引线等见惯的活动，而是将民间祭祀和狂欢的场面大为渲染，客观上，也为表演提供了极大的空间。

如，在《比目鱼》第十六出《神护》中，有关于民间赛神的一段设计：

（小生、老旦扮檀越，捧祭礼；末、丑扮道士，吹鼓角上）（末、丑每唱舞一回，小生、老旦即进酒一回）【赛神曲】杀羔絮酒，的都的，多都的，赛神灵，的都的，多都的，多都的，都多都的。（一面吹，一面舞介）男妇儿童，的都的，多都的，总志诚，的都的，多都的，多都的，都多都的。（吹舞介）但愿神灵，的都的，多都的，施保佑，的都的，多都的，多都的，都多都的。家家快乐，的都的，多都的，享升平，的都的，多都的，多都的，都多都的！（吹舞介）杀羔絮酒谢神灵，男妇儿童总志诚，但愿神灵施保佑，家家快乐享升平！赛神已毕，祭礼请收。（小生、老旦收祭礼，末、丑吹鼓角同下，外下，引众行介）③

此段鼓角争鸣、杀羔絮酒、且唱且舞，场面十分壮阔。而此出中随之而来的茶筵曲表演，则同样锣鼓喧天、节奏欢快，前后两场此起彼伏、相映成趣。

---

① 《李渔全集》第四卷，浙江古籍出版社，2010，第15页。
② 《李渔全集》第四卷，浙江古籍出版社，2010，第16页。
③ 《李渔全集》第五卷，浙江古籍出版社，2010，第159页。

（丑下，生、小旦扮还愿人，捧祭礼，净、末扮阴阳，敲锣鼓上，净、末每敲锣鼓一回，生、小旦即进酒一回）【茶筵曲】有灵有感，哩罗来、罗哩来，是神祇，哩罗来、罗哩来，哩来罗来罗哩来。（敲锣鼓介）起死回生，哩罗来，罗哩来，不用医，哩罗来、罗哩来、哩来罗来罗哩来。（敲锣鼓介）但把药资，哩罗来、罗哩来，来了愿，哩罗来、罗哩来、哩来罗来罗哩来。不曾破费，哩罗来、罗哩来，甚东西，哩罗来、罗哩来、哩来罗来罗哩来。（敲锣鼓介）有灵有感是神祇，起死回生不用医。但把药资来了愿，不曾破费甚东西。茶筵礼毕，祭事请收。①

三、其他戏剧形式

在《比目鱼》当中，李渔运用了"戏中戏"的手法，即令谭楚玉投身的舞霓班当场上演《荆钗记》之《抱石投江》为重场。其实，谭楚玉与刘藐姑相识并决定放下书箱、入班学戏，也是当初于挨挤拥塞的戏场观看演出的时候生出情愫的。在《比目鱼》第十五出《偕亡》中，李渔写道：

　　（旦对生介）谭大哥，你不要忧愁，用心看我做戏！（生怒介）我是瞎眼的人，看你不见。（虚下，内敲锣鼓，旦上台介）（众扮看戏人挨挤上）（净取交椅坐看，做得意状介）
　　【梧叶儿】（旦）遭折挫，受禁持，不由人不泪垂！无由洗恨，无由远耻，事到临危，拚死在黄泉作怨鬼！
　　奴家钱玉莲是也……②

其实，本剧采用剧中演出《荆钗记》难度颇大。因《荆钗记》在体制上与本剧过于相似，运用得不好，便会曲词、唱腔风格相类，难于区别。但是，该剧在宾白中，便道尽刘藐姑立誓假戏真做的初衷，欲奋不顾身、以死明志。这便让紧张的线索迅速绷起，观众既为其声容所动，又对将到来之突转有所预知，故惴惴不安开始与深深陶醉扭结在一起，形成了理想的现场氛围。此处写道：

---

① 《李渔全集》第五卷，浙江古籍出版社，2010，第160页。
② 《李渔全集》第五卷，浙江古籍出版社，2010，第156页。

【前腔】（旦）真切齿，难容恕！（指净介）坏心的贼子，你是个不读诗书，不通道理的人。不与你讲纲常节义，只劝你到江水旁照一照面孔，看是何等的模样，要配我这绝世佳人？几曾见鸥鹨做了夫，把娇鸾彩凤强为妇？（又指介）狠心的强盗，你只图自己快乐，拆散别个的夫妻，譬如你的妻子，被人强娶了去，你心下何如？劝你发良心，将胸比肚。为甚的骋淫荡，恃骄奢，将人误？……（净点头，高叫介）骂得好！骂得好！这些关目都是从来没有的，果然改得妙！（旦）既然顽石点头，我只得要住口了。如今抱了石头，自寻去路罢！（抱石，回头对生介）我那夫呵！你妻子不忘昔日之言，一心要嫁你；今日不能如愿，只得投江而死。你须要自家保重，不必思念奴家了！（号咷痛哭介）（生亦哭介）①

刘藐姑在正欲抱石投水的关键时刻，猛然"且住"，想到"既然拚了一死，也该把胸中不平之气，发泄一场"，于是便有了改窜曲词，怒斥恶人的情节，而被怒骂的恶人竟然浑然不知，悲愤和笑闹的场面一度交织在一起。真个是既痛快淋漓，又悲愤交加。

四、俚乐小曲

在李渔的戏曲剧本中，还有随性而作的俚乐小曲加入。例如在《蜃中楼》第二十四出《辞婚》中，龙王因为其弟出师奏凯，且女儿完节回宫，所以特地制有两章俚乐，命乐工出来搬演：

（生、末、副净、杂，各带弓、剑，执乐器上，一面舞，一面唱介）

【渔阳小令】一声霹雳震江湖，呀！一个低都。呀！一个低都，斩了头颅，低打都，打低都，献了俘。呀！一个低都，呀！一个低都，老俘赦死全交谊，呀！一个低都，呀！一个低都，头颅取来，低打都，打低都，当酒壶。呀！一个低都，呀！一个低都。

……

（外）你们回避，唤女乐上来。（旦、小旦、老旦、丑，各衣锦绣，执乐器上，一面舞，一面唱介）

---

① 《李渔全集》第五卷，浙江古籍出版社，2010，第156—157页。

【前令】去时容貌胜似花，呀！一个波查，呀！一个波查。昨日回来，波打查，打波查！瘦似麻。呀！一个波查，呀！一个波查。见了爹娘离了苦。呀！一个波查，呀！一个波查。容颜依旧，波打查，打波查，胜如花。呀！一个波查，呀！一个波查。

（齐跪介）禀爷：这是贵主还宫之乐。（起立，两旁奏乐介）（小生）美哉此乐，听之令人哀而不伤，乐而不淫，何异关雎之曲。①

此俚曲质朴可爱，率性直白，绝无骈四俪六、措大书袋子等语，与徐渭之《狂鼓史》中的小曲颇有异曲同工之妙②。以李渔之才，撰作此等俚曲，当是信手拈来，倘恣意为之，必定妙曲不绝，美不胜收。然而，笔者注意到，综观李渔的戏曲剧本，像这样的随意、俚俗之曲，并不多见。看来，李渔对这种脱离了传奇体制之外的、反映了较强的生理节奏、演唱诵读起来会不断给人以生理快感的俚曲的采用，还是相当节制的，只是偶一为之。其实，这种类型的曲子，其内容和语言的风格和容量确是有限，虽然它可以在舞台上制造出当下的畅快节奏，但是却不太方便构筑和描述复杂的情节链条。因其语言形式的简单和充填的便捷，倘若用得过多，它对表演的迁就和放任，便会导致因过度诉诸感官而减轻对心灵世界的观照。这些，也是目前以板腔体为主的古典地方戏所面临的问题。

戏曲剧本当中，有了诸般伎艺的穿插，到底能够产生些什么作用，历来专论者不多，也多不够透彻，反倒是明代文渊阁大学士邱濬那部历来被讥为"纯是措大书袋子语，陈腐臭烂，令人呕秽一蟹不如一蟹"③的《五伦

---

① 《李渔全集》第四卷，浙江古籍出版社，2010，第 290—291 页。
② 徐渭《狂鼓史》中之小曲为："(祢对曹蹋地坐介)（女唱）那里一个大鹈鹕，呀，一个低都，呀，一个低都。变一个花猪，低打都，打低都，唱鹂鸪，呀，一个低都，呀，一个低都。唱得好时犹自可，呀，一个低都，呀，一个低都；不好之时，低打都，打低都，唤王屠，呀，一个低都，呀，一个低都。(曹)怎说唤王屠？（女）王屠杀猪。(进判酒)（又一女唱）丞相做事太心欺，呀，一个跷蹊，呀，一个跷蹊。引惹得旁人，跷打蹊，打跷蹊，说是非，呀，一个跷蹊，呀，一个跷蹊。雪隐鹭鸶飞始见，呀，一个跷蹊，呀，一个跷蹊；柳藏鹦鹉，跷打蹊，打跷蹊，语方知，呀，一个跷蹊，呀，一个跷蹊。(曹)这两句是旧话。（女）虽是旧话，却贴题。(曹)这妮子朝外叫。（女）也是道其实，我先首免罪。(进曹酒)（一女又唱）抹粉搽脂只一会而红，呀，一个冬烘，呀，一个冬烘。(又一女唱)报恩结怨，烘打冬，打冬烘，落花的风，呀，一个冬烘，呀，一个冬烘。(二女合唱)万事不由人计较，呀，一个冬烘，呀，一个冬烘；算来都是，烘打冬，打冬烘，一场空，呀，一个冬烘，呀，一个冬烘。"见徐渭：《狂鼓史渔阳三弄》，载《徐渭集》，中华书局，2003，第 1180—1181 页。
③ 徐复祚：《曲论》，见《中国古典戏曲论著集成（四）》，中国戏剧出版社，1982，第 236 页。

全备记》传奇在其首出副末开场之【西江月】中，做出了仔细的讨论，并一语中的。他言道：

> 亦有悲欢离合，始终开阖团圆。白多唱少，非干不会把腔填。要得看的，个个易知易见，不免插科打诨，妆成乔态狂言，戏场无笑不成欢，用此竦人观看。①

细细品味邱氏所言，也就是说：诸般伎艺的穿插，可以让戏剧作品易知易见、竦人观看，并且不但能够让戏场欢趣不断，更能够在戏曲剧场建立起某种接近原始仪式感的氛围。当然，节奏和比重的把握，是戏剧家能否将诸般伎艺穿插用对、用好的关键所在。

从李渔的戏曲剧本形态上，我们可以看到，它虽然给表演提供了巨大的、精确的，同时又是有着无穷发挥余地的表演空间，但是在这里，故事、歌舞、表演这些戏曲基本艺术特征，已经不是什么先后彼此的存在关系了，三者在这里可以做到三位一体，相互融合，缺一不可。它虽然是真正的场上之曲，但难能可贵的是，它既不是偏重于技的，也不是偏重于艺的，而是浑然一体，为着一个总体的艺术效果而思考和完成的。

由此，我们还应该意识到，在戏曲中，诸般伎艺和俚乐小曲等，美则美矣，但在剧作中应用起来，还是非常需要掌握一个合理与适度原则的，其目的就是必须与剧情有紧密的结合度。万不可因其精彩闹热便信马由缰、用之无度，否则便会令戏曲出现严重的曲艺化倾向，反伤及戏曲的整体叙事功能。

在这方面，好的例子便是徐渭《狂鼓史》中击鼓骂曹的大段伎艺表演。这段设计，无论是俚俗、激昂的曲词还是狂热的表演形态，都与剧情紧密契合。虽然段落都非常之长，也非常之密集，但是它可以为创造舞台节奏起到支撑作用，是十分经典的。

本章在写作中，部分地采用了符号学的分析方法，这是因为笔者觉得，戏剧符号学虽然是一门年轻的学科，但它综合了当今世界人文学科前沿的最新理论成果，以其套崭新的理念与方法，它或许可以为我们提供一

---

① 邱濬：《新刊重订附释标注出像伍伦全备忠孝记》，载郑振铎主编《古本戏曲丛刊》初集第四函，上海商务印书馆，1954。

个有益的、崭新的视角,让我们掌握一整套独特、颇具颠覆性的分析戏剧文本与演出的手段,据此可以重新认识戏剧现象、分析戏剧的本质。

然而,总的来看,目前中国的戏剧符号学论著,特别是关于民族戏曲符号学的论著,深入透彻、有所建树的实为凤毛麟角。但倘若认为中国戏曲艺术处处皆为符号,未免过于牵强。诚如符号学家李幼蒸所言:如果采用过宽的符号学观点则会发生一种偏向,就是把符号学当成了无所不包的"知识大全"。这种把人世间万物及其文化标记均当成符号学现象的做法,往往是空泛无谓的,因为这样就等于是为人类现有的学术和文化活动作一番名称更换工作,并无益于人类知识的扩增。以笔者目光所及,目前中国有一些戏剧符号学著作的情形大抵如此,其中戏曲符号学尤甚,多只是简单地从戏曲程式、服饰的象征等的含义上进行阐述,无异于简单化的学术词语"换名工作",虽洋洋洒洒者有之,但其实质不过是用相似的西方符号学词语来重述过去几代人概括出的民族戏剧特征而已。

这虽然是一个不争的事实,但是笔者相信,尽管符号学对戏曲研究不一定就是什么灵丹妙药,但他山之石可以攻玉,符号学对我们梳理和认识头绪纷繁、体类庞杂的中国戏曲历史及理论,当可助一臂之力。

第三章　李渔剧作之剧场综合性的建立

剧场，英文为theatre，据考，其语源出自希腊的动词theasthai，原意即为"看"。①虽然在不同的戏剧形式中，剧场形态也是极为不同的，但是作为演剧的地方，总是有一个相对独立的空间，在演出的时候被演员和剧组占用，其基本构成虽然千差万别，但是哪怕最原始的剧场，也总归有两个最基本的元素，那便是在这个场所里，必须要有演员和观众。在这个基础之上发展之后，我们可以说，剧场之上是一个将剧本、导演、表演、舞台美术、观众等诸多戏剧元素，以及一切和剧目相关的人、物、事统统包容在内的场所。

考查李渔的戏曲剧本，我们可以发现，他的剧本除了在戏剧文学和表演性方面独具特色之外，他的"填词之设"，还结合对砌末、曲词科介和人物造型等方面的周密设计，建立起了场上演出综合的整体戏剧效果。在剧场综合性方面，李渔不但考虑周全，而且屡有创造，并且将一部分上升到理论总结。

在演出的时间安排上，李渔有自己的切实体会，他在《闲情偶寄》中这样写道：

> 观场之事，宜晦不宜明。其说有二：优孟衣冠，原非实事，妙在隐隐跃跃之间，若于日间搬弄，则太觉分明，演者难施幻巧，十分音容，止作得五分观听，以耳目声音散而不聚故也。且人无论富贵贫贱，日间尽有当行之事，阅之未免妨工，抵暮登场，则主客心安，无妨时失事之虑，古人秉烛夜游，正为此也。②

---

① 见于周贻白《中国剧场史》，湖南教育出版社，2007，第1页。
② 《李渔全集》第三卷，浙江古籍出版社，2010，第70—71页。

在这个问题上，李渔的考虑可谓十分周全。首先，他认为上演戏曲最好的时间应该是在晚上，白天是不适合的。因为戏曲作品本来就不是真实的事情，而晚上则更加适合创造出那种隐隐约约的艺术幻觉，妙就妙在这个晦暗的环境。如果是白天，那么观众的注意力是很容易分散的。其次，李渔还从观众的角度考虑问题，认为世人无论贵贱，白天都会有自己的行事安排，来看戏未免会妨碍既有的工作计划，而到了晚上，就会主客皆心安，正合欣赏戏曲的心境。

我们将就李渔戏曲剧本的砌末艺术、曲词科介和人物景物造型艺术等方面，具体梳理和分析他的剧本的剧场综合性特征。

第一节　李渔戏曲剧作之时空创造

李渔戏曲剧本中的时空创造，是通过砌末艺术以及曲词、科介共同创造出来的。

砌末者，中国古典戏曲所用布景和各种道具之总称也，亦作切末。砌末包含的方面十分庞杂，它和人物造型一起，均属当代戏剧舞台美术研究的范围。

剧场是一个三维空间，但由于中国戏曲具有独特的写意性，故不但演员通过身段等虚拟的手法便可以创造出虚拟的舞台时空，对故事的背景、现在发生的场景都能进行一定的交代，突破当下剧场的时空限制，并能自如地进行时空转换。所以，今人王安祈先生也认为："砌末既是在'戏曲从表演中产生情景'的前提下形成的，因此它无需（须）独力担负'情景的呈现'之责任，而以帮助演员完成动作为首要任务。"[①] 于是，砌末通常便以抽象的形制出现为多。做到极致的，便是一桌二椅既可当作寻常桌椅，亦可作为高山、峻岭、城池，以鞭代马，以浆代舟等。

但是，李渔戏曲剧本中的砌末，却对这种成规定制有所变化和突破。我们对李渔戏曲剧本在时空创造方面独特的设计安排，主要从景物造型、曲词中实现的时空创造、声光烟火和器物道具四个方面来考查。

---

① 王安祈：《明代传奇之剧场及其艺术》，台湾学生书局（台北），1986，第341页。

一、景物造型

1. 城墙

在《风筝误》第十五出《坚垒》中，是一场掀天大王率兵攻打詹烈侯驻守的城池的戏。通过丰富的科介，我们可以知道，舞台设计中显然要预设一道城墙，此处的科介为：

> 众搭云梯，净登望介……众搭软梯，一人先爬介……副净提人头，立城上，众见惊倒介……一人先掘进城介……丑提人头，出洞现形介……小生立城上介……①

可见，这里的城墙，不但必须要设，而且还须有地面、地上、地洞至少三个层面的设计。如此，才能给予演员足够的表演空间。

2. 楼台

李渔的戏曲剧本，表现楼台的内容颇多。平常的戏曲体现楼台方式，不外乎一桌二椅或几椅，靠演员的虚拟动作来表现登攀和离开等。但是，在李渔的剧本中，对此做了实景的设计。比如在《蜃中楼》第五出《结蜃》中，是这样写明的：

> 预结精工奇巧蜃楼一座，暗置戏房，勿使场上人见，俟场上唱曲放烟时，忽然抬出。全以神速为主，使观者惊奇羡巧，莫知何来，斯有当于蜃楼之义，演者万勿草草。②

李渔不但对设计描绘得如此精准，而且还考虑到了剧情变化之后，这个景如何撤除的细节，他又写道：

> 二人暗上，一面放烟，一面撤去蜃楼介③

可见其用心之密，谋划之深。只有这样前后关照周全，方可营造出海

---

① 《李渔全集》第四卷，浙江古籍出版社，2010，第154页。
② 《李渔全集》第四卷，浙江古籍出版社，2010，第222页。
③ 《李渔全集》第四卷，浙江古籍出版社，2010，第229页。

市蜃楼于虚无缥缈之间，瞬间便即消失，给人以人间仍有此等稍纵即逝的景致，人生岂不可叹之感喟之机。

在李渔以"戏中戏"闻名的《比目鱼》传奇当中，便实现了真正的台上搭台。第十五出《偕亡》，写刘藐姑被母亲逼婚嫁给恶霸钱万贯不能抗拒，遂暗下横心，欲借登台表演《荆钗记》之《抱石投江》一出时，假戏真做，以死抗争。

【胡捣练】（旦）伤风化，乱纲常，萱亲逼嫁富家郎。若把身名辱污了，不如一命丧长江！
（急跳下台介，潜下）（净惊喊"捞人"，众哗噪介）①

可见，这里表演《比目鱼》的是我们第一眼看到的、与视线平行的舞台，在这里被视为江面，而刘藐姑（"戏中戏"里的钱玉莲）是从二层台上跃下的，动作之高难，可以想见。

类似的高台，在《蜃中楼》第廿八出《煮海》中也有较详细的设计：

预搭高台二层：上层扮五色云端遮住台面，下层放锅灶、扇、杓等物②

3. 将台

李渔的十部传奇中，战争、打斗场面可谓屡见不鲜，十部便有九部有。即便是另外没有战争场面的那一部《怜香伴》，也特地写了一个海上遇险的惊险场面，即第十八出《惊飓》。

于是，将台便成为剧本中必不可少的设计。在《风筝误》《慎鸾交》《比目鱼》等戏中，皆有魔王、山大王等"登坛""登高"等科介。由于没有给予具体的描绘，想多半是由演员以桌椅配合，以动作来拟化完成的。

二、曲词科介中实现的时空创造

中国戏曲素有移步换景、景随情移的艺术特点，也有人将其形容为"指山为山、指水为水"。许多空间的指认和变换都是在空舞台上，通过演

---

① 《李渔全集》第五卷，浙江古籍出版社，2010，第157页。
② 《李渔全集》第四卷，浙江古籍出版社，2010，第304页。

员口中的曲词和身上的科介表现出来的。

虽然李渔的戏曲剧本,以写实性的舞台指示著称,但曲词中对时空的创造,还是用得十分恰当和巧妙的。

如在《巧团圆》第二出《梦讯》中,虽然在该出的题目下,李渔曾标出"场上预设床帐",然而,待主人公姚克承在舞台指示"放下帐幕,睡介",并且"内放定更炮,发擂一通,随打更介",他进入梦境之后的场上时空,并没有写实性的舞台指示,也没有具体的实物设计,而是通过他的宾白来表现梦中回到的小楼的:

(生起,作梦魂上)柳媚花明止笔耕,倏然随步出柴荆。脚跟颇与轻车似,偏向从前熟路行。前面有一座小楼,是我熟游之地,不知不觉又来到这边,不免去登眺一番,有何不可。(上楼介)①

接下来,姚克承与梦境中人物的对话,则是通过与后台的画外音对答来实现的,如:

这房子里面虽则无人,还喜得有邻有舍。那壁厢坐着一位老者,待我问他。(向内介)那位老人家请了!小生不知进退,敢借问一声,这座小楼是谁家的住宅?为甚么不关不锁,终日空在这边?(内)你这小孩子又来作怪了,自己生身的所在,竟不知道,反来问我。(生惊介)②

这个梦境的时空环境,直到姚克承按照邻居老者的指点,取出实物的箱子之前,都是借助曲词和虚拟的动作科介创造出来的。

再则,在《蜃中楼》第六出《双订》中,对于前面已经介绍的、同样的楼台布景,再一次通过琼莲的台词,描绘出的竟然是另一番景致:

(小旦)姐姐,这是第二层,已是一望无际了;到了那第三层,还不知怎么样空旷?我和你再上去登一登来。(同上介)正是欲穷千里目,更上一层楼。(旦)更望穷了青远,眺尽苍茫。(丑)不但楼

---

① 《李渔全集》第五卷,浙江古籍出版社,2010,第323页。
② 《李渔全集》第五卷,浙江古籍出版社,2010,第323页。

高,就是那条桥儿,也长得有趣。(小旦)侍儿,那沙滩之上,一对不怕羞的鸟儿,叫做甚么名字?(丑)那就是鸳鸯了。①

原来,这个楼台的布景竟然还可以表示多层!现在演员所在的,就是第三层。但是前面开场的砌末中,并没有给予详细的交代。可见,这第三层的指定和转换,完全是由演员靠台词和科介动作虚拟地给予表现出来的。而且,楼前的小桥,沙滩及沙滩之上的鸳鸯,也都是通过几位演员的唱词和宾白交代出来的。

三、声光烟火

1. 烟火

《奈何天》第十二出《焚券》中,有关于当场取来火种焚烧契文等的明火烟效设计:

(取火焚券介)(合)焚残契,念真心爱主,毫发无欺。②

在《比目鱼》第八出《寇发》的烟火效果设计,则满场俱发,场面更加宏大,并与音效紧密结合:

忽作炮声,满场俱发火焰,众兽奔溃,下场介③

在《蜃中楼》第五出《结蜃》中,烟火的设计,则属于暗火烟效,这种暗火烟效,作为一种有效的古典戏曲舞美视觉符号,往往用来制造一种静谧的环境,或者缥缈的仙境:

照前吃烟,吐一口鞠一鞠,连吐连鞠介……四人并立,一面唱,一面防烟作蜃气介……烟气放尽,忽现蜃楼介④

此段烟火设计,不但与唱紧密结合起来,而且,人物的动作是有层

---

① 《李渔全集》第四卷,浙江古籍出版社,2010,第225页。
② 《李渔全集》第五卷,浙江古籍出版社,2010,第40页。
③ 《李渔全集》第五卷,浙江古籍出版社,2010,第130页。
④ 《李渔全集》第四卷,浙江古籍出版社,2010,第223—224页。

次、在烟火的背景下不断推进的，非似前例当中那样单一或者稍纵即逝的。

2. 音效

舞台音效，指的是为配合戏剧的演出，而专门设计和配置的种种声音效果。音效可分为现实性音效与非现实性音效两大类。

在李渔的戏曲剧本中，现实性音响效果，例如《比目鱼》第八出《寇发》中有：

> 忽作炮声，满场俱发火焰，众兽奔溃，下场介①

非现实性音效，例如《比目鱼》第二出《耳热》中有：

> 内众齐赞"好戏"介②

《怜香伴》第六出《香咏》中有：

> 内鸣钟鼓，旦拈香拜介③

《巧团圆》第二出《梦讯》中有：

> 内放定更炮，发擂一通，随打更介④

此外，还有妙趣横生的、混合性的、特殊的（不发出正确的声音的）音效，如《蜃中楼》第廿八出《煮海》中有：

> 众应，抬出大鼓介……末伸长手扪住大鼓，丑打不响介⑤

在音效的设计上，振人魂魄的能够造出气势，清脆悦耳的可以点染环境，而欲响又止，经几番反复后终于又爆发出来的音效，给舞台演出带来

---

① 《李渔全集》第五卷，浙江古籍出版社，2010，第 130 页。
② 《李渔全集》第五卷，浙江古籍出版社，2010，第 113 页。
③ 《李渔全集》第四卷，浙江古籍出版社，2010，第 18 页。
④ 《李渔全集》第五卷，浙江古籍出版社，2010，第 323 页。
⑤ 《李渔全集》第四卷，浙江古籍出版社，2010，第 306 页。

更多的戏剧观赏趣味。这些匠心独运的音效设计，以听觉形象来辅助演员的场上表演，既可以烘托舞台场景中特殊的剧场气氛，又可以刻画人物在各个场面当中各自不同的心理活动，为增强舞台搬演当中的艺术感染力，起到了非常重要的作用。

3. 照明

舞台照明，在古代各种典籍中，有灯戏和火彩，灯砌和火烛，跳灯和彩砌，灯影戏和社火等称谓。它除了利用灯火完成其戏剧演出照明的基本功能之外，还成为戏剧演出视觉呈现过程中构造戏剧情境、模拟自然环境、创造气象幻象、抒发情绪情感、传达思想内涵等的重要手段，因而具有相对完整和独特的艺术语汇特征。

在李渔戏曲剧本中，《比目鱼》第十九出《村啰》中有：

> 丑携灯送入洞房，众同行介①

在《奈何天》第四出《惊丑》中，则照明成为这一出的情节发展当中至为重要的一个环节：

> （丑：灭烛成亲计万全，今宵祸事多应免……我要预先吹灭了灯，然后劝他脱衣服）众纱灯、鼓乐，引老旦上……净上，照常赞礼毕，众携灯、鼓乐，送入洞房介……丑吹灯介……（副净：我闻得成亲的花烛是点不得两次的）②

阙里侯自幼便聘下了邹家小姐，邹小姐才色俱佳，于是成亲之夜，阙里侯唯恐邹氏嫌其丑陋退却，便想出灭掉烛火，骗过初夜这一关再说的主意。在这一夜，烛火成为二人斗智斗勇的焦点。阙里侯显示暗自思忖，在灯上面大做文章，引得观众期盼后面好戏如何做得，然后从众人携灯，鼓乐喧天地喜庆登场，到他吹灯意图遮掩，得手后暗自窃喜。不料，新娘子虽然不能借火烛一窥阙里侯的样态，却被他身上难闻的气味熏得连声作呕。挨到清晨，得知真相，不禁失望大哭，悲愤欲死。

照明的火烛，成了这一场戏最关键的主情节辅助元素之一。

---

① 《李渔全集》第五卷，浙江古籍出版社，2010，第174页。
② 《李渔全集》第五卷，浙江古籍出版社，2010，第15页。

在 17 世纪明朝末年人张岱在（1597—1679）写的《陶庵梦忆》卷五《刘晖吉女戏》中，有这样的描述："刘晖吉奇情幻想，欲补从来梨园之缺陷。如《唐明皇游月宫》，叶法善作场上，一时黑魆地暗，手起剑落，霹雳一声，黑幔忽收，露出一月，其圆如规，四下以羊角染五色云气，中坐常仪、桂树、吴刚、白兔捣药。轻纱幔之。内燃'赛月明'数株，光焰青藜，色如初曙。撒布成梁，遂蹑月窟，境界神奇，忘其为戏也。其他如舞灯，十数人手携一灯，忽隐忽现，怪幻百出，匪夷所思。令唐明皇见之亦必目睁口开，谓氍毹场中那得如许光怪耶！"①

值得注意的是，李渔是古代戏曲作家当中，将照明与戏剧情节结合得最好的作家之一，其成效，比仅仅为了造出场面声势的"刘晖吉女戏"又更进了一个层次。

尤为值得提出的是，戏剧家李渔针对照明的原则和具体要求、做法，总结了珍贵的理论和操作经验。在《闲情偶寄》之器玩部《灯烛》篇，对于剪灯芯，他提出了两种方法：

其一，是李渔曾经成功操作完成的方法：

> 予创二法以节其劳，一则已试而可自信者，一则未敢遽信而待试于人者。已试维何？长三四尺之烛剪是已。以铁为之，务为极细，粗则重而难举；然举之有法，说在后幅。有此长剪，则人不必升，灯亦不必降，举手即是，与剔卑灯无异矣。②

其二，是他虽经深思熟虑，但是尚未有实践经验的"暗线悬灯"法：

> 未试维何？暗提线索，用傀儡登场之法是已。法于梁上暗作长缝一条，通于屋后，纳挂灯之绳索于中，而以小小轮盘仰承其下，然后悬灯。灯之内柱外幕，分而为二，外幕系定于梁间，不使上下，内柱之索上跨轮盘。欲剪灯煤，则放内柱之索，使之卑以就人，剪毕复上，自投外幕之中，是外幕高悬不移，俨然以静待动。同一灯也，而有劳逸之分，劳所当劳，逸所当逸，较之内外俱下，而且有碍手碍脚之繁者，先踞一筹之胜矣。其不明抽以索，而必暗投梁缝之中，且贯

---

① 陈多、叶长海：《中国历代剧论选注》，上海古籍出版社，2010，第 251 页。
② 《李渔全集》第三卷，浙江古籍出版社，2010，第 226 页。

通于屋后者，其故何居？欲埋伏抽索之人于屋后，使不露形，但见轮盘一转，其灯自下，剪毕复上，总无抽拽之形，若有神物厕于梁间者。[①]

至于具体操作，李渔也给出了较为详细的指示：
(1) 须设立专人

盖场上多立一人，多生一人之障蔽。使以一人剪灯，一人抽索，了此及彼，数数往来，则座客止见人行，无复洗耳听歌之暇矣。故藏人屋后，撤去一半藩篱，耳目之前何等清静。藏人屋后者，亦不必定在墙垣之外，厅堂必有退步，屏幛以后即其处也。或隔绛纱，或悬翠箔，但使内见外，而外不见内，则人工不露而天巧可施矣。

(2) 灯索须标号

每灯一盏，用索一条，以蜡磨光，欲其不涩。梁间一缝，可容数索，但须预编字号，系以小牌，使抽者便于识认。剪灯者将及某号，即预放某索以待之，此号方升，彼号即降，观其术者，如入山阴道中，明知是人非鬼，亦须诧异惊神，鼓掌而观，又是一番乐事。

(3) 屋中绳索如何架设

如置此法于造屋之先，则于梁成之后，另镶薄板二条，空洞其中而蒙蔽其下，然后升梁于柱，以俟灯索，此一法也。已成之屋，亦如此法，但先置绳索于中，而后周遭以板。此法之设，不止定为观场，即于元夕张灯，寻常宴客，皆可用之，但比长剪之法为稍费耳。[②]

(4) 长剪如何制用
①制剪

制长剪之法，视屋之高卑以为长短，短者三尺，长者四五尺，直

[①] 《李渔全集》第三卷，浙江古籍出版社，2010，第 226 页。
[②] 以上三条，见《李渔全集》第三卷，浙江古籍出版社，2010，第 226—227 页。

其身而曲其上，如鸟喙然，总以细巧坚劲为主。

②用剪

然用之有法，得其法则可行，不得其法则虽设而不适于用，犹弃物也。盖以铁为剪，又长数尺，是其体不能不重，只手高擎，势必摇动于上，剪动则灯亦动；灯剪俱动，则他东我西，虽欲剪之，不可得矣。法以右手持剪，左手托之，所托之处，高右手尺许。剪体虽重，不过一二斤，只手孤擎则不足，双手效力则有余；擎而剪之者一手，按之使不动摇者又有一手，其势虽高，何足虑乎？

③新设想

长剪虽佳，予终恶其体重，倘能以坚木为身，止于近灯煤处用铁，则尽美而又尽善矣。思而未制，存其说以俟解人。[①]

尽管单就技术本身，若以现代科技眼光来看，这些无疑还都是比较简陋的。譬如李渔对照明问题的解决办法无非就是灯烛"多点不如勤剪"，许多人也许认为这不过便是剪烛剔灯之类的小经验而已。即便是他自己沾沾自喜的灯烛提升、移动系统，今天看来也不过尔尔。但是，戏剧家李渔的设想，已经可谓是一套初具规模的灯具调光与控光设备，放在那个时代来看，这些超前的巧思，恰恰体现了李渔作为一个戏剧家对戏剧搬演需求的敏锐的观察力和全面的戏剧思维、创造能力。

四、器物道具

戏曲当中的道具，主要可分为装饰性道具和表演性道具。这两类又分别按宗法类道具、战争类道具和日常生活类道具分为三大类。

其中，装饰性宗法道具可分为：宫殿銮驾、宗庙祖殿、帅府公堂、灵堂、佛堂寺庙等五大类近三十种；

装饰性战争道具可分为：狼烟、帅印、旗帜等十余种；

装饰性日常生活道具可分为：桌椅、彩头、文房四宝、小鼎炉等四种；

[①] "长剪如何制用"三条，见《李渔全集》第三卷，浙江古籍出版社，2010，第227页。

表演性宗法道具可分为：朝板、圣旨、提牌、枷锁、包袱、拂尘等二十余种；

表演性战争兵器道具可分为：弓箭、剑、匕首、枪、戟等三十余种；

表演性日常生活道具可分为：盘、杯、碗、镜、书箱、伞、扇、桨、马鞭等四十余种。①

李渔的戏曲剧本，对器物道具每每都给予准确的标示，使得演员上手即能开始排练演出。寻常的器物道具为数众多，难以也无须一一列出，我们检视李渔的戏曲剧本，将其中具有特殊意义的部分器物道具列表举例如下：

表 3-1 李渔传奇剧作部分道具运用举例简表

类 别	剧目／出	内容举例
宝 玩	《蜃中楼》第廿九出《运宝》	预备龙宫诸色宝玩，齐列戏房，候临时取上，务使璀璨陆离，令观者夺目
风 筝	《风筝误》	末持风筝上……倒行放线介……内扯风筝，落下介……持风筝下……生带丑、携风筝上……寻着风筝，看介……
玉搔头	《玉搔头》第十一出《赠玉》	拔簪（即玉搔头）付生，生插介
玉 尺	《巧团圆》第八出《默订》	转身取玉尺介……作拨篱丢尺介……取尺介
鲛绡帕	《蜃中楼》第六出《双订》	（旦：奴家有鲛绡帕一条奉赠）付帕介
晶 珮	《蜃中楼》第六出《双订》	（小旦：我有晶珮一枚，托他寄去）解珮付旦，旦付生介
灯 烛	《奈何天》第四出《惊丑》	净上，照常赞礼毕，众携灯、鼓乐，送入洞房介……丑吹灯介
借 契	《慎鸾交》第廿一出《债饵》	净取纸笔与副净写介……一面送丑看，一面取前纸偷换介……副净捏纸，令老旦押字，押毕即送丑，令丑收介……净付银介
煮海用具	《蜃中楼》第廿八出《煮海》	预搭高台二层：上层扮五色云端遮住台面，下层放锅灶、扇、杓等物
人头	《巧团圆》第廿二出《诧老》	下，取小小人头付外，外惊介……外丢人头，领小旦下
	《风筝误》第十五出《坚垒》	副净提人头立城上，众见惊倒介……丑提人头上，见介

---

① 以上据张凯、张跃、方卫平《舞美语言》，西南师范大学出版社，2009。

其中，在《风筝误》当中，风筝是作为绾合全部剧情的重要道具出现的，它既引发故事，又将故事情节步步推进。它既是主人公韩世勋与詹淑娟产生爱情的媒介，也是韩世勋和詹爱娟几场幽默笑闹，以风筝的送还、题诗、相约月下产生误会等重场表演的基本依托所在。

而玉搔头、玉尺、鲛绡帕、晶珮等，俱是爱情的信物，在李渔的戏曲剧本中，大多与男女婚恋相关，但是信物绝不重复，这也使得故事的感情戏角度各生变化，否则陈陈相因，必将让观众看来生厌。

在《蜃中楼》中，龙宫的诸色宝玩，璀璨夺目，增强了场上辉煌场面的真实性，也是吸引眼球的重要手段。而且，该剧中并未忽视的是，全剧中心行动的煮海所必需的道具，设计得十分全面，其中"预搭高台二层：上层扮五色云端遮住台面，下层放锅灶、扇、杓等物"，俱是实物，客观上也为剧中的写实性表演先从物资设备上确定了基调。

而在《巧团圆》《风筝误》等剧的战争场面里，人头这个道具的出现，虽则能够以形骇人，令观者提起精神，但是却有些用之无度，太过频繁，因其屡屡现于舞台而终会招致反效。

李渔的道具设计，从上述几个典型的例子来看，除了丰富和具有冲击力之外，应该是既比较精当，又紧扣故事、富有内涵的。

第二节 李渔剧作之人物景物造型艺术

戏剧的基本艺术特征之一就是通过演员的扮演来敷衍故事，那么，登场演员所饰演的戏剧人物的容妆和服饰，也即人物造型，便是最先进入观众视野的，不可谓不重要。中国戏曲的人物造型艺术，主要包括舞台化妆和服饰穿关这两大方面。

李渔在平素对演员乃至生活中女性的修容、治服等问题最为上心，其《闲情偶寄》声容部，即包容了四章十三款，论及选姿、修容、治服、习技等诸多方面，举凡肌肤、眉眼、手足、态度、盥栉、薰陶、点染、首饰、衣衫、鞋袜，乃至文艺、丝竹、歌舞，等等，莫不是津津乐道、悉心研究。

在李渔的戏曲剧本中，比较有特点的有如下几个方面：

一、舞台化妆

1. 艳淡对比

如《怜香伴》中，同为才貌双全的俏丽佳人的崔笺云和曹语花，同台出现，场上将如何区别呢？李渔巧妙地考虑到她们各自不同的出身，给予了艳淡对比分明的设计。崔笺云本系生长在有"竹西佳处，淮左名都"之称的扬州，所以给她的是艳扮，如：

> （小旦）留春，你看好一个俏丽人儿。
> 【南吕过曲·懒画眉】推窗试把艳妆窥，毕竟扬州花擅奇，教人怎不妒蛾眉。天风何处吹将至，莫不是佛殿闲游人姓崔？①

而出身于浙江山阴的小家碧玉曹语花，则采取了淡扮，如：

> 小旦淡妆，贴旦扮丫鬟随上②

而在《怜香伴》第二出《婚始》中，又采取了旦脚与随从的艳淡对比手法，如：

> 旦艳妆乘舆，小生儒巾、员领，丑扮丫鬟，杂扮掌礼，众鼓吹、纱灯引上③

虽然在这里，并没有对具体的化妆手法、配饰等做详细的描述，但是可以想见，这种艳淡对比，既可以在主仆之间鲜明地标示出身份贵贱、气质修养的迥然不同，又可以在同类美女之间，刻画出一个浓郁得艳压群芳、一个雅致得楚楚动人的各擅其美。

而且，在《风筝误》第十五出《坚垒》中，更是采用了多种面色的对比，如：

---

① 《李渔全集》第四卷，浙江古籍出版社，2010，第18页。
② 《李渔全集》第四卷，浙江古籍出版社，2010，第11页。
③ 《李渔全集》第四卷，浙江古籍出版社，2010，第8页。

（末应介）贼兵破竹而来，机锋正锐，我军不可轻战，只可固守，不可斗力，只可用谋。你与我在营中选三个壮士，一个画了红脸，扮做关帝君；一个披了火焰，扮做火德星君；一个凑了三头六臂，扮做太岁星君，前来听用！（末）禀问老爷：那一处用着他？（外）你不要管，装扮完了，听我调度。（末应下）①

2. 体态扮饰

在《巧团圆》第廿二出《诧老》中，被流贼所捉的妇女们，被分别密缝在布袋中，在仙桃镇论斤出售，买者不能开袋挑选。剧中有：

【前腔】（净扮胖妇，小旦扮瘦妇，副净扮驼背、跷脚妇，同老旦上）（老旦）年过花甲卖街坊，孽障。（小旦）病躯谁把债来偿，赔葬。（净）身肥袋窄恐难装，须绑。（副净）背驼脚短易收藏，横放。②

将年龄、体态、正常与残疾等各不相同的人物集中在一起，恰是各具特色的化妆，凸显了人物的区别。

3. 全身丑扮

最经典的例子，莫过于《奈何天》中的主人公阙里侯的诸种丑恶弊病皆集中于一人全身的丑扮。阙里侯虽人极风流，却又丑又臭到极点，谓"恶影不将灯作伴，怒形常与镜为仇"，"不但粗蠢，又且怪异"，诨名"阙不全"，可见全身外表几乎没有一处可以令人不生厌，剧中对他的装扮设计是：

丑扮财主，疤面、糟鼻、驼背、跷足，带小生上③

这不啻是戏曲舞台上少有的、集人类诸种丑恶面貌和身体残疾于一身的人物形象。此处舞台指示虽然表面看去只是寥寥数语，但是最少有疤面、糟鼻、驼背、跷足等四个方面的丑扮需要舞台美术师具体实施，而其中每一个又都是此类丑态的极致，尤须大费一番周章，其复杂程度在戏曲

---

① 《李渔全集》第四卷，浙江古籍出版社，2010，第153页。
② 《李渔全集》第五卷，浙江古籍出版社，2010，第377—378页。
③ 《李渔全集》第五卷，浙江古籍出版社，2010，第8页。

剧本中十分少见。

二、服饰穿关

穿关一词，在《脉望馆钞明内府本元明杂剧》中即有所记载和采用。其中，各戏之中人物服装和携带器物的提示，名为穿关。

李渔戏曲剧本之中的穿关设计，有如下几个方面的体现：

1. 详尽，有对比

李渔剧本的穿关，非常详尽，不但包含广泛，而且并有意用了性格化和对比的手法。

如《意中缘》中的黄天监、《凰求凤》中的吕哉生以及《巧团圆》里的恶少小厮，皆用艳服和飘巾的配合来强调他们相类的淫邪轻浮的性格类型。明清传奇的穿关中，对巾的运用开始多了起来。李渔曾在《闲情偶寄》"脱套第五"之"衣冠恶习"中认为："方巾有带飘巾，同为儒服者之服。飘巾儒雅风流，方巾老成持重，已分别老少，可称得宜。"① 但是，这里却把原本显示儒雅的飘巾与显示轻狂不稳重的艳服同配，用它来塑造反面人物的鲜衣怒马、仗势欺人，且举止轻狂浮亵，亦是对传统服饰象征意义的一个大胆改造和突破。

再如，李渔还用同类脚色的服装色彩的区别，来塑造不同的人物性格，如《蜃中楼》中，有四位龙王，分别是洞庭龙王、钱塘龙王、东海龙王和泾河龙王，他们的穿关设计分别是：

洞庭龙王：苍髯、青袍；

钱塘龙王：虬髯、赤面；

东海龙王：白髯、黄袍；

泾河龙王：白髯、绿袍。

髯口和服色的区别，恰好将他们各自的年纪和性格区分开来。所以，李渔在剧本中特地写明严格的要求："凡扮龙王，俱有一定服色，始终一样，不可更换。"

2. 改换

在李渔戏曲剧本的穿关中，并不都是每个人物都一色、一格到底的。根据剧情的变化，他注意到了适时适地的变化。

如在《意中缘》里，丑脚黄天监甫一出场，只是"破衣，旧帽"，穷

---

① 《李渔全集》第三卷，浙江古籍出版社，2010，第103页。

酸潦倒到了极点；可当是空和尚设计出钱雇他假扮新郎，意在骗取美女的清白之身时，穿关变成"方巾，艳服"，气度瞬时变得高傲富贵，底气十足起来；待到骗婚计划几乎就要实现，他的穿关是"换飘巾，艳服，作娇态"；及后，当他的利用价值已经完全失去，被是空赶走时，只得遵令"把方巾除下来"。这种比较密集的改换服装，既是剧情要求，合情合理，而如何脱换，前后神情怎样，动作幅度如何控制……又给演员以很大的表演空间。

这种服装的现场改换，在《蜃中楼》里可谓表现得更加集中和有趣。

（外）正是。我们方才行路，还觉得寒冷，为甚么一到这里，就烦热起来？（净）我也有些汗出，想是衣服多了。左右脱去一件。（外、末、净，各脱衣服）（末）二弟，闻得你与此人曾有一面，他是怎么样一个人才，就有这等本事？你且讲来。

……

（净）一发热起来了。叫左右，快脱衣服。（外、末、净，又脱介）（净）大哥，你道此人是谁？

……

（净）……我一发燥起来了，再脱衣服。（又脱介）（外、末）我们都象火蒸的一般，不但你一个。左右，快解龙袍。（各脱介）（众）三位千岁，你还不知道，这就是煮海的缘故了。①

为了成就张羽、琼莲以及柳毅、舜华四人的姻缘，上仙化身卜者，给予三件宝物，教他们从泾河提一桶水，锅内煮宝钱，结果将海水煮热，三个龙王兄弟酷热难耐，丑态百出。这种场上多个人物，几次三番地即时脱换衣物等夸张表演，概戏曲界前所未有，其紧张、笑闹的剧场效果，是非常成功的。

3. 全堂

全堂一词，在《中国大百科全书（戏曲·曲艺卷）》《中国曲学大辞典》和《昆曲辞典》中均未收。在张连编著的《中国戏曲舞台美术史论》中，将"全堂"解为：

---

① 《李渔全集》第四卷，浙江古籍出版社，2010，第301—302页。

除了带景物装置的演出外，还有适应一般性演出的公用设备，即"全堂"。全堂是在一场戏中，根据剧情需要而将大帐、桌围椅帔及同一场中的主要人物，全部使用同一种颜色，以烘托某种特定的气氛。如表现喜庆场面用"红全堂"、丧祭场面用"白全堂"、宫廷场面用"黄全堂"等，这是受民俗习惯的影响，用突出的色彩倾向引导观众的情绪。①

的确如此，笔者在《扬州画舫录》中检得曾有这样的记载：

自老徐班全本《琵琶记》"请郎花烛"则用红全堂，《风木余恨》则用全白堂，备极其盛。他如大张班《长生殿》用黄全堂。小程班《三国志》用绿虫全堂。②

李渔剧本《奈何天》第十七出《攒羊》中即用了全堂的舞台美术设计手法。袁滢为能够偷营劫寨、智擒贼首，设定一计，要全军趁着大雪弥漫之夜，潜伏在敌寨周围，白衣白甲白旗白盔，以皑皑白雪作掩护：

（生）……我有道理，分付大小三军，一齐换了白旗白帜，白甲白盔，务使与雪色相同。雪光相映，衔枚夜走，不露军声。近了贼寨，一齐隐在雪中，单听炮声为号；炮声一响，齐入贼营，斩将擒王，就在此举。大家都要勉力建功，不得委靡取舍。（众应介）……

（齐下）（生、众换白衣、白甲，持白旗帜上）

【驼环着】（生）羡军容整静，羡军容整静，雅素堪矜。却便似易水衣冠，偏要在凶中取庆。就使他知觉呵，也尽把天光雪影，认作援兵。岂止八公山，草强木劲；花六出天工难胜，计六出人谋堪并。（合）风声悄，夜色明，把万顷天光，做照妖神镜。③

---

① 张连：《中国戏曲舞台美术史论》，文化艺术出版社，2000，第113页。
② 李斗：《扬州画舫录·新城北路下第五》，中华书局，1960，第135页。
③ 《李渔全集》第五卷，浙江古籍出版社，2010，第55—56页。

这其实是对全堂手法的一个创新。此前的全堂运用，无外乎就是以红、白、黄来分别营造和配合喜、丧、宫廷等独特的场面气氛，但是李渔将这个满场浑然一色的震撼效果巧妙地融入故事之中，设计出以白雪作掩护的妙计（戏中袁滢的妙计，当然就是李渔的妙计），从而打破了以往的陈俗旧规和习惯思维。李斗系李渔生活年代之后的人，而他撰写的《扬州画舫录》所列举的全堂，亦不过皆在寻常套路之中，由此也可见李渔创新之早以及之可贵。

本章对李渔戏曲剧本的时空创造和人物造型艺术等剧场综合性艺术特征做了整理和分析。李渔戏曲剧本中对砌末艺术、曲词科介和人物造型艺术手法的结合运用，既丰富，又细致；既大胆，又节制。而正是这种殊为可贵的节制所带来了一种错落有致的稳称和均衡。

三、写实性景物造型

笔者还注意到，李渔戏曲剧本的舞台美术设计，有相当一部分采用了写实性景物造型。而我们现在通常对中国戏曲的写意方法是这样认识的：

> 中国戏曲的舞台时空不像西方戏剧那样，以实物布景来确定的，而是通过演员的唱、念、做、打等具体表演来确定的。当幕布拉开后，通常在舞台上只设置一桌二椅，在剧中人物上场之前，这一桌二椅不表示任何时间与地点，随着剧中人物的上场，或唱，或念，或做打，便将舞台时空规定下来。①

其实，舞台布景的写实性景物造型与写意性景物造型本来并不矛盾，是可以兼容并包的。我们知道，舞台语言从设计构思到具体体现，无外乎就是一个"借物传情"的过程。在材料、外形和工艺等实现途径上，可以非真实，可以以假代真、以假乱真，但是，其艺术语言造型却必须借助真材实料，即要言之有物，实有所指。

赵山林先生在其著作《中国戏曲观众学》中曾论述道：

> 中国戏曲是一种写意性的戏剧，虽以"真"为基础，但"幻"的假定性程度很大。观众在剧场所获得的感知和实际生活当中的大不一

---

① 俞为民：《中国戏曲艺术通论》，南京大学出版社，2009，第11页。

样,这里是一个与现实世界仿佛相同、又迥然有异的特殊世界……不仅时间,空间的观念也发生了变化:三四步可以行遍天下,七八人当得百万雄兵;要登山,台上就是层峦叠嶂;欲涉水,举步就是浩渺烟波……剧场这个特殊世界给观众的感受是"似假似真,令人惝恍",即"真"与"幻"的统一,或曰生活的真实性与审美的真实感的统一,历史的逻辑与心理的逻辑的统一。从审美客体的特色来说,仿佛是"真"的;从审美主体的感觉来说,却是认假为真的"幻"觉。①

这便要求舞台美术设计,虽然可以取材范围包容广阔,天马行空,在想象之内自由创造,但是,它一定要来自生活,而决不可是莫名其妙的东西。中国戏曲既然定性为综合艺术,那么,这种综合,体现在舞美设计上,便不会也不必局限于全部必然采用写意性景物造型。而在中国戏曲中,"单凭布景和大小切末,还远远不能完成景物造型任务,只有借助演员的表演,才能发挥它们的有效性,才能显示出它们在彼时彼地的具体意义"②。我们看到,李渔的戏曲剧本给我们呈现的结果是:一出戏中,可以有帷幔布城,当然也可以有实景搭台,二者完全可以在演出中,人和景、物质手段的写实性景物造型和虚拟手段的写意性景物造型之间各自的独立性,通过演员的唱念做打,将其消弭、统一起来的。

其实,从中国戏曲发展的历史来看,写实性景物造型在很多历史时期还是频频出现的。

汉代张衡在《西京赋》中便有对汉代歌舞戏演出现场的描绘:

> 临迥望之广场,程角抵之妙戏。乌获扛鼎,都卢寻橦。冲狭燕濯,胸突铦锋。跳丸、剑之挥霍,走索上而相逢。华岳峨峨,冈峦参差。神木灵草,朱实离离,总会仙倡,戏豹舞罴:白虎鼓瑟,苍龙吹篪。女娥坐而长歌,声清畅而蜲蛇;洪涯立而指麾,被毛羽之襳襹。度曲未终,云起雪飞;初若飘飘,后遂霏霏。复陆重阁,转石成雷;礔砺激而增响,磅礚象乎天威。③

---

① 赵山林:《中国戏曲观众学》,华东师范大学出版社,1990,第188—189页。
② 张连:《中国戏曲舞台美术史论》,文化艺术出版社,2000,第259页。
③ 张衡:《西京赋》,转引自陈多、叶长海《中国历代剧论选注》,上海古籍出版社,2010,第40页。

而明末清初,有剧作家张岱和戏剧家李渔、刘晖吉等,不断地在写实性景物造型方面身体力行,并同时在叙事功能和表演功能方面,多力并举,着意探索剧场的多种可能性,"欲补从来梨园之缺陷"①。

在当代的样板戏中,这种写实性景物造型也一度蔚然成风。如在现代京剧《智取威虎山》第五场《打虎上山》中,剧本中写道:

〔几天后。
〔威虎山麓。雪深林密。一株株挺直的栋梁松,高耸入云;缕缕阳光,穿入林中……
〔杨子荣改装扬鞭飞马而上。作马舞……②

而在现代京剧《沙家浜》第二场《转移》中,剧本形态是这样的:

〔前场十多天后。阳澄湖边,沙奶奶家门前。垂柳成行,朝霞瑰丽……
〔郭建光与叶思中乘船上。把一箩一箩的稻谷搬下船。③

《智取威虎山》中的青松翠柏高耸入云,景色描绘栩栩如生,望去几乎可以乱真。阳光穿林而入,场上煞是好看。但主人公杨子荣却仍是以鞭代马,沿用旧的程式。

在《沙家浜》中,不但垂柳成行、朝霞瑰丽,令人仿佛置身真的江南水乡,待郭建光乘船来到这里的时候,舞台天幕前,一个与真船大小几乎相同的船造型"行驶"到岸边,其速度、吃水量造成的高度,看上去竟真个像江面上行船一模一样。

所以,张连先生在《中国戏曲舞台美术史论》中认为:

如果说追求以物质表现演出环境在汉代是第一次出现,到明末清

---

① 张岱:《陶庵梦忆》,转引自陈多、叶长海《中国历代剧论选注》,上海古籍出版社,2010,第276页。
② 《革命样板戏剧本汇编第一集》,人民文学出版社,1974,第32页。
③ 《革命样板戏剧本汇编第一集》,人民文学出版社,1974,第141、144页。

初又是第二次出现，20世纪20至30年代为第三次出现，到建国后戏曲舞美又第四次出现了写实性景物造型高潮。前两次出现之间相隔长达一千一百年，二、三次之间相隔约三百年，三、四之间相隔仅三四十年，其周期在逐次缩短。①

可见，这种写实与非写实手段发展的交替往复现象，是中国戏曲发展的一个内在规律。写实性景物造型的高潮期，虽则往往比较短暂，但是往往在这个时候，也是对中国戏曲的基本规律开展反思比较激烈的时期。这些写实性景物造型的实践，客观上也给随后的写意性景物造型再继续提炼新的写意性布景造型、新的动作程式等新艺术语言，提供了相当多的基础和经验来源。

正如英国著名导演、舞美设计家爱德华·戈登·克雷所言：

> 戏剧这种艺术既不依附于剧作家的剧本，也不依附于以明星演员或者"演员－经理"为中心的表演，而是在导演的统一构思下，通过剧场艺术家的通力合作，创造出完整、统一、和谐而又富于诗意的独立的剧场艺术。②

因为：

> 剧场艺术既不是表演，也不是剧本，既不是布景，也不是舞蹈，但它却包括了这些东西的全部因素：动作——是表演的灵魂，台词——是剧本的躯干，线条和色彩——是布景的心脏，节奏——是舞蹈的精髓。③

总之，李渔戏曲剧本以导演的思维角度，通过全面、细致、有机结合的舞台艺术设计，结合他对戏剧文学和表演手段的超越，使得舞台艺术语言系统化，超越了以往的以剧本词曲文本为中心的戏曲演出状态，初步建立起了剧场综合性的整体的戏剧艺术品格。

---

① 张连：《中国戏曲舞台美术史论》，文化艺术出版社，2000，第278页。
② [英]爱德华·戈登·克雷：《论剧场艺术》，李醒译，文化艺术出版社，1986，第25页。
③ [英]爱德华·戈登·克雷：《论剧场艺术》，李醒译，文化艺术出版社，1986，第2页。

第四章　李渔戏曲剧作卓越的舞台艺术价值

李渔（1611—1680），是明末清初的戏曲家、小说家、评点家、著述家和出版家。他是浙江金华兰溪人，生于南直隶雉皋（今江苏如皋）。他原名仙侣，字谪凡，号天徒。他的别署名字非常多，有：湖上笠翁[①]、觉世稗官[②]、笠道人[③]、随庵主人[④]、觉道人[⑤]、伊园主人[⑥]、莫愁钓客[⑦]、新亭客樵[⑧]等。他著有《笠翁十种曲》《闲情偶寄》，小说《无声戏》《十二楼》等。平生除编剧、著文外，亦开芥子园书肆、率家庭戏班演出获利。浙江古籍出版社1991年8月始整理出版有《李渔全集》二十卷。

在中国戏曲史的漫漫长河中，李渔是在理论和实践方面均卓有建树的人物。他系统化的戏曲理论，丰富的写作和演出活动，尤其是其戏曲剧作卓越的舞台艺术价值，对中国戏曲的繁荣以及四百年来的发展走向，产生

[①] 李渔《闲情偶寄》目录前之《凡例七则》署名即"湖上笠翁李渔识"。见《李渔全集》第三卷，浙江古籍出版社，2010，第4页。

[②] 李渔小说《十二楼》署名即"觉世稗官编次"。见《李渔全集》第九卷，浙江古籍出版社，2010，第1页。

[③] 李渔小说《十二楼》卷之十二《闻过楼》中第一回，第一人称之讲述："笠道人避地入山，结茅甫就……道人信口答之，不觉成韵。"见《李渔全集》第九卷，浙江古籍出版社，2010，第273页。

[④] 黄鹤山人为《玉搔头》所作之序中言："《玉搔头》者，随庵主人李笠翁所作。"见《李渔全集》第五卷，浙江古籍出版社，2010，第215页。

[⑤] 李渔小说《十二楼》序中有："觉道人山居稽古，得楼之事类凡十有二。其说咸可喜，推而广之，于劝诫不无助。于是新编《十二楼》，复哀然成书。"见《李渔全集》第九卷，浙江古籍出版社，2010，第7页。

[⑥] 《笠翁一家言诗词集》之七言绝《伊园十便》小序中有："伊园主人结庐山麓，杜门扫轨，弃世若遗。"见《李渔全集》第二卷，浙江古籍出版社，2010，第310页。

[⑦] 李渔传奇《巧团圆》之署名中有"莫愁钓客　睡乡祭酒合评"，见《李渔全集》第五卷，浙江古籍出版社，2010，第315页。沈新林在《李渔新论》（苏州大学出版社，1997，第65—68页）中考证"莫愁钓客"是李渔又一别号。

[⑧] 李渔《芥子园画传》之初集《青在堂画学浅说》中，署名为"时己未古重阳新亭客樵识"。见《芥子园画传》（线装，一函四册）第一册，浙江文艺出版社，1998，"画学浅说"部分之第5页。

了不可磨灭的影响。

第一节 "剧本剧本,一剧之本"平议

关于戏剧艺术的创作过程,一般可被分为以下三个阶段:一度创作——剧本形成阶段;二度创作——剧本的编排和搬演阶段;三度创作——演出与观赏、批评的交流阶段。

从二十世纪中后期开始,关于"剧本剧本,一剧之本"的叙说和争论开始成为一个引人注目的学术现象。其中的观点,主要可以分为两大派别:其一,认可并坚决无条件赞同;其二,质疑并坚决反对。

一、"剧本剧本,一剧之本"之争

持认可并坚决无条件赞同者,一直占着大多数,发表的相关文章数量也比较多。持这种观点的,有很多是从事编剧工作的人士,也有很多戏剧评论人士。这类文章,有的是编剧写自己的创作体会,有的是观剧之后的赏析之作,大多是随感性质的,篇幅都不长。很少有长篇大论,做深层次的历史与理论探讨的。其观点,基本上就如"无论戏剧或电影,它的演出和摄制都是以剧本为基础的,所以人们称剧本为一剧之本"①,等等。但由于首肯、附和者甚众,一度在社会上被习惯性普遍接受。

及至二十世纪末期,对于"剧本剧本,一剧之本"进行质疑和反对的说法开始引起重视。由于这类文章,或直指许多剧本的弊端;或列举许多成功剧目的演出本就是游离于故事之外,以表演为中心的;或引经据典,通过对戏剧史的钩沉,对诸如"剧本是戏剧艺术的支柱""剧作家是戏剧创造的主体"等观点进行有力的批驳。

在持反对观点的文章中,有以下几篇比较有代表性:

在署名诸君、发表于《戏曲艺术》1988年第4期的《"剧本是一剧之本"质疑》中,作者认为:"戏曲文学一旦搬上舞台,前二者均不是'本',此'本'非演员莫属!就京剧而言,演员(艺术造诣较深的演员)才是真正的'一剧之本'。"作者认为:"有些传统剧目,剧情平淡无奇,但不同的演员演出会产生截然不同的艺术效果。"而"当前京剧上座不

---

① 封敏:《剧本是一剧之本》,《电影评介》1990年第4期。

佳"则是因为,"演员文化素质不高,艺术上的青黄不接(并非演员青黄不接)"。

发表于《东方艺术》2012年第S1期的《剧本并非一剧之"本"》中,作者张淑惠认为:"剧本的本是文本的本,一剧之本的本是根本的本,这里偷换了概念,犯了一个常识性的错误。"所以,"一出戏的成功与否,决(绝)不是仅仅停留在对剧本的完全依赖上。中国戏曲史很怪的,有很多时候,一些十分精彩的戏却是游离在故事之外的……"作者还认为:"经典之作,经过无数观众的提纯,早已离最初文本甚远,甚至早已远离了初始编剧的旨意而经典起来的。"所以,"一出能够流传的戏,无不吸纳了观众的创作智慧……过分在剧本上纠缠,不如到观众中去打磨"。

而在反对者当中,最具有理论深度和最有批驳力度的,则是陈多先生发表于《戏剧艺术》2000年第1期的长篇雄文《说"剧本,剧本,一剧之本"》。

在该文中,作者陈多先生首先说明了他在文中所谈论的剧本一词的含义,他取用并针对的是《辞海》(1999年版)当中的释义:"剧本,文学作品的一种体裁……由人物的对话(或唱词)和舞台指示组成。"作者通过对古往今来多种戏曲剧种、流派等历史和理论的列举、分析,得出的结论是:"一部戏曲史主要是以剧目(请注意:不是剧本)的演出为核心构成的。"所以,"所谓'剧本,剧本,一剧之本'这句名言,根本不符合京剧以及戏曲发展中的操作史实,不是科学的论说,而是臆说"。

那么,到底何谓"一剧之本"?我们在实际创作操作当中又当如何运用"一剧之本"这个概念呢?

二、何谓"一剧之本"

首先,笔者也先来考查一下"一剧之本"这个概念当中的几个关键字词在几种主要的汉语辞书、词典当中是怎样规定的。

关于在《辞海》中的"剧本"概念,陈多先生所强调的,前文中已经引出,不再赘述。

在《汉语大词典》中,对"剧本"的解释是这样的:

> 剧本:戏剧作品,由人物对话(或唱词)和舞台指示组成,是戏

剧艺术创作的基础。①

可见，这是个戏剧文学的概念，它未标明剧本就是戏剧艺术的核心，只是说它是"戏剧艺术创作的基础"。

而在《辞海·艺术分册》中，对"剧本"的解释为：

> 剧本：文学理论的一种体裁。是戏剧艺术创作的基础。主要由人物的对话（或唱词）和舞台指示组成。经过导演处理，用于演出的剧本，通称脚本或演出本（台本）。②

这里，同样强调的还是剧本是"戏剧艺术创作的基础"，而与是否断言它就是"戏剧艺术的核心"无涉。

同时，《辞海·艺术分册》中，还包括有对"脚本"和"演出本"概念的解释，分别为：

> 脚本：剧本的通称。一般指在排演过程中使用的底本；也指戏曲、歌剧等剧本的文学成分。
>
> 演出本：戏剧名词。也称"台本"。专指经过导演处理和演出实践后定下来的剧本。③

《辞海》中"脚本"和"演出本"的概念，注重强调的是戏剧排演的操作，也即工作流程层面，特别是在对"脚本"的定义中，明确点明的是：它只是"文学成分"。

那么，我们再对关键字"本"的含义做一番考查。在广泛使用的《现代汉语词典》中，对"本"字的解释有两大类义项，分别为：

第一大类义项包括以下12种：

> ①草木的茎或根：草~ | 木~ | 水有源，木有~。

---

① 《汉语大词典》第二册，汉语大词典出版社，1988，第747页。
② 《辞海·艺术分册》，上海辞书出版社，1980，第80页。
③ 《辞海·艺术分册》，上海辞书出版社，1980，第80页。

②〈书〉（量）用于花木：牡丹十一~。

③事物的根本、根源（跟"末"相对）：忘~｜舍~逐末｜兵民是胜利之~。

④（~儿）（名）本钱；本金：下~儿｜够~儿｜赔~儿｜还~付息◇吃老~。

⑤主要的；中心的：~部｜~科。

⑥（副）原来：~意｜~色。

⑦（副）本来：~想不去。

⑧（代）指示代词。指自己方面的：~厂｜~校｜~国。

⑨（代）指示代词。指现今的：~年｜~月。

⑩（介）按照：~着政策办事。

⑪（介）根据：这句话是有所~的。

⑫（名）姓。

而第二大类义项包括以下5种：

①（~儿）（名）本子：书~｜账~儿。

②版本：刻~｜抄~｜稿~。

③（~儿）演出的底本：话~｜剧~。

④封建时代指奏章：修~（拟奏章）｜奏上一~。

⑤（~儿）（量）a）用于书籍簿册：五~书｜两~儿帐。b）用于戏曲：头~《西游记》。c）用于一定长度的影片：这部电影是十四~。①

通过以上的查考，我们可以发现，陈多先生文章强调的是"剧本到底是不是中国戏曲之核心"的问题，而前文所举的那些对"剧本剧本，一剧之本"持赞同意见者，则大多数基于自己创作者（编剧）等的身份和立场，强调的是戏曲创作中一度创作是否重要的问题。当然也有那么一部分认为文学性要大于表演性的，但数量确实并不太多。倒是持反对意见的张淑惠先生对大家的讨论当中，概念是否一致，有了一定的警觉。

---

① 《现代汉语词典》，商务印书馆，2005，第63页。

基于一些年对戏剧艺术的学习和浸淫，我十分同意陈多先生的观点：一部戏曲史确实主要是以剧目的演出为核心构成的。我们看到，陈先生所论，取的是"本"字的义项中，"根本、根源"和"主要的、中心的"之义。

但是，我们强调一度创作，也就是文学剧本创作的重要，也是无可非议的。二者其实并不矛盾，只是侧重的目标不同而已。所以，基于"演出的底本"的义项，来讨论一度创作中的"一剧之本"，也是具有深远意义的。

中国戏曲在发展中，剧本形态经历了一个复杂的生成与分化过程。任半塘先生在其巨著《唐戏弄》中曾论道：

> 剧本者，演出以前，对于情节、场面、科白、歌唱之具体决定也。其存在方式，有口传、笔写、印行三种。虽未刊行，而经笔写，虽未笔写，而经口传，皆不得谓之无本。至于有本而不传于今日，有作而不著于今时，便不得谓之当日无本，或当时无本，益无待言。①

这样看来，中国戏曲的剧本，从大的分野方面来看，有口传本、幕表本和文学本三种。

其中的口传本，基本是以口耳相传的方式来传承的。现代心理学有一个概念叫选择性注意（selective attention），系指人们经常会在外界诸多刺激中仅仅注意到某些刺激或刺激的某些方面，而忽略了其他刺激，即尽管学习者口耳相传之间倾尽全力去吸收领会，但是一般人心里其实各有自己的思维定式，但凡听到什么，都会用自己心理定式，用自己认为最好的方式去套用和消化一番。所以，艺人仅凭口说把脑子里的故事、曲词说白、演出经验等以单一的方式向后人传授，势必会有相当的损失，以致传承效率并不高。

幕表本也存在类似的问题。比如著名昆剧艺术家周传瑛在回忆自己第一次唱幕表戏的时候，有这样一段记录：

> 朱国梁好象有点歉意地笑着向我解释：我们苏滩不比你们昆曲，

---

① 任半塘：《唐戏弄》，上海古籍出版社，1984，第892页。

本子是没有的，唱的是幕表戏。……刚进去，一眼就看见墙上挂着一块牌子，上面写了这本戏的分幕，还有每一幕出场的人物，以及谁先谁后、如何表演啥等样剧情；各色人物的姓名、籍贯、年龄、身份，人物与人物间的关系等。……我心里七上八下地叫苦不迭：我们昆班学一个小折子，从拍曲到上场起码也要一二个月，而现在既无曲文又无台词，不知何时开唱、哪处煞板，也不明白对面头的角色是何等相貌，会做出什么样子来……心里全盘糊涂，叫我怎么出得了场呢？……我也不知自己是怎么上台的，又怎么唱完这本戏的，总之象在云里雾里一般。①

可见，幕表本对于演员的临场发挥与艺术创造能力固然是一种极大的释放，对于演员的表演能力和应变能力也要求甚高，但是不经过反复排戏，艺术质量想必很难保证。最大的问题就是：曲无定本，也极不便于后人对优秀的编创和演出经验的传承。

实践证明，随着社会的演进，演出经验的代代积累，已经形成共识：要想提高戏曲创作搬演的工作效率，以及更有利于戏剧创作成果的传承，大量采用区别于口传本、幕表本的文学本是必由之路。戏剧的剧本，本来就是舞台艺术、表导演艺术的文本的一个遗存形态。此处所谓"文学本"的含义该是戏剧创作中第一个环节的意思，是一种戏剧文学，而并非仅仅指的是一般意义上的那种文学性。而在文学本的范围内，也随着戏曲角色的复杂化，正在越来越向唱词、念白、科介、舞台美术设计等包容宏富的全本转化。

那么，什么样的"一剧之本"才是理想的文学本呢？

三、怎样才是理想的"一剧之本"

熟悉舞台生活的演员们，基于他们的艺术创造需要，经常要对面前的剧本提出一些更多的要求甚至质疑。例如，著名京剧表演艺术家盖叫天，便曾发出这样的议论：

有的本子能当小说看，挺好，可不能演。有的本子写得非常仔细，不论上下场，角色穿什么，拿什么，几时坐，怎么走，眼睛要睁

---

① 周传瑛口述、洛地整理：《昆剧生涯六十年》，上海文艺出版社，1988，第78—79页。

得多大,他都规定好了……不能演,也实在挺难演。可是有的本子,看起来挺简单,没都写上,但是意思都有了,演员再一琢磨,发挥发挥,戏就活了,就好看了。这种本子就是高,它真正能发挥演员的本事。可有些作家挺有学问,就认为演员都没知识,什么都要他一个人拨弄,结果都拨弄,也都拨不动。①

这一点,和李渔所说的"常有观刻本极其透彻,奏之场上便觉糊涂者"相仿佛。

可见,真正理想的"一剧之本",其价值和审美标准、呈现形态,皆应以表演和演出为指向和依归。所以,理想的"一剧之本"出自编剧一人之手,固然可贵,但经常地,理想剧本的撰作,还需要通过和表导演、音乐家、舞台美术家学习、合作,才能积累起全面的素质。而有的剧本,或许就是大家通力合作得来的。

例如,京胡表演艺术家徐兰沅先生在谈到京剧《生死恨》剧本的打磨经过时,曾有这样的一段记叙:

《生死恨》的设计是在1932年,当时我和梅先生都住在上海。开始时研究了两个本子,一是《空谷香》,一是《易鞋记》。结果觉得《易鞋记》比《空谷香》好,我就把本子带到我的住所细读。觉得又有不足处,第一是整个戏"平"得很;第二是小花脸缺少"哏",因此人物不活;第三就是没有重头场子。在考虑如何加工时,我首先考虑的是如何使梅先生的唱工能突出,经过思索后便构思了一场"梦境",以这场戏作为重场子。《易鞋记》的结束是大团圆,我们将它翻了个,变成悲剧,就易名为《生死恨》。经过大家研究分工,许姬传先生写"梦境"的唱词,我和梅先生以及王少卿先生设计腔调和安排曲牌,这样就开始了《生死恨》的设计工作。②

于是,我们看到,经过几位戏曲艺术大师切磋、加工之后的《生死恨》剧本,虽属文学本,但是却显得非常丰满,并且当行。且看《生死恨》第十八场当中的一段:

---

① 盖叫天:《能演和不能演》,载《盖叫天表演艺术》,浙江文艺出版社,1984,第374页。
② 徐兰沅:《我的操琴生活》,中国戏剧出版社,2012,第42页。

李　姬　（内）啊，女儿，天色不早，安歇了罢。

韩玉娘　是，孩儿就要睡的。

李　姬　女儿不必忧愁，日后你夫妻自有相逢之日，安歇了罢！

韩玉娘　是，孩儿遵命。——唉，自从与程郎分别之后，至今音信全无，难道说他把我忘得干干净净了么！

（接唱）

恨只恨那程郎把我遗忘，

全不念我夫妻患难情长。

到如今只落得空怀惆怅，

〔四更〕

（接唱"散板"）

留下这清白体还我爹娘。

（"万年欢"牌子，转玉娘入梦。）

〔八宋兵捧凤冠、霞帔，轿夫、家院、程鹏举上。程鹏举唤起韩玉娘，示意已得来官诰，请韩玉娘收受，韩玉娘初不允，程鹏举跪请，遂受。程鹏举扶韩玉娘上轿，众起程。众同下。韩玉娘仍回原处入睡〕

韩玉娘　（唱"西皮导板"）

适才间见程郎官宦模样。

（醒觉）呀！

（接唱"散板"）

醒来时不觉得一梦黄粱。

哎呀，且住！适才梦见程郎，衣锦荣归，接我赴任，不知是何缘故！唉，且自由他。看天色已明，不免到外面浣洗一回便了。①

《生死恨》写的是北宋末金人南犯，程鹏举、韩玉娘先后被金将张万户据作奴隶。张强令程韩婚配。玉娘则劝鹏举讨回故国。张万户得知此事，大为恼怒，将玉娘卖掉。新婚夫妇被迫生离。临别时刻，程鹏举被武

---

① 《梅兰芳演出剧本选集》，艺术出版社，1954，第343—344页。

力驱赶，遗落一只鞋子，恰被玉娘拾得收藏起来。程鹏举后来果然归国并立战功。他派人以鞋为证物回来寻访玉娘，但玉娘历经磨难，现正寄居养母李家。寻访者遍寻不遇，正要返回之时，却巧遇玉娘。待程鹏举闻讯赶来之时，韩玉娘已经卧病不起，夫妻相见，抱头痛哭之际，玉娘一恸而终，患难夫妻遂成永诀。

其第十八场"梦幻"表现韩玉娘恍然入梦，入梦前的唱词也写得朴实、凄婉。梦中，她见到程鹏举衣锦还乡，接其赴任，她悲喜交加，欢慰登程。此时场上奏万年欢曲牌。梅兰芳遵循精心构置的唱词和音乐，在这一场借鉴了昆曲《痴梦》表演艺术，表演尺寸得当、温婉细腻，将韩玉娘凄凉处境下短暂梦境的前后瞬间里欢悲交织的心境表现得淋漓尽致，取得了非常好的舞台效果。

所以，徐兰沅先生在总结这一段经历之时，对一个理想的剧本是多么重要也有了深刻的体会：

> 总的来说，四十多年的操琴生活告诉我，创一腔、插一曲以及拉一花过门，用梨园话来说："都要有所本"，也就是要有一个来由。否则唱腔与过门就是天衣无缝的美好，那只是漂浮在戏剧之外的独奏与独唱罢了。为什么人们说"梅兰芳先生唱戏，从无歪腔邪调"呢？我想也就是这个原因吧！①

综上所述，窃以为，所谓"一剧之本"至少包含以下三层含义：

其一，"一剧之本"指一剧之文学剧本；

其二，"一剧之本"指除文学剧本一般皆备的唱词、宾白之外，还含有丰富的科介表演设计、舞台美术设计等演出基本依托的工作台本；

其三，在戏曲艺术已经发展为综合艺术的时代，"一剧之本"当指除唱词、宾白、科介表演设计、舞台美术等之外，一切满足舞台呈现所需之思想内涵、人物分析、音乐舞蹈设计等丰富的舞台艺术和技术手段等之剧本，这样，才有资格称得上是为全体创作人员所共同建设和遵循的、真正的一剧之根本。

---

① 徐兰沅：《我的操琴生活》，中国戏剧出版社，2012，第43页。

第二节　李渔对"一剧之本"的刻意追求

结合前文对李渔戏曲剧本形态的考查和分析，我们再来审视李渔的戏曲剧本形态，看看在多大的程度上，它能够符合笔者刚刚提出"一剧之本"的第三层含义之要求。

一、在表演艺术特征方面

基于"填词之设，专为登场"的创作原则，李渔的戏曲剧本对传奇的诸多体制和惯例，做了许多大胆的突破，为演员的表演提供了广阔的空间，巩固了以表演为中心的中国戏曲演剧特色。

在脚色塑造艺术方面，他对脚色的设计，花样翻新，突破了"一生一旦"的惯用模式。除了一生一旦之外，在他的戏曲剧本中，不但有一生二旦，还有一生三旦，乃至双生双旦等别致的设计。从来传奇之中，生旦主唱，净丑附庸，已成定制。但是，李渔却唯重净丑，甚至连男主角都采用了丑扮的设计。如果从文化符号学的角度来看，这种做法，具有显著的标出性特征。这种对文化正统观念反其道而行之的创造之举，冲破藩篱的束缚，极具个性，也便具有了超凡脱俗的独特艺术魅力。

在剧本的科介方面，他的一些变形科介尤为值得称道。无论是男女易容、死后变化，还是脱胎换骨般变化，都搬至前台完整表演，其现场冲击力，远非同时代其他剧作可比。

李渔的剧作中，穿插了一定比例的诸般伎艺的表演。举凡歌舞、民俗宗教仪式、俚乐小曲甚至其他戏剧形式的同台竞技，都是在合理的故事情节安排下设置的。其种类之丰富、撰作之精巧，特别是裁度之节制，都使得表演效果既热闹非凡，又收束及时得当，而达浑然一体之效。

二、在整体的舞台艺术性方面

李渔的戏曲剧本，在砌末艺术之景物造型当中，城墙的设计，不但具体、详致，而且至少具有地面、地上、地洞三个层面的安排。不仅场景逼真，而且格局复杂，在有限的舞台空间上，使得演出空间得到了相当程度的扩展。

他对楼台的设置，更是格外用心。对预设时的规模、可视角度、抬出的时刻、完成的速度，皆在剧本中给予不厌其详的指导。楼台的层次，亦如城墙那样，都不是仅只单层，极力避免形式上的简单化。尤其是《比目鱼》之"戏中戏"的戏台设计，台上搭台，使得观看李渔传奇的观众视域骤然开阔，舞台呈现高度立体化的可视格局，可令场面既逼真，又紧张，其营造出的强烈的舞台张力，远非同时代其他戏剧家可比。

而将台的设立，虽悉数具体点明，但因战争场面在其戏曲剧本内十中有九，故并未大力渲染和着意标新立异。此举一为欲避免太过华丽和变换频繁而令人生厌，二为避免喧宾夺主，招致观众注意力过于分散的反效。可见，刻意的节制和省简，亦是一个成熟的戏剧家的可贵素质。

李渔剧作的一些时间、空间的指认和变换，都是在空舞台上通过演员口中的曲词和身上的科介，得到了成功的表现。

在砌末艺术的声光烟火当中，李渔于明火、暗火的比例拿捏得恰到好处。特别是在《蜃中楼》中，对制造海市蜃楼效果的暗火烟效尺寸得当，吐、鞠结合，配合唱词、宾白，且放且唱，伴随剧情发展层层推进。似这般将烟火的运用与唱词紧密地扭结在一起，不是唱词，堪比唱词，令人叹为观止。

而音效的设计，并未满足于或声震云霄或场面热闹，而是场上声音与画外音结合，间有欲响偏又不响的反其道而行之的妙笔，给观众带来的耳目一新远非仅仅是谐趣所能概括的。

尤为令人称道的是，李渔戏曲剧本当中，照明已经成为极为重要的主情节辅助元素之一。在《奈何天》之《惊丑》一出，照明的火烛，是绾合这场戏的至关重要的舞美设计，在剧情的开端、发展等，这个火烛的确缺之不可。这些，都是和李渔平素对舞台技术手段刻苦钻研并身体力行分不开的。

在人物造型艺术之舞台化妆方面，李渔在艳淡对比、体态扮饰乃至全身丑扮上，难度渐次加大，人物形象在妆容方面可谓既有恰当的点染，又有肆无忌惮的夸张。

在服饰穿关方面，既设计细致入微，又强调判然有别，更绝妙的是在《蜃中楼》中还令人物当场更袍换带，几欲裸身于众目睽睽之下——服饰的变换在舞台上如此短时间内如此多并紧密地作为戏剧情节的变换的主要动作，实为少见之举。而白全堂大破以往只用在丧祭场面的旧例，专为此设计了白衣白甲白旗白盔雪夜入敌营的情节，亦是神来之笔。

三、在戏剧文学特征方面

李渔的戏曲剧本对戏剧结构的重视程度，概古未有。在贯彻了赋制全形和一人一事的创作理念同时，他以家门、冲场、出脚色、小收煞、大收煞等的明确标举来凸显剧本的显性结构。如果我们从编剧的角度来看，这既可在构思时抓住重点情节走向，避免陷入细节的汪洋大海之中，又可合理分派剧情，平衡轻重冷热。所以，他的剧本出数精简折中，至多不过卅六出，这在当时来讲，已属相当不易。

在语言艺术方面，他的剧本曲词通俗质朴、显浅机趣，本色当行，科诨的手段既丰富又高超。虽有亵俗难除之病，但仍难掩其妙趣横生、别开生面之特殊魅力。

他剧作中的宾白，其丰富的数量，对扩充故事的背景、人物关系容量，以及对传奇过于重抒情和高雅的中和，卓有成效。同时，对传奇体制中的曲白配比格局，亦构成挑战，对中国戏曲叙事功能的探索，亦可圈可点。

李渔的戏曲剧本，多半一无所本，前无所例，别裁奇制，纯系凭空杜撰、平地筑起之楼台。张敬先生曾评之曰：

> 十种曲既未说史，亦未讽今，所谓凭空杜撰，平地起楼台，旨在求新去旧，意惟翻新好奇。波澜壮阔，云霞谲蔚，节节铺陈，句句推展，盘根错节，枝叶茂盛，生旦在场，净丑装衬，好事多磨，平地风波，柳暗花明，苦尽回甘，将和而离，既失复得；一切人生世态，由此三四十出戏文中离奇怪诞搬演上场。[①]

诚哉斯言。李渔以其大部分剧作均不重本事、端赖虚构，成为冲破中国戏曲的戏剧故事乏新可陈的因袭之风的引领风气之第一人。

总之，经过研究，我们不难发现，李渔在把戏剧作为整体艺术，深入内部探求它的艺术规律时，有着相当高的艺术自觉性。在具体的剧本写作中，他突破以往传奇剧本写作的窠臼，为了创作出一种包含一切满足舞台呈现所需之思想内涵、曲词宾白、音乐舞蹈设计等丰富的舞台艺术和技

[①] 张敬：《论李笠翁十种曲》，上海戏剧学院图书馆馆藏《李渔传记资料（四）》，《传记资料·中国小说戏剧家专辑》第十一辑，天一出版社（台北），1985。

手段的、为全体创作人员所共同建设和遵循的、真正的一剧之根本,做出了切实的努力。

四、与总体戏剧理论的暗合

通过对李渔戏曲剧本形态的分析和研究,我们可以看到,他穷其一生,都在从戏剧文学、表演和舞台性等方面,探求戏剧艺术表现力的最大可能性。他的戏曲作品,从整体上提高了戏剧艺术的表现力,使得中国戏曲呈现出勃勃生机和活力。这一点,与后世在西方诞生的"总体戏剧"(Total Theatre)理论暗合之处颇多。

总体戏剧的理论来源是十九世纪德国著名的作曲家、指挥家和文学家威廉·理查德·瓦格纳(Wilhelm Richard Wagner,1813—1883)。"整体艺术"的思想,是贯穿瓦格纳一生的理论和创作过程的一个核心观念。对于传统歌剧当中,音乐占据了最主要的统领地位,而相反其他诸种艺术要素,比如诗歌、舞蹈等只是处于屈从的地位的现象,瓦格纳进行了深刻的反思。为什么"只是为了给音乐的效果提供扩张的根据,这才把戏剧的意图拉过来"[①]呢?于是,瓦格纳首先提出的关于整体艺术的实践形式是"乐剧"(Music Drama)。

瓦格纳所谓的乐剧,脱胎于歌剧,在歌剧的基础上,他使文学、表演和音乐结合得更加紧密,规模更为庞大。乐剧的戏剧性得到了空前的加强,同时音乐与剧情配合得更加密切。他还充实、扩大了管弦乐团编制,给器乐更多表现复杂强烈的戏剧性的机会。而在此之前,歌剧界普遍接受的观念就是——"诗艺应作乐艺听话的女儿"[②]。瓦格纳关于乐剧的改革,实际上反对的是那种只重视乐而不重视诗和戏的做法,他的乐剧要将乐、诗和戏三者统一起来,建造一个多感官、立体的艺术空间。

吸收了瓦格纳的理论实质和精华,总体戏剧的倡导者有英国的戈登克雷、苏联的梅耶荷德、法国的阿尔托等,其主要的艺术主张就是:一个戏剧的演出应该是一个包含布景、舞蹈、动作、语言、线条、色彩、节奏等一切因素的总体呈现,演员是艺术表现的中心,表现形式是杂糅的,其意在将戏剧纯粹的特点凸现出来,以恢复戏剧的原始目的,恢复戏剧的宗教

---

① [德] 瓦格纳:《瓦格纳论音乐》,廖辅叔译,上海音乐出版社,2002,第 205 页。
② [法] 莫扎特:《诗艺应作乐艺听话的女儿——1781.10.13 自维也纳致父》,载《自画像与自白——莫扎特书信选》,辽宁教育出版社,1998,第 168 页。

和形而上的色彩,最终达到戏剧与宇宙的和谐。

总体戏剧在当代的影响,还是比较深远的。

总体戏剧的基本艺术观点,同中国戏曲"无声不歌,无动不舞"的艺术特征最为相近。而在包容艺术种类和技术手段的操作上最为突出,并与总体戏剧理论最有默契的,在中国,当非比瓦格纳早二百多年的戏剧家李渔莫属。

但是,李渔的戏曲剧本中表现出来的整个艺术特征,与总体戏剧仍有着相当多的不同点。比如,虽然瓦格纳强调的是乐剧以戏剧为目的,以音乐为手段,但是实际上,他的乐剧当中,音乐所占比重,远超诗歌和舞蹈——他在刚刚脱离歌剧走出的这条道路上,并没有走得太远。乐剧的表现,仍然像美国音乐学家约瑟夫·科尔曼在描述歌剧时所讲的那样:

> 关键不是脚本(虽然这是一部歌剧赖以诞生的温床),而是脚本被音乐所重新诠释后的结果——最终的决定因素是音乐。作曲家才是戏剧家。①

而中国戏曲从李渔开始,我们看到这样一种可能,创造一部理想的、具有整体艺术魅力的戏剧的力量,不再只是来自或为文人、或为演员师父的编剧一个人,也不仅仅是来自有一手绝活儿的演员一个人或几个人,而是编剧、导演、演员、舞美设计师的合力。当然,在李渔的戏曲剧本当中,这种合力奇妙地首先集中在了他一个人身上。

再比如,总体戏剧发展到后来,一些实验者开始渐渐向人体工程学的方向倾斜。虽然他们没有完全否定语言,但是语言的作用在他们掌控的总体戏剧中,已经开始了相当程度的消减。这显然和以曲词宾白、唱念做打俱佳才是好戏的中国戏曲审美标准相去甚远。

当然,李渔与西方的总体戏剧绝非完全同质,仅仅是暗合而已。钱锺书先生有云:"南学北学,道术未裂。东海西海,心理攸同。"举凡东南西北、古今中外,无论是编剧艺术家,还是导表演艺术家,他们的创作心理,都有它的一致性和共通性。中国和西方的戏剧,其认识过程和思路方向,其戏剧表现的原理和方法并不是完全割裂的,遥相呼应式的某种暗

---

① [美]约瑟夫·科尔曼:《作为戏剧的歌剧》,上海音乐学院出版社,2008,第6页。

合，是完全可以成立的。

中西戏剧文化虽然有各种形式的差异，但是二者一定会在某些节点上冥冥中"心同"和"理同"。虽然，这种"同"有时只能表现为暗合，绝非严格对位或者有条件在同时代即可同声共气、惺惺相惜，更没有机会当面浮一大白祝表同道。

综上所述，我们讨论了怎样的剧本才是在戏剧创作的操作流程当中，包含一切满足舞台呈现所需之思想内涵、曲词宾白、音乐舞蹈设计等丰富的舞台艺术和技术手段的、为全体创作人员所共同建设和遵循的、真正的一剧之根本。

也通过对李渔戏曲剧本形态的分析研究，对他"破尽传奇格"，对"一剧之本"的刻意追求及其成效有了具体的了解。

从李渔的剧本与总体戏剧理论的诸多暗合之处，笔者感悟到，中国戏曲本就是在综合的土壤上生就而成的，中国以李渔为代表的戏剧家，数百年来，努力向巩固戏剧创作的表演中心目标迈进，并在舞美设计、音乐舞蹈设计等方面探求戏剧艺术的最大表现可能。客观上，中国戏曲在注重戏剧艺术本体，发挥整体艺术的功能方面，比之后来西方如总体戏剧这样的理论进展，是要超前的。这也是从莱茵哈特、斯坦尼斯拉夫斯基、梅耶荷德、布莱希特，直到阿尔托、格洛托夫斯基，都承认他们在形成自己的艺术主张的过程中，曾经从中国戏曲中受到过启发，汲取过营养的原因所在。

余　绪　李渔的超常规写作方略

在中国古代作家当中，倘若有哪一位在世时被称誉为特立独行，他一定会受之欣然、甘之如饴。但倘若说他像李渔一样特立独行，想必他们多半都不会甘心接受这种比拟。或许这并不仅仅在于李渔"极淫亵""有市井谑浪之习"，更多则在于他从事与儒生士大夫身份极不相称的行商、戏班的"贱业"，以及在诸多方面理直气壮的离经叛道。

的确，从职业编剧第一人、全商业化运营、善用IP以及发明改良利于居家写作的奇妙家具等诸多方面，李渔确实是把特立独行做到了极致，不但令时人叹为观止，且传之后世，泽被数辈戏剧同道。

1. 职业编剧第一人

李渔在其《曲部誓词》中有言："窃闻诸子皆属寓言，稗官好为曲喻。……矧不肖砚田糊口，原非发愤而著书；笔蕊生心，匪托微言以讽世。不过借三寸枯管，为圣天子粉饰太平；揭一片婆心，效老道人木铎里巷。"[①] 可见，他走的是一条绝对职业编剧的道路。

当时，中华大地尚处于专制体制下的小农经济时代，市场经济刚刚处于若隐若现的萌生之初阶段。虽然自晚明以降，封建独裁统治者自身及其政府极端腐败无能，苛捐杂税，科举弊端丛生，文字狱横行，内忧外患都被掩蔽在表面的歌舞升平、以大国自居的假象之下，实际上封建王朝行将就木已成为无可挽回之势。但是李渔身处的长江三角一带，相对而言，水陆交通便利，物产比较丰富，商业比较繁荣，给李渔从事创作和演出以及文化事业的经营，都创造了一个比较好的客观环境。这也给李渔性格上的个人主义和实用主义倾向提供了生长的温床。

同时，明末清初李渔主要活动的区域，兰溪金华一带，实际上已经是一个超过三十万人口的大都市，杭州人口也在四十万以上，南京人口则有

---

① 《李渔全集》第一卷，浙江古籍出版社，2010，第130页。

四十五万，特别是苏州人口竟然可以高达七十万。65%以上男性能够阅读，其中40%以上能够买得起小说和戏曲通俗读物。① 这些，都为李渔的职业化作家之路提供了可以赢利的理想环境。

李渔不稼不穑，不能躬身田亩从事农业生产，又未见其从事农业经营。虽然出自中医药世家，但也未有秉承家业，或研习黄老之学、岐黄之术开医馆药铺的志愿。他不似汤显祖那般曾经在朝为官，也不似关汉卿那样有太医院尹之类官设机构的就职履历，也远非可与其他致仕文人同日而语。所以，他走的就是一条纯粹的职业作家之路。

另外，他又与我们当下某些加入各类作家组织，在谋得稿酬之外另有固定的作家工资的职业作家绝对不同。李渔的生活经济来源完全要依赖写书印书卖书，写戏排戏演戏，除此之外，几乎没有任何其他的稳定收入保障。遑论他这种纯粹的职业作家，还要经常处于文字狱的政治压力之下，战战兢兢，对政治的红线唯恐避之不及，过着若惊弓之鸟一般的生活。

所以，作为职业化作家的李渔，走的是一条非常超前的道路。在这条充满荆棘的艰苦道路上，直到三四百年之后，才有了与他这种身份极为契合的、纯粹的职业作家同道出现。"直到二十世纪，中国的职业作家才在种种压制之下开始成批出现；直到二十一世纪，中国市场经济下的职业写作道路才逐渐成为许多作家不得不走的道路。"② 从这个角度来看，李渔的中国职业化写作先驱者的地位是完全可以立得起来的。

古往今来的事实证明，这条纯粹的职业作家之路，是完全可以走得通的。正如当代职业网络作家唐家三少可以凭借十年间坚持日更八千到一万字以上，最终达到年版税收入超过一亿元人民币；李渔仅凭自己的手笔和文化经营之道，同样做到了红遍大江南北，影响波及大半个中国，且大半生都可以使家庭达到相对富足的生活水准，畅游山水、寄情生活。

这其中，需要的是职业作家极富才华，又有高涨的创作激情，极强的自制力和执行能力等写作职业水准，更有灵活的经营头脑和达到专业水准的商业素养。只有诸事具备，才可以造就出李渔这样一个中国历史上的职业编剧第一人出来。

---

① 数据参见［美］张春树、骆雪伦：《明清时代之社会经济巨变与新文化：李渔时代的社会与文化及其"现代性"》，上海古籍出版社，2008，第211页。
② 杜书瀛：《戏看人间：李渔传》，作家出版社，2014，第386页。

2. 全商业化运营

李渔家班与当时的众多家班最大的不同，便是它的全商业化运营方略。

作为一个将毕生相当大一部分精力注入戏曲创作的人，李渔当然很早便萌发了创办自己的家班的强烈愿望。然而，创办家班谈何容易，虽然李渔本身具备编创戏曲剧本的才华，并且为性至巧，于导演和组织、管理都有天赋般的擅长，但是组建真正可以拉出去演出的戏班，不但需要比较充盈的资金，更需要唱念做俱佳的表演人才。所以，这个愿望，直到康熙五年（1666）才有机会得偿。

其时，李渔撰写和刻印小说，《怜香伴》《风筝误》《意中缘》《蜃中楼》《玉搔头》等五部传奇剧本也一部一部地完成，并率先以《李氏五种》出版，《比目鱼》传奇也紧随其后问世，无论是资财的积累还是剧作的储备，都为组建戏班建立了一定的基础。同时，他作为一个作家，平素养成的善结交、喜游历的习惯，为他助了一臂之力。

自从移居南京之后，李渔便开始了他的为砚田糊口而进行的的四海苦游。十六年间，他长游、短游不等，大游、小游兼顾，足迹遍及北京、临汾、兰州等地，因而生出"一生多半在客船"之叹。正是在临汾和兰州的际遇，使他得到了他戏剧生命中最值得珍惜的两个礼物——乔、王二姬。乔、王二姬来到李渔身边的时候，都是13岁，这是封建时代女性结束少女时代，焕发青春的年龄。二人在戏剧表演方面，各有所擅。乔姬十分聪颖，记忆力惊人，领悟能力极强，曲师授曲一般不过三遍，便已经可以比较成熟地演唱示人。王姬在外表上比乔姬略逊，但是她的过人之处在于，易服上妆之后，堪可媲美俊俏少年郎。二姬的舞容声色均可超越当世绝大多数的戏曲演员，且正处年少芳龄，在表演艺术方面具有巨大和无限的潜力。至此，李渔终于条件具备，如愿以偿地实现了组建家庭戏班的艺术理想，世称"李渔家班"。

李渔的戏剧活动，实行了全商业化运营模式。

首先，他的戏曲创作，"填词之设，专为登场"，全部的传奇作品都是为了舞台演出的，绝没有任何留置案头、只与同好在庭院红氍毹上唱和的念头。

其次，常规文人家班一般是不会对外演出的，家班的作用不过只是在家宅中聚会之时，供主人或者宴请宾客时助兴增情趣而已。李渔的家班演出，虽亦有自娱自乐的成分，但是更多的，则有非常明确外出演出的商业创收目的。所以,他的戏曲作品的主要假想观众群是当时的城市市民或一部分乡村民众,这便要求主题和主要内容,都必须为观众所熟悉,所谓"传奇无冷热,只怕不合人情。如其离合悲欢,皆为人情所必至,能使人哭,能使人笑,能使人怒发冲冠,能使人惊魂欲绝,即使鼓板不动,场上寂然,而观者叫绝之声,反能震天动地"①。这样便可以赢得观众主动的关注进而解囊入场观看,成为自发的观众群。这种对观众的分析和主动迎合,是在他商业化运营思想之下自然而然地采用的。在李渔的时代,演出收益的一部分来自观众直接对演员的赠礼,被称作"缠头费"。李渔曾经自豪地在自己的诗中写道:"缠头已受千丝赠,锦句何殊百宝钿。"②还有一部分来自主办方对家班主人的馈赠。邀请方往往出于对自己面子的考虑,馈赠一般颇为丰厚。由于剧本生动有趣,表演者艺绝人靓,以及因班主出色的经营管理,戏班进出有序,节奏鲜明有致,场面美轮美奂,李渔家班脱颖而出,成为其时但凡高端演出活动必要邀请的一个首选品牌。

再有,就是商业广告意识的觉醒和尝试。李渔是当时出版界执牛耳的人物,他的出版事业已经蒸蒸日上,顾客也遍及大江南北,数量十分可观。据考,在李渔的小说集《无声戏》的早期版本的目录中,很多的小说就已经在题目下鲜明地标出"此回有传奇即出"字样。在于2010年出版的《李渔全集》中第八卷的《无声戏小说目次》中,"第一回 丑郎君怕娇偏得艳"之下有"此回有传奇即出"字样,"第二回 美男子避惑反生疑"之下有"此回有传奇嗣出"字样,"第十二回 妻妾抱琵琶梅香守节"之下有"此回有传奇嗣出"字样。此处所言之"传奇"即指李渔在未来将要写作和推出的传奇剧本而言。这不啻便是中国古代利用图书出版承载戏剧演出广告最早的范例之一。

3. 素材储备的"百眼橱"

"项目盒子"一词,本为当代关于创作和研究,总结出的一个管理素材和思路的方法。我们从李渔写作环境和作品组成方式等方面发现,虽然李渔本人并未确切提出完全与此一致的说辞,但是他的工作方略当中,或许在本质上与此有着异曲同工的关联性。

有学者在著作中曾经这样描述"项目盒子":"项目盒子是一种组织技巧,能够避免写作过程沦为一团无定型的乌云。项目盒子是一套有组织的

---

① 《李渔全集》第三卷,浙江古籍出版社,2010,第69页。
② 《李渔全集》第二卷,浙江古籍出版社,2010,第331页。

文档，将整个写作项目分成若干小块，从而整理和容纳关键要素……这样做的意义在于，你可以将项目资料有条理、方便地集合起来，随时可以打开或关闭，与其他任务明确地区分开……在项目盒子的帮助下，原本一片混沌的智识活动变得井井有条，每次我打开盒子，各个部分都耐心地等着我继续前进。"①

无独有偶，我们在李渔的《闲情偶寄》关于"百眼橱"的描述中，看到了极为相似的设计。在该书的《器玩部·橱柜》部分，写道：

> 造橱立柜，无他智巧，总以多容善纳为贵。……橱之大者，不过两层、三层，至四层而止矣。若一层止备一层之用，则物之高者大者容此数件，而低者小者亦止容此数件矣。……当于每层之两旁，别钉细木二条，以备架板之用。板勿太宽，或及进身之半，或三分之一，用则活置其上，不则撤而去之。……此是一法。至于抽替之设，非但必不可少，且自多多益善。而一替之内，又必分为大小数格，以便分门别类，随所有而藏之，譬如生药铺中，有所谓"百眼橱"者。②

然后，我们把目光转向李渔的作品当中，发现他在清末出版的《十二楼》的结构与此种"百眼橱"抑或"项目盒子"有着一定的关联。

《十二楼》是一部小说集，它是李渔在出版了《无声戏》的一、二集之后开始创作的。全书共收纳了十二篇小说，其最鲜明的特色就是——全书的小说十二篇，每一篇的故事中皆采用一座楼作为中心关目，显然这绝非是由单篇小说逐个陆续随意攒凑而成的，它一定是进行了通盘设计的。十二楼的名字分别为：合影楼、夺锦楼、三与楼、夏宜楼、归正楼、萃雅楼、拂云楼、十卺楼、鹤归楼、奉先楼、生我楼、闻过楼。小说每一篇除了以楼名字为题的三字题之外，下面又另分回目，多则六回，少则一回，既丰富生动，又非常自由灵活。所有故事均发生在楼中，并且大多均为市井饮食男女之事，素材中相似或者雷同的一定不在少数，当初整理素材时，岂有不错杂难理难辨之忧？然而，李渔的《十二楼》却各有其妙，绝

---

① [美]乔利·詹森：《高效写作：突破你的心理障碍》，上海社会科学院出版社，2020，第21—22页。
② 《李渔全集》第三卷，浙江古籍出版社，2010，第211—212页。

不雷同，杂而不乱，妙解连环，仿佛有入神之艺。难怪署"钟离睿水题于茶恩阁"的《十二楼·序》赞其"今笠道人之小说，固画大士者也"①。

倘若按照李渔改造过的类似"百眼橱"一样的文人橱柜设计，定会为创作设计《十二楼》这样繁复的小说或者动辄长达五十几出的传奇剧本助上一臂之力。聪颖狡黠、为性至巧如李渔者，做这样复杂的创作项目时，对如此有效的资料和思路管理方法岂会弃之不用？

"百眼橱"的启发，实际上是来自李渔中药商世家的生活经历。中药的特点就是将原本至为普通的不同药用植物或寻常材料，经过选取、炮制、配伍之后，制成医治病患的各种方剂。而这其中的材料分类、选取、加工和配伍的掌握，必须十万分的精心。博大精深而又富含哲理的岐黄之学，其物质上的操作基础便是这有如"百眼橱"般的管理方式和缜密、细致、有序的工作作风。从前有谓：不为良相，便为良医。医生和药师实是封建时代最有智慧和工作效率的人群之一。从这一点来看，李渔的家学是帮了他的大忙的。

4. 发明并善用 IP，传之久远

IP 之名，在当今的互联网世界，其最早的含义是指网络之间互联的协议，即人们常常提到的 IP 地址。而在文化创作界所言的 IP，则另有来历。我们此处所说的 IP，其实来自英文 Intellectual Property，其字面含义是"知识财产"，其深层的含义是指文化积累到一定的量级之后，其精华产生出的具备完整的生命力和影响力的品牌效应。

（1）首先，李渔善于营造 IP

关于他致力于精心打造家班的品牌效应，使得大江南北的文人、政客对于李渔家班的精彩演出趋之若鹜，争相邀请，盼望睹之而后快，此处不再赘述。

在小说的创作上，他从来不是将目光单单局限在眼下的项目上，以出版和销售小说这个单一形式为最终目的。他的许多小说，后来都成了其戏曲剧本的来源，也即小说成了剧本的 IP 来源。这一点，从他小说集的命名上便可一见端倪。有两部小说集分别被他命名为《无声戏》和《无声戏二集》。其中，《无声戏》收录短篇小说十二篇，《无声戏二集》现已散佚，后来他又把《无声戏合集》改刻为《连城璧全集》。

---

① 《李渔全集》第九卷，浙江古籍出版社，2010，第 8 页。

此处的"戏"字,大有讲究。本来,"无声戏"一词,俗指酒令中的哑拳,取其虽无声无息,但却行状激烈之意,"戏"的意思指的是游戏的动作。在《无声戏》小说中署"伪斋主人漫题"的《无声戏序》里面有"以为戏可,即以为《春秋》诸传亦可"之谓,这个"戏"字之意显然向戏谑、演绎方面转化了。"无声戏"一词,在李渔的笔下还有另外一次出现,那便是在他的拟话本小说《十二楼》之《拂云楼》第四回中:"此番相见,定有好戏做出来,不但把婚姻订牢,连韦小姐的头筹都被他占了去,也未可知。各洗尊眸,看演这出无声戏。"到这里,"戏"字才真正确切地具备了戏剧演出的含义。我们宁愿相信,李渔在《无声戏》小说集的题目上选择这个"戏"字,是一种比喻,他实际上是在将小说称为无声之戏,也就是形象地认为小说就是无声的戏曲。

如果仔细比较《无声戏》与《笠翁十种曲》之间的关系,我们看到,李渔至少把《无声戏》里面的四篇小说改写成了传奇剧本,即《丑郎君怕娇偏得艳》改编为传奇《奈何天》,《谭楚玉戏里传情 刘藐姑曲终死节》改编为传奇《比目鱼》,《寡妇设计赘新郎 众美齐心夺才子》改编为传奇《凰求凤》,《十二楼·生我楼》改编为传奇《巧团圆》。这是李渔从自己的小说中为自己的传奇剧本制造了 IP 的明证。

(2) 李渔非常善于保护自己的 IP

据考,中国的图书盗版行为,最迟在唐代便已经开始出现。而李渔因佳作频出,其作品陆续开始刊行之后,一时间收入颇丰。但令他困扰的是,社会上利欲熏心之徒的盗版行为却开始不时出现。对此,李渔表示十分愤慨,他有言:"翻刻湖上笠翁之书者,六合以内,不知凡几。我耕彼食,情何以堪?誓当决一死战,布告当事,即以是集为先声。"①翻刻我湖上笠翁的书籍,全国各地不知道能够有多少。我在勤奋耕耘,他人却来抢食,这让我情感上何以忍受得了?我发誓一定要决一死战,要布告天下,告诫当事者,就以本书为先声吧!于是,他采取了三个办法:

第一个办法,积极私访,诉诸官府。李渔动用所有人力,积极明察暗访,搜集证据,并顺藤摸瓜,查找盗版源头。然后,他的交际能力显出了功效,他找到以往有过私交的苏松道台孙丕承,痛陈遭受盗版的沉痛心情,以读书人出身的共同背景,终于谋求到了孙道台的共情。他对不法书

---

① 《李渔全集》第三卷,浙江古籍出版社,2010,第 229 页。

商的状告,取得了官府的稽查行动的支持,终于将盗版者绳之以法。

第二个办法,建立自己的出版机构——芥子园。查访和告官的行动,并没有取得十分理想的效果,李渔便索性利用自己平素便对图书的各种知识、技艺有兴趣和研究,以及自己擅长经营管理的特长,决定自己创办出版社,真正做到自己所著作的东西,自己印行,完全实现编创、生产、发行一条龙的操作方略。

第三个办法,加印防伪标志,书中严词警告。在那个封建社会,并没有把保护知识产权作为一项重要的司法管理内容,盗版并未被列入重罪。作为典型的人情社会,对盗版者的惩戒力度,也往往在执行中会被打些折扣。于是,李渔在自己的每一本书出版付印时,都特地加印由自己精心雕版设计的印章型"芥子园"商标,是为原装正版标记。为了警告和震慑盗版者,他还在康熙七年(1668)付梓的《芥子园笺谱》的醒目位置,明确印出:"是集中所载诸新式,听人效而行之;惟笺帖之体裁,则令每天奚奴自制自售,以代笔耕,不许他人翻梓。已经传札布告,诫之于初矣。倘仍有垄断之豪,或照式刊行,或增减一二,或稍变其形,即以他人之功冒为己有,食其利而抹煞其名者,此即中山狼之流亚也。"①

以今人的眼光来看,李渔在创造和维护 IP 上确实远超出其同时代作家、艺术家的境界。

(3)作为大 IP 的李渔后世影响深远

李渔身后,他本人及其剧作、理论都已经成为中国戏曲的大 IP。

李渔本人以其才华横溢,著作丰富,善作经营,并因《闲情偶记》的缘故被林语堂评为"中国人生活艺术的指南"第一人,其声名随着时光的流逝、时代的发展而日隆,可谓中国古代文人当中最特立独行的人物之一。

虽然经常遭受争议,但他的"十种曲"以其鲜明的特色,在剧场极受观众欢迎,成为中国戏曲剧本的典范之作。1982 年,在王季思征求各方学者意见后编选出版的《中国十大古典喜剧集》中,李渔的《风筝误》传奇当之无愧地入选。《风筝误》中的《惊丑》《前亲》等折在现今依然久演不衰,甚至经常被列为戏曲教学的保留折子戏示范教材。

李渔的《闲情偶寄》本就非是一部单纯的戏剧理论专著,它除戏曲理论之外的主要内容还包括戏曲理论、饮食、营造、园艺、养生等许多方

---

① 《李渔全集》第三卷,浙江古籍出版社,2010,第 229 页。

面。关涉戏剧创作、搬演和演员训练等的词曲部、演习部和声容部（部分）只占全书的50%弱而已。但是，仅这部分戏剧理论，便已经以其涉及广、触及深和言辞生动恳切，时常被誉为"集中国戏曲理论之大成"，后世但凡论及中国古代戏曲理论者，鲜有不涉及它的。实际上，它已经成为中国古典戏剧理论绕不过去的一个里程碑式的存在，称其为大IP实不为过。

再则，《闲情偶寄》中另外的居室部、器玩部、饮馔部、种植部、颐养部等，无不是独到、直率，遍布巧思与灵感，即便早已对其中某一个领域素有研究的专家读来，也会时感大快朵颐般畅快、叹服，实乃诸专项IP的集合。凡此种种，给我们从事编剧艺术的同道的启示就是，艺术创作，除了应具备专业知识和技能之外，还须是一个有生活情趣的人。文学是人学，艺术不仅要忠实纪录人生，还应是人生的华彩乐章。唯有是像李渔这样的生活，才有希望体味和提炼出人生中意味深长的况味和神韵。如果能够做到这样，那么得到属于自己的大IP，便是一件很有希望的事情了。

5. 发明改良居家写作家具

工欲善其事必先利其器。对于一个作家来讲，创作环境是相当重要的。李渔为了能够建立一个舒适的写作环境，可谓费尽心机，穷尽一切办法。

据说李渔在居家写作的时候，必须穿戴整齐，正襟危坐，当然是绝对不穿睡衣的。此说感觉很符合李渔的性格，但是并未见直接的佐证。但是李渔对于居家写作的环境的标准有很高的要求，他所力求的是干净整洁，案头井井有条，办公装置和用品也要尽善尽美，以及他为此巧思妙用，且卓有成效，则是有据可考的。李渔对写作时必须用到的家具做了很多的巧用与改良，除了前文已经涉及的之外，比较有特色的还有以下几种：

（1）隔板

《闲情偶寄·器玩部》有云：

> 一事有一事之需，一物备一物之用。《诗》云："童子佩觿"，《鲁论》云："去丧无所不佩。"人身且然，况为器乎？一曰隔板，此予所独置也。冬月围炉，不能不设几席；火气上炎，每致桌面台心为之碎裂，不可不预为计也。当于未寒之先，另设活板一块，可用可去，衬

于桌面之下,或以绳悬,或以钩挂,或于造桌之时,先作机彀以待之,待受火气,焦则另换,为费不多。此珍惜器具之婆心,虑其暴殄天物,以惜福也。[1]

这个隔板,是李渔的独创设置。其灵感来源主要是南方的冬日也是十分寒冷的,那么冬月就必定要围炉烤火取暖,为了写作,又不能不在书房里安设书桌几案,那么问题来了:火气是一定要上升的,每每会达到导致书桌的面台中心被炙烤到碎裂的程度,不可不预先想一些办法。所以应当在天气尚未转寒之前,另外设立一块活板。这个活板是用则安放,不用则可随时撤去的,可以把它衬在桌面的下面,或者用绳子悬挂起来,或者用钩子挂起来,或者在制造这个桌子的时候,先做好更精巧的机关等待使用的机会,等到桌面受到火气侵袭,若是烧焦了就另外换一块,花费又不多。这是李渔珍惜写作家具的一番苦心,担心暴殄天物,实际上是珍惜当前可以享受到福分啊!

为防止书桌因为冬季取暖而被炉火烤坏,李渔想到了一个既简便又实用更加省钱的好办法。平日里我们在写作中,经常会遇到像这样的一些小困扰,如果不能及时解决,在很大程度上会因为书桌、文具受损,或者大张旗鼓地修缮、更换损失银钱等结果,令写作情绪大受影响。实际上,有些问题并不需要把它想得过于复杂,而且世界上并没有绝对完美的解决办法。若学习李渔这般细心观察,找到一个最简单的方法,它既简洁、省钱又极有效率,既可以高效率地解决问题,又会给自己带来一点小小的成就感,何乐而不为呢?

(2) 凉杌

南方夏季的酷热,是任何人都难以忍受的,遑论久坐书斋的写作者呢?针对应付酷暑,李渔也有其妙招。《闲情偶寄·器玩部》"椅杌"一节写道:

> 其不为椅而为杌者,夏月少近一物,少受一物之暑气,四面无障,取其透风;为椅则上段之料势必用木,两胁及肩又有物以障之,是止顾一臀而周身皆不问矣。[2]

---

[1] 《李渔全集》第三卷,浙江古籍出版社,2010,第 203 页。
[2] 《李渔全集》第三卷,浙江古籍出版社,2010,第 205 页。

这就是选用四面没有什么障碍,可以任意透风的凉机的道理。如果此际还用平常的椅子,那么木制的靠背也成了阻挡凉风的屏障,只顾得屁股凉爽,却让周身都跟着受罪,可实在不是一个明智的选择。

(3) 暖椅

南方的湿冷,想必古往今来并没有什么不同。写作必然要求能够在书桌几案前面能够长久坐得住,冬日里如何吃得消呢?李渔又开动了脑筋。《闲情偶寄·器玩部》"椅杌"一节还有这样的记载:

> 予冬月著书,身则畏寒,砚则苦冻,欲多设盆炭,使满室俱温,非止所费不赀,且几案易于生尘,不终日而成灰烬世界……先汲凉水贮机内,以瓦盖之,务使下面着水,其冷如冰,热复换水,水止数瓢,为力亦无多也。……不宁惟是,炭上加灰,灰上置香,坐斯椅也,扑鼻而来者,只觉芬芳竟日,是椅也而又可以代炉。炉之为香也散,此之为香也聚,由是观之,不止代炉,而且差胜于炉矣。①

这一番改造,等于将夏天最佳避暑座椅变成了一个北方的火炕或者地暖。他把这个凉机座驾全部密封,前后各置放一扇门,门里安上抽屉,木制的抽屉底部嵌上薄砖,四周镶铜。抽屉里装盛上好的木炭,木炭上再置放一层木灰,立即便找到了暖洋洋的感觉。

不但如此,李渔还没有罢休,他还要在"灰上置香",即将熏香置放在灰上,营造芬芳的氛围。此刻坐在这般设计的暖椅上,不仅热浪自下升腾而上,还伴有怡人的香气阵阵袭来。一个写作的妙境便营造成功。

(4) 自动小便器

便溺之事,本为人的生理本能,并非随人的主观愿望可以绝对控制和避免得掉的。李渔在《闲情偶寄》之《居室部·房舍第一》"藏污纳垢"一节便提到了如何处理这件尴尬之事的窍门:

> 若夫文人运腕,每至得意疾书之际,机锋一转,则断不可续。然而寝食可废,便溺不可废也。"官急不如私急",俗不云乎?常有得句

---

① 《李渔全集》第三卷,浙江古籍出版社,2010,第204—207页。

将书，而阻于溺，及溺后觅之，杳不可得者，予往往验之，故营此最急。当于书室之旁，穴墙为孔，嵌以小竹，使遗在内而流于外，秽气罔闻，有若未尝溺者，无论阴晴寒暑，可以不出户庭。此予自为计者，而亦举以示人，其无隐讳可知也。①

难道在室内凿一小孔，外接小竹，便可完美地既解决小解问题，又能令尴尬的气味不存？难道李渔果然在家宅中运用过此等方法吗？对此，我们不妨一笑置之。但是从中我们可以看到，李渔为了能够营造理想的写作环境，真是用尽了心思。念念不忘，必有反响，李渔的诸种超常规写作方略确实是令人受益匪浅，给人启发多多。

关于超常规写作方略的巧思，当然是李渔编剧艺术的一个部分。联系到我们当前的创作环境，许多方面其实古今同理，可启发借鉴之处颇多。比如，我们可以反思到，书房家具及文具用必须选用质量和功能最好的，一定要对工具讲究起来，这方面不应过于俭省。使用最好的工具，处理文字工作的速度会有极大的提高，会有助于我们灵台清明，甚至能帮助我们及时捕捉到更多稍纵即逝的创作灵感，收事半功倍之效。而改良、维修写作工具的原则却应当是尽量简单化，甚至可以适当粗暴，以微小的代价谋取最大的功能改善。对于改良的替代品、部件或者实在不可维持过久的改良器件，要有当弃则弃的决绝之心，以免在此等小节上过于牵挂，徒增烦恼，浪费了时间、精力或者破坏写作中弥足珍贵的好心情。在这些方面，先辈李渔为我们做出了榜样。

综上所述，戏剧家李渔用理论和行动在戏剧结构、戏剧语言、商业戏剧及编剧操作原则与方法等方方面面的现代意识萌芽，恰似为中国古典戏剧敲响的数记晨钟，其警醒、启迪与深远影响久久在世间回荡。

---

① 《李渔全集》第三卷，浙江古籍出版社，2010，第163—164页。

外　编　深远的回响：李渔剧论百年
　　　　研究检讨（1901—2000）

第五章　百年李渔剧论研究概述

毋庸置疑，李渔的编剧理论，是他编剧艺术相当重要的一部分。

李渔，是中国戏曲史上具有划时代意义的戏剧大师，这其中的原因：其一，在于他有丰富的剧作——《笠翁十种曲》，以及诸多传奇的增写本、改本、改编本和阅定、评本等；其二，还在于他收纳于《闲情偶寄》当中丰富和系统化的戏曲理论。

在刚刚过去不久的二十世纪里，中国戏剧研究成果频出，蔚为大观，从规模和力度上均超过了前代。百年研究历程当中，也有良辰美景，也有风雨雷鸣，更有看春风过处姹紫嫣红开遍以及世纪末的迷惘彷徨……及时、客观、冷静地予以梳理、总结，既是当务之急，也是每一个研究者不可推卸的责任。生逢百年世纪之交，目睹千禧更迭之际，大任于肩，我辈幸甚。

本书外编拟着眼于百年之内（1901—2000）关于"清代戏剧家李渔剧论研究"这一典型个案，一期考镜源流，析其时变；二期条别异同，总结规律及展望；三期拜呈师长、方家，得偿求学求真、一窥登堂入室门径之夙愿。

小　引　李渔剧论内容扼要

明末清初的著名文学家、剧作家、戏剧理论家李渔（1611—1680），平生除编剧、著文外，亦开芥子园书肆、率家庭戏班演出获利。浙江古籍出版社1991年8月整理出版有《李渔全集》二十卷。

李渔被称为中国古典戏曲理论的集大成者，如果说王骥德《曲律》在古典戏曲理论批评方面完成了草创的任务，那么无疑李渔在此基础上又步上了一个更高的台阶。李渔剧论组织周密、条理清楚，形成了比较完整的一套戏曲理论。所以，他自诩为发前人未发之秘，并不是自誉之辞。

李渔的戏剧理论主要集中在《闲情偶寄》的《词曲部》《演习部》以及《声容部》的一部分中。1925 年，曹聚仁将《闲情偶寄》中《词曲部》《演习部》二篇择出刊印，名之《李笠翁曲话》，此名称和其所包含的内容沿袭至今。1980 年，陈多注释的《李笠翁曲话》由湖南人民出版社出版，增选了《声容部》的部分内容，系目前所见校注本中收录李渔剧论比较完善、全面的单行本。此外，李渔剧论在其《窥词管见》22 则和诸如《复尤展成》[①]、《答同席君子》[②] 等诗文辞赋，以及传奇剧本[③] 中也有散见。

李渔《闲情偶寄》当中所述戏剧理论结构如下：

表 5-1 《闲情偶寄》当中所述戏剧理论结构列简表

凡 例 七 则	四期	一期点缀太平；二期崇尚俭朴； 三期规正风俗；四期警惕人心
	三戒	一戒剽窃陈言；二戒网罗旧集；三戒支离补凑
词曲部 六章 三十七款	结构第一（七款）	戒讽刺；立主脑；脱窠臼；密针线；减头绪；戒荒唐；审虚实
	词采第二（四款）	贵显浅；重机趣；戒浮泛；忌填塞
	音律第三（九款）	恪守词韵；凛遵曲谱；鱼模当分；廉监宜避；拗句难好；合韵易重；慎用上声；少填入韵；别解务头
	宾白第四（八款）	声务铿锵；语求肖似；词别繁简；字分南北；文贵洁净；意取尖新；少用方言；时防漏乱
	科诨第五（四款）	戒淫亵；忌俗恶；重关系；贵自然
	格局第六（五款）	家门；冲场；出脚色；小收煞；大收煞

---

① 《复尤展成》五札之五（《李渔全集》，浙江古籍出版社，1992，第 191 页）中有"弟则巴人下里，是其本色，非止调不能高，即使能高，亦忧寡和，所谓'多买胭脂绘牡丹'也"之论。

② 《答同席君子》（《李渔全集》，浙江古籍出版社，1992，第 198 页）中有"自谓帘内之丝胜于堂上之竹；堂上之竹，又胜于阶下之肉。非好为昔人下能语也，大约即不如离，近不如远，和盘托出，不若使人想象于无穷耳"之论。

③ 李渔传奇剧本《比目鱼》第十四出"利逼"中女主角刘藐姑独白曰："戏文当了实事做，又且乐此不疲，焉有不登峰造极之理？"（载《李渔全集》，浙江古籍出版社，1992，第 150 页）以及传奇剧本《风筝误》的后记、批语等均有包含戏剧理论观点的论述。

		续表
演习部 五章 十六款	选剧第一（二款）	别古今；剂冷热
	变调第二（二款）	缩长为短；变旧成新
	授曲第三（六款）	解明曲意；调熟字音；字忌模糊；曲严分合；锣鼓忌杂；吹合宜低
	教白第四（二款）	高低抑扬；缓急顿挫
	脱套第五（四款）	衣冠恶习；声音恶习；语言恶习；科诨恶习
声容部 四章 十三款	选姿第一（四款）	肌肤；眉眼；手足；态度
	修容第二（三款）	盥栉；薰陶；点染
	治服第三（三款）	首饰；衣衫；鞋袜
	习技第四（三款）	文艺；丝竹；歌舞

二十世纪的李渔剧论研究，是建立在对李渔剧论文本的整理、校勘之上的，学者们兀兀穷年、孜孜考订，文献整理方面的斐然成果使得进一步清楚地一览其风貌，辨析其中的观点、规律，深入研究李渔剧论成为可能。

综观百年来李渔剧论研究史，可以发现研究者论述所及主要集中于李渔剧论的创作理论研究、搬演理论研究、戏曲美学研究，以及体系研究、中外比较等方面。从 20 世纪后期开始，对 20 世纪李渔剧论研究现象进行讨论的文著，一般较为简略，并且，每一篇对于分期起止时段意见不同，其列举、分类虽见功夫，评论的比重常有不足；虽琳琅满目、金玉互见，但惜于难以收揽全貌，对于李渔剧论研究经验教训的全面总结空白待补、理论上进一步的深化瓶颈尚存。

由于从 21 世纪初开始，已经陆续出现数篇从理论史的角度梳理、评价 20 世纪李渔剧论研究活动的发端之作，所以本书在吸收他们的经验继续寻遗索隐的基础上，行文不求全面，但求特色。本书力图以时间为经，以专题研究为纬，选取 1901—2000 年为时间段，批叙、评说、展望，对大的特征和问题积极思考、献疑，并对研究论著目录试作一番重新整理。

学术著作对研究对象的分期工作，向来不是一件轻而易举的事，许多理论家都对分期的准则和方法作过警觉的论述。有的认为，"实际上每一个时期、每一种文学体裁、每一位作家都有其自身的批评历史和作品编选历史"[①]。也有的提醒，"大部分文学史是依据政治变化进行分期的。这样，

---

① [美]宇文所安：《过去的终结：民国初年对文学史的重写》，见《他山的石头记》，江苏人民出版社，2003，第 306 页。

文学就认为是完全由一个国家的政治或社会革命所决定"①。虽然撰作一篇理论史论文面临的情况和文学史颇有相近之处，但不能忽视的是，理论发展受到的政治格局变动和意识形态影响，远远大于文学艺术作品自身。特别是对于二十世纪的中国来讲，通过一番考察，不难发现，理论研究在时间阶段上的变化与社会、政治形态的更迭契合得竟是那样紧密。超越时代阶段的论著，实在是凤毛麟角，而且并没有成熟到可以按其自身风格和影响被划分为一个时期的程度。

所以，对于长达百年之久的李渔剧论研究，本章拟从时间线索上，分三个大的阶段对概貌进行一番勾勒。这三个阶段是：

酝酿与奠基：1901—1949；

初成与动荡：1950—1979；

高涨与回落：1980—2000。

第一节　酝酿与奠基：1901—1949

在二十世纪初将近半个世纪的时间里，涉及李渔剧论的文章共有十多篇。目前所知最早的一篇是朱湘的《批评家李笠翁》②。此外，胡梦华的《文学批评家李笠翁》③和朱东润的《李渔戏剧论综述》④，对李渔戏曲理论的论述着力最巨。

胡梦华在文中称李渔是"刘勰之后，仅见之才"⑤，"笠翁眼光独到……取历来曲家之著作详观而并读之，取其优长，去其偏颇，发为曲评，故未曾迷信古人，贻误来者。此乃笠翁曲评特胜之处"⑥，评价甚高。该文在剖析李渔剧论的同时，多拿李渔剧论与西方戏剧理论直接比附，可谓最早的中外比较。

朱东润之文则历数了自周德清《中原音韵》以后重要的戏曲理论，就李渔剧论中对关目、结构、宾白以及戏剧批评等逐条作了细致的分析。他

---

① ［美］勒内·韦勒克、奥斯汀·沃伦：《文学理论》江苏教育出版社，2005，第315页。
② 朱湘：《批评家李笠翁》，《语丝》第19期，1925年3月。
③ 胡梦华：《文学批评家李笠翁》，《小说月报》第17期号外，1927年6月。
④ 朱东润：《李渔戏剧论综述》，《文哲季刊》第3卷第4号，1934年12月。
⑤ 转引自《李渔全集》第二十卷，浙江古籍出版社，1992，第66页。
⑥ 《李渔全集》第二十卷，浙江古籍出版社，1992，第67页。

认为李渔"于戏剧之价值，及著作戏剧之乐趣，言之至切"①，并且"敢为可惊可喜之谈，则与明人同风"②、"笠翁持论，敢于趋新立异，不止一端"③。有史有论，颇为恳切。

本时期内汪倜然的《批评家的李笠翁》④、黎君亮的《批评家的李笠翁》⑤、陈子展的《戏曲批评家李笠翁》⑥等文，各执角度，在李渔剧论的初步研究上亦有贡献。

三四十年代的几部开创性的文学批评史，如方孝岳的《中国文学批评》⑦、朱东润的《中国文学批评史大纲》⑧等都曾辟专节评介李渔剧论。

在这一阶段，大部分的研究文章仍然只属于比较一般性的概述式评价，专题探讨并不多见，更没有出现专著，但作者都是文艺理论方面的方家，这些论述对二十世纪李渔剧论的奠基作用，功不可没。

近观一些文章中称"20世纪的李渔曲论研究，开始于20年代，至今已有70多年的历史"⑨，等等，本人对此不敢苟同。确定一个有百年之久的研究过程于何时开始，自然不能仅仅以发表的第一篇文章算起。且不说这个"第一篇"是否就是在其正式发表的那一年酝酿、书成，即使是在此之前的一些散见于序跋书简等的评点文字也应当归于此项研究的酝酿阶段。至于为什么第一篇专门研究文章会迟至20世纪开始20多年之后才出现（如果确实是这样的话），也是我们研究当中不能回避的重要问题。这也是本书研究的时间范围定在1901—2000年的原因所在。

20世纪的最初20年，涉及李渔剧论研究、评论的文字确实如凤毛麟角。笔者检得，浴血生曾在《小说丛话》中提道："李笠翁曰'曲白有一字令人不解，便非能手。'此语不为无见。然其所著《十种曲》品格自卑。"⑩该《小说丛话》题下前言之末署明的日期为"癸卯初腊饮冰识"⑪，当为辑成于清光绪廿九年，即公元1903年。这就可以证明在20世纪的前

---

① 《李渔全集》第二十卷，浙江古籍出版社，1992，第121页。
② 《李渔全集》第二十卷，浙江古籍出版社，1992，第122页。
③ 《李渔全集》第二十卷，浙江古籍出版社，1992，第123页。
④ 汪倜然：《批评家的李笠翁》，《矛盾月刊》2卷5期，1934年1月。
⑤ 黎君亮：《批评家的李笠翁》，《矛盾月刊》2卷5期，1934年1月。
⑥ 陈子展：《戏曲批评家李笠翁》，《五洲》（上海）第1卷第10期，1936年8月。
⑦ 方孝岳：《中国文学批评》，上海世界书局，1934。
⑧ 朱东润：《中国文学批评史大纲》，开明书店，1944。
⑨ 魏中林、谢遂联：《20世纪的李渔戏曲理论研究》，《江海学刊》2001年第4期。
⑩ 阿英编《晚清文学丛钞·小说戏曲研究卷》，中华书局，1960，第335页。
⑪ 阿英编《晚清文学丛钞·小说戏曲研究卷》，中华书局，1960，第308页。

20年,李渔剧论研究的酝酿当然不是一片空白。

吴梅先生初版于1914年的著作《顾曲麈谈》引起了我的极大注意。该著作在第二章"制曲"之第一节"论作剧法"中,对李渔《闲情偶寄·词曲部》的戏剧理论借鉴颇多,一些地方可以明显看出脱胎于后者的痕迹,如"戒讽刺""立主脑""脱窠臼""密针线""减头绪"等条目的名称,以及文中"点血而具五官百骸之势""工师之建宅""作剧如作衣"等比喻等。从中可以看出吴梅对李渔戏剧理论是做了一番深入细致研究的,他的著作也是这种研究的另一种形式的表述。吴梅在李渔剧论的基础上,又提出了"词采宜超妙"、宾白还须"雅俗共赏"、结构还要"创新格"等许多新的主张。该著作在荟萃其他古代理论家如王骥德、周德清、朱权等的理论众说的同时,也谈出了独特的研究心得。《顾曲麈谈》较之前人著作,更加注重了科学性和系统性,既有继承,又有创获和超越,而非单纯的评价。

耐人寻味的是,为什么直到1925年才有第一篇专门的研究文章发表出来呢?探究其原因,不外有三:

其一,二十世纪初戏剧改良家们对中国传统戏剧的优劣争执不休,使得无暇顾及对古典戏剧理论的深入研究。无涯生(欧榘甲)的《观戏记》就其观感将中国戏曲总结为"红粉佳人,风流才子,伤风之事,亡国之音……不忍卒观"[①]。针对这些过激的批判,三爱(陈独秀)在其《论戏曲》中强调:"我国戏曲之起点,亦非贱业","且有三长所焉……一即古代之衣冠,一即绿林之豪客……一即儿女之英雄……欲知三者之情态,则始知戏曲之有益;知戏曲之有益,则始知迂腐之语诚臆谭矣。"[②]以梁启超为代表的资产阶级维新派,将小说戏曲视为改良政治和国民的最有力的工具,进一步发出了"小说界革命"的呐喊,并得到了广泛的响应。

其二,早期话剧的探索、实践,虽然在形式上并没有全部直接向欧洲话剧看齐,反而更多是沿着戏曲改良的道路,但是,在内容上,却较多将目光投向西方戏剧剧目,对西方戏剧理论的关注也远远大于中国传统戏剧理论。

其三,二十世纪的头二十年,是中国戏剧理论研究方法转型期的酝酿阶段。"中国传统戏剧研究"作为一个学科创始于20世纪,民国二年

---

① 阿英编《晚清文学丛钞·小说戏曲研究卷》,中华书局,1960,第408页。
② 阿英编《晚清文学丛钞·小说戏曲研究卷》,中华书局,1960,第461页。

(1913)王国维的《宋元戏曲史》成书,从此,现代意义上的戏曲史研究正式进入了学术领域。王国维继承了清代乾嘉以来"朴学"大师们的治学方法,又借鉴西方批评、治学理论经验,"取外来之观念与固有之材料,互相参证"[①],完成了中国文学戏剧研究方法的初步转型。一时间,对新方法的研究与实践虽然蔚为风气,但尚处于探索阶段,未臻成熟,诸如李渔剧论这样的个案研究未能出现成型之作,也是很自然的事。

第二节 初成与动荡:1950—1979

从李渔剧论研究成果的数量和质量上来看,这个阶段可以进一步再分为1950—1966、1967—1979两个阶段。

1950—1966年,对李渔剧论的研究有了相当程度的发展。虽然没有专著出现,但此间发表的20多篇研究文章大大超越了酝酿与奠基阶段的普通介绍性质的评述,对李渔剧论的专题研究无论从方向还是质量上来看,都可说是规模初成。

从编剧理论角度进行研究的有陈多的《试谈李笠翁的写剧理论》[②],从导演理论角度进行研究的有高宇的《李笠翁关于戏曲导演的学说》[③],从戏剧结构角度进行研究的有杨绛的《论李渔戏剧结构》[④],从综合的角度进行研究的有黄海章的《评李渔的戏曲理论》[⑤]、陈赓平的《论李渔对中国戏曲理论的贡献》[⑥]……他们对李渔剧论进行的开创性研究,影响颇为深远。

本阶段,由于新中国成立之初的和平环境使得各项事业开始恢复发展,客观上有可以组织发挥集体力量、资料交流渠道拓宽等有利条件,李渔剧论资料的整理考订工作取得了很大成绩。由中国戏曲研究院编成的《中国古典戏曲论著集成(第七册)》[⑦]和由周贻白辑释的《戏曲演唱论著辑

---

① 陈寅恪:《〈海宁王静安先生遗书〉序》,载《陈寅恪集·金明馆丛稿二编》,三联书店,2001,第248页。
② 陈多:《试谈李笠翁的写剧理论》(上、下篇),分别载于《剧本》1957年第7期、第9期。
③ 高宇:《李笠翁关于戏曲导演的学说》,《文汇报》1962年10月13日。
④ 杨绛:《论李渔戏剧结构》,载《文学研究集刊》(第一册),人民文学出版社,1964。
⑤ 黄海章:《评李渔的戏曲理论》,《学术研究》1960年第2期。
⑥ 陈赓平:《论李渔对中国戏曲理论的贡献》,《甘肃师范大学学报》1960年第1期。
⑦ 中国戏曲研究院编《中国古典戏曲论著集成(第七册)》,中国戏剧出版社,1959。

释》①是对李渔剧论校注方面重要的代表。前者选录了《闲情偶寄》当中《词曲部》《演习部》进行校注,并写了"提要"和"校勘记";后者选出《闲情偶寄》当中的《演习部》作注释,并写了介绍、点评性的"引言"。

台湾的李渔剧论研究,因有最早的中文版《李渔全集》②以及向来重视国学研究等因素,无论是资料还是治学传统都得天独厚,因而在文献整理和专著方面,都取得了突出的成果。

台湾学者黄丽贞著《李渔研究》(纯文学出版社 1963 年首版,台北)洋洋 24 万字,系研读了德国的马汉茂博士分别于 1969 年出版的中文版《无声戏》(古亭书屋,台北)和 1970 年出版的中文版《李渔全集(十五册)》(成文出版社,台北)之后,对李渔作品"少涉考证,以'论评'为主"③。该书的一个特色就是,对《闲情偶寄》进行专门研究,针对《闲情偶寄》的 16 卷,包括李笠翁戏剧理论,编剧、排演、教学三方面的卓见,一一细心加以论述评介。

而香港关于李渔剧论的研究比较零星。

及至 1967—1979 年,受政治动荡的影响,除张蕾的《谈"袖手于前"》④和张永绵的《略谈李渔的"正音"理论》⑤等文章之外,李渔剧论研究基本上乏善可陈,数量上也是极为稀落、屈指可数的。而《儒家反动戏剧理论的一个代表作——剖析〈李笠翁曲话〉》⑥和《〈李笠翁曲话〉简评——兼批"四人帮"的文艺创作模式》⑦这两篇文章,堪称"文革"前后受意识形态的影响较深,在写作立场和行文语气上的相互对照之作。

作为李渔剧论研究初成与动荡的 1950—1979 阶段,有一个重大的历史背景,就是新中国的"戏改"和"文革"。所以,此阶段的研究存在的最大问题,便是不同程度地受到了"左倾"思潮的影响。

特别值得一提的是,尽管本阶段政治动荡、学术界空气紧张,在这

---

① 周贻白:《戏曲演唱论著辑释》,中国戏剧出版社,1962。
② [德]马汉茂整理《李渔全集》,成文出版社(台北),1970。
③ 黄丽贞:《李渔研究自序》,上海戏剧学院图书馆馆藏《李渔传记资料》,《传记资料·中国小说戏剧家专辑》第十一辑,天一出版社(台北),1985。
④ 张蕾:《谈"袖手于前"》,《山东师范学院学报》1978 年第 2 期。
⑤ 张永绵:《略谈李渔的"正音"理论》,《浙江师范学院学报》1979 第 1 期。
⑥ 曹树钧:《儒家反动戏剧理论的一个代表作——剖析〈李笠翁曲话〉》,《解放日报》1974 年 9 月 7 日。
⑦ 邓运佳:《〈李笠翁曲话〉简评——兼批"四人帮"的文艺创作模式》,《陕西戏剧》1979 年第 1 期。

几乎万马齐喑的时代背景下，仍有学者在艰苦环境中坚持对李渔剧论的研究和写作。比如，董每戡先生在生活极端困苦的情形下，从1958年冬开始，写了二十万言的《〈笠翁曲话〉论释》。不幸的是，该著作的手稿在1966年秋初随该作者的《中国戏剧发展史》增改稿等一起遗失。该作者又以坚韧不拔的毅力，重写《〈闲情偶寄〉论释》的拔萃本，直到1974年才完成。"拔萃本"除《李笠翁论戏剧结构》《李笠翁论戏剧词采》两部分曾收入广东高等教育出版社1999年8月出版的《董每戡文集》之外，其他部分多年不为人知，直到2002年才被其子董苗无意中发现，重新誊抄，并和前两部分合在一起，以《〈笠翁曲话〉拔萃论释》为名，由广东高等教育出版社于2004年5月出版。该论著把《李笠翁曲话》中的"精义"征引下来，列举了大量证例，加上了作者自己的体会心得，又援引一些古今名家的话来互证阐发，并且将一些术语及精义予以疏解，语言通俗易懂，用例证补充了李渔未尽畅言的某些"言简意赅"部分，用作者的话说，"多少丰富了原书所有的内容，俾成了一部比较通俗的《作剧法入门》书"[①]。

董每戡先生李渔剧论研究的曲折过程，不仅是中国许多知识分子命途多舛、遭遇坎坷的缩影，也是他们在非常的社会背景下，坚定的学术信仰和顽强生命力的一个体现。新时期到来之后，李渔剧论的研究终于薪火相传，焕发了新的生命力。

第三节　高涨与回落：1980—2000

李渔剧论研究的高涨阶段，准确地说，是从1980年开始的。李渔剧论的研究，无论是研究成果的数量还是质量，都远远超过了前两个时期。

一、研究文章

本阶段发表了研究文章100多篇。有的对过去提及的问题有所深化，对于李渔的小说创作与其戏剧创作之间的关系、戏剧的叙事技巧、中国戏曲的结构学说、剧作观的辩证特色、对金圣叹戏曲理论的批判、与孔尚任戏剧理论之比较、李渔的《西厢记》批评、典型观、人物形象观，尤其是

[①] 董每戡：《〈笠翁曲话〉拔萃论释》，广东高等教育出版社，2004，第230页。

关于喜剧理论，都有了许多新的阐发。同时，对李渔剧论的研究也出现了不少的新角度。

其中，文章数量以 1980 年为最多，达 17 篇；而 1982、1983、1985、1988 和 1998 年则较少，每年仅四五篇。

二、研究专著

代表着一项研究进入高一级层次的专著终于在本阶段出现。共计有专著九种，按年代为序，分别为：

《论李渔的戏剧美学》（杜书瀛，中国社会科学出版社 1982 年 10 月第 1 版）、《李渔评传》（肖荣，浙江文艺出版社 1985 年版）、《李渔戏曲艺术论》（胡天成，西南师范大学出版社 1993 年版）、《李渔〈闲情偶寄〉曲论研究》（俞为民，江苏教育出版社 1994 年出版）、《李渔研究》（黄强，浙江古籍出版社 1996 年出版）、《李渔创作论稿——艺术的商业化与商业化的艺术》（张晓军，文化艺术出版社 1997 年 5 月版）、《李渔美学思想研究》（杜书瀛，中国社会科学出版社 1998 年 3 月第 1 版）、《李渔》（郭英德，春风文艺出版社 1999 年 1 月第 1 版）、《李渔评传》（俞为民，南京大学出版社 1999 年出版）等。

其中，杜书瀛《论李渔的戏剧美学》系第一部系统全面地论述李渔戏剧美学的开山之作。其他著作，除了俞为民的著作是明确界定为专门的"曲论研究"外，或为综合研究，或为评传，但都无一例外地将对李渔剧论的评析作为重中之重。

三、其他著作中的专论与注释、点评

本阶段出版的多种戏曲理论史或戏曲美学史著作，对李渔的戏曲理论均给予一定重视，分别辟了单章或单节加以评述，在中国戏曲理论史的宏大体系中，给李渔剧论以应有的地位，肯定了它的价值。此类著作主要有以下十二种：

《中国戏剧批评的产生和发展》（夏写时，中国戏剧出版社 1982 年版）、《戏剧理论史稿》（余秋雨，上海文艺出版社 1983 年版）、《曲论探胜》（齐森华，华东师大出版社 1985 年版）、《中国戏剧学史稿》（叶长海，上海文艺出版社 1986 年版）、《论中国戏剧批评》（夏写时，齐鲁书社 1988 年版）、《中国古典剧论概要》（蔡钟翔，中国人民大学出版社 1988

年版)、《中国古代戏曲家评传》(胡世厚、邓绍基主编,中州古籍出版社1992年版)、《中国古典戏剧理论史》(谭帆、陆炜,中国社会科学出版社1993年版)、《古代戏曲美学史》(吴毓华,文化艺术出版社1994年版)、《戏曲理论史述要》(傅晓航,文化艺术出版社1994年版)、《中国古代曲学史》(李昌集,华东师大出版社1997年版)、《中国散曲学史研究》(杨栋,山东大学出版社1998年版)、《中国古代剧作学史》(陈竹,武汉出版社1999年版)等。

本阶段整理校注的著作主要有五部:

《李笠翁曲话》(《戏剧研究》编辑部编,中国戏剧出版社1980年再版)、《李笠翁曲话》(陈多注释,湖南人民出版社1980年6月版)、《李笠翁曲话注释》(徐寿凯注释,安徽人民出版社1981年版)、《闲情偶寄》(单锦珩校点,浙江古籍出版社1985年版)、《李笠翁曲话译注》(李德原,天津古籍出版社1988年版)等。

浙江古籍出版社1991年8月整理出版了大陆第一部《李渔全集》。该全集共20卷,约600万字,包括李渔的诗文、艺术理论、小说戏曲和其他研究资料等,内容十分丰富。该全集系目前最为完备的版本,在对李渔进行全面研究的意义上承前启后,功莫大焉。

1992年,《李渔全集》再次经过一番重新修订,再版为十二卷本。但遗憾的是,此年版《李渔全集》将《闲情偶寄》中的"寄"印作"记",使得此版的质量打了一些折扣。

此外,多种版本的文学史和文学批评史著作,也从不同角度和侧面,不同程度地对李渔及其剧论作了分析、评述,给予了李渔剧论在中国古代文学理论发展史中恰如其分的地位与价值。

本阶段李渔剧论研究的高涨,究其原因,大致有以下几个方面:

其一,改革开放以来,学术界开始出现自由、活跃的空气,宽松的学术环境使得个人学术见解的发表和争鸣的顾忌越来越少。

其二,国内学术热潮开始频频浮现,从各个角度对李渔剧论的研究产生了启发和触动。八十年代的西方文化热,引发了大量的对李渔剧论的中外比较;九十年代的传统文化热,吸引了大批学者对李渔的剧论、建筑论、养生论和传奇创作发生了浓厚的兴趣;九十年代后期商品经济大潮又带动了对李渔剧论中和商业化运作相关论述的研究;世纪末的反思热则促进了学术界对李渔的重新评价和对二十世纪李渔研究的综述;等等。

其三，八十年代初走出校门的新一代古代戏曲专业的博士、硕士，既有对五十年代以来戏曲达人方家学养的继承，又大多有过长期得不到良好的研究环境的切身经历，他们成熟稳重、冲劲十足，成果频出。

其四，随着戏剧艺术逐渐摆脱过去的多重束缚，演出增多以及国际交流的日益频繁，学术界越来越重视对古代戏曲理论中"剧"的问题的研究，而李渔剧论对戏曲结构、词采、音律、科诨、格局乃至导表演、教习等方面，都提出了比较系统的看法，正是坚持以"演剧性"为第一位的代表。

应该看到的是，在本阶段末期，虽然著作数量不少，但对戏剧本身的强调反倒不如前期多，我们看到的是繁荣掩盖之下理论深度发掘的寂寥。对李渔剧论国内和中外比较的大量出现是本阶段的一个亮点，但是个别作者之间的互评文章表现出的泛泛而论、你恭我让的气氛，对之前新论频出、商榷时有涌现的热度产生了一定程度的中和。本应乘势而上对民族戏剧学理论的全面构建未实现奇峰并举、完就大成之期。所以，说二十世纪末期李渔剧论研究呈现弩末状态当并非苛责。

通过从时序起止点对二十世纪百年间李渔剧论研究的考察，我们发现其间文著数量和质量的变化颇类似一条变了形的连续正弦曲线中的一段，出现了两个高峰和一个低谷。（见图 5-1）

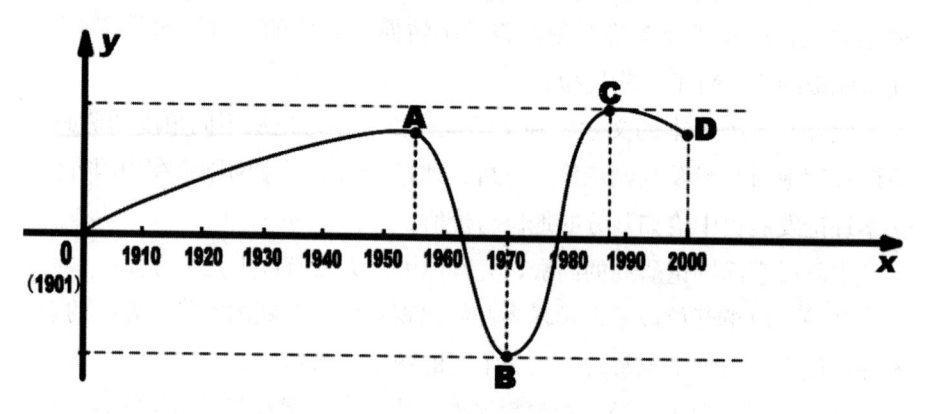

图 5-1　二十世纪李渔剧论研究变化示意图

本示意图并非数学意义上的精确定位，而只是对李渔剧论研究趋势轨迹的一个大致描述。其中，X 轴代表时间顺序，原点为 1901 年；Y 轴代表对数量和质量的综合评估，A 点位于五十年代至六十年代初成期，B 点位于六七十年代"文革"运动中的动荡衰落期，C点位于八十年代新时期以来的高涨期，D点位于临近2000年呈现的弩末回落期。

经过世纪初到五六十年代的长期蓄势，李渔剧论的研究积累了丰厚、扎实的基础，尽管经过了"文革"阶段的沉重衰落，但是八十年代以来，高涨的势头十分强劲。如果认真总结世纪末小幅回落的教训，在学术界宿将犹在、新潮再起的良性发展和国际化交流日益增多的大环境下，以现代意识研究传统戏剧理论，既与世界文化研究接轨，又保持我们自己的民族特色，再创新高，应该是可以期待的。

第六章　李渔剧论之创作与搬演研究

二十世纪的李渔创作理论研究、搬演理论研究和戏曲美学研究经历了从感性到理性，从方面到全局，从微观精悍到宏观巨制等的漫长过程，研究日益深化，成果日渐丰硕，学者们创下了不可磨灭的功绩。

第一节　李渔创作理论研究

创作理论在李渔的戏曲理论中占有极高的地位，但凡涉及中国戏曲乃至各种文学艺术创作的书籍无不对之青睐有加，专门的研究文著数量是最多的。

二十世纪的李渔剧论创作理论专门研究是从综论开始的。

朱东润在发表于1934年的专论《李渔戏剧论综述》中，对李渔的创作理论作了史论结合的开创性评说。朱东润之文，史论结合，"就曲、白、关目三者，分别言之，以笠翁意所轻重者为次"。尤为可贵的是，他结合了《西厢》《琵琶》《还魂》等名剧展开剖析评论，既有批评，又有例证，做了一个良好的发端。

及至1957年，陈多的《试谈李笠翁的写剧理论》一文问世。该文认为"自居于'倡优'之列的职业戏剧家"李渔，"跳出了三四百年来的词曲家始终没有超过的摘章选句的圈子，走进舞台去认识和研究戏剧"[①]。陈多对题材选择上的"脱窠臼"一款作了相当详尽的评述，不但结合了李渔的"十种曲"，而且结合了当代话剧反映工业战线上的生活的剧作来谈，避免了就理论谈理论。关于结构，他重点分析了李渔"立主脑"的含义，

---

① 陈多：《试谈李笠翁的写剧理论》，（上、下篇），分别载于《剧本》1957年第7期、第9期。

认为"'立主脑'就是要求作者在组织结构之前，首先要确定这一个戏准备表现那一主要事件和那一主要矛盾"。

此外，陈多对喜剧和语言等都作了分析论述，并注意到在"贵浅显"的原则这一点上，"笠翁几乎抹倒全部明曲家"。总之，他认为李渔戏曲编剧理论的核心点在于："从生活出发，从人物出发，为舞台演出而写作。"①

其后，论家们大多把注意力放到对"结构"及"主脑"两个范畴的理解上。在八十年代后，开始呈现争议慢慢向对"主脑"概念转移的趋势。

这期间较早对李渔编剧理论中"结构第一"的"结构"内涵作出比较细致分析的是潘秀通、万丽玲合作的《论李渔的总体结构说:〈闲情偶寄·词曲部〉"结构第一"辨》②一文。他们认为，"结构"绝非仅就戏剧作品结构形式而言，而是一个既包容又大于戏剧外部结构形式的概念，它不仅涉及组织戏剧结构的问题，也涉及题材的选择与处理、主题的发掘与提炼、典型化的方法与典型的创造、历史的真实与艺术的真实、戏剧作品的风格与功用等。

罗振球《〈闲情偶寄〉的"结构说"辩证》③一文认为李渔的戏曲理论板块包括：结构、词采、音律、宾白、科诨、格局六部分，这与亚里士多德涉及戏剧理论的情节、性格、言词、思想、形象、歌曲六部分，是有一定联系的。他认为，"李渔讲的'结构第一'，实际上是'情节第一'；要说结构，只能说是'情节结构'"。

姚文放在《中国戏剧美学的文化阐释》一书中着重点明，对于李渔"结构第一"的思想有三点值得注意：

第一，"他是从两重意义上确认戏剧结构的首要意义的，一是就创作过程而言，对于戏剧的整体结构的考虑总是在铺陈词采、审定音律等技术性的写作环节之先……二是就创作水平而言，能否提炼出一个好的结构直接关系到文字、音律形式的成败得失"④。

第二，李渔"是将戏剧结构视为如同生命体一样的有机整体的，这比王骥德等人将戏剧结构视为建筑材料的机械组合的观点显然更胜了

---

① 陈多:《试谈李笠翁的写剧理论》，(上、下篇)，分别载于《剧本》1957年第7期、第9期。
② 潘秀通、万丽玲:《论李渔的总体结构说——〈闲情偶寄·词曲部〉"结构第一"辨》，《北方论丛》1982年第2期。
③ 罗振球:《〈闲情偶寄〉的"结构说"辩证》，《剧影月刊》1986年第7期。
④ 姚文放:《中国戏剧美学的文化阐释》，中国人民大学出版社，1997，第88页。

一等"①。

第三,"李渔所说'结构'的内涵并不完全等同于现代文艺理论所说的'结构',还关涉到人物塑造、戏剧功用、艺术真实、艺术创新等方面,比现在所说作为艺术形式要素的'结构'更宽泛,包含着某些艺术内容的成分"②。

关于李渔的结构论,论家们从各个角度作了拓展分析,但是还应看到,结构先于词采、音律,是李渔剧论重要的创见之一,他对如何依据剧场原理从舞台创造的角度着眼创作一个剧的研究和论述,强调剧作家的立意,强调对全剧间架结构的全局设计,是对过去剧坛以曲为主导的情况下,曲家大多只在曲词上下功夫等惯性的有力反拨和升华。所以,说李渔的结构说只是情节结构,或者忽视了它紧密结合舞台的"剧"的意义,仅仅从文学上的人物、事件等概念上挖掘,即使着力再巨,也是难免会发生偏颇的。

"立主脑"是结构论中最为重要的一个概念,关于李渔剧作理论中"立主脑"一款的内涵问题,大多数学者不赞同将"立主脑"等同于一般所说的"主题思想",于是,各种观点纷纷呈现。

早在1962年,周贻白便在其《戏曲演唱论著辑释》一书中对李渔的"立主脑"做过一番研讨。他觉得,"这里所说的'主脑',按今日看法,实为剧情发展中'主要关键',和他前面所说的'主脑非他,即作者立言之本意'实有不同之处。这不单是'主脑'这一名词的含义问题,而是'主题思想'和剧情发展中'主要关键'应当加以分别"③。因为李渔之说前为"主题思想",中为"主要事件",后为"剧情发展中的主要关键"。所以,周贻白做出结论说,"李渔之所谓'立主脑',在今天看来,虽可作为参考,但非一定的圭臬"④。

陈多撰写于1980年的《李渔〈立主脑〉译释》⑤一文坚称,"笠翁提出的'立主脑'是民族戏曲理论传统中用另一种概况方法得出的一个专有概念,它并非'主题-思想'的同义语,也不等同于主要矛盾、主要人物,又不是决定情节发展的主要事件、关键事件、契机等。它指的是这样一个

---

① 姚文放:《中国戏剧美学的文化阐释》,中国人民大学出版社,1997,第89页。
② 姚文放:《中国戏剧美学的文化阐释》,中国人民大学出版社,1997,第89页。
③ 周贻白:《戏曲演唱论著辑释》,中国戏剧出版社,1962,第117页。
④ 周贻白:《戏曲演唱论著辑释》,中国戏剧出版社,1962,第118页。
⑤ 陈多:《李渔〈立主脑〉译释》,《上海戏剧》1980年第2期。

现象范围：剧作中应当有着一个起主导作用的'一人一事'，'作者立言之本意'由它而得以体现，'其余枝节'的发展、意义都取决于它"。

杨位浩在《"立主脑"的本义及其嬗变》①一文中认为，"立主脑"是指"作品中一系列的人物、事件中的一个原发性、核心性的事件实体，具有生动的情节性"，属于"材料范畴"而非"思想意义的范畴"。

笔者认为，在部分文著中，立言之本意也好，主题思想也罢，还有主要事件、主要矛盾、作家创作意图等诸种判断，都显得或拘泥于李渔剧论中的原词原句，或又回到了词家论曲的旧辙中去。归结李渔剧论中关于"立主脑"的主要论述，可以发现，它论述的是为演出提供的剧本当中动作的一致性以及实现动作一致性的方法，也即指"作家在结构剧本时，应找到能够牵动全局人物和冲突的事件，以便统一全局的动作"②，就是李渔曾讲过的"使点血而具五官百骸"。

由葛全诚、高福寿撰写，名之《"主脑"觇探》③的文章在比较了法国十九世纪著名剧作家和剧评家古斯塔夫·弗莱塔克在《论戏剧情节》中的相关论述后，认为，"'主脑'之致可以表述为主题或主题思想"，但是，"在剧作家的心灵中，主题思想并不是一个苍白的理性概念，而如高尔基所言，是一个具体的'形式'，即由溶化着作者主观思想的人物、情节所组成的具体形式"。他们强调，"对主题思想人们却往往把它单纯理解为一个明确的理性概念，却又违背了李渔从'结构'角度论述'主脑'的初衷"。

窃以为，在经过了学者、方家数十年的热烈讨论，多方开掘，逐步深化之后，《"主脑"觇探》一文这种基于理论和创作的综合考虑所作出的整体把握，当为对二十世纪李渔剧论中结构论、主脑论大讨论的一种很好的总结。

李渔的创作理论在词采、音律、宾白、科诨等诸多方面的论述占了二十五款之多，然而对于这些方面研究的数量与对占十二款的结构论（结构、格局）研究相比，却远远不成比例。总的来看，在对李渔的创作理论研究中，对一些基本理论概念的理解虽然得到了深化，但研究中实用方向少，结合（无论是当代还是古代的）场上之戏来研究的并不多见，就理论

---

① 杨位浩：《"立主脑"的本义及其嬗变》，《中州学刊》1988年第4期。
② 金登才：《"立主脑"和"减头绪"》，《戏剧丛刊》1985年第4期。
③ 葛全诚、高福寿：《"主脑"觇探》，《青海师专学报（社会科学）》1999年第2期。

谈理论的现象依然不乏其中，二十世纪初和早期学人创立的紧密结合实践的传统并未一以贯之。相当一部分论述对文学的立场和评判标准眷恋有加，误把剧学当词学。从这方面看，我国古代论戏曲著作当中重"曲"而忽略"戏"的老传统对当代的影响还是十分强大的。

第二节 李渔搬演理论研究

徐朔方在《为李渔的戏曲创作进一解》一文中写道，"李渔的戏曲理论把舞台演出和观众放在第一位，其他如词采、音律都处于从属地位。这是他的戏曲理论的真髓，也是他对以前的戏曲理论的一种必要的纠正"①。关于李渔剧论搬演理论的特殊意义，学界有着惊人一致的共识。

一、导演理论

关于李渔的戏剧导演理论，高宇、杜书瀛、肖荣曾比较早地以专章进行论述。

论家们的共识是：李渔的整个《闲情偶寄》的《演习部》及其《声容部》之"歌舞"部分关于"选脚色""正音韵"等数款，是关于"登场之道"的精辟研究，所以《闲情偶寄》可以被认定为我国第一部古典戏曲导演学研究著作。

阿甲在《论中国戏曲导演》②中阐述道，明末清初戏曲理论家李笠翁对戏曲的独到见解"包含有导演经验"，"所有这些，都意在说明凡关键性的人物和情节事件要互有因果，想得要全面，思路要清楚，思想语言不能前后矛盾……在一定意义上说，这也是很精密的导演构思"。

这方面的研究，高宇不但发论最早，而且用力最勤。他的第一篇专论《李笠翁关于戏曲导演的学说》③发表于1962年。他著有《古代戏曲导演学论集》一书，从汤显祖、潘之恒、张岱、李渔等人的著作中，搜寻有关剧本的艺术处理、演员表演和演唱方面的内容，以及对舞台美术的论述，来讨论古典戏曲的导演艺术。高宇认为李渔剧论中的《演习部》"是我国戏

---

① 《徐朔方集》第一卷，浙江古籍出版社，1993，第542页。
② 阿甲：《论中国戏曲导演》，《文艺研究》1983年第2期，原载《中国大百科全书·戏曲卷》。
③ 高宇：《李笠翁关于戏曲导演的学说》，《文汇报》1962年10月13日。

曲导演学中方法论的开端。它以导演艺术创造中各阶段的工作方法作为研究对象，进行较系统的论述……李渔是煞费苦心，有意要在编剧学与导演学这两大部门'立言'，并欲'创为成格'以供人学习研究的"①。在该书分析李渔剧论的"导演剧本"一章节里，作者以"关于演出构思的导演说明""组织舞台行动""舞台空间的处理""以表演为中心的演出构思"等四个角度，对李渔的导演理论作了比较细致的可操作性说明，有很高的普及和实用价值。

杜书瀛《李渔论戏剧导演》②一文着重就李渔对戏曲舞台艺术的各个方面的论述，作了一番比较系统的阐发，称李渔系统总结古代戏曲导演方面的贡献为"筚路蓝缕的开创者"。

随即，朱颖辉于1981年发表了《如何评价明代剧作、剧论与舞台实践的关系——对〈李渔论戏剧导演〉一文的商榷》③一文，认为杜书瀛"在强调李渔对舞台演出的重视时，却不适当地夸大了明代剧作、剧论中脱离舞台演出的那种倾向，这不尽符合戏曲发展史的实际情况"。他认为，"如果说当时的剧作家越来越脱离舞台，剧作虽多而演出却很少，那么明代戏曲声腔的繁盛，就是不可思议的了"。因为，"在明代的戏曲创作和戏曲理论领域内，同那种脱离舞台实践的恶劣倾向相对立的，还存在着一股密切联系舞台的巨大潮流。否则奇峰突起的李渔如何在前人成果的基础上形成戏曲导演理论的继承、发展的脉络，也就变得模糊不清了"。

这种直树赤帜，对事不对人、对言不对文的直面商榷、争论，在整个李渔剧论研究中，也是不十分多见的。

此外，孟昭增撰写的《故事演讲教学中的"口授身导"——李渔戏剧理论之一用》④一文，谈到了自己在少年儿童艺术教育过程中，如何理解和应用李渔戏剧导演理论中的"口授而身导之"原则，以及将李渔导演理论的其他多款论述学之用之化之。

这篇文章系结合艺术实践研究李渔的戏剧导演理论的代表之作，可惜类似的、结合舞台实践来谈李渔导演理论的文章非常少见。这方面研究的

---

① 高宇:《古代戏曲导演学论集》，中国戏剧出版社，1985，第250—251页。
② 杜书瀛:《李渔论戏剧导演》，《文艺研究》1980年第4期。
③ 朱颖辉:《如何评价明代剧作、剧论与舞台实践的关系——对〈李渔论戏剧导演〉一文的商榷》，《文艺研究》1981年第2期。
④ 孟昭增:《故事演讲教学中的"口授身导"——李渔戏剧理论之一用》，《上海艺术家》1996年第6期。

不足，反映出李渔导演理论和当代戏曲导演实践存在着一定程度上的距离，这不仅使得李渔导演理论难以通过对实践的直接指导来继承，也减少了通过舞台来检验该理论在当代的实践意义和借鉴取舍的机会。

二、表演理论

周贻白《戏曲演唱论著辑要》是二十世纪最早对中国古代戏曲演唱理论专著进行辑录的专著。他认为，李渔《闲情偶寄》的《词曲部》多系就案头撰作而言的，但是李渔的超越前人之处则在于它对舞台演出的关注。《演习部》就是根据舞台演唱而立言的。他认为"在李渔之前，特别是在明代，谈文词，谈音律，甚至各执己见，分为两个壁垒（如汤显祖与沈璟），但多不涉及舞台演唱。李渔却能抉明此点，认为'填词之道，专为登场'，虽然不是什么了不起的卓见，至少，他已认识到戏剧不单是文学方面一项体制，而是必须通过舞台演唱才能发生更大的作用……直到现在，论戏剧而不联系舞台演唱，徒知欣赏剧本文词，侈言剧作者的思想意识，而不愿观摩舞台演出者，尚大有其人"①。"《填词部》所论各节，语意甚明，不难索解。《演习部》所论，则有关舞台实践，颇多前人未道之语。"②

二十世纪中期以来，关于世界表演艺术体系的观点影响十分深远，而关于中国戏曲表演体系，以梅兰芳作为例证和代表来阐发的比较多见。对李渔的表演理论的深入研究，客观上就中国戏曲表演理论的根本和精髓这个根本问题，加大了向历史源头追溯的力度。

研究者们普遍认定，李渔曲论中所总结的表演理论，与斯坦尼斯拉夫斯基的体验艺术体系并不相同，另也与布莱希特的表演艺术体系亦有很大的区别。他们的研究角度大多聚焦于李渔的为人物"立心"以及"传神""传情"上面。

王宗玖在《李渔戏曲表演美学简论》③中认为：写形和传神是舞台艺术形象塑造这一问题的两个方面，李渔说"神出于形，形不开则神不现"，说明他形神并提，重视神似也不薄形似。李渔的"欲代此一人立言，先宜代此一人立心"则意为演员把握了这一角色不同于别的角色的"心曲隐微"，就能创造性地运用符合人物性格的形体动作，来揭示人物的内心活

---

① 周贻白：《戏曲演唱论著辑要》，中国戏剧出版社，1962，第118—119页。
② 周贻白：《戏曲演唱论著辑要》，中国戏剧出版社，1962，第122页。
③ 王宗玖：《李渔戏曲表演美学简论》，《河北师院学报》（哲学社会科学版）1987年第4期。

动,传出人物的内在本质。而李渔还注意到,为了传神,戏曲表演还不能拘泥于形似,生硬地搬用和机械地模仿旧的程式,而应当在活用程式的基础上,不断增添新的艺术内容,即所谓"变则新,不变则腐"。这样来看,李渔的表演理论是很强调情感体验的。王宗玖的认识切中了李渔表演理论的主要观点,这些也是李渔在丰富的表演论述中异于别家,最具有理论高度的部分。

均宁撰写的《客随主行之妙——读〈李笠翁曲话〉》①通过对李渔"迩来戏房吹合之声,皆高于场上之曲,反以丝竹为主,而曲声和之……"、伴奏必须"吹合易低""以肉为主,而丝竹副之",只有这样"使不出自然者,亦渐近自然,始有客随主行之妙"等的研究,对戏曲伴奏问题作了理论的探讨和总结。这篇文章虽短小,却文之有物,就一个一般人不甚重视的细节作了较细致的论述,具体而实在。

谭帆、陆炜的《中国古典戏剧理论史》②中曾鲜明地点出,李渔的搬演理论虽然"有了这种系统性和明晰性","上升为搬演理论了",但是,"李渔的论述仍是不完全的(例如未及身段排演的问题)"。作者这种对李渔搬演理论的认识是基于对中国古代各个时期的搬演理论比较全面的审视之后作出的,其"谈古典剧之导演方法理论时不能仅限于李渔,还须对明清剧论中各家的有关论述作总体观"的建议,在理论界一致称颂的语境氛围中,显得十分冷静和中肯。

可以说,对李渔搬演理论的研究,从一开始就站在了较高的理论高度。这一方面因为论家大多对舞台表演不熟悉,难以结合更多、更新的具体实践应用来检验李渔有直接指导意义部分的论述;另一方面也因为李渔的搬演理论本身就是将具体指导和理论总结时刻扭结在一起的,且叙且论且升华,其升华部分的熠熠光彩自然吸引了大多数研究者的目光。

李渔搬演理论当中,关于授曲、教白、脱套等场上教演的论述,以及《声容部》中关于选材、化妆、习技等的阐发,不仅细致入理,而且例证丰富,言语间显示出艺术感觉通透和人生的练达,是他在家姬戏班中执行戏剧教学和导演活动宝贵的经验总结。这些本该是最易引起当代戏剧实践界广泛共鸣的部分,可惜专论寥寥无几。

总的来看,在对李渔具有重大创新意义的搬演理论的研究中,结合当

---

① 均宁:《客随主行之妙——读〈李笠翁曲话〉》,《上海戏剧》1962年第12期。
② 谭帆、陆炜:《中国古典戏剧理论史》,华东师范大学出版社,1993。

代实践经验、实际操作性强的成果不多。客观地讲，即使是对李渔搬演理论内容的分析也多数仅止于对文本的注释、简析，并且这方面研究的数量明显少于对创作理论等方面的研究。

倘若将创作理论和搬演理论的研究放在一起来看，其不足方面，总的印象是通论、泛论较多，谈大问题多，辨析概念多，阐述理论内涵多，较少涉及具体创作实践。还有，对除《闲情偶寄》之外如诗词、序跋书简、传奇作品中的词句等涉及戏剧理论的散论归纳总结和研究的较少。李渔是一个有着精湛艺术修养的人，他的诸多著作都是待采的富矿，只要悉心研究，一定会有许多可供戏剧理论参考的地方。

第三节 李渔戏曲美学研究

二十世纪的李渔剧论研究，以西方的戏剧理论体系为参照，自五十年代始。八十年代以降，西方美学热潮波及中国，李渔曲论研究也生出了美学角度的新变化。西方开始把美学作为独立的学科来研究，始于十八世纪，"美学"一词首次出现于德国人鲍姆嘉藤（Baumgarten，1714—1762）所著的《美学》（1750年出版）一书。今天，对李渔剧论的美学研究，实际上是用一种流行于世界的西方理论视角对中国民族戏剧理论的重新审视。

一、总体评价

杜书瀛认为，《闲情偶寄》"这部书虽非专门的美学著作，却包含着相当丰富的美学思想……在继承前代戏剧美学思想的基础上，建立自己的戏剧美学体系"，"李渔把握了戏曲艺术舞台性特点，深知'优人搬弄之三昧'，并以这一根本特色的把握为基础，形成了独具特色的戏剧美学体系，系统论述了从剧本到舞台演出的一系列特殊规律。其不足在于多偏重于表现形式的阐发，而对戏剧本质等问题论述不够"[①]。杜书瀛充分肯定了李渔剧论中包含着丰富的美学思想，而且是从剧本到舞台演出，范围比较广泛，具有一定的特色。但是，我认为，重于表现形式的阐发非但不是李渔剧论的不足，反倒是它的特色，因为《闲情偶寄》本来就并非专门的美学

---

① 杜书瀛：《〈闲情偶寄〉在我国戏剧美学史上的价值》，《文史知识》1984年第12期。

著作，李渔的美学观点大多都是在对戏剧创作、搬演的操作指导当中适时升华总结提出的。譬如，"填词之设，专为登场"，指出了戏曲艺术本质上是一种舞台艺术，"词曲佳而搬演不得其人……是暴殄天物"，则展现出李渔心目中演员表演在戏曲艺术中占有中心地位的戏剧美学观。

叶朗认为，李渔的《闲情偶寄》"第一次从'戏'的角度研究戏剧"[①]。但事实是否真的如此呢？通过追溯生活于李渔之前时代戏剧理论家的著述，我们不难发现，王骥德《曲律》当中早已针对当时文人作家或不重视戏曲剧本的演唱价值，或不重视剧本的文学价值的倾向，提出过"两擅其极"的主张，而且对于民间剧作能够"争相演习"，文人之作却"不行"，提出"并曲与白而歌舞登场"等要适应演出需要的要求。严格来说，李渔从戏的角度研究戏剧，是对王骥德等前代理论家的继承和发展，并更加系统化、体系化。

张长青在文章中谈道，"李渔对戏曲艺术的综合性、系统性和完整有机性是有深刻理解的。正是在这深刻理解的基础上，根据他丰富的创作和演出的实践经验，探讨了戏曲的创作规律、戏曲的表演规律、戏曲的导演规律，形成了他具有民族特色的，从观众出发的编、演、导三合一的戏曲美学理论体系"[②]。

谢柏梁的《李渔的戏曲美学体系》[③]一文从大文化角度，将李渔戏曲美学体系的比较对象放在代表东方文化的印度梵剧美学体系与日本能乐美学体系上面来，他认为，"李渔的《闲情偶寄》对中国戏曲艺术进行了最为全面、完整而周到的总结，较之印度、日本两大体系更胜一筹，因为它的戏剧美学体系超越了戏剧本身，从而成为中国高雅文化人全部生活美学中的一部分"。谢氏这种大文化角度的优点在于可以拓宽比较的视野，但是其"对中国戏曲艺术进行了最为全面、完整而周到的总结"的结论也显得有些过誉，其"成为中国高雅文化人全部生活美学中的一部分"的说法当中，"怎样在心理上更健全，生理上更舒适，环境上更舒适"等或许更多从《闲情偶寄》房屋庭院建筑、养生治病等处归纳而来，显然已经超出了戏剧美学的范围。

姚文放认为，李渔戏曲美学思想实际上是中国古典主义戏剧美学的代

---

① 叶朗：《李渔的戏剧美学》，载《美学与美学史论集》，新疆人民出版社，1982。
② 张长青：《李渔的戏曲美学理论体系》，《中国文学研究》1987 年第 3 期。
③ 谢柏梁：《李渔的戏曲美学体系》，《戏曲艺术》1993 年第 3 期。

表以及最后的总结,"以他为标志,我国古典主义戏剧美学的理论体系宣告完成"①。此观点中,"中国古典主义戏剧"一概念,在其文章中并没有给予进一步的界定,这一概念是在什么前提下确立的?与它并称的还有些什么"主义"?它与"中国古典戏剧"提法有何区别?读者难免会生出一系列的疑惑和不解。我们不免要问:李渔剧论是否真正称得上"美学理论宣告完成"呢?从它美学观点散见文中,以及与具体操作论述之间的比重等来看,这种追谥未免操之过急,倒不如说"初成"好些。严格地说,虽经过了后世几代学人对中国古典戏剧理论研究的努力,真正科学、完整的对中国古典戏剧美学理论体系总结的最后完成尚待时日。

二、戏曲审美特性

杜书瀛在《李渔的戏剧美学》一书中,从审美对象和审美对象的创造者两方面来论述李渔对戏曲审美特性的认识。他认为,"在审美对象方面,李渔不仅认识到了戏曲必须通过传神的艺术形象来发挥作用,而且他从戏剧艺术的特殊规律出发,对戏剧艺术的审美特性有了更深刻的理性认识,对戏剧舞台性这个特点进行了大幅度理论开拓,获得了创造性的成果"②。

杜书瀛的论述从美学的角度,对李渔剧论作了一番重新认识和梳理,他注意到了"传神"并非自李渔始,但是李渔从舞台演出方面的论述丰富了这一美学理论。在其他诸如对立心、传情、新奇等的理解上,他很注意把李渔剧论当中那些基于操作层面之上的比喻和升华用美学中审美特性的角度来总结和串联,更加深了我们对李渔剧论的理解。

叶朗则认为李渔的戏剧理论"接触到了戏剧艺术的三个内部矛盾:一,剧本创作和舞台演出的矛盾;二,演员和角色的矛盾;三,演员表演和其他舞台手段的矛盾⋯⋯这是他在戏剧史上和美学史上作出的一个不可磨灭的贡献"③。叶朗文章中进一步分析道:第一点,李渔的"填词之设,专为登场",意为戏剧作家仅仅掌握"文字之三昧"是不够的,还必须研究剧场、演员和观众,掌握"优人搬弄之三昧"。基于此点,李渔对剧本的长短、人物多少、曲词道白、布局、结构、剧本开头、情节发展、科诨、悬念、大收煞等都提出了要求。第二点,李渔基于对表演艺术的探

---

① 姚文放:《古典主义戏剧美学的总结——李渔的戏剧美学思想》,《学术论丛》1993 年第 3 期。
② 杜书瀛:《李渔的戏剧美学》,中国社会科学出版社,1982。
③ 叶朗:《李渔的戏剧美学》,载《美学与美学史论集》,新疆人民出版社,1982,第 188 页。

讨，对演员提出了两点要求，即演出前"解名曲意"，在排演时和正式演出时要"只作家内想，勿作场上观"。第三点，除了表演要神情酷肖之外，还需要恰当地调度其他舞台手段，使之配合和谐，如锣鼓、丝竹伴奏以及设计舞台服装等。持大致相同意见的其他论者还有齐森华、肖荣、齐鲁青、张长青等。这些研究、概括，使李渔剧论研究冲破了以往就技巧谈技巧，甚至床上架床、理论重复的惯性，使研究得到了深化和发展。

对李渔剧论的美学解读，需要注意的是如何避免与传统的戏曲理论的重复和叠印。戏曲美学并不能完全等同于戏曲理论，也不是对同一句论述的不同角度的理解。戏曲理论较多地是对戏曲本身特征、规律、内容、形式、方法、技巧等的研究，而戏曲美学则主要研究戏曲创造的基本艺术特征，它与其他艺术门类相区别的特殊性，是超越了具体操作方法、技巧层面的，戏曲审美关系、审美原则等的理论。如何抓住美学理论层面，既从李渔论技巧、方法中得到启发和材料支持，而又不陷入其中，这是今后的李渔戏曲美学研究中一个值得继续努力的方向。

三、观众美学

诚如法国戏剧理论家弗朗西斯库·萨赛所言，"没有观众，就没有戏剧。观众是必要的、必不可少的条件。戏剧艺术必须使它的各个'器官'和这个条件相适应"[①]。在李渔剧论的戏曲美学研究中，对观众美学一项的讨论是比较热烈和具有新意的。

这方面的论述，以郭光宇《中国古代戏曲理论的一次重大突破——李渔观众学初探》[②]较早和影响较大。作者认为，"李渔观众学是明末清初'雅俗共赏'戏曲新观念的理论形态。从此，中国戏剧理论突破了只重视创造主体和审美对象的局限，开始研究审美主体即观众及其审美活动"。他认为，"李渔观众学主要内容，包括以下几点：一是从戏曲的社会作用、艺术特性、审美过程和艺术评价多角度论述了观众的重要作用；二是对观众的组成作了明确的区分，其目的在于透过现象，找到观众队伍的深层结构——形形色色的戏剧观念和多种多样的审美要求；三是在剧场心理方面，不仅对观众审美心理主要因素如审美感知、审美理解、审美情感和审

---

① [法] 弗朗西斯库·萨赛：《戏剧美学初探》，载《古典文艺理论译丛》第11辑，人民文学出版社，1965。
② 郭光宇：《中国古代戏曲理论的一次重大突破：李渔观众学初探》，《信阳师范学院学报（哲学社会科学版）》1988年第1期。

美想象等有所觉察，而且对观众心理活动的方式也有所认识；四是对不同观众之间的戏剧观念以及观众和戏剧家的不同观念进行了探讨"。

该文着重谈了李渔对观众审美心理诸元素的认识。他认为：李渔的"新人耳目"，"饰听美观"以达"观听咸宜"，涉及审美感知问题；"传奇无冷热，只怕不合人情"，戏曲要表达"人情物理"，反对"无情之曲"，以及"剂冷热""七情俱备"，涉及审美情感因素发挥的问题；而"识者多则笑者众矣"、少用方言、立主脑减头绪、多用宾白，以及"使人想不到，猜不着，更是好戏法，好戏文"等，涉及审美理解问题；还有诸如"和盘托出，不若使人想象于无穷耳""意则期多，字惟求少"，戏场关目要"出奇变相""令人不能悬拟""令人自思"等，涉及审美想象问题。

该文的意义在于较早地从观众学的视角对李渔剧论作了新的解读，使我们更加了解李渔剧论与以往从文学角度论曲的古典戏剧理论的区别和特色，也引起了更多的人开始关注中国古典剧论当中对观众理论的阐述。但是还应该看到，观众学并不完全等于观众美学，该文在论述中对观众美学理论的区分和总结还是稍嫌不足的。

邹红在《观众在李渔戏剧理论中的位置》①一文中称，李渔的戏剧理论是古典戏剧理论中的剧本中心论和演出中心论两者中的后一种，而且是最有代表性的一种。观众意识是李渔戏剧理论的一个无处不在的重要支点。他将科诨比作"看戏人之参汤"等观点，都是熟谙剧场的经验之谈。作者还指出，"格局"部分提到的人物出场秩序问题是从观众欣赏心理的角度来考虑演出安排的，"演习部"中谈到戏剧演出的时间环境（如认为"宜晦不宜明"）则看到了观众之于戏剧的意义。

王建设在《李渔戏剧观众学简论》②一文中则更加着重地宣称，"事实上，李渔的理论大厦是以观众为中心构筑起来的，观众学是其全部戏曲理论的基石"。但实际上，李渔剧论对观众的问题，并非采用独立门户的写法，而是和创作、搬演等论述密切贯穿和融合在一起的。所以，我认为，无论是从李渔观众理论的呈现形式，还是从其系统性来看，都还只能说是对观众理论做到了前所未有的重视，至于"观众学"的说法，显然是出于尊重和欣喜的过誉之辞。

此外，程华平的《试论李渔对剧作家与观众关系的阐述》、谢挺的

---

① 邹红：《观众在李渔戏剧理论中的位置》，《文艺研究》1989年第5期。
② 王建设：《李渔戏剧观众学简论》，《社会科学论坛》1996年第6期。

《论观众接受：关于李渔的"观众学"》、肖荣的《略论李渔的导演理论》、吴振国的《李渔的观众审美心理思想研究》也从各个角度对李渔剧论的观众学层面发表了自己独到的见解。

四、关于喜剧

如果从李渔的《十种曲》绝大部分是风情喜剧这一点来看，李渔的喜剧理论显然是绝对不能忽视的。学界对李渔剧论是对他自己创作经验的概括这一点，赞同者不在少数，所以，从创作实践与理论总结二者关系对李渔剧论喜剧角度的专题研究就成了李渔剧论研究的又一个热点。

关于李渔对喜剧创作的理论和技巧，湛伟恩在《李渔的喜剧创作论》[①]中将其概括为：第一，把新奇有趣的笑料、笑话，作为喜剧创作的素材；第二，把组织笑话、笑料作为喜剧情节的中心环节；第三，把"抑圣为狂，寓哭于笑"作为喜剧致笑的主要技巧；第四，把出人意外（料）、又在意中作为戏剧矛盾冲突的主要构成方法；第五，把机趣作为喜剧致笑的基本因素；第六，提出生旦也应有科诨，并把科诨作为喜剧刻画人物的一种手法。

该文的分析可谓相当细致，特别是对"抑圣为狂，寓哭于笑"，作者认为，在李渔看来，即使再严肃的社会内容，也可以从中找到喜剧性，就是悲剧性的因素，也可以注入戏剧中去。圣与狂，笑与哭，都是矛盾的两个对立面。所谓"寓哭于笑"，比一般戏曲的"苦乐相错"又进了一步。李渔的喜剧，尽管它的基调是喜剧的，然而绝非一种色调、一种气氛，往往在谑笑的声浪中，含有嘲讽或者激愤的气息。像在《意中缘》中，李渔把喜剧的、正剧的、闹剧的各种情节互相穿插，把看似对立的艺术因素糅合在一起，使作品不仅没有失诸风格上的不统一，而且使作品呈现了艺术表现上的丰富性和多样性。湛伟恩的分析，是对李渔最为提倡的喜剧类型的概括总结，这也是李渔喜剧思想的中心所在。

黄天骥在《李笠翁喜剧选》的前言中，对李渔的喜剧特色和喜剧理论，作了总结论述。他认为，"很少像李渔那样，尽量使戏中角色差不多都成为喜剧人物，尽量使每一场戏都具有浓厚的喜剧色彩"[②]。注意喜剧性与真实性的联系，注意戏剧结构的完整性等，是李笠翁剧作重要的艺术

---

① 湛伟恩：《李渔的喜剧创作论》，《苏州大学学报》1984年第4期。
② 黄天骥、欧阳光选注，《李笠翁喜剧选》，岳麓书社，1984，第9页。

特色。

　　关于李渔的创作理论，黄天骥认为："最可取者，是他认为喜剧必须自然……他曾说过喜剧创作：'妙在水到渠成，天机自露，我本无心说笑话，谁知笑话逼人来，斯为科诨之妙境耳'……其精髓，是要求作家按照喜剧对象的真实进行创作。"① 在注意把误会巧合处理得真实可信、注意对关目的安排、强调喜剧教育作用以及传统园林艺术幽深曲折原则对李渔喜剧构思的影响等方面，黄天骥文中都有详细的论述。最后，他根据元代喜剧多属歌颂型喜剧，明代喜剧则多属讽刺性喜剧的概括，总结出"《笠翁十种曲》十之八九，都是喜剧。据此，可以说，李笠翁是我国戏曲史上第一个专门从事喜剧创作的作家"②的结论。

　　黄天骥的分析，史论结合，观察入微，而且涉及了对园林艺术原则的比较，涉及了美学层面，是一篇重要的论著。但是，另一方面，如果考虑到一生也只创作了《四声猿》《歌代啸》等杂剧喜剧的徐渭，那么其关于李渔是中国戏曲史上第一个专门从事喜剧创作的作家之论断，就显得有些脚跟不稳了。

　　许多论者还从其他角度谈了对李渔喜剧论的理解。陆元虎《李渔喜剧典型论》③一文也提到李渔喜剧典型理论概括了我国民族喜剧三个重要特征："抑圣为狂、寓哭于笑"的喜剧意识；"伐隐攻微""勿使雷同"的个性化思想；"妙在入情、神魂飞越"的情感和想象。赵山林在《中国古典喜剧理论初探》④一文中表明，"要把现实生活中的'名实颠倒'写成入木三分、发人深省的喜剧，一是要具有敏锐的洞察力，用李渔的话说，就是要'设身处地，伐隐攻微'……"文中还借分析李渔创作的《风筝误》传奇，来分析喜剧中误会的运用方法。

　　还有一些作者就李渔剧论的结构论和语言论等从喜剧的角度进行了挖掘。在朱宗琪《喜剧研究与喜剧表演》第六章"李渔喜剧面面观"当中，开篇即就《闲情偶寄》"戒讽刺"一款发表了自己的看法，他认为李渔所言的戒讽刺"并非我们今日所习用的含义"，"李渔明确要戒免的，是借戏剧报私怨、泄私忿（愤），是把净、丑之角仅仅做了'反面人物'而贬低

---

① 黄天骥、欧阳光选注，《李笠翁喜剧选》，岳麓书社，1984，第11页。
② 黄天骥、欧阳光选注，《李笠翁喜剧选》，岳麓书社，1984，第15页。
③ 陆元虎：《李渔喜剧典型论》，《上海艺术家》1990年第5期。
④ 赵山林：《中国古典喜剧理论初探》，《文艺理论研究》1996年第2期。

其喜剧意义"①。

朱宗琪提到了"李渔的喜剧主义"这个概念,他阐述说:"李渔戏剧的娱乐主义内容尽管同劝惩主义扭结在一起,但并没有与劝惩主义互相融合。然而,它们在喜剧内部都找到了相互的连接点——喜剧主义……李渔的喜剧主义,在根本上摒绝悲剧经验和庄严情绪,致力于导引人们近欢远愁,乐以忘忧。它的核心是娱乐主义。"②这个描述固然很有见地,但可惜对三个"主义"概念,并没有给予进一步界定和深入比较,而且,李渔提出的娱乐和劝惩的观点,也并非全就喜剧而言。《喜剧研究与喜剧表演》一书中把李渔剧论当中的"立主脑""脱窠臼"甚至"声务铿锵"等大部分内容都认为是李渔"在喜剧艺术的技巧层面上"③提出的,这就不免因太执着于自己的喜剧视点而将李渔剧论的出发点和适用面理解得有些偏狭了。

由于对李渔喜剧论的研究大多是从李渔喜剧创作上取得了成就而引发的,所以多数研究者不是围绕着《闲情偶寄》便是局限于结合李渔的"十种曲"来阐述,而从整个中国戏曲史和戏曲理论史全面考量,对民族喜剧形式和规律作比较全面、透彻研究后对李渔的喜剧论给予评价的研究,还有所欠缺。

关于李渔剧论的美学研究,实际上存在最大的问题就是还有许多论著往往存在对西方美学理论照搬照抄,分析时或者简单地比附,或者大而化之。

综上所述,对李渔美学理论的研究从一个全新的角度,打开了李渔剧论研究的一个新天地,由最初的宏观评估到后来的具体深化,成为民族戏曲美学建设的一个重大突破口。但是当中尚有一些不足存在,譬如对李渔剧论的美学探讨还缺少和西方美学理论体系的准确比较,从而确定李渔剧论民族性的本质特征,还有少数文著不过是将过去文学研究意义上的评述冠以美学的框架和指称而已。对于民族戏曲美学的概念,直接搬用者多,详加界定、深入研讨者却不多见。

美学又被称为"艺术哲学",属于形而上学的理性认识范畴,它是具

---

① 朱宗琪:《喜剧研究与喜剧表演》,中国广播电视出版社,1999,第 73 页。
② 朱宗琪:《喜剧研究与喜剧表演》,中国广播电视出版社,1999,第 80—81 页。
③ 朱宗琪:《喜剧研究与喜剧表演》,中国广播电视出版社,1999,第 75 页。

有高度的抽象性的。因其这个本质属性，所以许多人认为在用美学的研究方法对中国戏曲进行研究和表述时，是非要采用舶来自欧美的、既有的美学理论成果，采用美学的思维方法、范畴和逻辑概念不可的。苏国荣先生曾表述："戏曲美学是研究戏曲艺术美的特征、规律及其创造和审美的学科。它以哲学为基础，运用艺术学、心理学、文化学等学科的成果，对创作主体、现实客体、艺术本体、接受主体等诸方面构成的审美关系、审美原则、审美特征和审美规律等重要问题进行研究。"①

然而，在戏剧教育领域声名卓越的陈多先生，却发出了一种深切的疑问和忧虑："为什么必然要以这些'性'为特征呢？……难道有任何艺术不同于戏曲而以其反面'有话便说，无话便长'为特性吗？我过去讲课时所说的综合性、节奏性、虚拟性、程式性等戏曲的美学特征，并没有切中要害。"② 所以，戏曲美学研究，并非只有从西方美学理论直接套用或比附这唯一的一条路可以走。

我们有理由希望戏曲美学的研究，能够将理论的广度、深度、新度提高到一个新的维度，将以往有些理论范式总是说不清楚问题，某些观念笼统模糊、不甚明晰的局面彻底扭转过来。我们对更加成熟的戏曲美学研究是寄予厚望的。

---

① 苏国荣：《戏曲美学》，文化艺术出版社，1999年，第6页。
② 陈多：《戏曲美学》，四川人民出版社，2001，第1—2页。

第七章　李渔剧论之体系与影响研究

第一节　李渔剧论体系研究

关于李渔剧论，大多数学者都同意应将其看作一个完整的体系。如张少康、成复旺、邬国平、王镇远等人在其文学批评史著作中都把《闲情偶寄》看作是集编剧学、表演学、导演学于一体的较为完整的戏曲理论体系。

在二十世纪的古典戏曲理论研究史上，齐森华对于理论方法的反思与总结堪称先声夺人、屡屡推进。他认为，"李渔的戏剧理论每每给人以出类拔萃、惊世骇俗的鲜明感觉……密切结合舞台演出论戏，这就从根本上揭示了戏剧的艺术特点……这在中国古代戏剧理论的发展史上，则是一个重大的突破"[1]。他与谭帆合作的《中国古代戏曲理论的逻辑演进》[2]是一篇具有纲领性的文章，是对此前他自己《曲论新探》的升华，也是此后谭帆、陆炜的《中国古典戏剧理论史》一书的先声。齐文指出，李渔初步解决了明代戏曲理论家提出的文学性与舞台关系问题。他认为，李渔戏曲理论是中国古典戏剧理论中剧学体系的集中体现。

李渔剧论与王骥德戏曲理论的一脉相承，是学术界众所公认的。叶长海在其著作《王骥德〈曲律〉研究》[3]中，一再提到《曲律》对李渔戏曲理论的启示，指出《曲律》与《闲情偶寄》的词曲部的继承关系。他认为："李渔曲话中的'重机趣'一说，是对王氏'风神'说的最直接的继

---

[1] 齐森华：《曲论探胜》，华东师范大学出版社，1985，第138—140页。
[2] 齐森华、谭帆：《中国古代戏曲理论的逻辑演进》，《社会科学战线》1983年第3期。
[3] 叶长海：《王骥德〈曲律〉研究》，中国戏剧出版社，1983。

承。"①"对戏曲创作的'虚实'的认识,李渔直接继承了王骥德的理论创造,他的'结构第一'说中有《审虚实》一节的专文。李渔的'审虚实'主要阐述艺术真实和历史真实或生活真实的关系,所论范围较集中而又明确。因而若从舞台艺术的实践来对照,李渔的论说在现实性方面远胜王氏。"②对于后人大为称许的李渔剧论中的搬演理论,叶长海在著作中追根索源,认为"王氏'当行论'的创造性与概括性无疑是给李渔奠定了理论基础并划出了研究大纲"③。

对于李渔剧论体系的结构缺失,《王骥德〈曲律〉研究》中强调,"多少曲家在宫调面前望洋兴叹",无例外地,"李渔'曲话'小心地回避了这一难题"④。

1986年,叶长海的《中国戏剧学史稿》出版。该著作将对李渔剧论的研究单独设立为全书十三章中的一章,从概论、创作论到戏曲演习论等角度,对李渔的剧论体系做了详尽的分析后认为,"这部著作,不仅在创作论和创作方法方面提出了许多十分宝贵的新见解,而且在导演工作和戏剧教学工作方面,初步创立了系统性的理论……事实上已构成一部颇具规模并初见体系化的戏剧学著作"⑤。《中国戏剧学史稿》不但把《窥词管见》作为李渔剧论的重要部分加以分析,还对《闲情偶寄》的"凡例七则"作了特别的论述和比较。与之形成鲜明对照的是,作为李渔剧论重要组成部分的"凡例七则"在此前,甚至此后,常常受到论家和选家的忽视,大多数的选本对它干脆作了弃置一旁、不予选录的处理,实在是一件憾事。

1995年,赵山林的《中国戏剧学通论》⑥出版。该著作将"李渔的演习方法体系"列入戏剧表演学之演习方法论下之一节予以专论,认为,"在古代戏剧理论家中,对于演习方法论阐述最全面、最系统、最充分、最透彻的,当推李渔。他的《闲情偶寄》中的《演习部》(也包括《声容部》的一部分),正是全面地总结了前人特别是他自己'口授身导'的经验,对于'难言'的'登场之道'所作出的深入探索。正是在这种探索的

---

① 叶长海:《王骥德〈曲律〉研究》,中国戏剧出版社,1983,第34页。
② 叶长海:《王骥德〈曲律〉研究》,中国戏剧出版社,1983,第48页。
③ 叶长海:《王骥德〈曲律〉研究》,中国戏剧出版社,1983,第48页。
④ 叶长海:《王骥德〈曲律〉研究》,中国戏剧出版社,1983,第102页。
⑤ 叶长海:《中国戏剧学史稿》,上海文艺出版社,1986,第408页。
⑥ 赵山林:《中国戏剧学通论》,安徽教育出版社,1995。

基础上，建立了他的演习方法体系。"①而书中重要的一章《戏剧作法学》的研究，则"大体上以李渔编剧理论的框架作为主要线索，辅以其他各家之说，来逐次展开"，因为"在一代又一代戏剧家努力的基础上，到李渔，终于实现了由'作曲法'到'作剧法'的转变"②。

在关于"喜剧""游戏说"等许多方面的研究中，《中国戏剧学通论》频频涉及李渔剧论体系中的相关论述，但没有把它们与广义概念上的曲话等量齐观。在第八章《戏剧批评学（下）》"曲话"一节之首，赵著强调："从广义来说，古代的论曲之作都可以称为曲话，如收入《中国古典戏曲论著集成》者皆是；从狭义来说，专指那些用笔记体写成、兼具批评与资料性质的论曲之作。这里指的是后面一种。"③

而黄强在其1996年出版的《李渔研究》④之《李渔的戏剧理论体系》一节中，也认为："李渔对戏曲的一切要素几乎都提出了新的标准，将它们纳入自己总的理论体系。这种特殊的戏剧理论体系是李渔力图克服清初戏曲危机的产物。"

在研究文章中，李渔剧论体系的说法系由李若驰⑤首次提出。胡天成在《论李渔的编剧导演方法论》⑥一文中认为李渔的戏曲理论体系包括戏曲美学、戏曲艺术学（或称剧艺学）和戏曲方法论（对编剧和导演一般技法的总结）三个层次。

其他文章，如朱万曙的《论李渔的戏剧理论体系》⑦、谷淑莲的《〈曲话〉札记》⑧、谢柏梁的《李渔的戏曲美学体系》⑨、黄强的《李渔的戏剧理论体系》⑩等，对李渔戏曲理论体系主要内容作条分缕析的有之，直陈其成就与不足的有之，阐发其现实意义的亦不在少数，李渔剧论的体系研究得到了不断地深化。

应该承认，百年来对李渔剧论体系的研究，实际上就是学者们自觉地

---

① 赵山林：《中国戏剧学通论》，安徽教育出版社，1995，第624页。
② 赵山林：《中国戏剧学通论》，安徽教育出版社，1995，第360页。
③ 赵山林：《中国戏剧学通论》，安徽教育出版社，1995，第886页。
④ 黄强：《李渔研究》，浙江古籍出版社，1996。
⑤ 李若驰：《试探〈曲话〉的戏曲理论体系》，《延安大学学报》1985年第1期。
⑥ 胡天成：《古代文学理论研究》（第十八辑），上海古籍出版社，1997，第271—292页。
⑦ 朱万曙：《论李渔的戏剧理论体系》，《艺术百家》1991年第1期。
⑧ 谷淑莲：《〈曲话〉札记》，《辽宁师大学报》1993年第2期。
⑨ 谢柏梁：《李渔的戏曲美学体系》，《戏曲艺术》1993年第3期。
⑩ 黄强：《李渔的戏剧理论体系》，《扬州师院学报》1994年第1、2期。

欲通过反思中国古典戏剧理论的传承、演变，构建民族戏剧学的过程。开拓者们居功至伟，达到了相当的理论高度。但严格地说，李渔剧论给人的总体印象是经验型体会较多，更加强调的是技术层面，戏剧观的体现以隐性居多，亦多借由谈技巧中引发出来。它虽然是比较系统化的，但无论是从戏剧观上，还是从美学观上，说它是真正完备的体系，颇有些大而化之。实际上，一些学者在谈到体系一词时，多加上了"初见""初成"等限定，这种态度是比较客观和科学的。

第二节 李渔剧论比较研究

从比较的角度入手，探讨李渔戏曲理论的内涵与特征是二十世纪李渔研究中取得成果较大的一个领域。这些文著，或在国内范围作异同比较，或在中西比较中对李渔戏曲理论的内涵进行阐发揭示、寻求与西方戏曲理论的互证与互识，都对李渔戏曲理论的内涵、价值及其历史地位作了广泛和深入的观照。

李渔剧论的比较研究主要分为国内比较和中外比较。学者们对国内比较主要着眼于李渔和金圣叹、李渔和孔尚任的比较。

李渔剧论的中外比较研究当肇始于二十世纪二十年代胡梦华《文学批评家李笠翁》一文。该文在甫一介绍李渔学说时，便将结构、个性描写、题材、文词、音律、谐语等名词一一与英文对照，其后提到（同样中英对照）的幕数、场数、暗示、结、焦点、系结、解结、结局、喜剧、谐剧等大多由西洋戏剧中来。文中时时将李渔与亚里士多德、莎士比亚相提并论。他认为："倘若我们再把亚里斯多德[①]和他相比，那亚里斯多德之侧重悲剧结构过于音律，这可谓'英雄所见略同'了。"[②] 在文章的结尾，他揣度："假如亚里斯多德见着《圣经》（Bible），他的《诗学》（Poetics）内容必定有多少改变。那末，假如笠翁能有读到近代西洋戏剧的机会，他的曲评将发生如何变化，正复相同。"[③]

其后，似这样有中外比较色彩的研究一直没有出现，直到八十年代。

[①] 现译为"亚里士多德"。
[②] 转引自《李渔全集》浙江古籍出版社，1992，第77页。
[③] 转引自《李渔全集》浙江古籍出版社，1992，第80页。

美国印第安纳大学比较文学教授乌尔利希·韦斯坦因（Ulrich Weisstein）曾在其著作《比较文学与文学理论》①中认为，"东西异质文化间的比较文学是不可行的，比较文学只能在同一文化体系内进行"。但是，八十年代以后，许许多多有见识的学者都力图突破这种论断的桎梏，欲以亲身尝试，希冀在李渔剧论研究领域撞击出中外文化汇聚时的火花来照见中国戏剧在世界坐标系中的图景。于是，李渔与亚里士多德比较研究、李渔与莎士比亚比较研究、李渔与高乃依比较研究、李渔与狄德罗比较研究、李渔与歌德比较研究、李渔与斯坦尼斯拉夫斯基比较研究等，纷纷见诸学刊报端。

一、国内比较研究

1. 李渔、金圣叹比较

湛伟恩较早地就论李渔对金圣叹戏曲理论的批判问题作了剖析，在《论李渔对金圣叹戏曲理论的批判》②中，他认为，金圣叹的戏曲艺术理论虽然比较新颖，不乏独到见解，但并没有跳出唯心主义和形而上学的局限，其理论本身的局限性正是世界观局限性的具体表现，而李渔对金圣叹艺术理论的批判，虽然下了一番功夫，但也仍然是站在唯心主义的基点上的。

吴新雷的《李渔和清代戏剧创作论的发展》③一文，谈及李渔创作论的所承有三个主要来源：周德清的《中原音韵》、王骥德的《曲律》以及"金批《西厢》"。特别是关于李渔的戏剧创作论曾吸收金圣叹的问题，他认为有两点最为明显：一是《结构》章中论剧作应以"一人一事"为主脑，得自金圣叹《西厢记·赖婚》总批的启发；二是《宾白》章中论"语求肖似"、代人立言立心以吻合人物性格的主张，则是从金批《水浒》"序三"和"读法"中发展来的。

关于金圣叹与李渔二者关系，邬国平等在《中国文学批评通史》"清代卷"中将金、李二人进行了比较之后得出的观点是：二人戏曲理论的侧重点有所不同，"金圣叹主要探讨戏曲的文学性问题，李渔主要讨论戏曲的舞台性即可演性问题，也包括对戏曲的文学性的认识，作为完整的戏曲

---

① [美] 乌尔利希·韦斯坦因：《比较文学与文学理论》，辽宁人民出版社，1987。
② 湛伟恩：《论李渔对金圣叹戏曲理论的批判》，《广州师院学报》1984年第1期。
③ 吴新雷：《李渔和清代戏剧创作论的发展》，《阴山学刊》1990年第2期。

创作理论，他俩观点可以互相补充，互相增益"①。

2. 李渔、孔尚任比较

刘知渐《从李渔、孔尚任对历史剧的看法说起》②较早地涉足李渔与孔尚任的比较。

朱伟明《两种不同的理论品格及其意义——李渔与孔尚任戏剧理论之比较》③一文得出的观点是：李渔的戏剧理论是围绕着戏剧的舞台性与娱乐性的中心建构起来的，更多的是从艺术的角度来论述的，侧重于艺术形式的总结；而孔尚任的戏剧理论，则更多的是从诗人的眼光来论述的，更注意内容与形式的有机统一，更富有儒家传统思想的色彩。他们互相补充，从不同的角度探索了戏剧创作的特征和规律，从不同的方面为中国古典戏曲理论的发展做出了贡献。

该文"将李渔与孔尚任二人的戏剧理论加以比较，认真地观察从十七世纪中国戏曲这棵大树上派生出来的这两条分枝各异的发展方向"的比喻，比较新颖和贴切。

对于李渔和汤显祖等的比较，则直到二十一世纪后才开始出现。

二、中外比较研究

1. 综合比较

较早的综合比较是余秋雨1983年出版的《戏剧理论史稿》"第八章 李渔"中第三节的论述，这一节名为"李渔的戏剧理论与欧洲戏剧理论的比较"。在从戏剧的一般特性、论戏剧的结构和布局与论戏剧的新奇三个角度概述了李渔剧论之后，作者认为："李渔提供了中国古代较早较有系统的戏剧理论格局，这样也就与欧洲的戏剧理论系统产生了更充分的可比性，因为一鳞半爪之间的比较往往是很难具有较高的理论价值的。"④他认为，李渔与十七世纪以前欧洲的许多戏剧理论家大体一致的地方是：(1) 重视结构对于戏剧创作的作用；(2) 戏剧如何处理虚实的问题。李渔重视的是所"布"之"局"，即落实到了构思的内容、方向和结果；而欧洲的戏剧理论家们侧重的是由"局"及"布"，不可避免地涉及实现良好

---

① 王运熙、顾易生主编《中国文学批评通史》清代卷，上海古籍出版社，1996，第192页。
② 刘知渐：《从李渔、孔尚任对历史剧的看法说起》，《光明日报》1962年5月29日。
③ 朱伟明：《两种不同的理论品格及其意义——李渔与孔尚任戏剧理论之比较》，《湖北大学学报（哲学社会科学版）》，1990年第2期。
④ 余秋雨：《戏剧理论史稿》，上海文艺出版社，1983，第324页。

的戏剧结构的思想过程。余秋雨认为李渔与欧洲理论家不一致的地方是：（1）从"一事"的概念来讲，欧洲除了事件的整一之外还有时间的整一和地点的整一这两项；李渔始终没有对戏剧的时间和地点作过多的限制，而是明智地只把问题局限在对事件的限制上。这从根本上说是中国戏剧的艺术传统决定的。（2）李渔的戏剧理论比之于欧洲一般的戏剧理论更重于讲"情"，讲伦理道德。欧洲则是以"摹仿"为本的戏剧观。（3）欧洲的戏剧理论常把悲剧和喜剧的界线作为一个重要问题来研究；李渔根据中国戏剧内部分类不那样森严明确的特点，把戏剧格调和戏剧的教育作用问题作为戏剧总体的一个共同问题来论述。（4）理论形态上，欧洲的戏剧理论大多整肃周正，论辩色彩鲜明；李渔的戏剧理论也有着清晰的结构，但写来轻松隽永，情采潇洒，性灵流荡，收纵庄谐，若随笔然。最后，他总结道：尽管中国戏剧的成熟期要比欧洲晚得多，但以清初李渔的戏剧理论比之于与他同时期的欧洲古典主义戏剧理论，质量、品位并不低。

《戏剧理论史稿》对李渔和欧洲戏剧理论家的比较，确实不是一鳞半爪之间的比较，它涉及的比较对象既包括亚里士多德，也包括布瓦洛等理论家。它对中外结构论的根本区别，特别是"一事"的不同之处，都谈到了中西差异的根本上。并且，对中西方理论形态的比较之后，更是对清代以后中国戏剧理论建设的明显滞后的原因，提出了自己的见解。余秋雨的比较，紧密结合基本理论问题，又关注现当代中国民族戏剧理论的现实表现背后的原因，为后来的中西比较开了一个不错的先河。

李万钧的两篇比较论文也是综合比较的一个代表。

第一篇，《从比较文学角度看李渔戏剧理论的价值》[①]，从比较文学角度探讨了李渔戏剧理论的国际价值和现代价值，他认为李渔"与法国布瓦洛的《诗的艺术》（1674）分别代表同一时期东西方戏剧理论的最高成就"。他总结李渔的戏剧理论有六大价值是前无古人的独创，是有国际性的，分别为：（1）提倡笑的艺术；（2）提倡对白的艺术；（3）提倡动作的艺术；（4）提倡结构的艺术；（5）提倡"体验"的艺术；（6）打通小说戏剧。

对于这六大价值，前五项重点结合布瓦洛《诗的艺术》来比较分析。最后一项"打通小说戏剧"则连续与亚里士多德、塞万提斯、菲尔丁、雨果、布莱希特等比较，一再说明李渔在这方面是不乏知音的。

---

① 李万钧：《从比较文学角度看李渔戏剧理论的价值》，《文艺研究》1996年第1期。

该文的比较评点周到全面，尤其是"打通小说戏剧"一项论断，理论上十分新颖，道出了过去人所未道，给人印象深刻。

在第二篇，《李渔和西方戏剧理论的对话》[①]中，李万钧概括出四条观点：

其一，李渔的结构论不同于亚里士多德的新思维、新方法，尤其是"一事"论与西方的不同，应该澄清国内沿袭了十几年的误比。

其二，李渔的"科诨"论是西方戏剧理论弱点的一面镜子。西方戏剧理论不重视科诨艺术，李渔的科诨理论可以补充西方戏剧理论之不足。

其三，李渔的"体验"论先于斯坦尼斯拉夫斯基250年，而且自成体系。

其四，布瓦洛《诗的艺术》（1674）与李渔的《闲情偶寄》（1671）都是十七世纪东西方戏剧理论的名著，两位作者都是"歌功颂德"派，都顺应了历史进步潮流，但国内有人对李渔贬之甚低（包括鲁迅先生），这是不对的。

此文比较的视野愈加广阔，对其他人以及自己先前的比较文章均有所突破，提出的问题比较尖锐，且突出了李渔剧论的民族特点。该文卒章显志，"要让西人认识李渔，首先我们自己要正确认识李渔"的当头棒喝，让人读后十分警醒。

2. 李渔、亚里士多德

杨绛发表于《文学研究集刊》（第一册）的《李渔论戏剧结构》[②]一文，是一篇借与亚里士多德戏剧理论的比较来谈李渔结构论的重要论文。她认为，直到清代李渔，才有系统地从"戏"的角度来讨论编写和排演的技巧。李渔的戏剧理论里，许多地方跟西方的戏剧理论相似。但我国和西方在理论上很相似而实践上大不相同的一点便是——戏剧的结构。李渔对于戏剧结构的要求，跟《诗学》所论悲剧结构的整一性几乎相同，但却是性质不同的两种结构。我国传统戏剧里，地点是流动的，像电影里的景；叙述也不是向观众讲戏台以外发生的事，而是剧中人向其他不知情的角色叙述台上已经演过的事；时间的长短，只凭故事需要，并没有规定的限度。所以，我国传统戏剧的结构，不符合亚里士多德所谓戏剧的结构，而接近

[①] 李万钧：《李渔和西方戏剧理论的对话》，《福建师范大学学报（哲学社会科学版）》2000年第2期。

[②] 杨绛：《李渔论戏剧结构》，载《文学研究集刊》（第一册），人民文学出版社，1964。

于他所谓史诗的结构。如果按现代的观念看，亦可称为"小说式的戏剧"。

该文虽然简短，但它不是将西方理论拿来作简单的比附，而是通过中外比较，不仅凸显了中国戏曲艺术独有的特征和规律，干净利落地说明了问题，还同时将西方戏剧理论关于结构的演变从亚里士多德，到古典主义，再到莎士比亚，及至现代的布莱希特，作了一番明晰的勾勒。该文无论在指导思想、方法，还是文风等方面，都堪称中国古典戏剧理论中外比较论著的典范之作。

游友基在《略论李渔戏剧美学思想的特点》①中，也将李渔的"结构第一"的思想同亚里士多德的戏剧布局观进行了比较，认为李渔"结构第一"的思想兼及思想内容和艺术形式，较之亚氏侧重于形式的戏剧观更为全面。

李万钧的《李渔的"一事"非亚氏的"一事"》②指出，李渔的"一事"意在一个牵动全剧戏剧冲突的关键情节，是全剧中心的"主要戏剧问题"，而亚里士多德所讲的"一事"，是指一个故事，一条情节，所以之前的十几年里都是"望文生义的误比"。

该文试图厘清根本问题，同时目的在于究出原因，端正世人研究态度。这种就一个问题，将比较双方一齐拉将进来，直接面对的方法，非常扎实，很有说服力和理论洞见力。

此类文章尚有陈雷的《相似、差异、创新：李渔和亚理斯多德戏剧理论比较》、杜卫的《李渔与亚里士多德戏剧美学思想比较》等。

3. 李渔、莎士比亚比较

马焯荣与马弦的《戏剧创作与偶数思维：李渔与莎士比亚比较》③，从"成双作对""主次相依""映衬对照""偶数思维"等四方面分析了李渔与莎士比亚的几部主要剧作，从李渔剧论中"立主脑""减头绪"等主张来找寻这些偶数思维的理论依据。

该文从大家习见的戏剧手法中找规律，并叙之成理，显示了作者的细心和机智。但对于两位世界级戏剧大师的比较，如果仅止于这些，显然说明我们中外比较的选择方向和研究力度都存在着一定的缺憾。

---

① 游友基：《略论李渔戏剧美学思想的特点》，载《古代文学理论研究》第 10 辑，上海古籍出版社，1985。
② 李万钧：《李渔的"一事"非亚氏的"一事"》，《外国文学研究》1995 年第 4 期。
③ 马焯荣、马弦：《戏剧创作与偶数思维：李渔与莎士比亚比较》，《艺海》1995 年第 2 期。

4. 李渔、高乃依比较

董小玉《中西古典戏剧结构美学的历史性双向调节——高乃依李渔比较研究》[①] 通过将高乃依的"三一律"观与李渔的"结构第一"论的比较，探讨了中西戏剧理论在写实论与写意论中的一次双向自我调节，由此透视了中西戏剧理论的差异性与趋同性。作者申明，这种差异性与趋同性主要表现在：一，写意与写实是中西戏剧美学的结构重心和主要区别；二，在"三一律"的扩展方面，西方戏剧呈现的是一条由写实美学转至写意美学的走向；三，在"结构第一"的标举方面，中国戏剧开始从"抒情中心"向"叙事中心"的历史性转移；四，虚实相生，是这种双向调节的文化意义与美学价值的集中体现。

该文是一种大框架下的对照式比较，虽然二者遥相呼应，却能够得出具有宏观意义的思考结论。

5. 李渔、狄德罗比较

张晓军《李渔与狄德罗的戏剧理论之比较》[②] 一文说，"李渔与狄德罗这两位中、西戏剧理论发展史上里程碑式的人物之间的比较，可以在更大的层面上触及中、西戏剧理论总体体系的异同"，"更能体现要求'异中之同和同中之异'的可比性原则"。他的比较研究，体现在戏剧的真实性、戏剧的特征和戏剧的结构三方面，结论是："李渔《闲情偶寄》的论剧部分是含有丰富戏剧思想的戏剧技巧论，狄德罗的《论戏剧诗》等著作是含有丰富戏剧技巧的戏剧思想论。"

李燃青《李渔和狄德罗的戏剧美学——中西美学比较研究》[③] 一文则另辟蹊径，侧重谈到李渔和狄德罗"有关美学的见解，具有互补性"。他的着眼点在于比较二人关于戏剧的社会功能和审美特性、创作规律以及表演艺术。李燃青得出的结论是：两人均有戏剧创作和导演方面的丰富实践经验，使他们的理论避免了脱离实际的抽象思辨弊端；两人的理论均以各自所积累的经验及理论遗产为前提；两人均富有创新精神，这是他们能构建不同凡响的戏剧美学理论体系的一个重要主观条件。

---

① 董小玉：《中西古典戏剧结构美学的历史性双向调节——高乃依李渔比较研究》，《外国文学评论》1996 年第 1 期。
② 张晓军：《李渔与狄德罗的戏剧理论之比较》，《解放军外国语学院学报》1992 年第 1 期。
③ 李燃青：《李渔和狄德罗的戏剧美学——中西美学比较研究》，《宁波大学学报（教育科学版）》1992 年第 3 期。

6. 李渔、歌德比较

姚文放《李渔与歌德关于戏剧舞台性的论述之比较》[①]一文的主要观点在于，"李渔与歌德的一个共同的突出贡献在于对戏剧的舞台性作了比较充分的研究和阐述"。他分析说，二人都主张协调戏剧作者、演员和观众这三者的关系，从而优化戏剧创作的机制，强化戏剧的舞台性。二者互异其趣之处在于：李渔偏于从观众出发规定作者和演员的创作活动，如"观者求精，则演员不敢浪习"等论断，作者、演员、观众三者的相互一致更加切近观众心理学的规律；歌德则偏于从作者出发规定演员和观众的审美活动，将戏剧诗人的"见识"和"实践"区别开来，认为"实践"（戏剧写作）比增长"见识"（了解舞台和剧场等）更加紧要，作者、演员和观众的彼此合拍更多体现了创作心理学的规律。

该文在提出共同性的同时，对二人各有侧重的不同点着力详细辨析，使比较摆脱了将比较双方叠放起来一并称赞一番了之的习见框架，文章显得丰满、厚实。

7. 李渔、斯坦尼斯拉夫斯基比较

傅秋敏的《论"选剧第一"——李渔与斯坦尼导演学比较研究之一》[②]开篇即点明李渔与斯坦尼虽然生活的时代、环境、经历、思想都不同，戏剧观也各异，处于两条不同的发展演剧轨迹之上，也许存在一定的不可比性，但该文旨在"从导演-观众关系链来窥视一下李渔和斯坦尼这两位大家是如何对待并进行导演的第一项工作——'选择剧本'的，同时对两人在导演选剧上异同的原因，试加分析"。

该论文从选剧与观众、"择术务精"、差异之因、影响与结论四个角度，考察了李渔与斯坦尼导演学的异同，阅检了斯坦尼斯拉夫斯基著作中提及"选剧"的许多文章、段落，作了大量文献方面的功课。特别提到，关于"选剧"的论著有：布士沃斯的《戏剧导演方法论》、罗丝·克琳的《戏剧导演的艺术与技术》、洪深的《戏剧导演的初步知识》、张骏祥的《导演术基础》等，拓展了比较的视野。

通过对百年内李渔剧论比较研究的简要勾勒，我们发现，研究者比较的目光确实是随着时代的推进逐渐变得开阔起来，几乎有挟李渔与天下剧

[①] 姚文放：《李渔与歌德关于戏剧舞台性的论述之比较》，《社会科学辑刊》1994年第2期。
[②] 傅秋敏：《论"选剧第一"——李渔与斯坦尼导演学比较研究之一》，《艺术百家》1987年第2期。

人试比高的态势。无论是契合还是牵强的比较，都或使读者对中国古典戏剧理论的独特性以及在世界戏剧理论之林的地位不断廓清，或给读者带来思考的兴趣，极大地活跃了研究气氛。但是，在比较的范围和对象上，仍然有一些遗珠之憾，比如，本时期内国内比较没有涉及徐渭、汤显祖，甚至和李渔最有理论亲缘关系的王骥德也未见专门的比较文章；国外比较中，对戏剧理论家布莱希特，以及在编剧理论上卓有建树的威廉·阿契尔、乔治·贝克、霍华德·劳逊等也未有专论。

第三节　李渔剧论研究方法与角度

一切科学研究，从某种意义上来说都是方法的选择与革新。李渔剧论的研究亦然。

有学者认为，二十世纪中国文学与中国文论的总体发展趋势"总体而言，却不外乎两大潮流：以梁启超为代表而开启的功利主义或'他律论'、'工具论'文学思想，把文学艺术作为启蒙与救亡，实现强国之梦的有力工具而加以利用；以王国维为代表而开启的审美主义或'自律论'、'自主论'文学思想，把文学艺术视为与政治无缘的超功利主义的人类审美活动，独立自主，完满自足，为艺术而艺术"①。具体针对李渔剧论的研究而言，李渔剧论既因其有很强的专门性，向来不被归入"启蒙与救亡，实现强国之梦的有力工具"之列，又因其内容涉及古代中国封建社会道德和生活方式，在数度政治风浪中常被裹挟、厕身其内，做不到独立自主地"为艺术而艺术"，所以，难以被纯粹地划入以上任何两个潮流阵营之中。其实，前述的两个潮流在百年内也是时隐时现，互相交错，并且实际上是由以梁启超为代表的第一种占据着主导地位的。

中国戏曲理论是一门繁之不能再繁的学科，它的许多基本概念尚具有多重性和不确定性，研究对象也有着特殊性和复杂性，时至今日，尚未最终厘清。表现在李渔剧论的研究过程中，也是方法诸多，精彩互见，各有千秋。除前节的"比较研究"之外，本书拟再从"微观研究与宏观研究"以及"戏剧学研究与社会学研究"等方面，对二十世纪李渔剧论研究的方法与角度问题作一番讨论。

---

① 杨晓明：《梁启超文论的现代性阐释》，四川民族出版社，2002，第289页。

一、微观研究与宏观研究

二十世纪李渔剧论的研究，始于宏观研究，以朱东润《李渔戏剧论综述》为最早。其后，比较突出的宏观研究文章不多见，转而以陈多《试谈李笠翁的写剧理论》[1]、杨绛《李渔论戏剧结构》[2]、高宇《李笠翁关于戏曲导演的学说》[3]为代表的微观研究呈生机勃发之势，但论点多仅集中于剧作当中的结构、一人一事、语言论等方面。

及至七十年代，虽有《儒家反动戏剧理论的一个代表作——剖析〈李笠翁曲话〉》[4]、《〈李笠翁曲话〉简评——兼批"四人帮"的文艺创作模式》[5]等宏观评论文章问世，但因其意识形态观念较重，除了在阶级性、社会意义等方面进行争论之外，对剧论本身的讨论往往比较笼统、概括，且没有太多能够超出前代论家的新意。

八十年代至九十年代中期，微观研究与宏观研究俱呈复兴的面貌。此时，微观研究的角度大为拓展，诸如立主脑、脱窠臼、科诨、宾白、词采等均有专文论述。宏观研究则以美学研究和体系研究为代表，涌现了一大批文章和专著。李渔剧论的研究展现出前所未有的繁盛局面，研究的广度和深度都得到了深化。其间但凡述及戏剧理论，特别是编剧理论，几乎言必称李笠翁者。

在美学研究中，著述微观、宏观均有，蔚为大观，大有后来者居上的态势。其业绩固然卓著，暴露出来的问题也比较明显。诸如，微观的美学研究常常与传统戏剧理论研究区别不大；宏观的美学研究则过多纠缠于李渔剧论细节，对西方美学与中国民族美学的差别等宏观理论的界定、辨析不强。

在体系研究中，持戏剧立场和固守文学立场的论派互相对峙。比较起来，持戏剧立场者态度坚决，著文篇幅长；持文学立场者，著文多，且有许多名为戏剧学立场实则跳不出文学立场范围的文著杂糅其中。

---

[1] 陈多：《试谈李笠翁的写剧理论》，上、下篇，分别载于《剧本》1957年第7期、第9期。
[2] 杨绛：《李渔论戏剧结构》，载《文学研究集刊》（第1册），人民文学出版社，1964。
[3] 高宇：《李笠翁关于戏曲导演的学说》，《文汇报》1962年10月13日。
[4] 曹树钧：《儒家反动戏剧理论的一个代表作——剖析〈李笠翁曲话〉》，《解放日报》1974年9月7日。
[5] 邓运佳：《〈李笠翁曲话〉简评——兼批"四人帮"的文艺创作模式》，《陕西戏剧》1979年第1期。

到了世纪末，无论是微观研究还是宏观研究，均呈弩末之势，超越前期的论点不多。一部分总结性文章也以对近作的互评为多。

二、戏剧学研究与社会学研究

就李渔剧论研究而言，所谓戏剧学研究，指对剧论文本和它的传播，以及其所叙述的戏剧理论规律的研究。而社会学研究，在李渔剧论的研究中，则较多地体现在对李渔剧论产生的社会背景或作者人生经历、思想倾向等的研究上。

1. 戏剧学研究

因为中国文学研究的历史长，治学经验丰富，学者多，所以从二十世纪初开始，相当大比例的李渔剧论研究文章都是自觉或不自觉地遵从着文学角度的，以至于论家大多将李渔的戏剧理论称为"曲论"，而不是"剧论"，也有的学者干脆旗帜鲜明地宣称自己研究的是"文学形态的戏剧学"。这种从文学的角度对李渔剧论的研究，由于吸收了文学研究体系积累了千百年的丰富经验和成熟手法等，对李渔剧论的历史传承、文辞寓意、剧本创作论等均作了不断地拓宽和深入，成果斐然，在相当长的时期之内，是统领着李渔剧论研究不断前进的。

但是，这种从文学角度出发的研究，时常会对搬演理论轻描淡写，误把剧学当词学，也因之不易深入到李渔剧论的精髓，对李渔剧论意义的全面判断也很难精准和到位。再者，文学角度还令人极易按照二十世纪内中国文学研究的惯性，过于关心政治、社会等问题。

百年内，戏剧学角度的研究分别从戏曲美学、创作理论、搬演理论入手，经历了初创和繁盛阶段，论者众多，逐渐摆脱文学研究的影响，且能不断推进，成果甚巨。但是直到世纪末，依然显现出对文学研究仅有招架之功，还手之力不强的局面，一部分戏剧实践功力深厚的学者的研究不免显得身单势孤。

2. 社会学研究

从百年内发表的文著来看，对李渔剧论社会学研究关注的大多是社会背景或作者人生经历、思想倾向等方面，是戏剧学研究的一个很好的补充，其中也会经常有惊人的发现。

但是一旦这种社会学研究过于兴盛，便呈喧宾夺主的趋势，它暴露出来的许多问题都很值得我们警醒。

比如，沈尧《〈闲情偶寄〉新探》①一文，就多次提到李渔"对清王朝及其统治者的既'帮闲'又'帮忙'的态度"，李渔的某些技巧问题"都还是第二位的问题。第一位的问题应该是剧作家对生活的认识和判断，那是属于世界观范畴的问题。而涉及世界观的问题，李渔给我们留下的恰恰都是糟粕"，还有"《李笠翁曲话》的思想体系是不折不扣的封建主义思想体系。不仅如此，李渔还发展了这种思想，标新立异，用他的理论和创作，为封建统治阶级效尽了犬马之劳"，等等。

相形之下，詹慕陶的《论李渔的为人、剧作和戏剧观——兼与沈尧、刘克澄等同志商榷》②则对以上言论倾向作了一定的反拨。

在社会背景这个角度上，相当数量的李渔剧论研究文著都是对其符合封建道德等部分鞭笞有加，甚至据此定其为"儒家反动戏剧理论的一个代表作"等。但对李渔剧论中永恒的文学艺术价值如何扬弃以及当代实践中面对的问题，比较之下则大多都语焉不详，能够鞭辟入里地就剧论文本作实事求是的评析即已算是佳作。

对于社会学研究之于文学艺术研究的负面影响，美国耶鲁大学教授哈罗德·布鲁姆一针见血地指出："为什么恰恰是文学研究者变成了业余的社会政治家、半吊子社会学家、不胜任的人类学家、平庸的哲学家以及武断的文化史家呢？"③美国文学理论家勒内·韦勒克与奥斯汀·沃伦的《文学理论》中也曾经提道："虽然'外在的'研究可以根据产生文学的社会背景和它的前身去解释文学，可是在大多数情况下，这样的研究就成了'因果式的'研究，只是从作品产生的原因去评价和诠释作品，最后把它完全归结于它的起因。"④社会学、政治学的研究本是文学艺术研究必不可少的有益方法，但任何科学理论、学说均不应成为教条，而应该是行动的指南。既是指南，便要根据具体情况有所选择、取舍，不能生搬硬套。这种理论"指导"和理论先行，往往会发展为结论先行。恩格斯也曾经指出："如果不把唯物主义方法当作研究历史的指南，而把它当作现成的公式，按照它来剪裁各种历史事实，那么它就会转变为自己的对立物。"⑤对李渔

---

① 沈尧：《〈闲情偶寄〉新探》，《剧本》1979年第6期。
② 詹慕陶：《论李渔的为人、剧作和戏剧观——兼与沈尧、刘克澄等同志商榷》，《戏剧艺术》1982年第4期。
③ [美]哈罗德·布鲁姆：《西方正典》，江宁康译，译林出版社，2005，第412页。
④ [美]勒内·韦勒克、奥斯汀·沃伦：《文学理论》，江苏教育出版社，2005，第73页。
⑤ 《马克思恩格斯选集》（第4卷），人民出版社，1997，第472页。

剧论的研究应当超越极"左"思潮的影响,从更高的社会学、政治学和历史学眼光来检视。

在作者人生经历、思想倾向等角度上,亦有许多李渔剧论研究太过执着于知人论世的方法。

知人论世,语出《孟子·万章下》:"一乡之善士斯友一乡之善士,一国之善士斯友一国之善士,天下之善士斯友天下之善士。以友天下之善士为未足,又尚论古之人。颂其诗,读其书,不知其人,可乎?是以论其世也。是尚友也。"① 这些论述本来谈的是读书人的交友之道,但是人们历来把它与孟子在另一处说的"以意逆志"连在一起,视为阅读、理解和批评文学作品的重要方法之一。这种认识和批评方法,源于孟子时代,历史悠久,成为中国传统文学批评的主要方式之一。

在二十世纪初,知人论世的方法被梁启超大力标举,他曾言道:"预治文学史,宜先刺取各时代代表之作者,察其时代背景与夫身世所经历,瞭解其特性及其思想之渊源及感受。"② 在具体涉及李渔的评点时,梁启超又曰:"以言夫曲,孔尚任《桃花扇》、洪昇《长生殿》外,无足称者;李渔、蒋士铨之流,浅薄寡味矣。"③ 其后也有多人也对李渔"性龌龊""善逢迎"④ 等频频提及。

诚如勒内·韦勒克和奥斯汀·沃伦所言,传记式研究法,只有当这种研究有助于揭示作品的实际创作过程时才是有意义的。作家的生活并不是一种"简单的因果关系"⑤。

这种知人论世方法,本来在传记类著作中最易出现,但是随着时代的发展,李渔的传记的作者们开始了觉悟和转变。

肖荣《李渔评传》以三小节对李渔剧论各个方面逐一点评,另有"李渔戏剧理论的局限和影响"一节附后,认为"他谈这些问题的目的是出于封建功利主义,是要利用戏剧达到劝善惩恶的目的,从而为封建统治服务……如果不加分析地反对一切讽刺,那就违背了中国戏剧的现实主义

---

① 《孟子》,中华书局,2006,第236页。
② 梁启超:《陶渊明·序》,见《饮冰室合集·专集之九十六》第1页,影印版,中华书局,1989。
③ 梁启超:《梁启超论清学史二种》,朱维铮校注,复旦大学出版社,1985,第83页。
④ 袁于令:《娜如山房说尤》,载单锦珩点校《李渔全集》(第十九卷),浙江古籍出版社,1991,第310页。
⑤ [美]勒内·韦勒克、奥斯汀·沃伦:《文学理论》,江苏教育出版社,2005,第77页。

的优良传统"①。他认为李渔所言的"赵五娘千里寻夫,只身无伴,未审能全节与否,其谁证之"一句,"充分反映了作者(指李渔——本书作者注)庸俗的审美情趣"②。

沈新林著《李渔评传》在第二章第二节"李渔的文艺观"中,从劝善惩恶、寓教于乐、随物赋形、寓奇于常角度概说李渔剧论的相关论述,强调的是"李渔对文艺社会功能认识的系统性和辩证性"③。

而俞为民《李渔评传》④中,关于李渔剧论的部分长达168页之多(占全书正文465页的三分之一强),下分六小节,从结构论、情节论、语言论、音律论、表演论以及美学特征详备述之,对李渔撰著这些理论的过程却涉及不多,根本就是一部以李渔剧论的戏剧学研究为主体的专著,不解为何充入以"评传"名之的该书中。

回顾百年间对李渔剧论的研究方法,可以发现随着一批研究者对李渔剧论的研究角度从文学转到戏剧本身之后,学界似有将二者对立的迹象。我以为,二者从不同角度的研究,都是有其价值的。对戏剧学角度的极力标举,从某种意义上讲,是对过去过于局限于文学角度的一种反拨,难免显得来势汹涌,这些不应影响到以后进一步研究时更加多元化,不断拓展研究视野、更新研究视角。更何况,即使是戏剧学角度的研究,其基本概念、基本问题,也需要不断作重新地发现和探讨,更多需要的是实证性质、真正解决问题的研究,而不是大而无当、无休止地在体系和范式等上面作过多的纠缠。

我以为,我们既要防止过去对李渔剧论本身精细研究不足的弊端,也要接受国内外诸如社会学、民俗学、宗教学以及文化哲学、接受美学、还原批评、符号学等多样的方法,从新的角度作一番探索。对这些新方法的借鉴、引进,乃是补传统之不足,目的是要把对李渔剧论的研究纳入广泛的文化历史研究范围。其实,社会学研究本身并无过错,过去的误区恰恰在于执滞于一隅之见,只偏好和遵从社会学研究中某一两种带有强烈政治倾向的方法,这些,当然是要在今后的研究中警醒和避免的。

---

① 肖荣:《李渔评传》,浙江古籍出版社,1987,第171页。
② 肖荣:《李渔评传》,浙江古籍出版社,1987,第173页。
③ 沈新林:《李渔评传》,南京师范大学出版社,1998,第175页。
④ 俞为民:《李渔评传》,南京大学出版社,1999。

第四节　李渔剧论的国际影响

比较而言，中国古代戏剧家在国际上的影响和受关注程度，当首推李渔。国外对李渔剧论的介绍和研究，也远远超过别的中国古典戏剧理论家。美国学者埃里克·亨利曾说："正如阿里斯托芬、乔叟和莫里哀确是我们的一样，他（指李渔——本书作者注）也是我们的。"① 这是一个相当高的评价。

一、李渔剧论在日本的影响

李渔作品流入外国，以日本最早。青木正儿曾说道："德川时代之人，苟言及中国戏曲，无有不立举'湖上笠翁'者。"②

青木正儿所著《中国近世戏曲史》，在其第十章"昆曲极盛时代（后期）之戏曲"第三节"其他诸家"中，单辟一小节介绍李渔，认为"通论戏曲之书，如此完备者，未有也"③。但是，除了分析李渔的传奇作品时点评到的写剧手法，青木正儿专论李渔剧论只有13行的文字，仅止于《词曲部》和《演习部》，没有包括《声容部》。

日本学者冈晴夫对李渔剧论的评价是："李渔独特的出色见地和识见之同时，又不能忽视这是作者操着游戏之笔涉笔成趣的可读性极强的读物，从中足以窥见作者绝非一般寻常的特异才能即'异才'的模式，应该说是极为特异的戏曲论。"④

冈晴夫还比较了李渔的戏曲与日本的江户时代歌舞伎，他的考证结果是：《李笠翁十种曲》在日本江户时代流传甚广，原因大概是"李渔的戏曲所特有的独特风格和特征与《歌舞伎》最相近"，"两者基本上都是完全基于同样的'戏剧观'的"，"李渔的戏曲和《歌舞伎》在本质上是一脉相通的,是在'娱乐'的世界游玩的戏曲"⑤。他结合李渔的《闲情偶寄》分析认为，"李渔在《闲情偶寄·词曲部》中认为'结构第一'，首先提出结

---

① [美]埃里克·亨利：《李渔：站在中西喜剧的交叉点上》，《李渔全集》第二十卷，浙江古籍出版社，1992，第311页。
② [日]青木正儿：《中国近世戏曲史》，王古鲁译，作家出版社，1958，第334页。
③ [日]青木正儿：《中国近世戏曲史》，王古鲁译，作家出版社，1958，第341页。
④ [日]冈晴夫：《明清戏曲界中的李渔之特异性》，季林根、郁刊、敏浩译，《中国比较文学》1998年第3期。
⑤ [日]冈晴夫：《李渔的戏曲与歌舞伎》，《文艺研究》1987年第4期。

构问题……讲究'趣向'也就是把虚构的情节用心地进行组装，精致构架起来"。"李渔曾经把这种组装方法比喻为木匠盖房子的方法，或者比喻为把切碎了的布缝成衣服的缝纫法。这正好是跟曲亭马琴以把错综复杂的事件和人物关系，一件件归结起来作最后总结时的手法，称作'作者的用心'是不谋而合的。"

冈晴夫的其他研究著作还有：《剧作家李笠翁》[①]、《〈闲情偶寄〉考（一）》[②]等。

有学者评论，冈晴夫之所以选择研究李渔，其目的是"试图从文化传统、社会背景和地域特点等方面阐释中国的'巴罗克'的出现及其与各国的'巴罗克'之异同，以世界演剧的一半标尺和世界文学的水平线上来历史地衡量、估价中国的'巴罗克'乃至中国古代戏曲小说的特异性"[③]。

其他日文研究还有苏英晰著《李笠翁的戏曲论》[④]等。

日本的李渔剧论研究，不但开始甚早，且研究细致、深入，对中国的李渔研究颇有启发和借鉴意义。

二、李渔剧论在欧美的影响

据介绍，"1815年开始，英、法、德国先后有《十二楼》和《闲情偶寄》的部分译本"[⑤]。

德国汉学家马汉茂（Helmut Martin，赫尔穆特·马丁）很早就开始关注和研究中国文化，他于1968年在台湾地区旅居期间，利用自己从德国、法国及中国香港等地携来的李渔作品，再分别向各图书馆借影各种资料，于1969年影印出版《无声戏》一册（台北古亭书屋发行）。又于1970年辑成《李渔全集》十五册，内收《一家言》《闲情偶寄》《传奇十种曲》《无声戏》及《十二楼》五种，后附孙楷第、胡梦华、朱东润三人的研究文字，由台北成文出版社出版。据中国台湾学者黄丽贞介绍："二书印刷

---

① [日]冈晴夫：《剧作家李笠翁》，《艺文研究》第42号，1981，第78—112页。
② [日]冈晴夫：《〈闲情偶寄〉考（一）》，《艺文研究》第54号，1991年3月，汉译见《中国文化与世界》第一辑，上海教育出版社，1993。
③ [日]市川勘：《冈晴夫教授的中国戏曲研究》，《中国比较文学》1998年第1期。
④ 苏英晰：《李笠翁的戏曲论》，收入《早稻田大学大学院文学研究科纪要别册》2卷，1976年，第123—138页，据王丽娜编著《中国古典小说戏曲名著在国外》，学林出版社，1988。
⑤ 据黄丽贞：《李渔研究·李渔评传》，第26页，上海戏剧学院图书馆馆藏《李渔传记资料》，《传记资料·中国小说戏剧家专辑》第十一辑，天一出版社（台北），1985。

极劣，无法分辨之字甚多；但马氏使台湾读书人能很容易地看到李渔的作品，功劳是不可抹煞的。"① 该书作者在全书的"弁言"里也阐明其收录原则是"只收创作，包括小说和戏剧；至于他所编纂的集子如《笠翁诗韵》《笠翁词韵》等皆不予收入"，"采用所能找到的现存最早的版本"，目的在"集成一部比较完整的全集，方便读者的应用"②。该全集是世界上第一部公开出版的中文版《李渔全集》，当视为马汉茂潜心研究之后，对中国文化的反哺。

马汉茂的德文研究论著还有《李笠翁戏剧：中国十七世纪戏剧》，1968 年由台湾资料中心与研究援助公司出版。该书中介绍了李渔主要剧作的内容。③

"二战"之后，西方陆续出版的有关李渔研究的专著还有：两位华裔学者茅国权和柳存仁合著的《李渔》（1977 年波士顿泰恩出版社出版，列入"特怀恩出版社世界作家丛书"[Twayne's World Author Series]，系李渔评传）、美国学者埃里克·亨利（E.P.Henry）的《李渔的戏剧》（1980）、美国学者韩南（P.Hanan）的《李渔的创造》（1988）。④

亨利告诉我们："对于西方读者来说，李渔是最有魅力的同时也是最易于接受的中国作家之一……李渔被认为是一个独创性的思想家，具有大胆的怀疑精神和争辩的力量。"⑤

韩南则认为："李渔在《闲情偶寄》中提出了他的全面创新的主张……这种创新精神是李渔最可贵的品质，因为崇古式中国文化的基本特点，无论是政治、哲学、文学还是伦理道德，其理想的黄金时代都是在遥远的过去。"⑥

当代学者、美国斯坦福大学教授刘若愚在《中国文学理论》中强调，"以戏剧文学为自己主要兴趣的一位作家是清初戏曲家兼批评家李渔（1611—1680），其戏剧批评以注重结构为特点，与中国其他大多数剧评家主要兴趣在于韵律、修辞以及音乐细节形成对比"⑦。

---

① 据黄丽贞：《李渔研究·李渔评传》，第 26 页，上海戏剧学院图书馆藏《李渔传记资料》，《传记资料·中国小说戏剧家专辑》第十一辑，天一出版社（台北），1985，第 238 页。
② 转引自苗怀明：《二十世纪港台海外戏曲文献研究述略》，《文献》2002 年第 4 期。
③ 据王丽娜编著《中国古典小说戏曲名著在国外》，学林出版社，1988。
④ 据孙歌、陈燕谷、李逸津：《国外古典戏曲研究》，江苏教育出版社，2000。
⑤ 孙歌、陈燕谷、李逸津：《国外古典戏曲研究》，江苏教育出版社，2000，第 296 页。
⑥ 孙歌、陈燕谷、李逸津：《国外古典戏曲研究》，江苏教育出版社，2000，第 300 页。
⑦ [美] 刘若愚：《中国文学理论》，江苏教育出版社，2006，第 141 页。

刘若愚结合李渔剧论中关于"有一种文字,即有一种文字之法脉准绳"的论述,分析了李渔关于"剧作家为什么不愿讨论剧作法(dramaturgy)这个问题",认为"这段文字显示李渔相信技巧的规则和方法,虽然他知道,这些规则和方法不可严格遵循,而必须在无穷变化中加以应用"①。

分析了李渔关于结构恰似"工师之造宅"等的论述后,刘若愚评曰:在李渔看来,"物的创造过程,艺术的创造过程,以及机械的生产过程,在本质上是一样的"②。

对于李渔"编戏有如缝衣",刘若愚得出的结论是:"李渔的主要注意力是导向戏剧的技巧,而不是戏剧与现实或与剧作家之人格的关系,或是戏剧对观众或读者的影响。"③

据朱源《李渔戏曲理论关键词英译初探》④介绍,英语世界专门以李渔为研究对象的重要论文还有《论戏剧中的李渔》(Sai-Cheong Man,1970)、《李笠翁的戏剧理论》(Nathan K.Mao,1975)、《评李渔改编之〈琵琶记〉第28出兼谈其戏剧理论》(Mingren Fan,1989)等。

这些西方学者的研究成果显示了西方学者观察李渔的特殊角度以及文化背景。尽管李渔剧论在欧美取得了较大的影响,但从欧美本身的地域、学术机构的规模和学者的数量等方面比较来看,关于李渔戏曲理论的研究还是比较缺乏的。这与李渔在戏曲理论方面的学术成就很不相称。

---

① [美] 刘若愚:《中国文学理论》,江苏教育出版社,2006,第142页。
② [美] 刘若愚:《中国文学理论》,江苏教育出版社,2006,第143页。
③ [美] 刘若愚:《中国文学理论》,江苏教育出版社,2006,第143页。
④ 《典籍英译研究》,河北大学出版社,2005,第157—161页。

第八章　李渔编剧艺术与其戏曲理论的关系

第一节　编剧理论的系统总结：《李笠翁曲话》之贡献

研究李渔的编剧艺术，自然要结合他的戏曲理论。包含有戏曲理论的《闲情偶寄》，于康熙十年（1671）由翼圣堂首次雕版印行，时间在他创作的最后一部传奇剧本《巧团圆》（康熙七年，1668）之后。后其中的戏曲理论曾数度以《李笠翁曲话》[①]单独印行。所以从这个意义上讲，他从实践中来，统在一起结集出版的戏曲理论，既是他理论思考的沉淀，又是他戏曲创作的经验总结。

《李笠翁曲话》的戏剧理论主要包括凡例、词曲部、演习部和声容部四大部分。

《李笠翁曲话》是李渔对自己大量戏曲编剧和家班经营实践和戏剧思考深入的总结，他的戏剧主张，包含甚广，不但有诸如结构、词采、音律、宾白、科诨、格局等剧作法，还有选剧、变调、授曲教白、习技等导表演技法，甚至连声容造型等舞美服化设计也有所囊括。这个"曲话"，已经成为一个从戏剧实践之中升华出来的、比较全面的系统理论。

其中，由李渔率先系统提出或者着力强调的几个方面，尤为值得重视。

首先，李渔将"结构第一"作为最先标举出来并系统阐述的内容，这是他从戏曲舞台叙事艺术的坚定立场做出的创举。

编剧不是做文章，一个剧本，其创作目的和最终呈现方式就是舞台搬演。所以，它的结构，不但要简练，更要紧致和曲折。那么，尤其需要编

[①] 有上海梁溪图书馆1925年版"文艺丛书"《李笠翁曲话》，以及湖南人民出版社1980年版陈多《李笠翁曲话注释》等。

剧家在立意构思阶段便照顾全局、"独先结构","如造物之赋形,当其精血初凝,胞胎未就,先为制定全形,使点血而具五官百骸之势"①。而李渔所谓之"立主脑",实有两层含义:其一为"作者立言之本意",也即主题与主旨;其二为"一人一事",也即关键事件和中心人物要清晰、突出和鲜明。所以,李渔要说:

> 故作传奇者,不宜卒急拈毫,袖手于前,始能疾书于后。有奇事,方有奇文,未有命题不佳,而能出其锦心,扬为绣口者也。尝读时髦所撰,惜其惨淡经营,用心良苦,而不得被管弦、副优孟者,非审音协律之难,而结构全部规模之未善也。②

关于到底何为"一人一事",历来方家论及不少。笔者比较认同叶长海先生的分析:

> 这种引起创作"初心"的一人一事,理所当然是作家感受最深的、能引起作家创作激情的、自然蕴蓄而成一触即发之势的人和事。因而,这一个人或这一件事,当然是有特色的和引人注意的。又因为全剧的其余枝节,都是从这一事生发而出,因而,这"一人一事"又必然扭结着全剧的诸人诸事。它可能是中心事件,可能是重要情节,也可能是偶然事件、非重要情节,但它决然是能引起作家创作灵感的事件或情节,它必然是全剧结构布局中的一个"经穴"所在,一个扣住全剧间架的"结"。③

的确如此,我们从李渔在曲话中分析《西厢记》和《琵琶记》所举的例子也可以看出。李渔将《西厢记》的"一事"认定为"重婚牛府",将《琵琶记》的"一事"认定为"白马解围",虽然这两个情节都不是二剧的中心事件,但它们却都是"其余枝节皆从此一事而生"的关键事件。

与脱窠臼、减头绪、密针线等原则相结合,李渔曲话中的结构理论,是中国戏曲叙事理论真正的肇始。他的具有中国艺术特色的结构理论比之

---

① 《李渔全集》第三卷,浙江古籍出版社,2010,第4页。
② 《李渔全集》第三卷,浙江古籍出版社,2010,第4页。
③ 叶长海:《中国戏剧学史稿》,中国戏剧出版社,2005,第391页。

西方十七世纪法国古典主义理论家布瓦洛提出的"三一律"结构理论早了三年。① 在前文中，笔者已经结合"十种曲"，对每一剧的中心与主线，做了列举与分析，在他的剧本中，确实做到了"止为一线到底，并无旁见侧出之情。三尺童子观演此剧，皆能了了于心，便便于口，以其始终无二事，贯串只一人也"②。

其次，在《李笠翁曲话》中，李渔从家门、冲场、出脚色、小收煞和大收煞这五个角度来规范和实现自己的剧作格局，将其以显性结构特征的方式给予标明和概括，其简洁鲜明是显而易见的。

从来关于格局结构，论者著述不在少数，前以"工师之作室"喻者有之，后以"主、离、合"论者亦有之，但李渔的概括以之明显的可操作性终胜一等。这种从大量剧本创作经验中得出的概括和视角，对于实现其"赋制全形"主张的实施阶段，怎样高效率地抓住重点，照拂全局，具有很强的实际意义。

再者，《李笠翁曲话》中，对于语言艺术的显浅机趣、重视科诨，乃至宾白的肖似、洁净、尖新等，都做了系统的总结。

他的"贵显浅"，着意强调的是"浅处见才，方是高手"。他的重视科诨和机趣，是喜剧中诙谐、幽默产生的重要来源。戏剧和诗文本就有本质的不同，戏剧的语言，"话则本之街谈巷议，事则取其直说明言"。他对显浅的要求，和以往前人对戏曲语言须本色的要求，是一致的。倘若我们据此说，显浅是本色的别名，也未为过也。

尤其是他对宾白当与曲文等视的观点，是基于他在剧本中对宾白韵律之美、设身处地的丰富想象、意期多字求少、意取尖新等的追求的升华。诚如今人杜书瀛先生所论：

> 戏曲，其中有乐而不是乐，其中有舞而不是舞，其中有诗而不是诗，其中有词而不是词，其中有文而不是文……它是乐、舞、诗、词、文……放在一个大熔炉里冶炼而产生的全新品种。它的名字只能叫做：戏曲。③

---

① 《闲情偶寄》成书于康熙十年（1671），而布瓦洛的《诗艺》成书于1674年。
② 《李渔全集》第三卷，浙江古籍出版社，2010，第13页。
③ 杜书瀛：《评点李渔——〈闲情偶寄〉〈窥词管见〉研究》，东方出版中心，2010，第70页。

这里，李渔所言"有最得意之曲文，即当有最得意之宾白"，"常有因得一句好白，而引起无限曲情……是文与文自相触发"①，实是对宾白叙事功能的认识和总结、升华。

再有，因李渔所编之剧，一无所本、不用本事所占十之八九，所以《李笠翁曲话》在阐明"虚不似虚，实不成实，词家之丑态也"的同时，标举虚则虚到底、实则实到底。这种极力追求艺术的真实而强调全然创新的精神，对纠正和扭转中国戏曲在本事取材方面的因袭之风，起了一个很好的示范带头作用。

此外，《李笠翁曲话》的《演习部》五章十六款和《声容部》四章十三款，还是李渔在编剧和组织家班演出等戏剧实践中，对表导演和戏剧教育经验的系统总结。

然而，尽管《李笠翁曲话》的戏剧理论蔚为大观，系统初成，但是仍然难免有些遗珠之憾。

比如，对于传奇剧本的一些所谓"常格"，李渔是这样来认识的：

> 开手宜静不宜喧，终场忌冷不忌热，生旦合为夫妇，外与老旦非充父母即作翁姑，此常格也。然遇情事变更，势难仍旧，不得不通融兑换而用之，诸如此类，皆其可仍可改，听人为政者也。②

所以，在李渔的戏曲剧本中，对脚色设计有着自己独到的做法。大胆突破和创新之处，不在少数。其突破一生一旦的旧有模式，其唯重净丑，甚至做到让丑脚直接扮演男主角的极致。但是，惜在曲话中，并没有对此设计作出系统的阐释，对这种惊世之举的理论意义更是语焉不详。

再比如，李渔戏曲剧本的舞美设计和舞台指示是卓有特色的，其与曲文相结合对时空创造的完善，其与剧本文学性和表演艺术设计结合，对其剧作的剧场综合艺术性的最终建立，居功至伟。但是在《李笠翁曲话》中，除了一些针对照明的原则和具体要求、技法之外，显然未及全面、深入地总结。

除此之外，李渔戏曲剧本中诸般伎艺的合理运用，为其表演效果确是增色不少。但无论是就其意义，还是就其运用的原则和配比技巧，《李笠

---

① 《李渔全集》第三卷，浙江古籍出版社，2010，第44页。
② 《李渔全集》第三卷，浙江古籍出版社，2010，第59页。

翁曲话》均绝少涉及。而对于中国戏曲这门综合艺术而言，这方面的理论总结实在是不可或缺的。

第二节　李渔剧作与其戏曲理论的关系

总的来看，较李渔"十种曲"剧本晚出的《李笠翁曲话》，其戏剧理论在总结编剧实践的基础上，较前人上升到了一个新的高度。

李渔的戏曲理论，从创作实践中来，俱为长期打磨剧本、躬践排场的经验之谈，较之前人更加详致务实。以李渔之才，将理论著作写得词采斐然，甚至典雅艰深，又有何难？但是，他不但倡导曲文之词要"贵显浅"，在自己的编剧理论写作中，也是意深词浅、直说明言并紧密结合剧本创作的关键操作环节，不想拔高，而是诚恳地意欲直接为编剧创作服务。例如，关于虚与实的理论叙述，李渔与王骥德的区别是十分明显的。

王骥德在论虚实时，曾说：

> 剧戏之道，出之贵实，而用之贵虚。《明珠》《浣纱》《红拂》《玉合》，以实而用实者也；《还魂》、"二梦"，以虚而用实者也。以实而用实也易，以虚而用实也难。[①]

王骥德的论述，指出了艺术创作中生活真实与虚构想象的辩证关系。所谓"出之贵实"，就是说艺术要来源于生活，以历史和生活中的事实为创作构思的依据。所谓"用之贵虚"，即在艺术具体创作中，要克服"板实""肤浅"等弊病，获得艺术形象的丰满、浑厚，而获得艺术上的无限性。这一命题，固然有极其深远的思想渊源，有着哲理的深度，对后世的艺术创作和理论中的思想与形象、有限与无限、显隐、形神、有无等问题，都有着理论奠基和引领作用。

而李渔在《李笠翁曲话》中对虚实问题，则完全是用另一种方式来具体论述的，如：

[①] 王骥德：《曲律·杂论第三十九上》，载《中国古典戏曲论著集成》第四册，中国戏剧出版社，1959，第154页。

传奇所用之事，或古或今，有虚有实，随人拈取。古者，书籍所载，古人现成之事也；今者，耳目传闻，当时仅见之事也；实者，就事敷陈，不假造作，有根有据之谓也；虚者，空中楼阁，随意构成，无影无形之谓也。人谓古事多实，近事多虚。予曰：不然。传奇无实，大半皆寓言耳……若纪目前之事，无所考究，则非特事迹可以幻生，并其人之姓名亦可凭空捏造，是谓虚则虚到底也……古人填古事易，今人填古事难。古人填古事，犹之今人填今事，非其不虑人考，无可考也。传至于今，则其人其事，观者烂熟于胸中，欺之不得，罔之不能，所以必求可据，是谓实则实到底也。①

可见，李渔之"虚实"论，完全是从实践出发，结合自己的编剧经验，非是从哲学角度谈虚实，而是针对撰写剧本的技术细节而言的。如果说王骥德谈的是宏观曲学虚实论，那么，李渔谈的则是宏观微观结合的剧学虚实论，其主旨与伯良相符，而针对更加具体、入微也。

同时，从曲话中戏剧理论的角度来反观李渔的戏曲剧本，当代学者亦发出了一些批评的声音。

比如，今人吴国钦先生便曾以《理论的巨人 创作的"矮子"——论李渔》为题，从"时代的脉搏非常微弱""没有在内容方面创新意，而孜孜于情节关目上求新""有俗恶淫邪的描写"等方面，评价李渔"令人失望的戏曲创作"②。程小青先生在《契合中的矛盾——试论李渔的戏剧主张与实践》③一文中，也点出了李渔戏剧语言的太过浅露直白和平庸浅俗等。可见，有许多人都认为李渔在戏剧理论上威武雄壮，但是在剧作上却瘦骨伶仃，这实在令人失望至极。

依笔者看来，李渔剧作与其戏曲理论确实还存在着一些不一致之处，主要表现在以下几个方面：

其一，深邃思想的欠缺。

虽然李渔在曲话中曾言道，"填词非末技，乃与史传诗文同源而异派者也"，但是，他自己的剧作，在思想性方面，与中国向来注重思想性的

---

① 《李渔全集》第三卷，浙江古籍出版社，2010，第15—16页。
② 吴国钦：《论中国戏曲及其他》，岳麓书社，2007，第248—251页。
③ 程小青：《契合中的矛盾——试论李渔的戏剧主张与实践》，《厦门教育学院学报》2005年12月。

史传诗文相比,则相去较远。他的剧作,故事大多局限于男女情事,难见深厚的寓意,加之他对戒讽刺、戒荒唐时刻提防,故虽然常令人耳目一新,但纤巧有余,醇厚思辨之味明显不足。

这与他生活的时代和个人际遇有很大关系。他生活的时代为明末清初的动荡年代,少数民族铁骑刚刚入主中原未久,对顾恋中原正统王朝和文化者,冷酷无情地大加杀伐,血雨腥风,犹在眼前。再加上李渔刚刚经历了小说集《无声戏》因官场争斗牵连被禁毁,好友又被牵涉"科考案",以至于他如惊弓之鸟,避祸唯恐不及。所以有"予生忧患之中,处落魄之境,自幼至长,自长至老,总无一刻舒眉"①之叹。

再者,他组织一个"谋利性质的文人家班"②各处演出,因为生活所计"打秋风"的需要,所到之处,多为达官贵人的府邸,难免要察言观色,既要"自觉或被迫地追逐功利",又须在深深似海的豪门之中谨慎自保,自然要把一些忠孝节义,特别是民族大义等的思想隐藏得深一些。

比较值得一提的是,虽然李渔在曲话中有"戒讽刺"的理论提出,但是在他的剧本里,对科举、官吏的讽刺还是经常可以寻到的,比如《怜香伴》第八出《贿荐》、《比目鱼》第十一出《狐威》等。这些,或许应该算是一种令人欣慰的龃龉吧。

其二,剧情与艺术手法的单调重复。

李渔的戏曲剧本,故事多为婚姻奇事,虽冷热调度得当、文武场面互补、角色劳逸匀称,且误会、巧计等手法穿插,令得场面热闹妙趣横生,但是此类手法几乎每剧必用,加之各剧氛围颇为相似,仍然给人一种小处看新奇别致,而大处看却陷入一种男男女女、家事情情、单调重复的闹剧套路之中的感觉。

这种现象的出现,最先是一种迎合观众的心理在起作用。对于谋利演出的戏班而言,这种迎合在短时间内或许是场上演出的需要而且是必要的,但是,这和李渔提出的"非奇不传。'新'即'奇'之别名也。若此

---

① 《李渔全集》第三卷,浙江古籍出版社,2010,第47页。
② 刘庆:《明清时期的戏剧管理》,中国戏剧出版社,2006,第191页。在此书(第192页)中,刘庆先生进一步认为:李渔家班的谋利性质与通常所言的"营业性"有所不同,后者往往是以挂牌卖筹为标志的;它与"职业性"也不同,因为它的主人和演员具有多重身份。它着重体现的是家班演出的谋利动机和事实,而非形式和身份。……李渔等人的家班对于这种界限的突破体现了一种勇气,研究者没有理由不正视这种勇气。此言不谬,笔者深为赞同。

等情节业已见之戏场，则千人共见，万人共见，绝无奇矣，焉用传之"的理论，显然是相龃龉了。

其三，科诨中的亵俗难除。

其实，李渔对科诨当中的俗亵内容，本已有相当的警惕，例如，他在《闲情偶寄》当中，曾正色道：

> 戏文中花面插科，动及淫邪之事，有房中道不出口之话，公然道之戏场者。无论雅人塞耳，正士低头，惟恐恶声之污听，且防男女同观，共闻亵语，未必不开窥窃之门，郑声宜放，正为此也。不知科诨之设，止为发笑，人间戏语尽多，何必专谈欲事？即谈欲事，亦有"善戏谑兮，不为虐兮"之法，何必以口代笔，画出一幅春意图，始为善谈欲事者哉？①

然而，在他的传奇剧本之中，此等粗俗的恶声却未能免除。例如，在《意中缘》第五出《画遇》中，《蜃中楼》第十三出《望洋》、第廿六出《起炉》中，《凰求凤》第六出《倒嫖》当中，皆有淫词亵语充斥视听。如此这般，岂不啻于自投罗网，破了自己的规矩？

在李渔的传奇剧本中，如此俗亵难除、制造廉价剧场效果的现象，除了因他为追求"驱睡魔""使人不倦"的舞台效果而情急之下不择手段之外，还与他个人生活及时行乐的享乐主义旨趣有关。李渔在《闲情偶寄》卷六之《随时即景就事行乐之法》当中曾写道：

> 行乐之事多端，未可执一而论。如睡有睡之乐，坐有坐之乐，行有行之乐，立有立之乐，饮食有饮食之乐，盥栉有盥栉之乐；即袒裼裸裎、如厕便溺，种种秽亵之事，处之得宜，亦各有所乐。苟能见景生情，逢场作戏，即可悲可涕之事，亦变欢娱。如其应事寡才，养生无术，即征歌选舞之场，亦生悲戚。②

虽说"种种秽亵之事，处之得宜，亦各有所乐"，但是舞台当众搬演则又是另一回事。李渔剧作中，亦未能免俗，此等俗亵的曲词没有能够做

---

① 《李渔全集》第三卷，浙江古籍出版社，2010，第56页。
② 《李渔全集》第三卷，浙江古籍出版社，2010，第321页。

到适当的节制，甚或连自己为别人开示的"讲最亵之话虑人解耳者，则借他事喻之"的妙法都未能约束到自身，颇有些令人遗憾。

在此，我们不妨勇敢直言——理论家并没有一定要用自己的剧作来证明自己理论的义务！因为，理论世界和现实世界总是有距离和矛盾的，理论只负责设想、想象、推演、总结，却完全可以不用亲身去负责它的贯彻和实施。所以，笔者认为，李渔剧作与自己的编剧理论龃龉之处，实是时代所限，不应过于苛责。

我们更应该看到的是，李渔的戏曲理论不但超越了当时历代的戏剧理论，即使是在后世几百年来，全面超越他的编剧理论的广度、深度和实践指导意义的，仍是凤毛麟角，不可多得的。

本章在基于对《李笠翁曲话》研读的基础之上，对李渔戏曲的编剧艺术和他的戏曲理论的关系，做了再一步的思考和探讨。从《李笠翁曲话》对编剧及其他戏剧实践活动经验的升华和遗珠之憾，重新认识了李渔戏曲理论的贡献及缺憾之处；通过对李渔剧作与其戏曲理论关系的分析，在充分肯定李渔的编剧艺术同时，也看到了李渔编剧艺术的几个不足。

多年来，对李渔戏剧创作的指摘，攻击多于评价，论人品多于析文品、剧品，鉴赏多于研究。世人对李渔的讥评，往往集中于他笼络官绅、放下文人的清高身段四处打抽丰，以及轻易将家姬美妾示人，践躬排场、以色艺娱宾，等等。人皆言其人品，渐成因人废文、因人废剧之势。但是李渔对此的反应，多是隐忍、自嘲、寻求协调，而绝少反唇相讥。

对于诟病，李渔在五言古诗《赠吴玉绳》中曾说：

> 人摈我自收，为汝同桂姜。……我性本疏纵，议者憎披猖。……许以任天真，文少多肝肠。①

在七言律诗《六秩自寿四首》其二之中，他还自嘲道：

> 自知不是济川材，早弃儒冠辟草莱。性亦爱钱诗逐去，才难致忌命招来。忘忧只赖歌三叠，不饮惟耽茗数杯。何处可容青白眼，柴荆日日对山开。②

---

① 《李渔全集》第二卷，浙江古籍出版社，2010，第15页。
② 《李渔全集》第二卷，浙江古籍出版社，2010，第185页。

在他看来，连一部二十一史，对许多历史人物与事件的评价尚且都会有错，遑论我辈他人。所以，他在五言古诗《读史志愤》中又作：

……冤哉古之人，孰辨非其罪。……一部廿一史，谤声如鼎沸。不特毁者冤，誉者亦滋愧。……我无尚论才，性则同姜桂。不平时一鸣，代吐九原气。……知我或罪我，悉听时人喙。①

就连留寓京师的时候，他给自己家中匾额上所题的名字也干脆就叫"贱人居"。这是何等的隐忍、低调。以李渔之才情，加之又有他多年来结交官绅，广具人脉的背景，反唇相讥，尽口舌之快，解心中之块垒，又有何难？而他选择的是脚踏实地，不参与争论。这其中，固然有文化产业经营者以和为贵、息事宁人的为商之道，但同时也有感喟人生苦短，要把时间和精力更多地放在埋首创作、勤于总结和事业经营之上的大智之思。在《六秩自寿四首》其三之中，他以诗言志，表明了要为戏曲创作事业辛劳一生、希冀千古留声的殷殷夙愿：

历周甲子岁华盈，面目虽除性未更。易醉易醒蕉叶量，忽悲忽喜小儿情。头颅可赠欺难受，争战虽输守独赢。祈假十年增著述，古稀希古并留声。②

在《巧团圆》第一出《词源》甫一开场的词句，虽然是为了这一部《巧团圆》来争取观众，欲说明眼下这部才是最好的作品，但是表现出来的身段之低，这样的自惭乞怜，颇为令人惊讶：

【西江月】浪播传奇八种，赚来一派虚名。闲时自阅自批评，愧杀无盐对镜。　　既辱知音谬赏，敢因丑尽藏形。再为悦己效娉婷，似觉后来差胜。③

---

① 《李渔全集》第二卷，浙江古籍出版社，2010，第 19 页。
② 《李渔全集》第二卷，浙江古籍出版社，2010，第 185 页。
③ 《李渔全集》第五卷，浙江古籍出版社，2010，第 321 页。

我们从其剧作《慎鸾交》开场的第一出《造端》这段曲词中，可以理解到，李渔先是冷静地总结和调侃自己一生在创作上的遗憾，接着也借此发出了一次狂狷之啸：

【蝶恋花】（末上）年少填词填到老，好看词多，耐看词偏少。只为笔端尘未扫，于今始梦江花绕。　这种情文差觉好，可惜元人，个个都亡了。若使至今还寿考，过予定不题凡鸟。①

百年倏忽，掩卷深思，此言此举，何尝不是一个戏剧家孜孜敬业和境界自成一格的体现。

近人梁启超先生在其《学与术》一文中曾论曰：

学也者，观察事物而发明其真理者也，术也者，去所发明者真理而致诸用者也……生计学大家倭儿格之言也曰："学者术之体，术者学之用。二者如辅车相依而不可离。学而不足以应用于术者，无益之学也；术而不以科学上之真理为基础者，欺世误人之术也。"……我国之弊，其一则学与术相混，其二则学与术相离。②

平心而论，李渔便是这样一位学与术有机结合到一定境界的天才戏剧家。他"以口代优人，复以耳当听者，心口相维"③，眼中有演员，心中有观众，为世界贡献了一个有中国民族特色的编剧法，以及一批优秀的、体现了他超前的剧场综合艺术特征的传奇剧本。

诚然，李渔的戏曲剧本，当然并非十全十美。比如，它的思想性不是最高（事实上有一些还显得很弱）；它的曲词不是最古雅、清丽（事实上显浅机趣才是它的特色）；它的别裁奇制、笑闹戏谑令习惯于高台教化者错愕、惊讶；它故事中反复出现的家长里短、妻贤妾美让长于忠孝节烈、回肠荡气、震古烁今的曲家闻之侧目……

我们现在研究和纪念李渔，在前文各章所述种种的基础上，需要再三强调的还在于，他对于维护和拓展中国戏曲丰富和壮阔的整体艺术特征、

---

① 《李渔全集》第五卷，浙江古籍出版社，2010，第 423 页。
② 梁启超：《饮冰室合集·文集之二十五（下）》，第二册，中华书局，1989，第 1118 页。
③ 《李渔全集》第三卷，浙江古籍出版社，2010，第 48 页。

竭力探索戏曲艺术表现力的可能性以及维护戏曲文学素质的文化自觉性和实践上的某种超前性。

可惜的是，李渔的这些有益的实践成果和包括《闲情偶寄》当中的戏剧理论，并没有在其时和其后被戏曲界充分研究、吸收并蔚然成为风气。

遗憾的是，即使在二十一世纪的当代，依然还有相当一部分的戏曲因为忽视了对综合艺术整体性的维护和文学素质的坚守而呈现了一种崩坏和碎片化的状貌。

于是，我们看到，一些古典地方戏的舞台艺术语言，"机智地摆脱了叙述完整故事的艺术追求，总是仅仅表现戏剧性的激情的瞬间"，"不表现为诉诸心灵的、观念性的时间状态，而（仅仅）表现为诉诸感官的'质'的状态"[①]。

于是，我们发现，竟然有那么多人对某些戏曲剧团出国演出的剧目大多安排的是"闹天宫"的猴戏和《三岔口》之类的少有或者没有曲词宾白的动作折子戏津津乐道，沾沾自喜。殊不知，单是这样的状如曲艺的动作类表演，是难以让观众，特别是外国观众，凭此一"斑"而窥综合深邃的中国戏曲这一"豹"的总体艺术魅力的。我们的中国戏曲艺术，难道真的就成了某些人口中常常自念的"玩艺儿"了吗？

这样的要求，如果理论工作者不及时提出，那么，还将指望谁，在什么时候能够认清并提出呢？

一个剧目（不仅是剧本）作品中的文学素质（不是简单的文学性）及其思想性，乃是一剧之灵魂。如果表演性等是一剧之体魄的话，那么一个剧目，除了身强体健之外，还须有灵魂。一切戏剧学的要求，都不应该成为忽视或者拒绝文学素质的一个壁垒。在这个问题上，要发挥的是中国戏曲一以贯之的、强大的综合和吸附的生存本性，对戏剧文学性、表演性和舞台艺术性等任何一个方面都不能舍弃或者偏废。

中国戏曲是多元的，也并非是凝固不变的，历史上，包括写意性、抒情性，也都是一直在与笑闹的场面、精巧繁复的写实性布景以及叙事性的强化，做着此消彼长的博弈和转换。反倒是当今中国戏曲的理论界、实践界，时常有些人几乎众口一词地断言：非写意、非一桌二椅、非抒情就不是正宗的中国戏曲，这种抱定现状、缺乏包容和探索的作风，对中国戏曲

[①] 吕效平：《戏曲本质论》，南京大学出版社，2003，第296、286页。

的传承、发展和完善,实无益处。

　　应该承认,任何行业和领域,实践界在大的走向上的停滞或者倒退,都是具有深刻的理论意义的。所以,前文提到的这些戏曲的针对整体艺术特征而言的崩坏和碎片化现象的出现,理论界实在是难脱其咎。

　　所以,这也就是我们需要认真地立足于戏剧本体,从编剧、表演、导演、舞美设计等的全面角度审视和研究李渔的戏曲剧本,以纪念和传承他对中国戏曲艺术之贡献的主要缘由所在。

　　李渔,在其戏剧人生中,不断地扮演一个敲钟人的角色,他曾数次为中国古典戏剧叩响了晨钟。钟声有着极为丰富的象征意义,它曾经是由最古老的青铜中发出的震人耳膜甚至魂魄的乐音,它也是美轮美奂又意蕴深长的艺术乃至思想符号。钟声是历史进程中的觉悟和奋发所必需的一个警策。仅就中国戏剧的范围来看,前有徐渭、王骥德,后有吴梅、王国维,而居于这一段时代中间的李渔,他的敏锐、警醒和果决,促成了他对于中国古典戏剧的症结与前途大胆和理性并且有效发声的使命的达成。

余 绪

再回首，百年间李渔剧论研究的奇光异彩与部分不足，本书外编已经不揣陋见，不避苛责之嫌，择要评之。值此卒章在即，愿将余绪再献方家面前：

1. 当重视研究和批评氛围的建设和保持

回顾20世纪百年内李渔剧论的研究，发现对一些问题的争鸣和商榷，无论是从数量上，还是激烈程度上，远远比不上六十年代《琵琶记》大讨论及后来的"汤沈之争"等。论家不是在某些问题，特别是搬演理论上意见惊人地一致，就是纠缠于李渔的人品、剧论思想的封建落后等枝节，即使有詹慕陶《论李渔的为人、剧作和戏剧观——兼与沈尧、刘克澄等同志商榷》[①]、徐寿凯《〈闲情偶寄〉的几处失误》[②]、闻而畏《李渔"抹倒"汤显祖辨》[③]等文横空出世，也是波澜微起，转瞬即平，难成争鸣之势。

从某种意义上讲，这是学界缺乏冲劲、倦怠辩驳，习惯于稳坐书房成一统，闭门自修各家史的表现。世纪末李渔剧论研究的回落，民族戏剧学构建的缓成，与此不能说毫无干系。

宝剑锋芒磨砺出，理不辩不明，对研究和批评氛围的建设和保持的重视，应为当务之急。

2. 当积极认识对西方先进思想和治学方法的研究与借鉴

就李渔剧论研究而言，二十世纪内相当一部分文章表现出了说理性不强，系统性缺失的特点，有的只可称得上是一篇赏析文章。真正的学术论文所占比例远非人所期望。这也是本书作者宁可泛称其为文章而不泛称其为论文的隐衷所在。

八十年代中期，徐中玉先生曾有云："中国古代文论与西方文论比较起来，体系庞大、思辨入奥、论证细密之著较少，而灵活多样，亲切动

---

① 詹慕陶：《论李渔的为人、剧作和戏剧观——兼与沈尧、刘克澄等同志商榷》，《戏剧艺术》1982年第4期。
② 徐寿凯：《〈闲情偶寄〉的几处失误》，《戏剧界》1981年第14期。
③ 闻而畏：《李渔"抹倒"汤显祖辨》，《北京大学学报（哲学社会科学版）》1994年第6期。

人，在简要的话语里充满智慧、达识的资料则特多。相对于纯粹的思辨，着力构成某种庞大的体系，我们古人宁愿从具体经验出发，直觉地，饱含深情地、从容不迫，举重若轻地来论文谈艺……有些人常以某些德国人的哲学、美学著作为范例。我们也对他们某些巨著的深刻性和历史功绩有种敬佩，但若认为他们那种思维方法和表达理论的习惯是唯一可取最为高明的，那就是另一回事了……我们完全不应用故作高深，佶屈聱牙，类似蹩脚的翻译文字来谈论问题，如果加上繁琐和冗长，那简直就是把读者赶跑的最好手段了。"①此说在学界赞同者颇多。

我固然理解中玉老对我国传统深厚的感情，也赞同他对中国古代文论特点所做的分析和褒扬，但我们同时还是不能减缓甚至废弃对西方思想和治学方法当中先进部分的了解和借鉴。

做学问、撰著论文，其核心目的就在于求一个"理"字，西方学术界的逻辑性强、规范性强、方法技术性多面，且代代升华等特点，确是高明的。这些高明之处，对学术的传承和发展具有重大甚至决定性意义。殊不见，我国戏剧理论史上，且不说李渔剧论在结构、词句上直接因袭王骥德处甚多，即使是近人吴梅所撰著作内，与李渔剧论象形之处亦不在少数，遑论其他诸多达人方家、顾曲周郎，或述而不作，或仅止于序跋书简之间信马由缰的"三言两语"。倘若都像这样世世流失、代代草创，民族戏剧理论建设大业何时方能比肩于世界学林？

况且，除却翻译的因素，西方文著也并非个个"繁琐和冗长"。西方强调科学发现简单意义的"奥卡姆②的剃刀"理论——不应当不必要地增加事物的复杂性——至今被大多数学者奉为圭臬。客观地讲，西方真正的传世之作，鲜有"故作高深，佶屈聱牙"或"繁琐和冗长"者。

西方的思维方法和表达理论的习惯当然不是"唯一可取"的，我们应清醒地意识到，西方的理论和方法同中国古典戏曲文化在客观上尚有很大的差异，有些理论当然是不能直接拿来的，我们完全可以在保留中国传统文论"从具体经验出发，直觉地，饱含深情地、从容不迫，举重若轻"等风格样式的同时，大力研究、借鉴西方某些系统性和内部逻辑等优秀的东西。窃以为，如果真正做到了对中国文学艺术的精髓得之于心，那么何惧对践之于行的方法遍访天下，取优者为之用呢？

---

① 徐中玉：《〈曲论探胜〉之序》，载齐森华著《曲论探胜》，华东师范大学出版社，1985。
② William of Ockham（1285—1349）。

附 录

附录一 李渔传奇剧作宾白科诨修辞手法举例简表

	手法	剧作·出	举 例
1	倒反	《奈何天》 第五出《隐妒》	自家袁夫人是也。身才七尺，腰仅两围，窄窄金莲，横量尚无三寸；纤纤玉指，秤来不上半斤。貌遇花而辄羞，真个有羞花之貌；容见月而思闭，果然是闭月之容。我这副嘴脸，生得恁般丑陋，就该偃蹇一生了。谁想嫁着袁郎，竟是当今的才子。他得中之后，我又做了夫人。这叫做前生不作红颜孽，今世应无薄命嗟。
2	错病	《意中缘》 第六出《奸囮》	那时节，我头发蓄长了，他那里还认得出？教那个人交付还我，我借他做个招牌，结识起士大夫来，不但**洞其房而花其烛**，还要**金其榜而挂其名**。你道我这个主意巧也不巧？妙也不妙？（笑介）

续表

	手法	剧作·出	举例
3	错题	《怜香伴》第廿六出《女校》	（老旦对小丑介）《苏娘织锦》一定是你的了。（小丑）不是我，谁人做得出？（老旦念介）六国夫人不下机，做来生活世间稀。闲时织待忙时用，夫婿还乡制锦衣。老爷说：诗倒是有些作意，只是题目认差了。这是窦滔之妻苏蕙娘织锦回文的故事，怎么做到苏秦家里去？题旨错了，纵有好诗也不中。（小丑）近科做差题目，中了的尽多，只要文字好，何须这等死煞。
4	改篡	《怜香伴》第十四出《倩媒》	（下场诗）周郎妙计高天下，**得了夫人不折兵**。
		《巧团圆》第五出《争继》	（净）同宗立嗣，古之常理。我与他是同宗，所以说"应该"二字。（末）又来奇了，你姓伊，他姓尹，怎么叫做同宗？（净）尹字比伊字，只少得一个立人。如今把我家的人，移到他家去，他就可以姓伊，我就可以姓尹了。怎么不是同姓。（末）好胡说。
5	谐音	《意中缘》第廿八出《诳姻》	（旦大惊介）呀！当初说是董思白，如今又说是董思白！我杨云友生前欠了董家甚么冤债？如今董来董去，只是董个不了。（顿足哭介）（小旦）小姐，如今这一董被你董着了。不要着慌，请坐下来，待我与你细讲。
		《玉搔头》第廿七出《得实》	爹爹前日亲口讲，说武职里面没有第二个威武将军。如今现有一个在此，姓又相同，这不是万郎是那一个？哦！是了，他姓万，爹爹姓范；他的官衔是威严的"威"字，爹爹的官衔是经纬的"纬"字，音同字别，所以路上传讹。
6	双关	《怜香伴》第廿九出《搜挟》	（众）禀老爷，这卷文字是粪门里搜出来的。……（末）你毕竟一字不通，方才挟带文字。我且问你，你那举人是那里来的？（净）举人是文字中来的。（末）文字是那里来的？（净）文字是肚里做出来的。

续表

	手法	剧作·出	举 例
7	冒用	《风筝误》第十三出《惊丑》	(生又惊介)自己做的诗,只隔得半日,怎么就忘了?还求记一记。(丑)一心想着你,把诗都忘了,待我想来。(想介)记着了!(生)请教。(丑)"云淡风轻近午天,傍花随柳过前川;时人不识余心乐,将谓偷闲学少年。"(生大惊介)这是一首千家诗,怎么说是小姐做的?(丑慌介)这,这,这果然是千家诗,我故意念来试你学问的,你毕竟记得。这等,是个真才子了!
8	拆分	《凰求凤》第廿八出《悟奸》	何二妈做了一世媒婆,不曾见过这般诧事。起先遇着个拐骗的,把一位现成新郎,被他**马扁**了去,这也罢了。谁想等到如今,又遇着个剪绺的,把一注现成的媒钱,又被他**前刀**了去,这桩诧事一发诧得伤心。
9	反复	《巧团圆》第廿九出《叠骇》	(旦)何如?那位督师的老爷是我的父亲么?(末)也是也不是!(生)他见了家信喜不喜?(末)也喜也不喜!(旦)这等,有回书没有回书?(末)也有也没有!(生、旦各惊介)呀!这话来得蹊跷,甚么原故,明白讲来。(末)若说不是父亲,就不该收女儿的家信;若说是父亲,又不该不认女儿的丈夫,这叫做也是也不是。若说他不喜,见我走到的时节,不该兴匆匆来讨家书;若说他喜,打发我回头的时节,又不该说上许多歹话,这叫做也喜也不喜。若说没有回书,其实又有两个字;若说有回书,又不是他的亲笔,倒是你的原来头,这叫做也有也没有。回书在此,请看!(付小纸一条)(生、旦看毕,大惊介)呀,有这等奇事!竟把"愚婿"二字复了回来。

附录二 李渔传奇剧作部分舞台指示举例简表

类　别		剧目 / 出	内容举例
科介	寻常科介	（随处可见）	类似"末上""生带末上""内鼓吹介"等
	舞　蹈	《怜香伴》第卅三出《出使》	净、众谢恩毕，更衣冠，拜舞介
			旦、小旦扮夷女，歌舞奉酒介
		《风筝误》第五出《习战》	众持军器，各舞一回下
			扮象上，舞一回下
		《蜃中楼》第廿一出《龙战》	下，内作霹雳声，丑扮雷神舞上
			小旦扮电母，两手持镜舞上
		《比目鱼》第八出《寇发》	扮虎、熊、犀、象次第上，舞介
			每舞一回，副净用令旗一挥即下
	战　争	《风筝误》第十五出《坚垒》	众搭云梯，净登望介
		《比目鱼》第八出《寇发》	忽作炮声，满场俱发火焰，众兽奔溃，下场介
			外、末领兵追上，对杀介
			贼众败下
		《奈何天》第廿六出《师捷》	生、众上，对杀一阵，假败下

续表

类别			剧目/出	内容举例
科介	变形	容貌变好	《奈何天》第廿八出《形变》	脱衣介……副净持沐盆、携汤桶、水杓上……丑坐盆内，副净略洗一二把即起，背介……向鬼门变作女子介……净舀汤浇发，又取物洒眼内介……净用湿手巾，擦去面上疤痕及粉介……净用推鞭，向浑身鞭介……丑穿衣完，看壁上介……副净取镜，丑照大惊介
		男女易貌	《意中缘》第十三出《送行》	副净取巾服、皂靴上……小旦换介……小旦作大步行介……小生大笑介
		死后变化	《比目鱼》第十五出《偕亡》第十六出《神护》第十八出《回生》	①急跳下台介，潜下……净惊喊"捞人"，众哗噪介……急跳下台介……潜下，众惊呼介……净慌介②生、旦暗上，搂抱卧地，下介……副净用旗帜招魂，向内传介……生旦暗下，一人扮作比目鱼上，入队同行介③同起罾，见鱼喜介……同下，内鸣金、摇鼓，虾、螺、蟹、鳖复执旗帜，引生、旦上，换去前鱼，仍用蓑衣盖好，旋舞一回即下……小生、老旦、末、丑同上……取去蓑衣见生、旦，大惊退介
		人扮动物、妖鬼	《蜃中楼》第五出《结蜃》	四人一扮鱼、一扮虾、一扮蟹、一扮鳖上
			《蜃中楼》第廿一出《龙战》	副净引鱼、虾、蟹、鳖四将上
			《慎鸾交》第十一出《魔氛》	众扮男鬼，各执枪棍上场，环舞一回下……众扮女妖，各持刀剑上场，环舞一回下

续表

类　别	剧目／出	内容举例
布　景	《怜香伴》第五出《神引》	生扮释迦佛，坐金莲台、五色云车，外扮文殊，骑狮，末扮普贤，骑象，同上
	《蜃中楼》第五出《结蜃》	预结精工奇巧蜃楼一座，暗置戏房，勿使场上人见，俟场上唱曲放烟时，忽然抬出。全以神速为主，使观者惊奇羡巧，莫知何来，斯有当于蜃楼之义，演者万勿草草
	《蜃中楼》第廿八出《煮海》	预搭高台二层：上层扮五色云端遮住台面，下层放锅灶、扇、杓等物
	《奈何天》第十五出《分扰》	预搭二将台
服　饰	《蜃中楼》第三出《训女》	凡扮龙王，俱有一定服色，始终一样，不可更换
		外扮龙王，苍髯，青袍，引水卒上
	《蜃中楼》第四出《献寿》	末扮龙王，白髯黄袍，引水卒上
	《风筝误》第十八出《艰配》	生簪花、冠带，末执鞭，众鼓吹引上
	《怜香伴》第二出《婚始》	旦艳妆乘舆，小生儒巾、员领，丑扮丫鬟，杂扮掌礼，众鼓吹、纱灯引上
化　妆	《奈何天》第二出《虑婚》	丑扮财主，疤面、糟鼻、驼背、跷足，带小生上
	《巧团圆》第廿二出《诧老》	净扮胖妇，小旦扮瘦妇，副净扮驼背、跷脚妇，同老旦上
	《怜香伴》第二出《婚始》	旦艳妆乘舆，小生儒巾、员领，丑扮丫鬟，杂扮掌礼，众鼓吹、纱灯引上
照　明	《奈何天》第四出《惊丑》	（丑：灭烛成亲计万全，今宵祸事多应免……我要预先吹灭了灯，然后劝他脱衣服）众纱灯、鼓乐，引老旦上……净上，照常赞礼毕，众携灯、鼓乐，送入洞房介……丑吹灯介……（副净：我闻得成亲的花烛是点不得两次的）
	《比目鱼》第十九出《村嗏》	丑携灯入洞房，众同行介

续表

类　别	剧目／出	内容举例
音　效	《蜃中楼》 第廿八出《煮海》	众应，抬出大鼓介……末伸长手扪住大鼓，丑打不响介
	《比目鱼》 第八出《寇发》	忽作**炮声**，满场俱发火焰，众兽奔溃，下场介
	《比目鱼》 第二出《耳热》	内众齐赞"好戏"介
	《怜香伴》 第六出《香咏》	内鸣钟鼓，旦拈香拜介
	《巧团圆》 第二出《梦讯》	内放定更炮，发擂一通，随打更介
烟　火	《蜃中楼》 第五出《结蜃》	照前吃烟，吐一口鞠一鞠，连吐连鞠介……四人并立，一面唱，一面防烟作蜃气介……烟气放尽，忽现蜃楼介
	《奈何天》 第十二出《焚券》	取火焚券介
	《比目鱼》 第八出《寇发》	忽作炮声，满场俱发**火焰**，众兽奔溃，下场介

续表

类别		剧目/出	内容举例
道具	宝玩	《蜃中楼》第廿九出《运宝》	预备龙宫诸色宝玩,齐列戏房,候临时取上,务使璀璨陆离,令观者夺目
	风筝	《风筝误》	末持风筝上……倒行放线介……内扯风筝,落下介……持风筝下……生带丑,携风筝上……寻着风筝,看介……
	玉搔头	《玉搔头》第十一出《赠玉》	拔簪(即玉搔头)付生,生插介
	玉尺	《巧团圆》第八出《默订》	转身取玉尺介……作拨篱丢尺介……取尺介
	鲛绡帕	《蜃中楼》第六出《双订》	(旦:奴家有鲛绡帕一条奉赠)付帕介
	晶珮	《蜃中楼》第六出《双订》	(小旦:我有晶珮一枚,托他寄去)解珮付旦,旦付生介
	灯烛	《奈何天》第四出《惊丑》	净上,照常赞礼毕,众携灯、鼓乐,送入洞房介……丑吹灯介
	借契	《慎鸾交》第廿一出《债饵》	净取纸笔与副净写介……一面送丑看,一面取前纸偷换介……副净捏纸,令老旦押字,押毕即送丑,令丑收介……净付银介
	煮海用具	《蜃中楼》第廿八出《煮海》	预搭高台二层:上层扮五色云端遮住台面,下层放锅灶、扇、杓等物。
	人头	《巧团圆》第廿二出《诧老》	下,取小小人头付外,外惊介……外丢人头,领小旦下
		《风筝误》第十五出《坚垒》	副净提人头立城上,众见惊倒介……丑提人头上,见介

附录三 二十世纪李渔剧论整理、注释专著（单行本）一览表

序号	书名	整理者	依据底本	出版者	出版时间	特点
1	李笠翁曲话	曹聚仁	1671年翼圣堂本	上海梁溪图书馆排印《文艺丛书》本	1925年	第一部刊印单行本
2	闲情偶寄（《中国古典戏曲论著集成》第七集）	中国戏曲研究院	1671年翼圣堂本，以芥子园刻本加以补足	中国戏剧出版社	1959年	①仅包括《闲情偶寄》原书中《词曲部》《演习部》；②有提要、校勘记；③最早的标点排印本；④竖排
3	李笠翁曲话	《戏曲研究》编辑部	（未提及）	中国戏剧出版社	1959年 1962年	①仅包括《闲情偶寄》原书中《词曲部》《演习部》；②竖排
4	李笠翁曲话	陈多	1671年翼圣堂本，选录部分眉批	湖南人民出版社	1980年	①包括《闲情偶寄》原书中《词曲部》《演习部》，及《声容部》有关内容；②选录底本部分眉批；③有释文；④当时收录李渔剧论比较完善、全面之单行本
5	李笠翁《曲话》注释	徐寿凯	闲情偶寄（《中国古典戏曲论著集成》第七集）	安徽人民出版社	1981年	①详加注释，难字注音，难词释义，指出失误；②附文《李渔及其戏曲理论》；③附录《李渔研究篇目索引》，收录20世纪初至1980年研究文章篇目41种
6	《李笠翁曲话》释注	李德原	1671年翼圣堂本	天津古籍出版社	1988年	①内文分原文、注释、译文；②注释详尽，索本求源，分析作者意图；③对旧注有许多纠正、补充

附录四 二十世纪《闲情偶寄》重要版本一览表

序号	整理者	依据底本	出版者	出版时间	特　点
1	单锦珩	雍正八年芥子园《笠翁一家言》	浙江古籍出版社	1985年	①参考诸本校正了错字，校勘了重要的异同；②1949年后第一本完整的整理校勘本
2	单锦珩	雍正八年芥子园《笠翁一家言》	浙江古籍出版社《李渔全集》第三卷	1991年	参考诸本校正了错字，校勘了重要的异同
3	萧新桥	雍正八年芥子园《笠翁一家言》	浙江古籍出版社	1992年	出现了将"寄"误为"记"的错误
4	（影印）	贝叶山房1936年版	上海文艺出版社	1992年	①无《尤侗序》；②正文前有"婿沈心友因伯男将舒陶长同订"字样
5	温京华 田 军	雍正八年芥子园《笠翁一家言》	光明日报出版社	1997年	①以翼圣堂本为校参本；②重新标点、划分段落，将眉批统一附于段末，旁批移至句与句之间；③订正了原书明显的错误；④横排
6	杜书瀛	雍正八年芥子园《笠翁一家言》	学苑出版社	1998年	①将《词曲部》《演习部》《声容部》几乎全部，以及《居室部》大部文字作为正文，详加注释评点；②其他作为附录列于书后；③校正了个别刊刻错误
7	江巨荣 卢寿荣	雍正八年芥子园《笠翁一家言》（校以翼圣堂本、《中国文学珍本丛书》本）	上海古籍出版社	2000年	①删除原来诸本李渔友人的一些眉批、夹注；②对主要人名、地名、典故、术语给予简注

参考文献

李渔戏曲剧本

《古本戏曲丛刊》初集，商务印书馆，1954。

《古本戏曲丛刊》二集，商务印书馆，1955。

《古本戏曲丛刊》三集，商务印书馆，1957。

《古本戏曲丛刊》四集，商务印书馆，1958。

《古本戏曲丛刊》五集，上海古籍出版社，1984。

王季思主编《中国十大古典喜剧集》，上海文艺出版社，1982。

李渔：《李笠翁喜剧选》，黄天骥、欧阳光选注，岳麓书社，1984。

李渔：《笠翁传奇十种校注》，王学奇、霍现俊、吴秀华主编，天津古籍出版社，2009。

李渔：《李渔全集》第四卷《笠翁传奇十种》（上），浙江古籍出版社，2010。

李渔：《李渔全集》第五卷《笠翁传奇十种》（下），浙江古籍出版社，2010。

李渔剧论

李渔：《闲情偶寄》，清康熙十年（1671）翼圣堂刻本。

李渔：《笠翁偶集》，清雍正八年（1730）芥子园刻《笠翁一家言全集》。

李渔：《李笠翁曲话》，上海启智书局。

李渔：《李笠翁曲话》，"文艺丛书"，曹聚仁校订，摘录《闲情偶寄》"词曲""演习"二部，上海梁溪图书馆，1925。

李渔：《闲情偶寄》，"中国文学珍本丛书"，贝叶山房，1936。

李渔：《笠翁剧论》，"新曲苑"，上海中华书局，1940。

李渔：《李笠翁曲话（部分）》，《剧本》1957年3月。

中国戏曲研究院编《中国古典戏曲论著集成》，中国戏剧出版社，1959。

《戏剧研究》编辑部编《李笠翁曲话》，中国戏剧出版社，1959、1962、1980。

李渔：《李笠翁曲话》，陈多注释，湖南人民出版社，1980。

李渔：《李笠翁曲话注释》，徐寿凯注释，安徽人民出版社，1981。

李渔：《闲情偶寄》，单锦珩校点，浙江古籍出版社，1985。

李渔：《李笠翁曲话译注》，李德原译注，天津古籍出版社，1988。

李渔：《闲情偶寄》，江巨荣、卢寿荣校注，上海古籍出版社，2000。

李渔：《闲情偶寄》，明文书局（台北），2002。

李渔：《闲情偶寄》，《李渔全集》之一，单锦珩校点，浙江古籍出版社，2010。

李渔：《闲情偶寄》（古典名著聚珍文库），浙江古籍出版社，2011。

李渔研究专著

杜书瀛：《论李渔的戏剧美学》，中国社会科学出版社，1982。

杜书瀛：《李渔美学思想研究》，中国社会科学出版社，1998。

杜书瀛：《李渔美学心解》，中国社会科学出版社，2010。

杜书瀛：《评点李渔——〈闲情偶寄〉〈窥词管见〉研究》，东方出版中心，2010。

郭英德：《李渔》，春风文艺出版社，1999。

胡天成：《李渔戏曲艺术论》，西南师范大学出版社，1993。

胡元翎：《李渔小说戏曲论稿》，中华书局，2004。

黄丽贞：《李渔研究》，纯文学出版社（台北），1963。

黄强：《李渔研究》，浙江古籍出版社，1996。

骆兵：《李渔的通俗文学理论与创作研究》，经济管理出版社，2004。

骆兵：《李渔文学思想的审美文化论》，江西人民出版社，2010。

沈新林：《李渔新论》，苏州大学出版社，1997。

肖荣：《李渔评传》，浙江文艺出版社，1985。

俞为民：《李渔〈闲情偶寄〉曲论研究》，江苏教育出版社，1994。

俞为民：《李渔评传》，南京大学出版社，1999。

张晓军：《李渔创作论稿——艺术的商业化与商业化的艺术》，文化艺术出版社，1997。

［美］埃里克·亨利：《李渔的戏剧》。

［美］韩南：《创造李渔》，杨光辉译，上海教育出版社，2010。

［美］张春树、骆雪伦：《明清时代之社会经济巨变与新文化：李渔时代的社会与文化及其"现代性"》，王湘云译，上海古籍出版社，2008。

辞书、类书、资料汇编

中国艺术研究院资料馆报刊组编《戏曲理论文章索引（1949—1981）》，内部发行，1983。

中国艺术研究院戏曲所资料室编著《中国戏曲研究书目提要》，中国戏剧出版社，1992。

傅晓航、张秀莲主编《中国近代戏曲论著总目》，文化艺术出版社，1994。

齐森华、陈多、叶长海主编《中国曲学大辞典》，浙江教育出版社，1997。

吴新雷主编《中国昆曲大辞典》，南京大学出版社，2002。

洪惟助主编《昆曲大辞典》，传统艺术中心（台北），2002。

含有李渔研究专论的著作

蔡钟翔：《中国古典剧论概要》，中国人民大学出版社，1988。

陈维昭：《20世纪中国古代文学研究史·戏曲卷》，东方出版中心，2006。

陈竹：《中国古代剧作学史》，武汉出版社，1999。

方孝岳：《中国文学批评》，上海世界书局，1934。

傅晓航：《戏曲理论史述要》，文化艺术出版社，1994。

李昌集：《中国古代曲学史》，华东师大出版社，1997。

齐森华：《曲论探胜》，华东师大出版社，1985。

谭帆、陆炜：《中国古典戏剧理论史》，中国社会科学出版社，1993。

吴毓华：《古代戏曲美学史》，文化艺术出版社，1994。

夏写时：《论中国戏剧批评》，齐鲁书社，1988。
夏写时：《中国戏剧批评的产生和发展》，中国戏剧出版社，1982。
杨栋：《中国散曲学史研究》，山东大学出版社，1998。
叶长海：《中国戏剧学史稿》，上海文艺出版社，1986。
叶长海主编《中国戏剧研究》，福建人民出版社，2006。
余秋雨：《戏剧理论史稿》，上海文艺出版社，1983。
俞为民等：《中国古代戏曲理论史通论》，华正书局（台北），1998。
赵山林：《中国戏剧学通论》，安徽教育出版社，1995。
朱东润：《中国文学批评史大纲》，开明书店，1944。

其他涉及李渔研究的著作

郭绍虞：《中国历代文论选》，中华书局，1962。
黄保真、蔡钟翔、成复旺：《中国文学理论史》，北京出版社，1991。
刘庆：《明清时期的戏剧管理》，中国戏剧出版社，2006。
敏泽：《中国文学理论批评史》，人民文学出版社，1982。
王运熙、顾易生：《中国文学批评史》（"复旦"三卷本），上海古籍出版社，1985。
杨星映：《中国古代文学理论批评史纲要》，重庆大学出版社，1999。
游国恩：《中国文学史》，人民文学出版社，1964。
张少康、刘三富：《中国文学理论批评发展史》，北京大学出版社，1995。
朱恩彬：《中国文学理论史概要》，山东文艺出版社，1989。

部分研究论文

（中华人民共和国成立前）

陈子展：《戏曲批评家李笠翁》，《五洲》（上海）第1卷第10期，1936年8月。
邓绥宁：《李笠翁之戏剧批评》，《进德月刊》2卷10期，1937年6月。
胡梦华：《文学批评家李笠翁》，《小说月报》1927年6月，第17期号外。
黎君亮：《批评家的李笠翁》，《矛盾月刊》2卷5期，1934年1月。
汪侗然：《批评家的李笠翁》，《矛盾月刊》2卷5期，1934年1月。
余上沅：《摘录李笠翁戏剧理论》，《清华文学月刊》2卷4期，1932年。

张天畴：《李笠翁的"闲情偶寄"》，《书报展望》1 卷 4 期，1936 年 2 月。

朱东润：《李渔戏剧论综述》，《文哲季刊》第 3 卷第 4 号，1934 年 12 月。

朱湘：《批评家李笠翁》，《语丝》第 19 期，1925 年 3 月。

（中华人民共和国成立后）

柴国珍：《贵奇·创新·求美——李渔戏剧美学简论》，《晋阳学刊》1997 年第 3 期。

陈多：《从"学而优则仕"到"学而'优'"（李渔浅探之一）》，《中国古代、近代文学研究》1988 年第 8 期。

陈多：《李渔〈立主脑〉译释》，《上海戏剧》1980 年第 2 期。

陈多：《李渔〈脱窠臼〉译释》，《上海戏剧》1980 年第 4 期。

陈多：《试谈李笠翁的写剧理论（上）》，《剧本》1957 年 7 月。

陈多：《试谈李笠翁的写剧理论（下）》，《剧本》1957 年 9 月。

陈多、计文蔚：《李笠翁的戏曲编剧理论与技巧》，《戏剧艺术》1981 年第 4 期。

陈庚平：《论李渔对中国戏曲理论上的贡献》，《甘肃师大学报》1960 年第 1 期。

陈韩星：《从潮剧〈张春郎削发〉看李渔戏曲结构学说》，《戏剧评论》1988 年第 4 期。

陈晋：《李渔的戏剧人物形象观探论》，《中国古代、近代文学研究》1986 年第 5 期。

陈晋：《李渔戏剧人物形象观探论》，《福州师范学院学报》1986 年第 2 期。

陈雷：《相似·差异·创新：李渔和亚理斯多德戏剧理论比较》，《复印报刊资料·戏剧研究》1985 年第 5 期。

陈望衡：《中国古典戏曲美学的高峰——李渔戏曲美学片论》，《长沙电力学院学报（社会科学版）》1997 年第 3 期。

陈维雄：《略谈李渔戏曲理论中的创新》，《上海师范学院学报（社会科学版）》1983 年第 3 期。

陈志耕：《填词首重音律而予独先结构：浅论李渔戏曲结构观》，《镇江学刊》1994 年第 3 期。

程华平：《略论李渔的舞台表演理论》，《戏剧、戏曲研究》1994 年第

2 期。

程华平：《试论李渔对局作家与观众关系的阐述》，《信阳师范学院学报（哲科版）》1994 年第 4 期。

崔茂新：《李渔研究的美学史视角——读〈李渔美学思想研究〉》，《中国图书评论》2000 年第 10 期。

戴不凡：《李笠翁事略》，《剧本》1957 年 3 月号。

单锦珩：《李渔评价的历史考察》，《浙江师大学报（社会科学版）》1991 年第 4 期。

单锦珩：《李渔四题》，《浙江师大学报（社会科学版）》1990 年第 3 期。

单锦珩：《通俗文化大师的杰出贡献——写在〈李渔全集〉问世时》，《博览群书》1991 年第 2 期。

党圣元：《评杜书瀛〈李渔美学思想研究〉》，《文学评论》1999 年第 4 期。

邓丹：《〈笠翁十种曲〉的新奇艺术》，《戏剧文学》2007 年第 2 期。

邓丹：《中国戏曲史上〈笠翁十种曲〉之特异性》，《文学前沿》2007 年。

邓运佳：《〈李笠翁曲话〉简评——兼批"四人帮"的文艺创作模式》，《陕西戏剧》1979 年第 1 期。

丁放：《试析李渔的戏曲语言理论》，《安徽新戏》1995 年第 3 期。

董小玉：《中西古典戏剧结构美学的历史性双向调节——高乃依、李渔比较研究》，《外国文学评论》1996 年第 1 期。

杜书瀛：《〈笠翁十种曲〉版本、校注及其评价》，《中山大学学报（社会科学版）》2009 年第 4 期。

杜书瀛：《读〈闲情偶寄〉札记》，《学习与探索》1998 年第 4 期。

杜书瀛：《李渔的戏剧美学引言》，《淄博师专学报》1997 年第 1 期。

杜书瀛：《李渔论戏剧导演》，《文艺研究》1980 年第 4 期。

杜书瀛：《李渔论戏剧的审美特性》，《中国社会科学》1981 年第 1 期。

杜书瀛：《李渔论戏剧真实》，《文学遗产》1980 年第 1 期。

杜书瀛：《李渔生平思想概观》，《文史哲》1983 年第 6 期。

杜书瀛：《美与媚：李渔论人体美》，《东方丛刊》1996 年第 3 期。

杜卫：《李渔的戏曲综合整体观》，《戏剧》1991 年第 2 期。

杜卫：《李渔与亚里士多德戏剧美学思想比较》，《戏剧》1989 年第 2 期。

范琦、任晓莹：《第一部导演学和"怪才"李渔》，《东方艺术》1994 年第 5 期。

方然:《李渔小说的艺术个性及其文化成因》,《云南教育学院学报(社会科学版)》1990年第3期。

冯保善:《十年磨一剑——评沈新林〈李渔新论〉》,《明清小说研究》1998年第3期。

高雯:《论李渔戏曲结构论的美学思想——以〈怜香伴〉传奇为例》,《语文学刊》2009年第9期。

高小康:《论李渔戏曲理论的美学与文化意义》,《文学遗产》1997年第3期。

高小康:《自然、个性与意匠的相融》,《文学遗产》1999年第6期。

高宇:《李笠翁关于戏曲导演的学说》,《文汇报》1962年10月13日。

谷淑莲:《〈曲话〉札记》,《辽宁师大学报》1993年第2期。

郭光宇:《中国古代戏曲理论的一次重大突破:李渔观众学初探》,《信阳师范学院学报(哲学社会科学版)》1988年第1期。

郭英德:《稗官为传奇蓝本——论李渔小说戏曲的叙事技巧》,《文学遗产》1996年第5期。

胡绪伟:《李渔曲论若干问题再议:兼答黄天健同志》,《争鸣》1989年第1期。

胡绪伟:《李渔戏曲理论的若干问题》,《争鸣》1987年第4期。

黄果泉:《李渔:集文士与商贾于一身——试论李渔戏曲创作思想的商业化倾向》,《河南师范大学学报(哲学社会科学版)》1995年第5期。

黄强:《李渔的戏剧理论体系》,《高等学校文科学报文摘》1994年第11卷第4期。

黄强:《李渔戏剧理论体系》(上、下),《扬州师范学院学报》1994年第1、2期。

黄强:《李渔哲学观点与文学思想探源》,《扬州师院学报(社会科学版)》1989年第4期。

黄强:《探寻完整而又符合历史真实的李渔形象——单锦珩"李渔研究"述评》,《浙江师大学报·社会科学版》1993年第1期。

黄天骥:《论李渔的思想和剧作》,《文学评论》1983年第1期。

黄天健:《李渔曲论漫议——兼与胡绪伟同志商榷》,《争鸣》1988年第3期。

蒋成瑀:《为李渔的"科诨"一辩》,《陕西戏剧》1981年第1期。

蒋星煜:《李渔的〈西厢记〉批评》,《文科学报文摘》1990 年第 4 期。

均宁:《客随主行之妙——读〈李笠翁曲话〉》,《上海戏剧》1962 年第 12 期。

兰溪市李渔研究会《正是雷门堪击鼓——李渔研究会工作回顾》,《戏文》1996 年第 5 期。

李安恒:《怎样看待李渔的编剧理论》,《文艺百家》1979 年第 1 期。

李惠绵:《清代曲论之虚实论初探》,《戏剧艺术》1993 年第 3 期。

李燃青:《李渔和狄德罗的戏剧美学——中西美学比较研究》,《宁波师院学报(社会科学版)》1992 年第 14 卷第 3 号。

李日星:《李渔戏剧"结构"论的美学真谛》,《求索》2000 年第 2 期。

李若驰:《试探〈曲话〉的戏曲理论体系》,《延安大学学报》1985 年第 1 期。

李束丝:《李笠翁的"非奇不传"戏剧观》,《黑龙江日报》1963 年 1 月 29 日。

李万钧:《从比较文学角度看李渔戏剧理论的价值》,《文艺研究》1996 年第 1 期。

李万钧:《李渔的"一事"并非亚氏的"一事"》,《中国文学研究》1995 年第 4 期。

李万钧:《李渔和西方戏剧理论的对话》,《高等学校文科学报文摘》2000 年第 4 期。

林丹华:《李渔论戏曲科诨》,《福建艺术》1999 年第 1 期。

刘洪儒:《谈李渔的喜剧表现手法》,《电视与戏剧》1993 年第 1 期。

刘慧芳:《〈笠翁十种曲〉的叙事谋略》,《山西大同大学学报》2009 年第 6 期。

刘克澄:《桃源啸傲 别存天地——论李渔剧作》,《戏剧艺术》1980 年第 4 期。

刘星汉:《读〈李笠翁曲话〉札记之一——构思第一》,《戏剧创作》1980 年第 3 期。

刘星汉:《李渔论滑稽》,《戏剧文学》1987 年第 8 期。

刘玉英:《李渔典型理论初探》,《欣赏与评论》1980 年第 2 期。

刘真武:《李渔戏剧理论与明季社会》,《史志文萃》1991 年第 3 期。

卢天等:《结构、情节、语言——读李笠翁〈闲情偶寄〉一书札记》,

《河北日报》1961 年 11 月 20 日。

陆元虎：《李渔喜剧典型论》，《中国古代、近代文学研究》1991 年第 3 期。

骆兵：《〈笠翁十种曲〉女性形象的审美文化阐释》，《四川戏剧》2009 年第 5 期。

骆兵：《〈笠翁十种曲〉神佛形象的审美文化意蕴》，《戏剧文学》2007 年第 8 期。

马焯荣、马弦：《戏剧创作与偶数思维——李渔·莎士比亚比较》，《戏剧、戏曲研究》1995 年第 11 期（原载《艺海》1995 年第 2 期）。

孟超：《谈李笠翁〈曲话〉》，《文艺报》1961 年第 2 期。

孟昭增：《故事演讲教学中的"口授身导"——李渔戏剧理论之一用》，《上海艺术家》1996 年第 6 期。

念赤：《李渔戏剧创作理论初探》，《文科教学》1982 年第 4 期。

聂石樵：《读曲札记——关于李渔》，《光明日报》1960 年 6 月 12 日。

潘秀通等：《论李渔的总体结构说——〈闲情偶寄·词曲部〉"结构第一"辨》，《北方论丛》1982 年第 2 期。

彭骏：《"语求肖似"——李渔论人物语言》，《广州文艺》1979 年第 10 期。

彭骏：《传情·肖似·吸引力——李渔论戏曲宾白》，《南国戏剧》1981 年第 10 期。

齐森华：《李渔的戏剧理论初探》，《上海师范大学学报（哲学社会科学版）》1980 年第 1 期。

钱树军：《总体研究 别开生面——评〈李渔新论〉》，《艺术百家》1998 年第 3 期。

沈新林：《宏博精审 求新务实——评〈李渔全集〉》，《浙江学刊》1993 年第 6 期。

沈新林：《略论李渔的文艺观》，《扬州师院学报（社会科学版）》1989 年第 4 期。

沈新林：《探骊觅珠 以告同心——评〈李渔《闲情偶寄》曲论研究〉》，《艺术百家》1995 年第 4 期。

沈尧：《〈闲情偶寄·词曲部〉新探》，《剧本》1979 年第 6 期。

寿勤泽：《浙江文化建设的一项重大工程——浙古版二十卷本〈李渔

全集〉述评》,《浙江社会科学》1990年第3期。

谭源材:《"立主脑"试析》,《戏剧丛刊》1983年第5期。

唐真:《谈戏曲唱词——夜读随笔》,《文汇报》1961年6月7日。

万健:《李渔的戏剧审美观》,《西北师院学报(社会科学版)》1984年第4期。

汪超宏:《李渔戏剧理论的自觉意识》,《华中理工大学学报(社会科学版)》1997年第4期。

王红梅:《李渔的妇女观》,《首都师范大学学报(哲学社会科学版)》2000年第6期。

王建设:《李渔戏剧观众学简论》,《社会科学论坛》1996年第6期。

王良惠:《李渔的创新之论》,《中国古代、近代文学研究》1984年第6期。

王汝梅:《李渔研究史上的里程碑:评介〈李渔全集〉》,《社会科学辑刊》1992年第4期。

王昕:《论李渔的艺术人生》,《文史哲》1994年第3期。

王意如:《生活美的审视和构建——论李渔〈闲情偶寄〉中的审美理论》,《西藏民族学院学报(社会科学版)》1997年第3期。

王永宽:《一生多半在车船——李渔的戏曲生涯》,《古典文学知识》1987年第6期。

韦轩:《清代戏剧家李渔和他的〈闲情偶记〉》,《戏剧研究资料》1980年第1期。

闻而畏:《李渔"抹倒"汤显祖辨》,《北京大学学报(哲学社会科学版)》1994年第6期。

吴楚:《读〈李渔全集〉》,《文学遗产》1992年第4期。

吴戈:《如何理解李渔的"立主脑"?》,《浙江师大学报》1986年第2期。

吴国钦:《理论的巨人 创作的"矮子"——论李渔》,《戏剧艺术资料》1981年第4期。

吴毓华:《论证严谨 新见迭出——读〈李渔戏曲艺术论〉》,《戏曲艺术》1994年第4期。

吴郑:《也谈李渔的〈立主脑〉说》,《上海戏剧》1980年第5期。

肖荣:《李渔戏剧理论的成就和局限性》,《杭州大学学报(哲学社会科学版)》1980年第4期。

萧欣桥：《李渔生平和著作》，《浙江师大学报（社会科学版）》1991年第1期。

谢柏良：《李渔的戏曲美学体系》（上、中），《戏曲艺术》1993年第3、4期。

谢柏良：《李渔的戏曲美学体系》（下），《戏曲艺术》1994年第1期。

谢明：《结构第一的技法——笠翁剧论今解之三》，《新剧本》1981年第3期。

谢挺：《论观众接受——关于李渔的"观众学"》，《文艺理论家》1992年第4期。

徐寿凯：《〈闲情偶寄〉的几处失误》，《戏剧界》1981年第14期。

徐朔方：《为李渔的戏曲创作进一解》，《剧艺百家》1986年第4期。

许罡：《李渔：新旧文论撞击的产儿——试评李渔生平思想》，《江苏社会科学》1993年第1期。

阎玲：《观、听咸宜——谈李渔以观众为本的戏剧理论体系》，《戏剧之家》1997年第2期。

颜路：《李渔是打不倒的》，《新剧本》1990年第2期。

杨绛：《李渔论戏剧结构》，《文学研究集刊》（第1册），人民文学出版社，1964。

杨明新：《李渔的世界观与艺术观》，《中山大学学报（哲学社会科学版）》1981年第2期。

杨艳琪：《论李渔重"场上之曲"的优与劣》，《社科纵横》1999年第4期。

姚梅：《试论八股文"章法理论"对李渔曲论的浸染》，《武汉大学学报（哲学社会科学版）》1996年第6期。

姚品文：《李渔"立主脑"论辨析》，《江西师范大学学报（哲学社会科学版）》1992年第1期。

姚文放：《古典主义戏剧美学的总结——李渔的戏剧美学思想》，《学术论丛》1993年第3期。

姚文放：《李渔与歌德关于戏剧舞台性的论述之比较》，《社会科学辑刊》1994年第2期。

叶朗：《李渔的戏剧美学》，载《美学与美学史论集》，新疆人民出版社，1982。

叶长海：《明清戏曲演艺论》，《扬州大学学报（人文社科版）》1997年第5期。

殷彤：《论李渔的戏剧理论》，《吉林大学社会科学学报》1991年第5期。

于敏：《一人一事说》，《鸭绿江》1962年第12期。

袁启明：《李渔〈闲情偶寄〉和他的戏剧观》，《外交学院学报》1995年第3期。

詹慕陶：《论李渔的为人、剧作和戏剧观——兼与沈尧、刘克澄等同志商榷》，《戏剧艺术》1982年第4期。

湛伟恩：《李渔的喜剧创作论》，《苏州大学学报（哲学社会科学版）》1984年第4期。

湛伟恩：《李渔和他的〈风筝误〉》，《中山大学研究生学刊》1980年第2期。

湛伟恩：《李渔喜剧理论初探》，《中国古代、近代文学研究》1983年第6期。

湛伟恩：《论李渔对金圣叹戏曲理论的批判》，《广州师院学报（社会科学版）》1984年第1期。

张成全：《李渔创作的商品化倾向》，《高等学校文科学报文摘》1996年第13卷第3期。

张蕾：《谈"袖手于前"》，《山东师院学报》1978年第2期。

张晓军：《李渔与狄德罗的戏剧理论之比较》，《高等学校文科学报文摘》1992年第9卷第6期。

张永绵：《略谈李渔的"正音"理论》，《浙江师院学报》1979第1期。

张长青：《李渔的戏曲美学理论体系》，《中国文学研究》1987年第3期。

张振钧：《莎士比亚与李渔比较研究二题》，《中国人民大学学报》1992年第6期。

赵乐甡：《浅谈世阿弥和李渔的戏曲理论》，《现代日本经济》1988年第2期。

钟鸣奇：《李渔小说戏曲创作的"神引"式结构》，《苏州大学学报（哲社版）》1999年第4期。

周献民：《李渔与〈闲情偶记〉》，《百科知识》1995年第10期。

朱菁：《浅谈清代戏曲家李渔的语言艺术》，《双语学习》2007年第8期。

朱万曙：《论李渔的戏剧理论体系》，《艺术百家》1991年第1期。

朱万曙：《再读李渔——评黄强的〈李渔研究〉》，《安徽新戏》1997年第1期。

朱伟明：《李渔与孔尚任戏剧理论之比较》，《文科学报文摘》1990年第5期。

朱颖辉：《如何评价明代剧作、剧论与舞台实践的关系——对〈李渔论戏剧导演〉一文的商榷》，《文艺研究》1981年第2期。

祝肇年：《深义休说字面求——谈李渔"立主脑"》，《新剧本》1985年第6期。

邹红：《观众在李渔戏剧理论中的位置》，《文艺研究》1989年第5期。

魏中林：《20世纪的李渔戏曲理论研究》，《江海学刊》2001年第7期。

王潞伟：《谈符号与戏曲创作的关系》，《安徽文学（下半月）》2009年第6期。

周宁：《西方当代社会科学理论对戏剧学的影响》，《戏剧艺术》2004年第1期。

杜书瀛：《笠翁〈一家言〉》，《社会科学战线》2015年第1期。

傅承洲：《李渔话本戏曲改编的风格与特点》，《河北学刊》2013年第7期。

方盛汉：《明清戏曲结构理论研究述评》，《戏剧文学》2016年第1期。

游瑶：《由"登场之道"谈李渔〈闲情偶寄〉中的戏剧思想》，《戏剧之家》2014年第8期。

朱锦华：《李渔戏曲理论研究50年综述》，《徐州师范大学学报（哲学社会科学版）》2003年第10期。

陈国华：《李渔的戏曲理论与创作中的观众学初探》，《河南社会科学》2004年第1期。

孙崇涛：《中国戏曲本质论：兼及东方戏剧共同特征》，《戏曲艺术》2000年第1期。

李万钧：《李渔和西方戏剧理论的对话》，《福建师范大学学报（哲学社会科学版）》2000年第1期。

杨昊冉：《中国古典戏曲编剧理论思维探微——从李渔"立主脑"说起》，《剧作家》2017年第7期。

刘叙武：《"始终无二事，贯串只一人"新解》，《南大戏剧论丛》2015年第6期。

张勇敢：《评点与中国戏曲之搬演》，《戏剧艺术》2020 年第 8 期。

宫宝荣：《戏剧符号学概述》，《中国戏剧》2008 年第 1 期。

李志远：《戏曲美学研究的路径与走向述论》，《民族艺术研究》2017 年第 6 期。

宋抒音：《李笠翁"立主脑"说小议》，《上海戏剧》2009 年第 4 期。

王之：《李渔风情喜剧舞台艺术特点》，《龙岩学院学报》2017 年第 3 期。

程小青：《契合中的矛盾——试论李渔的戏剧主张与实践》，《厦门教育学院学报》2005 年第 4 期。

李向民：《李渔的文化经济生活研究》，《艺术百家》2016 年第 1 期。

缪磊：《昆剧折子戏〈风筝误·惊丑〉的表演特色》，《苏州教育学院学报》2012 年第 1 期。

涂秀虹：《李渔〈怜香伴〉非"同性恋"说》，《广西师范学院学报（哲学社会科学版）》2014 年第 4 期。

郭启宏：《何谓剧本？》，《剧本》2011 年第 1 期。

胡元翎：《李渔〈蜃中楼〉对"柳毅"故事的重写》，《文学遗产》2002 年第 1 期。

洪惟助：《论〈风筝误〉原作及其当代演出本》，《中华戏曲》2015 年第 3 期。

刘二永：《中国古典戏曲叙事理论研究述论》，《戏曲艺术》2016 年第 1 期。

安葵：《意会汤清远，言传李笠翁——关于古典戏曲创作论的思考》，《戏剧艺术》2002 年第 6 期。

任心慧：《论笠翁十种曲"风情喜剧"的艺术特性》，《戏剧丛刊》2009 年第 12 期。

孙福轩：《李渔"结构第一"新论》，《戏剧艺术》2003 年第 12 期。

蔡东民：《为脱窠臼一虚到底——李渔剧作之虚构艺术》，《剧作家》2016 年第 1 期。

蔡东民：《内心视像与精神化妆——浅谈新闻播音主持中对表演理论的借鉴》，《新闻传播》2011 年第 6 期。

蔡东民：《李渔剧作脚色塑造的符号学分析》，《剧作家》2020 年第 1 期。

王彩君、蔡东民：《场上方是真戏剧——对王国维、青木正儿一段公案的再认识》，《剧作家》2010 年第 03 期。

张冰、蔡东民:《"旧瓶装新酒"提出小考——一个与中国戏曲改革如影随形的词汇》,《管理观察》2009 年第 2 期。

[美] 埃里克·亨利:《李渔:站在中西喜剧的交叉点上》,徐惠风译,《戏剧艺术》1989 年第 3 期。

[日] 冈晴夫:《李渔的戏曲及其评价》,《复旦学报(社会科学版)》1986 年第 6 期。

[日] 冈晴夫:《李渔的戏曲与歌舞伎》,《文艺研究》1987 年第 4 期。

[日] 冈晴夫:《明清戏曲界中的李渔之特异性》,《中国古代、近代文学研究》1998 年第 3 期。

[日] 浦部依子:《李渔戏曲〈比目鱼〉中刘藐姑的主导性——对于中国古典戏曲中的两性关系的一些考察》,《复旦学报(社会科学版)》2001 年第 5 期。

部分学位论文

骆兵:《李渔的通俗文学理论与创作研究》,华东师范大学,2003。

高源:《李渔的整体戏剧观念及其理论研究》,山东大学,2008。

赵谦:《李渔"结构论"考论》,青海师范大学,2015。

盘莉娜:《超越喜剧性的"一家言"——李渔诗词新探》,广西大学,2008。

胡雯:《李渔戏曲用韵研究》,西安外国语大学,2017。

李昭蓉:《李渔〈闲情偶寄〉戏剧理论的英译传播研究》,山西大学,2018。

苏阳:《以喜剧为理想——李渔喜剧研究》,北京大学,2009。

刘玉梅:《李渔生活审美研究——以〈闲情偶寄〉为考察对象》,南开大学,2011。

何莘茹:《〈笠翁传奇十种〉评点研究》,扬州大学,2018。

王燕:《李渔戏剧舞台搬演技巧论研究》,重庆师范大学,2017。

叶昕莹:《李渔编剧理论研究》,浙江师范大学,2019。

黄兆楠:《论〈闲情偶寄〉中戏曲美学的大众化追求》,湖南师范大学,2018。

池程远:《李渔与莎士比亚喜剧比较研究》,安徽师范大学,2018。

潘丹芬：《试论李渔的观众理论》，湖南师范大学，2007。

管驿：《昆剧舞台美术源流考》，苏州大学，2006。

陈建新：《李渔造物思想研究》，武汉理工大学，2010。

黄春燕：《李渔的戏曲叙事观念与明末清初的江南城市文化》，北京师范大学，2007。

羊咪：《李渔跨文体创作现象研究》，扬州大学，2017。

王萌筱：《明代戏曲搬演论研究——以文士与优伶之关系为中心》，北京师范大学，2012。

吴琼：《明末清初的文学嬗变》，上海师范大学，2012。

孙秋：《论李渔传奇的舞台表演艺术设计》，华侨大学，2014。

姚安：《论李渔的〈十种曲〉》，南京师范大学，2002。

王金花：《明清戏曲中的苏白研究》，北京师范大学，2010。

佘志敏：《协谐与悖反——论李渔戏曲结构理论与创作实践之关系》，扬州大学，2011。

窦爱玲：《试论李渔的俗文学创作及其商业活动》，天津师范大学，2009。

华伟丽：《试论明末清初传奇中的风情喜剧》，山东师范大学，2001。

朱源：《李渔与德莱顿戏剧理论比较研究》，苏州大学，2007。

陈刚：《素朴与华丽：元明清戏曲美学风格嬗变研究》，陕西师范大学，2006。

卢旭：《李渔戏曲理论对其小说创作的影响》，辽宁师范大学，2007。

张丽：《李渔的焦虑——李渔生存状态研究》，山东大学，2017。

邓丹：《〈笠翁十种曲〉研究》，首都师范大学，2004。

王金花：《明清戏曲中的苏白研究》，北京师范大学，2010。

徐世中：《一夫不笑是吾忧》，广西师范大学，2003。

其他参考论著

阿英编《晚清文学丛钞·小说戏曲研究卷》，中华书局，1960。

曹广涛：《英语世界的中国传统戏剧研究与翻译》，广东高等教育出版社，2009。

曹顺庆主编《现代西方批评理论（原典读本）》，重庆大学出版社，2010。

陈多、叶长海选注《中国历代剧论选注》，湖南文艺出版社，1987。

陈寅恪：《〈海宁王静安先生遗书〉序》，《陈寅恪集·金明馆丛稿二编》，三联书店，2001。

姜夔：《白石道人诗说》，录自《白石道人诗集》，上海书店，1987。

金登才：《中国动态的艺术哲学》，上海社会科学院出版社，1991。

康宝成：《中国戏剧史研究入门》，复旦大学出版社，2009。

梁启超：《饮冰室合集》，影印版，中华书局1989。

梁启超：《梁启超论清学史二种》，朱维铮校注，复旦大学出版社，1985。

洛地：《戏曲与浙江》，浙江人民出版社，1991。

孟昭毅：《东方戏剧美学》，经济日报出版社，1997。

孙歌、陈燕谷、李逸津：《国外古典戏曲研究》，江苏教育出版社，2000。

田志平：《戏曲舞台形态》，文化艺术出版社，2008。

汪曾祺：《说戏》，山东画报出版社，2006。

王安祈：《明代传奇之剧场及其艺术》，台湾学生书局（台北），1986。

王云：《西方前现代泛诗传统》，复旦大学出版社，2005。

王运熙、顾易生主编《中国文学批评通史（清代卷）》，上海古籍出版社，1996。

吴国钦：《论中国戏曲及其他》，岳麓书社，2007。

徐朔方：《徐朔方集》第一卷，浙江古籍出版社，1993。

严羽：《答出继叔临安吴景仙书》，录自郭绍虞《沧浪诗话校释》，人民文学出版社，1983。

杨晓明：《梁启超文论的现代性阐释》，四川民族出版社，2002。

姚文放：《中国戏剧美学的文化阐释》，中国人民大学出版社，1997。

叶长海：《王骥德〈曲律〉研究》，中国戏剧出版社，1983。

曾永义：《中国古典戏剧的认识与欣赏》，正中书局（台北），1991。

［德］卜松山：《中国的美学和文学理论》，顾彬主编，向开译，华东师范大学出版社，2010。

［德］沃尔夫冈·伊瑟尔：《怎样做理论》，朱刚、谷婷婷、潘玉沙译，南京大学出版社，2008。

［法］弗朗西斯库·萨赛：《戏剧美学初探》，"古典文艺理论译丛"第

11辑，人民文学出版社，1965。

［美］哈罗德·布鲁姆：《西方正典》，江宁康译，译林出版社，2005。

［美］勒内·韦勒克、奥斯汀·沃伦：《文学理论》，江苏教育出版社，2005。

［美］刘若愚：《中国文学理论》，江苏教育出版社，2006。

［美］乌尔利希·韦斯坦因：《比较文学与文学理论》，辽宁人民出版社，1987。

［美］伊丽莎白·魏丽莎：《听戏——京剧的声音天地》，耿红梅译，上海音乐出版社，2008。

［美］宇文所安：《他山的石头记》，江苏人民出版社，2003。

［日］河竹登志夫：《戏剧舞台上的日本美学观》，丛春林译，中国戏剧出版社，1999。

［日］青木正儿：《中国近世戏曲史》，王古鲁译，作家出版社，1958。